# UM MAR DE SEGREDOS

# CATHERINE STEADMAN

# UM MAR DE SEGREDOS

Tradução de
**Clóvis Marques**

1ª edição

EDITORA RECORD
RIO DE JANEIRO • SÃO PAULO

2020

**EDITORA-EXECUTIVA**
Renata Pettengill

**SUBGERENTE EDITORIAL**
Mariana Ferreira

**ASSISTENTE EDITORIAL**
Pedro de Lima

**AUXILIAR EDITORIAL**
Clara Alves

**COPIDESQUE**
Marina Albuquerque

**REVISÃO**
Vanna Beatriz Patuelli
Renato Carvalho

**CAPA**
Capa adaptada do design original de Craig Fraser, S&S Art Dept.

**IMAGEM DE CAPA**
© Jeff Rotman (água); © Justin Pumfrey (barco); © Ralf Hiemisch (dinheiro) / Getty Images

**DIAGRAMAÇÃO**
Juliana Brandt

**TÍTULO ORIGINAL**
*Something in the Water*

---

CIP-BRASIL. CATALOGAÇÃO NA PUBLICAÇÃO
SINDICATO NACIONAL DOS EDITORES DE LIVROS, RJ

S821m

Steadman, Catherine, 1987-
Um mar de segredos / Catherine Steadman; tradução de Clóvis Marques. – 1ª. ed. – Rio de Janeiro: Record, 2020.

Tradução de: Something in the Water
ISBN 978-85-01-11578-2

1. Ficção inglesa. I. Marques, Clóvis. II. Título.

19-61565

CDD: 823
CDU: 82-3(410.1)

Vanessa Mafra Xavier Salgado – Bibliotecária – CRB-7/6644

---

Copyright © 2018 by Catherine Steadman

Texto revisado segundo o novo Acordo Ortográfico da Língua Portuguesa.

Todos os direitos reservados. Proibida a reprodução, no todo ou em parte, através de quaisquer meios. Os direitos morais da autora foram assegurados.

Direitos exclusivos de publicação em língua portuguesa somente para o Brasil adquiridos pela
EDITORA RECORD LTDA.
Rua Argentina, 171 – Rio de Janeiro, RJ – 20921-380 – Tel.: (21) 2585-2000,
que se reserva a propriedade literária desta tradução.

Impresso no Brasil

ISBN 978-85-01-11578-2

Seja um leitor preferencial Record.
Cadastre-se no site www.record.com.br e receba informações sobre nossos lançamentos e nossas promoções.

Atendimento e venda direta ao leitor: sac@record.com.br

*Para Ross*

Quando uma vitória é contada em detalhes, não se consegue mais distingui-la de uma derrota.

— Jean-Paul Sartre, *O Diabo e o Bom Deus*

Eu vou sorrir; mas meu sorriso vai pro fundo dos seus olhos, e sabe Deus o que ele vai virar.

— Sartre, *Entre quatro paredes*

# 1

*Sábado, 1º de outubro*

# A COVA

Alguma vez você já se perguntou quanto tempo leva para cavar uma cova? Pois não precisa mais se perguntar. Leva uma eternidade. Seja qual for o tempo que se tenha em mente, será o dobro disso.

Com certeza você já viu nos filmes: o herói, talvez com um revólver apontado para sua cabeça, suando e grunhindo ao cavar cada vez mais fundo, até ficar de pé a sete palmos debaixo da terra, no próprio túmulo. Ou então, dois bandidos desafortunados, discutindo e se retrucando de maneira sarcástica enquanto cavam freneticamente, num caos hilário e meio doido, com terra voando para todo lado numa ligeireza de desenho animado.

Mas não é assim. É difícil. Não tem nada de fácil. A terra é compacta, pesada, resistente. É difícil pra cacete.

E é chato. E demorado. E tem que ser feito.

O estresse, a adrenalina, a necessidade instintiva e desesperadora de *ter que* fazer aquilo mantêm você de pé por uns vinte minutos. E aí você desmorona.

Seus músculos desistem. Pele no osso, osso na pele. O coração dói por causa da insuficiência adrenal, a glicose despenca, você chega ao seu limite. O corpo todo atinge o limite. Não dá mais. Mas você sabe, com muita clareza, que, exausto ou não, estando bem ou mal, aquela cova vai ser cavada.

Você passa a marcha de novo. É como quando se chega àquele ponto, na metade de uma maratona, em que a empolgação inicial passa, e então você, a contragosto, tem que levar a maldita obrigação até o fim. Você se dedicou àquilo, de corpo e alma. Disse a todos os amigos que iria, convenceu-os a fazer doações para uma ou outra instituição de caridade que mal conhece. E então, por causa disso, você saía para correr toda noite, sozinho, pernas latejando, com fones de ouvido, percorrendo quilômetros. Para ser capaz de lutar contra si mesmo, lutar contra o próprio corpo, ali, naquele momento, naquele momento tão difícil, e ver quem é que vence. E ninguém está vendo, só você. Ninguém dá a mínima, só você. Só você consigo mesmo, tentando sobreviver. É assim que a gente se sente ao cavar um túmulo: como se a música tivesse parado e você não pudesse parar de dançar. Pois, se parar, morre.

Então você continua cavando. Porque a alternativa é muito pior do que cavar uma cova horrível e interminável no solo duro e compacto, com uma pá que encontrou no quintal de algum velho.

Enquanto cava, cores dançam à sua frente: fosfênios gerados pelo estímulo metabólico de neurônios no córtex visual, consequência de oxigenação insuficiente e baixa glicose. O sangue ribomba nos seus ouvidos: baixa pressão arterial provocada pela desidratação e pelo esforço excessivo. E os pensamentos? Os pensamentos sobrevoam a piscina tranquila da sua consciência, raramente tocando a superfície. E vão embora antes que se consiga capturá-los. Sua mente está completamente vazia. O sistema nervoso central encara a exaustão como uma situação de luta ou fuga. A neurogênese induzida pelo exercício, associada à "liberação de endorfinas decorrente da atividade física", tão adorada pelas famosas revistas de esportes, ao mesmo tempo inibe o cérebro e o protege da dor constante e do estresse da atividade.

A exaustão é um fantástico nivelador emocional. Seja correndo ou cavando.

Lá pelos quarenta e cinco minutos, cheguei à conclusão de que um metro e oitenta não é uma profundidade realista para este túmulo. Não vou conseguir cavar sete palmos. Eu tenho um metro e setenta. Não conseguiria nem sair. Estaria literalmente cavando minha própria cova.

Segundo um levantamento feito em 2014 pela YouGov, um metro e setenta centímetros é a altura ideal para uma britânica. Aparentemente, essa é a altura preferida do britânico médio para sua parceira. Sorte a minha, então. Sorte do Mark. Meu Deus, como eu queria que ele estivesse aqui!

Mas, se não vou cavar sete palmos, até onde eu vou? Qual seria a profundidade ideal?

Corpos costumam ser encontrados por causa de covas malfeitas. Não quero que isso aconteça. Realmente não quero. Definitivamente não é o resultado que espero. E, para uma cova malfeita — para qualquer coisa malfeita, na verdade —, existem três explicações:

1. Falta de tempo
2. Falta de iniciativa
3. Falta de cuidado

Com relação ao tempo: disponho de três a seis horas para fazer isso. Três horas é minha estimativa mais otimista. Seis horas é quanto ainda falta até escurecer. Tenho tempo.

Iniciativa eu acredito ter; dois cérebros pensam melhor que um. Espero. Preciso apenas fazer uma coisa de cada vez.

E o número três: cuidado? Meu Deus, é o que não me falta! E como! Nunca fui tão cuidadosa na vida.

Noventa centímetros é a profundidade mínima recomendada pelo Instituto de Gestão de Cemitérios e Crematórios. Eu sei porque fui pesquisar no Google. Procurei antes de começar a cavar. Viram só? Iniciativa. Cuidado. Me agachei ao lado do corpo, pisando em lama e folhas molhadas, e pesquisei no Google como enterrar um corpo. E fiz isso usando o celular descartável do corpo. Se o encontrarem... *não vão encontrar*... e conseguirem recuperar os dados... *não vão recuperar os dados*... esse histórico de busca vai render uma história fantástica.

Duas horas depois, paro de cavar. A cova tem pouco mais de noventa centímetros de profundidade. Não tenho aqui uma fita métrica, mas lembro que equivale mais ou menos à altura da virilha. A mesma altura do salto mais alto que consegui dar nas férias de hipismo que tirei antes de ir para a faculdade há doze anos. Presente de aniversário de 18 anos. Engraçado o que fica na memória, não é? Mas aqui estou eu, metida num túmulo até a cintura, recordando um evento esportivo. Conquistei o segundo lugar, por sinal. E fiquei muito feliz.

Enfim, cavei aproximadamente noventa centímetros de profundidade, sessenta de largura, um metro e oitenta de comprimento. Sim, isso levou duas horas.

Lembrando: cavar um túmulo é *muito* difícil.

Só para dar uma ideia, essa cova, a cova que levei duas horas para abrir, que tem 90 cm x 60 cm x 1,80 m, equivale a um metro cúbico de solo, nada menos que uma tonelada e meia de terra. Simplesmente o peso de um Citroën C4, ou de uma baleia-branca adulta, ou de um hipopótamo de tamanho médio. Eu movi o equivalente a isso para cima e ligeiramente para a esquerda de onde estava antes. E esse túmulo só tem noventa centímetros de profundidade.

Eu olho para a lama no montículo e, devagar, dou um jeito de me içar para fora, os antebraços tremendo com meu próprio peso. O corpo está à minha frente, debaixo de uma lona rasgada, o azul-cobalto brilhante em contraste com o marrom da terra da floresta. Eu a encontrei largada, pendurada como um véu no galho de uma árvore no acostamento, em tranquilo convívio com uma geladeira abandonada. A portinha do congelador da geladeira rangia calmamente ao vento. Descartada.

Tem algo de muito triste nos objetos abandonados, não é mesmo? Desolador. Mas têm sua beleza. Suponho que, de certa forma, eu mesma tenha abandonado um corpo.

A geladeira já estava ali havia algum tempo — eu sei porque a vi da janela do carro quando passamos aqui há três meses, e ninguém veio buscá-la ainda. Estávamos voltando de Norfolk para Londres, Mark e eu, depois de comemorar nosso aniversário, e meses depois lá está a geladeira no mesmo lugar. Estranho pensar em quanta coisa aconteceu — comigo, conosco — nesse meio-tempo, mas aqui nada mudou. Como se este lugar estivesse fora do curso do tempo, uma área protegida. Dá essa sensação. Talvez ninguém tenha estado aqui desde a vinda do dono da geladeira, e só Deus sabe há quanto tempo foi isso. A geladeira é claramente da década de 1970 — sabe como é, meio retrô, estilo *brick*. Brick, Kubrick. Um monólito num bosque úmido da Inglaterra. Obsoleta. Há três meses aqui, pelo menos, e ninguém para pegar, ninguém do depósito de lixo. Ninguém passa por aqui, é evidente. Só nós. Ninguém da prefeitura, nenhum morador indignado para escrever cartas à prefeitura, ninguém passeando cedinho com o cachorro para tropeçar na escavação. Foi o lugar mais seguro em que consegui pensar. E aqui estamos. Vai levar um tempo para o solo todo assentar. Mas acho que a geladeira e eu temos tempo suficiente.

Examino de novo o monte de lona amarrotada. Debaixo jaz carne, pele, ossos, dentes. Morto há três horas e meia.

Fico imaginando se ainda está quente. Meu marido. Quente ao toque. Pesquiso no Google. Seja como for, não quero ter essa surpresa.

Tudo bem.

Tudo bem, os braços e as pernas devem estar frios, mas o tronco ainda estará quente. Tudo bem, então.

Respiro bem fundo.

Muito bem, aqui vamos nós...

Eu paro. Espero.

Não sei por que, mas apago o histórico de busca do celular descartável. Não faz sentido, eu sei. O celular é irrastreável e, depois de algumas horas nesse solo úmido de outubro, não vai funcionar de jeito nenhum. Mas vai que funciona? Boto de novo o celular pré-pago no bolso do casaco dele e tiro seu iPhone do bolso do peito. Está em modo avião.

Passo os olhos pela galeria de fotos. Nós. Meus olhos lacrimejam e lágrimas quentes escorrem pelo meu rosto.

Eu retiro a lona, expondo tudo o que ela escondia. Limpo as digitais do celular, devolvo-o ao bolso quente do peito e me preparo para arrastar o corpo.

Não sou uma pessoa ruim. Ou talvez eu seja. Talvez você é quem deva decidir, não?

Mas com certeza eu devo explicar. E, para explicar, preciso voltar no tempo. Voltar para aquela manhã do aniversário, três meses atrás.

# 2

*Sexta-feira, 8 de julho*

# A MANHÃ DO ANIVERSÁRIO

Acordamos antes do nascer do sol, Mark e eu. É a manhã do nosso aniversário. O aniversário do dia em que nos conhecemos.

Estamos hospedados num hotel boutique no litoral de Norfolk. Mark o encontrara no caderno "Como gastar" do *Financial Times*. Ele é assinante, mas os cadernos são a única parte que arruma tempo para ler. E o *FT* estava certo, isto aqui é mesmo "o aconchegante retiro no campo com o qual você sempre sonhou". E fico feliz que seja com isso que nós "estamos gastando". Claro que, na verdade, não sou *eu* quem está gastando, mas acho que muito em breve será.

O hotel é um perfeito refúgio no campo, com seus frutos do mar frescos, a cerveja gelada e as mantas de caxemira. Chelsea-sobre-o-Mar, dizem os guias turísticos.

Havíamos passado os últimos três dias caminhando até nossos músculos ficarem pesados, as bochechas, avermelhadas do sol inglês e do vento batendo, os cabelos, cheirando a floresta e sal marinho. Fazendo caminhada e depois fodendo, tomando banho e comendo. O paraíso.

O hotel foi construído originalmente em 1651 como estalagem de beira de estrada para funcionários da alfândega que estivessem fazendo a difícil viagem até Londres, e ostentava entre seus hóspedes regulares o famoso lorde e vice-almirante Horatio Nelson, nascido em Norfolk e vencedor da batalha de Trafalgar. Ele ficava no quarto 5, ao lado do nosso, e parece que todo sábado, durante os cinco anos em que ficou desempregado, vinha buscar sua correspondência. Interessante saber que o lorde Nelson também teve seus períodos de desemprego. Sempre achei que quem era da Marinha simplesmente ficava na Marinha. Mas as coisas são assim mesmo. Acontece até com os melhores. Enfim, ao longo dos anos, o hotel fora cenário de leilões de gado, audiências de tribunal e das atrações divertidíssimas do Festival de Jane Austen.

O livro de cabeceira deixado em nosso quarto nos informava alegremente que as audiências preliminares do famigerado processo das assassinas de Burnham tinham sido realizadas na atual sala de jantar do térreo. "Famigerado" em termos. Eu mesma nunca tinha ouvido falar. Então fui procurar informações.

A história começou em 1835, com a mulher de um sapateiro tendo violentas ânsias de vômito à mesa do jantar diante do marido. A sra. Taylor, a do vômito, havia sido envenenada com arsênico. A farinha da dispensa tinha sido contaminada com o negócio, e a autópsia encontraria mais tarde traços de arsênico no revestimento interno do seu estômago. A investigação sobre o envenenamento constatou que o sr. Taylor vinha tendo um caso com a vizinha, uma tal de sra. Fanny Billing. E Fanny Billing recentemente gastara três tostões em arsênico com um farmacêutico local. Esse arsênico chegara ao pote de farinha dos Taylor e, consequentemente, aos bolinhos que puseram fim à vida da sra. Taylor. Imagino que o sr. Taylor estivesse de jejum naquela noite. Talvez fazendo uma dieta *low-carb*.

Informações dadas por um outro vizinho na investigação indicaram que uma certa sra. Catherine Frary tivera acesso à casa dos Taylor naquele dia e fora ouvida dizendo a Fanny antes do interrogatório: "Aguenta firme que eles não vão conseguir nos pegar."

Investigações posteriores revelaram que o marido de Catherine e seu filho também morreram repentinamente duas semanas antes.

Suspeitas do crime, portanto. O estômago do marido e o do filho de Catherine foram mandados para Norwich, onde as análises confirmaram que também continham arsênico. Uma testemunha na casa dos Taylor declarou ter visto Catherine cuidando da sra. Taylor após os acessos de vômito e adicionando um pó branco, "tirado de um papelote com a ponta de uma faca", ao mingau da sra. Taylor, envenenando-a pela segunda vez. Desta vez, fatalmente. As duas mulheres também haviam envenenado a cunhada de Catherine na semana anterior.

Catherine e Fanny foram enforcadas em Norwich pelos assassinatos de seus maridos, da sra. Taylor, da cunhada e do filho de Catherine. Segundo o *Nile's Weekly Register* de 17 de outubro de 1835, as duas foram "despachadas para a eternidade em meio a uma enorme afluência de espectadores (vinte ou trinta mil), mais da metade mulheres". *Despachadas para a eternidade.* Belo endereço de entrega.

Estranho incluir o caso das "assassinas de Burnham" nos folhetos do hotel, especialmente considerando as expectativas de quem resolve passar um feriado ali.

O despertador nos tira às quatro e meia da manhã de baixo do edredom quentinho de penas de ganso e algodão egípcio. Nos vestimos em silêncio, com as roupas que já havíamos separado na noite anterior: camisetas de algodão fino, botas de caminhada, jeans e suéteres de lã para usar até o nascer do sol. Eu faço café usando a pequena cafeteira do quarto enquanto Mark arruma o cabelo no banheiro. Mark não é um homem vaidoso em nenhum aspecto, mas, como a maioria dos homens na casa dos 30, arrumar-se, para ele, ao que parece, significa principalmente arrumar o cabelo. Mas eu gosto da hesitação dele, uma pequena rachadura na sua perfeição. E também gosto de ficar pronta primeiro. Bebemos nosso café já arrumados, em cima do edredom, calados, janelas abertas, o braço dele me envolvendo. Vai dar tempo de entrar no carro e chegar à praia antes do amanhecer. O sol vai nascer às 5h05, segundo o informativo diário junto à cama.

Vamos então de carro, em relativo silêncio, até a praia de Holkham, respirando e pensando. Estamos juntos, mas sozinhos com nossos pensamentos e um com o outro. Tentando resistir à pesada sonolência que ainda não se foi completamente. Todo o processo parece um ritual familiar. Às vezes é assim com a gente, as coisas foram acontecendo desse jeito. Uma certa magia vai entrando na nossa vida, e nós a cultivamos como uma suculenta. Já fizemos tudo isso antes, é um dos nossos segredinhos. Manhã de aniversário. Enquanto estacionamos, fico me perguntando se continuaremos comemorando esse dia depois de nos casarmos, daqui a dois meses. Ou será que o dia do casamento vai ser a nossa nova data?

Ao sair do carro, encontramos um silêncio perfeito no Holkham Hall. Um silêncio interrompido, vez ou outra, pelo canto vigoroso de um pássaro. Um rebanho de cervos no campo ao lado se alarma e congela quando batemos as portas do carro. Nós retribuímos o olhar deles, todos momentaneamente imobilizados, até voltarem de novo a atenção para a relva.

Nosso carro é um dos primeiros a estacionar no cascalho do estacionamento. Vai ficar muito mais movimentado mais tarde — sempre fica —, com cães e famílias, reboques para cavalos e cavaleiros, grupos inteiros tentando aproveitar ao máximo os últimos dias de tempo bom. Parece que esse calor não vai durar muito. Mas é o que dizem todo ano, não é?

Não há ninguém à vista quando descemos as trilhas de cascalho que levam à grande extensão desértica da praia de Holkham, seis quilômetros e meio de areia dourada ladeada por uma floresta de pinheiros. O vento do Mar do Norte curva os tufos de mato e lança pelo ar a areia das cristas das imensas dunas. Quilômetros de areia e mar castigados pelo vento; nem sequer uma alma à vista. Uma paisagem fresca e aberta, fantasmagórica à meia-luz do amanhecer. Sempre dá a sensação de um novo começo. Como um novo ano.

Mark pega a minha mão e caminhamos em direção à praia. Chegando lá, tiramos as botas e entramos no mar gelado, os jeans arregaçados até os joelhos.

O sorriso dele. Seus olhos. Sua mão quente segurando a minha com firmeza. A sensação cortante da água gelada nos pés, a explosão de espuma branca fazendo o calor subir pelas minhas pernas. Frio que *queima*. Acertamos em cheio no horário. O céu começa a clarear. Nós rimos. Mark faz a contagem regressiva até 5h05 no relógio de pulso e olhamos pacientemente para a água na direção leste.

O céu todo vai clareando no crepúsculo e então o sol desponta na água prateada. O horizonte ganha um tom amarelo e vai adquirindo tons de pêssego e rosa ao bater nas nuvens mais baixas e mais além — e a cúpula inteira resplandece azulada. Azul-celeste! Ah! Lindo demais. Tão lindo que me dá náuseas.

Quando não conseguimos mais suportar o frio, volto à costa e me curvo à beira da água para limpar os pés sujos de areia, antes de calçar as botas de novo. Um raio de sol refletido na água cristalina faz brilhar intensamente meu anel de noivado. A neblina do início da manhã se foi, a umidade salgada no ar é intensa. Tão claro. Tão límpido. O céu num azul em alta definição. O melhor dia do ano. Sempre. Tanta esperança, todo ano.

Mark me pediu em casamento em outubro, depois de completar 35 anos. Embora estivéssemos juntos havia anos, ainda assim foi uma surpresa, de certa maneira. Às vezes, fico me perguntando se deixo as coisas passarem mais do que as outras pessoas. Talvez não preste atenção direito, ou talvez não seja tão boa assim para perceber as coisas. Muitas vezes sou surpreendida. Sempre me surpreendo quando Mark diz que fulano não gosta de sicrano, ou que alguém se sentia atraído por mim ou qualquer outra reação forte. Eu nunca noto. Acredito que seja melhor assim. O que os olhos não veem o coração não sente.

Mark percebe as coisas. Ele é muito bom com gente. As pessoas se iluminam quando ele chega. Adoram-no. Nas raras vezes em que fazemos algo separados, quase sempre perguntam "Mark não vem?", num tom de espanto e decepção. Não levo para o lado pessoal, pois também me sinto assim. Mark torna qualquer situação melhor. Ele ouve, realmente ouve. Faz contato visual. Não de maneira agressiva, mas de um jeito que tranquiliza as pessoas — seu olhar diz: *Estou aqui, e para mim isso é tudo que basta*. Ele se interessa pelas pessoas. O olhar de Mark não tem julgamentos, ele simplesmente está ali, com você.

Ficamos sentados no alto de uma duna, contemplando a vasta extensão do céu e do mar. O vento aqui é mais forte. O ar uiva nos ouvidos. Ainda bem que os suéteres são grossos. A robusta lã irlandesa aquece e libera o cheiro do animal. A conversa se encaminha para o futuro. Nossos planos. Sempre fazemos planos neste dia. Como resoluções, acho eu, resoluções de meio de ano. Eu sempre gostei de fazer planejamentos, desde criança. Gosto de planejar. Gosto de fazer um balanço geral. Mark nunca tinha feito resoluções, de fato, antes de nos conhecermos, mas imediatamente aderiu à ideia — a natureza progressiva e futurista da coisa combinou com ele.

Minhas resoluções de meio de ano não têm nada de extraordinário. O de sempre: ler mais, ver menos TV, ser mais sagaz no trabalho, passar mais tempo com as pessoas que amo, comer melhor, beber menos, ser feliz. E Mark diz que quer focar mais no trabalho.

Mark trabalha em banco. Sim, eu sei, narizes torcidos. Mas só digo uma coisa: ele não é um babaca. Podem acreditar em mim. Não é um daqueles mauricinhos, que jogam polo e frequentam clubes exclusivos. É um menino comum de Yorkshire que venceu na vida. Tudo bem, seu pai não era exatamente um minerador ou coisa parecida. O sr. Roberts, hoje aposentado, era consultor financeiro de aposentadoria na Prudential, em East Riding.

Mark progrediu rápido na City, foi aprovado nos exames de qualificação, tornou-se investidor do mercado financeiro, especializou-se em fundos soberanos, foi contratado por uma concorrente e promovido. E aí aconteceu. A crise econômica.

A indústria financeira perdeu o chão. Todo mundo que entendeu o que estava acontecendo ficou aterrorizado desde o primeiro dia. Viram o dominó todo desmoronando à sua frente. Tecnicamente, Mark estava bem. Seu emprego estava a salvo e, na verdade, ainda mais seguro que antes, pois era especializado exatamente naquilo em que todo mundo ia precisar de ajuda depois da crise: dívida soberana. Mas as bonificações despencaram para todo mundo. Tudo bem, a gente não estava exatamente na fila da sopa, mas muitos amigos dele foram demitidos, o que era um horror. Na época, fiquei apavorada, assistindo à derrocada de pais com filhos na escola e hipotecas que não tinham mais como ser pagas. As esposas não trabalhavam desde a gravidez. Ninguém tinha um plano B. Foi o ano em que as pessoas vinham jantar e choravam. Iam embora pedindo desculpas, sorrindo esperançosamente e prometendo que nos veríamos novamente quando voltassem a morar em suas cidades de origem e a vida retornasse aos eixos. Nunca mais tivemos notícias de muitos deles. Soubemos que alguns tinham voltado a morar com os pais em Berkshire, ou ido trabalhar na Austrália, ou se divorciado.

Mark trocou de banco; todos os seus colegas foram dispensados, e ele ficou com o trabalho de cinco, então resolveu se arriscar em outras bandas.

Mas desse novo banco eu não gosto. Não é muito legal. Os caras lá estão todos fora de forma e fumam, não que eu me incomode com isso, mas tenho percebido um ar de ansiedade e aflição. Isso me preocupa. Um cheiro amargo de sonhos perdidos. Os colegas de Mark às vezes saem com a gente para beber e ficam zombando e falando mal das mulheres e dos filhos, como se eu não estivesse lá. Como se pudessem estar em alguma praia maravilhosa em algum lugar, não fosse por aquelas mulheres.

Mark não é como eles, ele se cuida. Corre, nada, joga tênis, cuida da saúde e... fica onze horas por dia sentado numa sala com esses caras. Eu sei que ele é obstinado, mas dá para ver que está sendo desgastante.

E agora, logo hoje, no nosso aniversário, declara que quer focar mais no trabalho.

*Focar* significa que vou vê-lo menos. Ele já trabalha demais. Acorda às seis da manhã de segunda a sexta, sai de casa às seis e meia, almoça no escritório e volta para casa — e para mim — totalmente exausto às sete e meia da noite. A gente janta e conversa, às vezes vê um filme, e às dez da noite ele está na cama com as luzes apagadas para começar tudo de novo.

— Mas é isso que eu quero mudar — diz ele. — Já estou trabalhando lá faz um ano. Quando cheguei, prometeram que eu só ficaria nesse cargo temporariamente, até a reestruturação do departamento. Mas não me deixam fazer isso. Não me deixam reestruturar. Então não estou fazendo o que fui contratado para fazer. — Ele solta um suspiro. Esfrega a mão no rosto, para baixo e para cima. — E tudo bem, mas preciso ter uma boa conversa com Lawrence. Tenho que falar com ele sobre a minha bonificação de fim de ano e a mudança da equipe, porque alguns daqueles palhaços não têm ideia do que estão fazendo. — Ele faz uma pausa e olha para mim. — Estou falando sério, Erin. Eu não ia te contar, mas, depois que fechamos aquele negócio na segunda-feira, o Hector me ligou chorando.

— Chorando por quê? — pergunto, surpresa. Hector trabalha com Mark há anos. Quando Mark saiu do outro banco, quando estava tudo dando errado, prometeu a Hector que encontraria alguma coisa para ele se conseguisse outro emprego. E manteve a promessa. Mark levou Hector quando mudou de banco. Eles iriam juntos ou nenhum dos dois iria.

— Lembra que, no outro dia, a gente só estava esperando os números para fechar o contrato?

Ele lança um olhar questionador para mim.

— Claro, você até foi atender à ligação no estacionamento — respondo, assentindo com a cabeça. Ele saiu do pub onde a gente estava almoçando ontem e passou uma hora andando para cima e para baixo no cascalho enquanto a comida esfriava. Eu fiquei lendo meu livro. Sou autônoma, então conheço muito bem esse tipo de telefonema.

— Pois é, ele me disse que já estava com os números. Os caras da mesa de operações criaram a maior dificuldade para ir ao escritório nas férias, tornaram as coisas bem difíceis para ele. Convocaram uma reunião para quando voltarmos, para falar de horas extras e ética de conduta. Completamente ridículo. Enfim... Hector falou com o pessoal de Nova York, tentou explicar que ninguém estava interessado e por que os números estavam demorando, e eles ficaram putos. O Andrew... Você se lembra do Andrew de Nova York, né? Eu te contei sobre...

— Aquele cara que estava te xingando pelo telefone no casamento da Brianny? — interrompo.

Ele bufa e sorri.

— Sim, o Andrew. Ele é todo esquentadinho. Mas, então... ele começou a gritar com o Hector pelo telefone, aí o Hector pirou e simplesmente fechou o valor do acordo e apertou enviar. E foi para a cama. Quando acordou, tinha centenas de chamadas perdidas e e-mails. Eles simplesmente haviam posto um zero a mais no valor. Greg e os outros caras do departamento fizeram isso para atrasar o acordo, achando que o Hector ia verificar antes de enviar e mandar que refizessem tudo na semana que vem, quando estivéssemos de volta ao escritório, só que o Hector não verificou. Apenas aprovou e enviou. E é um contrato com força de lei.

— Meu Deus, Mark! Não dá para dizer que foi um erro?

— Não dá, amor. E aí o Hector me liga tentando explicar que ele nunca, quase nunca, deixa de verificar... mas o Andrew disse para mandar, e ele acabou supondo que o valor estivesse correto... e de repente ele começa a chorar. Erin, eu... eu fico com a sensação de estar cercado de completos... — Mark se detém e balança a cabeça, pesaroso.

— Então vou começar a sondar outros lugares. Até aceito uma perda de bonificação, uma queda de salário, numa boa. De qualquer maneira, o mercado não vai voltar a ser o que era. Não vamos nos iludir. Mas não preciso mais desse estresse. Quero minha vida de volta. Quero você, filhos, e nossas noites de novo.

Fico feliz em ouvir isso. Muito mesmo. Eu o abraço. Afundo a cabeça no seu ombro.

— Eu também quero.

— Que bom.

Ele beija suavemente meus cabelos.

— Vou achar um lugar bacana, esperar baixar a poeira dessa história do Hector para entregar minha carta de demissão, usar o período do meu aviso prévio para o casamento e a lua de mel e, se tudo der certo, voltar a trabalhar em novembro. A tempo do Natal.

Ele já precisou cumprir esse tipo de aviso prévio antes: qualquer um que trabalhe no setor financeiro tem que ficar de quarentena entre um emprego e outro, em tese para impedir a transmissão de informações privilegiadas, mas na prática são dois meses de férias pagas. O plano parece excelente. Que bom para ele. Mas bem que eu gostaria de tirar umas semanas de férias do trabalho também. A gente poderia aproveitar, ter uma bela lua de mel. Atualmente estou trabalhando no meu primeiro documentário de longa-metragem, mas, até o casamento, terei concluído a primeira etapa de filmagens, e então devo ter um bom intervalo de três a quatro semanas antes de iniciar a segunda etapa. Essas três ou quatro semanas certamente podem vir a calhar.

Sinto um calor no peito. É uma coisa boa. Será melhor para nós.

— Aonde vamos? — pergunta ele.

— Na lua de mel?

É a primeira vez que realmente tocamos no assunto. Faltam dois meses para o casamento. Tratamos de tudo, mas tínhamos deixado essa questão para depois. Intocada, como um presente que não foi aberto. Mas acho que o momento é tão propício quanto qualquer outro para abordar o assunto. Estou empolgada com a possibilidade disso tudo. Ter ele só para mim durante semanas.

— Vamos dar a louca. Pode ser a última vez que a gente tem tempo e dinheiro — arrisco.

— Sim! — grita ele, entrando na minha.

— Duas semanas... não, três semanas? — proponho, apertando os olhos, repassando mentalmente o cronograma de filmagens e as entrevistas que tenho que fazer. Podem ser três.

— Aí, sim! Caribe? Maldivas? Bora Bora? — pergunta ele.

— Bora Bora. Perfeito. Não tenho a menor ideia de onde fica, mas parece esplêndido. Foda-se. Primeira classe? Dá para ser primeira classe?

Ele solta um risinho.

— Dá. Vou reservar.

— Ótimo!

Nunca voei na primeira classe.

É quando digo algo do qual viria a me arrepender pelo resto da vida.

— Vou mergulhar com você quando formos. Vou tentar de novo. E aí a gente pode descer juntos.

E digo isso porque parece ser o máximo que posso oferecer a Mark para lhe mostrar quanto o amo. Como um gato com um rato morto na boca, queira ele ou não, eu o ponho aos seus pés.

— Sério?

Ele fica olhando para mim, preocupado, os olhos contraídos por causa da luz do sol, a brisa agitando seus cabelos negros. Não estava esperando por isso.

Mark é mergulhador profissional. Vem tentando me convencer a mergulhar com ele em todas as viagens que fizemos juntos, mas eu sempre amarelo. Antes de nos conhecermos, tive uma experiência ruim. Entrei em pânico. Nada grave, mas a ideia simplesmente me apavora. Não gosto de me sentir presa. Pensar na pressão e na lenta subida vindo lá de baixo me enche de medo. Mas quero fazer isso por ele. Uma nova vida a dois, novos desafios.

Eu sorrio.

— Sim, juro!

Eu consigo. Não pode ser tão difícil assim. Até crianças mergulham. Vai dar tudo certo.

Ele olha para mim.

— Eu te amo pra caralho, Erin Locke — diz ele simplesmente.

— Eu também te amo pra caralho, Mark Roberts.

Ele se inclina, segura minha cabeça e me beija.

— Você é de verdade? — pergunta, olhando nos meus olhos.

Já jogamos esse jogo antes, só que não é bem um jogo. Ou será que é? Um jogo mental, talvez.

O que ele está perguntando realmente é: "*Isso* é de verdade?" É tão bom que só pode ser brincadeira, uma inverdade. Eu devo estar mentindo. Será que estou mentindo?

Eu espero um segundo. Deixo os músculos do rosto relaxarem enquanto ele me observa atentamente. Deixo as pupilas se contraírem, como o universo implodindo, e respondo calmamente:

— Não.

Não, eu não sou real. É assustador. Só fiz isso algumas vezes. Me ausentar do meu próprio rosto. Desaparecer. Como um celular redefinindo as configurações de fábrica.

— Não, não sou de verdade — digo com simplicidade, o rosto transparente e sem expressão.

Tem que parecer que estou falando sério.

Funciona melhor quando parece real.

Ele pestaneja, o olhar percorrendo meu rosto todo em busca de um gancho, uma fissura à qual possa se prender. Mas não há nada. Eu desapareci.

Sei que ele tem lá suas dúvidas. Bem no fundo, teme que um dia eu simplesmente desapareça mesmo. Vá embora. Que isso não seja real. Que ele acorde e tudo esteja do mesmo jeito em casa, mas eu não esteja mais lá. Eu conheço esse medo, consigo vê-lo em seu rosto nos momentos mais inesperados, quando saímos com amigos ou quando estamos separados num lugar cheio de gente. Eu o vejo, esse olhar, e sei que *Mark* é real. E agora o vejo em seu rosto. E é o suficiente para mim.

Deixo o sorriso sair, e o rosto dele explode de alegria. Ele ri. Enrubescendo de emoção. Eu rio, e ele segura meu rosto de novo, levando seus lábios aos meus. Como se eu tivesse vencido uma corrida. Como se tivesse voltado da guerra. Muito bem, digo para mim mesma. *Meu Deus, como eu te amo, Mark!* Ele me empurra para a vegetação rasteira da praia e a gente fode loucamente, as mãos cheias de suéteres de lã e pele molhada. E quando ele goza, eu sussurro no seu ouvido:

— Eu sou de verdade.

# 3

*Segunda-feira, 11 de julho*

# A LIGAÇÃO

No ano passado, eu havia finalmente conseguido apoio de uma instituição beneficente de assistência a presidiários no financiamento do meu primeiro projeto solo. Ele agora está tomando forma, depois de anos de pesquisa e planejamento: meu próprio documentário de longa-metragem. Dei um jeito de concluir toda a pesquisa e a pré-produção enquanto tocava meus projetos *freelance*, e devo começar a filmar as entrevistas pessoalmente daqui a nove dias. Me dediquei muito a essa produção, e espero, mais que qualquer coisa, que dê tudo certo. Na fase do planejamento, a gente só consegue ir até certo ponto, depois tem que esperar e ver o que acontece. É um ano e tanto. Para mim. Para nós. O filme, o casamento — parece que está tudo acontecendo ao mesmo tempo. Mas sinceramente acredito que estou naquela fase mágica da minha vida em que todos os planos que iniciei aos 20 e poucos anos finalmente se concretizam, em uníssono, como se de alguma forma eu os tivesse orquestrado deliberadamente dessa maneira, embora não me lembre de tê-lo feito conscientemente. Acho que é assim mesmo que a vida funciona, não é? Nada e, de repente, tudo ao mesmo tempo.

A ideia do filme, na verdade, é simples. Me veio certa noite, quando estava contando a Mark como era a vida no internato. Depois que apagavam as luzes, à noite, todas nós ficávamos horas no escuro falando sobre o que faríamos quando finalmente voltássemos para casa. O que comeríamos quando pudéssemos escolher nossa comida. Não cansávamos de fantasiar essas refeições imaginárias. Era uma verdadeira obsessão por Yorkshire *puddings* com molho de carne e salsichinhas no espeto. Ficávamos imaginando o que vestiríamos quando pudéssemos escolher nossas roupas, aonde iríamos, o que faríamos quando tivéssemos liberdade. Então Mark comentou que parecia uma prisão. Que a gente ficava sonhando com a nossa casa exatamente como um preso sonha em voltar para a sua.

E aí veio a ideia do documentário. O formato é simples. O filme vai acompanhar três presos durante e depois do encarceramento, com entrevistas e cobertura do dia a dia: duas mulheres e um homem falando de suas expectativas e seus sonhos acerca da liberdade antes e depois de serem soltos. Hoje terei minha última conversa introdutória via telefone e depois farei entrevistas cara a cara com cada um deles, na prisão, antes da soltura. Até agora, conversei várias vezes com as duas mulheres, mas tem sido muito mais difícil entrar em contato com o voluntário masculino. Hoje finalmente obtivemos a tão suada autorização para realizar essa entrevista por telefone. Estou esperando a ligação de Eddie Bishop. *O próprio* Eddie Bishop, um dos poucos gângsteres do East End londrino ainda vivos. Gângster mesmo, cem por cento autêntico, do tipo que mata e esfola, com direito a sotaque cockney e pinta de brutamontes de cassino. Integrante original da Gangue Richardson e, mais recentemente, esteio da maior quadrilha criminosa em ação ao sul do Tâmisa, na capital.

Fico olhando para o telefone de casa. Nada de tocar. Deveria estar tocando. Já é 13h12 e estou esperando a ligação da prisão de Pentonville há doze... não, agora treze minutos. As conversas telefônicas com minhas voluntárias, Alexa e Holli, começaram pontualmente. Fico me perguntando qual poderia ter sido o problema e rezo para que Eddie não tenha desistido, mudado de ideia. Rezo para que a direção da prisão não tenha mudado de ideia.

Foi difícil conseguir aprovação da direção da prisão para qualquer coisa, de modo que vou ter que fazer as entrevistas presenciais sozinha, desacompanhada. Só eu e a câmera num tripé. Vou dispor apenas desse material bruto nessa etapa, mas até que combina com o conteúdo, então estou satisfeita. Na segunda etapa, quando meus voluntários estiverem fora da prisão, Phil e Duncan vão me acompanhar.

Phil é um cinegrafista que já conheço e em quem confio cegamente: tem um olho incrível e nosso senso de estética é bem parecido; sei que isso parece meio arrogante, mas posso garantir que é importante. E Duncan e eu já trabalhamos juntos algumas vezes. Ele é divertido, mas, sobretudo, é um profissional muito melhor do que o que eu poderia pagar. Trabalhar nisso vai ser um pequeno abalo no bolso de Duncan e Phil, porque o financiamento é bom, mas não é nenhuma maravilha. Felizmente, eles adoraram a ideia tanto quanto eu, e acreditam no projeto.

Dou uma olhada nas pastas contendo os documentos de autorização conquistados com tanta dificuldade no Ministério da Justiça e no Her Majesty's Prison Service. Mais que qualquer coisa, quero que o documentário transcenda a representação convencional dos presos mostrando as pessoas por trás das penas desses três indivíduos. Holli e Eddie cumprem penas de quatro a sete anos por crimes sem morte. Alexa recebeu pena de "uma vida em condicional", o que equivale a quatorze anos na prisão. Mas será que esses crimes podem definir quem eles são como pessoas? Será que se pode determinar qual deles é mais perigoso? Ou quem é uma pessoa melhor? Em quem podemos confiar? É o que veremos.

Pego o telefone, com fio e tudo, e sento com ele no sofá perto da janela, à luz do sol da arborizada zona norte de Londres, que imediatamente aquece meus ombros e a minha nuca. Por algum motivo, o verão britânico está demorando a acabar. Em geral a gente mal consegue alguns dias de verão de verdade, mas esse ano o sol está firme e forte. E já faz três semanas. Dizem que não vai durar, mas até agora continua aí. Mark foi para o trabalho e a casa está silenciosa. Só o ronco abafado dos caminhões e o zunido das motocicletas chegam da distante Stoke Newington High Street. Pela janela de guilhotina, estilo georgiano, olho para o nosso jardim dos fundos; um gato vai passando pelo muro, preto com patas brancas.

Tive que pedir favor a Deus e ao mundo para chegar até aqui. Fred Davey, o diretor que me deu meu primeiro emprego, mandou uma carta de recomendação ao ministro da Justiça. Tenho certeza de que os dois BAFTAs de Fred e sua indicação ao Oscar contribuíram muito mais para a minha causa do que a sinopse que providenciei na proposta do filme. A ITV já manifestou interesse em comprar os direitos do documentário depois do lançamento, e o Channel 4 escreveu uma carta de recomendação sobre o meu trabalho: eles já exibiram dois curtas meus. Minha escola de cinema também me apoiou, claro. A galeria White Cube me deu referências, se é que isso tem algum valor para o Ministério da Justiça. E o mesmo fizeram todas as produtoras para as quais trabalhei como freelance, assim como a Creative England, que até agora tem ajudado muito no financiamento e apoio de todo o processo.

Além do mais, claro, eu tenho Eddie Bishop. Ele é a grande cartada, um sonho para qualquer documentarista. Foi por causa dessa entrevista que eu consegui o financiamento. De modo que esse telefonema é decisivo. Eddie é decisivo.

Talvez você não saiba, mas a história de Eddie equivale à história do crime na Grã-Bretanha. Ele entrou para a gangue Richardson aos 18 anos, quando a quadrilha estava no auge do poder, pouco antes de sua queda, em 1966. Foi no ano em que a Inglaterra venceu a Copa do Mundo que a história toda começou com os irmãos Kray.

Eddie tinha talento para o crime. Era confiável, objetivo, resolvia as coisas. Fosse qual fosse o trabalho. Sem firulas. Logo se tornou indispensável para os irmãos Richardson, de tal maneira que, naquele verão de 1966, quando os dois finalmente foram presos, Eddie Bishop continuou lá para manter tudo funcionando enquanto os irmãos e o restante da gangue estavam atrás das grades.

Diz-se que Eddie reconstruiu o sindicato do crime no sul de Londres e o administrou durante quarenta e dois anos, até ser preso por lavagem de dinheiro há sete. Durante quatro décadas, Eddie dominou o sul de Londres, assassinou, esquartejou e extorquiu para se impor na cidade, e o máximo que conseguiram arrumar para ele foram sete anos por lavagem de dinheiro.

*Trimmm, trimmm.*

O silêncio é cortado pelo telefone. Estridente, insistente, e de repente fico nervosa.

*Trimmm, trimmm. Trimmm, trimmm.*

Penso com meus botões que está tudo bem. Já fiz a mesma coisa com as outras entrevistadas. Tudo certo. Respiro fundo, trêmula, e levo o fone ao ouvido e à boca.

— Alô?

— Alô, é Erin Locke? — A voz é feminina, seca, quarentona. Não é o que eu esperava. Nem, evidentemente, Eddie Bishop.

— Sim, Erin Locke falando.

— Aqui é Diane Ford, da Prisão de Pentonville. É uma chamada do sr. Eddie Bishop para a senhora. Posso passar, sra. Locke?

Diane Ford parece entediada. Não está interessada em quem sou eu, em quem ele é. Para ela, é apenas mais uma ligação.

— Ah... sim, obrigada, Diane. Obrigada.

E ela se foi. O clique baixinho de quem desliga e o sinal de espera.

Eddie nunca deu entrevista. Nunca disse uma palavra a ninguém sobre a coisa toda. Jamais. Não acredito nem por um segundo que serei aquela que vai escancarar o cofre. Nem tenho certeza se quero. Eddie é criminoso profissional há mais tempo do que eu tenho de vida. Nem sei por que diabos concordou em participar do meu documentário, mas aqui estamos nós. Ele parece o tipo do sujeito que não dá ponto sem nó, então imagino que muito em breve vou saber qual o interesse dele.

Ainda trêmula, respiro fundo de novo.

E a ligação é completada.

— Aqui é Eddie.

Uma voz grave, quente. Voz densa com a oclusiva glotal típica do sotaque cockney. Estranho finalmente ouvi-la.

— Olá, sr. Bishop. Que bom poder finalmente falar com o senhor. Aqui é Erin Locke. Como vai hoje?

Um bom começo. Muito profissional. Ouço-o se mexendo do outro lado, se acomodando.

— Oi, meu bem. Bom falar com você. Locke, é? Ainda sem o Roberts? E quando é o grande dia?

Ele faz a pergunta em tom alegre, do nada.

Dá para perceber o sorriso na voz. Seria uma pergunta gentil de se fazer em qualquer outra circunstância, e eu quase chego a sorrir também ao telefone, mas algo me detém. Pois não existe a menor chance de Eddie saber da proximidade do meu casamento, da mudança de nome ou de Mark, a não ser que esteja me espionando. E ele está na prisão, o que significa que deve ter mandado *alguém* me investigar. E me investigar é um processo mais complexo que uma simples busca on-line. Não estou nas redes sociais. Facebook *não* é a minha praia. Qualquer bom documentarista sabe o que se pode fazer com uma boa dose de informações das redes sociais, então a gente trata de passar longe delas. Assim, numa simples frase, Eddie Bishop acaba de me dizer que encomendou uma investigação profissional a meu respeito. Mandou checarem minha vida. Ele é que está no comando e sabe tudo sobre mim. E sobre Mark. E sobre a nossa vida.

Espero um momento antes de responder. Ele está me testando. Não quero dar um passo em falso logo no início do jogo.

— Imagino que nós dois fizemos nossas pesquisas, sr. Bishop. Descobriu algo interessante?

Não há nada de controverso no meu passado, nenhum esqueleto no armário. Estou tranquila, naturalmente, mas ainda assim me sinto exposta, ameaçada. Ele está mostrando poder, traçando verbalmente um limite. Eddie pode estar atrás das grades há sete anos, mas quer que eu saiba que ele ainda mexe os pauzinhos. Se ele não fosse tão transparente quanto a isso, eu estaria apavorada neste exato momento.

— Bem tranquilizador, eu diria. Minha mente ficou em paz, meu bem. Todo cuidado é pouco — diz ele.

Eddie concluiu que eu não represento nenhuma ameaça, mas quer que eu saiba que está de olho.

Vou em frente, me levanto e tento desenrolar o fio do telefone, retomando o discurso profissional padrão.

— Obrigada por aceitar participar desse projeto. Fico realmente muito grata e quero que saiba que vou conduzir as entrevistas da forma mais objetiva e isenta possível. Não estou aqui para fazer de você um bode expiatório, vou apenas contar sua história. Ou melhor, vou deixar que você conte a sua história. Do jeito que quiser.

Espero que ele veja que estou sendo sincera. Certamente, na vida dele, não falta gente disposta a vender gato por lebre.

— Eu sei, meu bem. Por que acha que aceitei seu convite? Você é uma raridade. Só não me decepcione, viu? — Ele deixa isso reverberar por um segundo e logo dá um jeito de dissipar a intensidade, tornando o tom mais leve. — Pois, então, quando é que começa esse negócio? — O tom é vívido, interessado.

— Então, nossa entrevista presencial está marcada para 24 de setembro, daqui a uns dois meses e meio, mais ou menos. E o senhor será solto no início de dezembro. Podemos combinar, mais para a frente, quando será feita a filmagem posterior à soltura. Tudo bem se acompanharmos você de perto no dia da soltura? — pergunto.

Agora estou na minha área, essa é a parte em que todos os meus planos entram nos trilhos. Se pudermos filmar a libertação de Eddie no estilo cinema-direto, não seria pouca coisa.

A voz dele reaparece, calorosa, porém clara.

— Vou ser franco, amor, não é o ideal. Vai ser um dia cheio para mim, se entende o que quero dizer. Você não pode me dar um dia ou dois, não? Hein? Pode ser?

Estamos negociando. Ele quer me dar algo, o que definitivamente é um bom sinal.

— Claro. A gente vai acertando as coisas. Você já tem o meu número, conversamos mais para a frente sobre esses detalhes. Sem problema.

Vejo o gato lá fora voltar rastejando junto à cerca, lombo arqueado, cabeça baixa.

Eddie pigarreia.

— Gostaria de perguntar mais alguma coisa sobre as entrevistas e o cronograma, sr. Bishop? — indago.

Ele ri.

— Não, acho que encerramos por hoje, meu bem; mas pode me chamar de Eddie. De qualquer maneira, Erin, foi bom finalmente falar com você, depois de ouvir tanta coisa a seu respeito.

— Igualmente, Eddie. Foi um prazer.

— Ah, e mande saudações ao Mark, por favor, querida. Parece um bom sujeito.

Um comentário *en passant*, mas minha respiração fica presa no peito. Ele anda investigando Mark também. O meu Mark. Nem sei o que dizer. Minha pequena pausa se transforma em silêncio na linha. Ele percebe.

— E como foi que vocês se conheceram?

Ele deixa a pergunta pairando no ar. Merda. Não estamos aqui para falar de mim.

— Não é da sua conta, não é, Eddie?

Digo isso com um sorriso forçado na voz. As palavras saem tranquilas e confiantes e, curiosamente, com uma ponta de sensualidade. Totalmente inadequado, mas, de certa forma, perfeitamente adequado.

— Ah! Não! Você está certa, meu bem. Não é mesmo da minha conta. — Eddie cai na gargalhada. Ouço as risadas ecoarem pelo corredor da prisão, do outro lado da linha. — Muito bom, amor, muito bom.

E lá vamos nós. Voltando ao que interessa. Parece que está tudo indo bem. Parece que estamos nos entendendo. Eddie Bishop e eu.

Eu sorrio ao telefone, dessa vez um sorriso autêntico. Estou sorrindo na minha sala de estar vazia, sozinha, à luz do sol.

## 4
## COMO NOS CONHECEMOS

Conheci Mark no Annabel's, um clube em Mayfair. Só para deixar claro: o Annabel's não é o tipo de lugar que nós dois frequentamos. Foi a primeira e última vez que estive lá. Não porque foi terrível; eu até que me diverti — meu Deus! Foi onde conheci o amor da minha vida! —, mas foi por puro acaso que nós dois estávamos lá. Se você nunca ouviu falar do Annabel's, é um lugar bem estranho. Escondido debaixo de uma escada totalmente sem graça em Berkeley Square e em funcionamento há cinco décadas, o clube já viu todo tipo de gente — de Nixon a Lady Gaga — subir e descer aqueles degraus. Foi inaugurado por Mark Birley na década de 1960 como um cassino, por sugestão de seu grande amigo, lorde Aspinnal, mais parecendo um cenário dos filmes de James Bond de Sean Connery do que aqueles cassinos baratos com máquinas caça-níquel. Birley tinha ligações com a realeza, o mundo da política e o submundo do crime, de modo que, como você pode imaginar, atraía um monte de gente bem interessante. Criou um clube tranquilo, uma mistura de restaurante, bar e boate, para encontros entre amigos, mantido pela elite, para a elite. Eu não era membro do clube, mas, naquela noite, estava com uma.

Conheci a Caro no meu primeiro trabalho na National Film and Television School. Era um documentário de TV sobre as galerias White Cube. Eu estava empolgadíssima. Meu professor tinha feito uma recomendação minha à produtora e lhe mostrou meu primeiro curta, que ela adorou. Eu era assistente de câmera de Fred Davey, um dos meus maiores heróis. O homem que um dia me ajudaria a conseguir a produção do meu primeiro documentário de longa-metragem. Felizmente, nós nos demos bem — eu tendo a ser boa com gente complicada. Chegava cedo e organizava as coisas: um cafezinho, um sorriso. Tentava ser invisível, mas indispensável, andando naquela corda bamba entre o sedutor e o confiável.

Caro tinha feito entrevistas com uns bambambãs para o documentário. Era a pessoa mais inteligente que eu tinha conhecido, ou pelo menos a mais culta. Fora a mais recente formanda de Cambridge a receber nota máxima com louvor em História, seguindo os passos de Simon Schama e Alain de Botton. Esbanjando ofertas de trabalho depois da formatura, surpreendeu ao aceitar um emprego administrando uma nova galeria financiada por sua melhor amiga da época do ensino médio. Cinco anos depois, a galeria já estava com a fama de ter descoberto a próxima geração de grandes artistas plásticos britânicos. Ela me convidou para beber no fim do primeiro dia de filmagem, e desde então somos grandes amigas.

Caro era divertida, estava sempre fazendo alusões às antepassadas da família, e, por esses comentários, eu vislumbrava mulheres fantásticas e influentes no mundo intelectual, com seus cigarros de piteira. Ela era glamourosa e instigante, e, cerca de duas semanas depois de nos conhecermos, ela me levou ao Annabel's.

A primeira vez que vi Mark, eu estava voltando do banheiro. Me escondera lá dentro para me livrar de um cara chato de *hedge fund* que tinha metido na cabeça que algum esporádico aceno meu de cabeça, juntamente com as olhadelas de sempre pelo ambiente, significavam interesse da minha parte. Uma garota espanhola me dissera que o Hedge

Fund ainda estava rondando em frente à porta do banheiro feminino com um drinque a mais, esperando que eu saísse. Aproveitei então para me atualizar em várias coisas pelo celular. Dei uns dez minutos e lá fui eu de novo. Hedge Fund tinha desaparecido. Certamente azarando alguma outra sortuda. Fui numa reta em direção ao bar, vendo no meio da multidão as costas do vestido dourado monocromático da Caro. Ela estava conversando, animada, com alguém. E, ao virar para a direita, pude ver a pessoa.

Eu literalmente estaquei. Meu corpo decidiu, antes do cérebro, que minha presença não era necessária naquela interação. Caro era uma mulher magnífica, alta e confiante. Os contornos do vestido de lamê dourado desenhavam cada curva do seu corpo. Era evidente que ela não estava usando lingerie. Parecia uma modelo de anúncio de perfume, e aquele homem era seu par nas páginas da revista. Ele era perfeito. Alto, robusto, parecendo musculoso sem dar a impressão de que malhava. Talvez fosse remador, ou quem sabe tenista. Talvez cortasse árvores. Sim, ele seria perfeito cortando árvores. Lembro que senti um desejo estranho de vê-lo fazer exatamente isso. Cabelos castanhos curtos e desgrenhados como os de quem acabou de acordar, mas com aparência suficientemente adequada para um homem de negócios. Ele abriu um sorriso largo ao ouvir algo que não consegui escutar, e Caro deu uma gargalhada. Não sei por que, mas o fato é que apressei o passo. Gosto de pensar que meu corpo assumiu o comando, uma necessidade celular. Seja como for, me empertiguei toda sem ter a menor ideia do que diria quando chegasse lá e completamente sem controle dos meus atos. Seus olhos deram com os meus a pelo menos dez passos de distância e se fixaram em mim, o olhar executando uma dança pelo meu corpo que eu reconheceria e pela qual ansiaria pelo resto da vida. Vasculhando meu rosto, passeando e arremetendo dos meus olhos à minha boca, procurando por *mim*.

Eu tivera tempo de me trocar antes de sairmos do set e optara por um macacão *vintage* rosa desbotado e sandálias de salto alto rosa-dourado. Era meu look da Faye Dunaway em *Rede de intrigas*, exclusivamente para situações noturnas de emergência. Me caía bem. Eu sei porque homens como Hedge Fund não estão atrás de personalidade.

Caro se vira para mim, seguindo o olhar do homem de cabelo castanho.

— Amiga! Onde é que você estava?

Sua expressão é radiante; está evidentemente feliz com o efeito que causamos. Começo a sentir um rubor subindo pelo pescoço, mas trato de bloqueá-lo.

— Mark, essa criatura deslumbrante é minha amiga Erin. Ela é artista. Faz documentários. Um gênio — diz ela com meiguice, entrelaçando o braço no meu de um jeito surpreendentemente territorialista. É bom ser querida. — Erin, esse é o Mark. Ele trabalha na City, coleciona arte moderna. Embora tenha ficado claro que não é fã de nada com Kalashnikovs nem com unhas humanas. Fora isso, tem uma mente bem aberta. Não é?

Ele sorri e estende a mão.

— Prazer te conhecer, Erin.

Aqueles olhos fixos em mim, me examinando. Eu aperto sua mão, fazendo questão de equiparar a força. Sinto sua mão quente inteira envolver meus dedos, ainda frios da água da pia do banheiro.

Concedo um sorriso, deixando que se espalhe pelos cantos da minha boca e suba até meus olhos. Dei-lhe um pouco de mim.

— O prazer é todo meu — respondo.

Eu precisava saber de quem ele era, se podia tê-lo para mim. Será que podia?

— Alguém quer uma bebida? — ofereço.

— Meu bem, na verdade, agora sou eu que vou ao banheiro. Volto já — gorjeia Caro, e sai deixando para trás apenas um sopro de perfume caro. Ela o deixou aqui para mim. Se bem que as Caros da vida devem ter gostosões de sobra aos pés.

Mark afrouxa ligeiramente a gravata com o indicador e o polegar. Terno azul-marinho. Porra.

— Bebida, Mark? — proponho.

— Ah, que isso, imagina, deixa comigo.

Com um aceno e um gesto da cabeça, ele pede champanhe. Então aponta para um canto e nos sentamos a uma mesa baixa. No fim das contas, ele veio sozinho e acabou de conhecer Caro. Quer dizer, veio com um amigo chamado Richard.

— Que está conversando com aquela gracinha ali.

Mark aponta para uma mulher que obviamente é uma acompanhante. Botas de látex até os joelhos e olhos entediados vagando pelo salão. Richard não parece muito incomodado com a falta de reciprocidade no papo, conversando pelos dois.

— Ahh, entendi. Interessante.

Por essa eu não esperava. Caramba.

Mark dá um sorriso e assente com a cabeça, e eu não tenho como segurar a risada que sai de supetão. Ele também ri.

— Somos muito amigos, Richard e eu — recita ele, com fingida solenidade. — Ele terminou o expediente no banco suíço onde trabalha. E eu sou sua babá. Ou cuidador? Sei lá. Só preciso levá-lo aonde ele quiser ir. Mas aparentemente... o interesse dele é aquele ali. Que tipo de documentários você faz?

— No momento, não muitos. Na verdade, estou apenas começando. Fiz um curta-metragem sobre pescadores noruegueses. Uma espécie de homenagem a Melville, meio que uma mistura de *Local Hero* com *O velho e o mar*, sabe?

Eu tento perceber se o estou entediando. Ele sorri, indicando com a cabeça que está ouvindo.

Conversamos por duas horas sem parar, acabando juntos com duas garrafas de Krug, as quais presumi que seriam pagas por ele, já que a conta equivaleria a um mês de aluguel do meu apartamento. Tudo fluiu muito bem, a conversa e o champanhe. Quando ele sorria, minhas coxas se tensionavam involuntariamente.

Até que o feitiço se quebra quando o amigo de Mark troca um olhar com ele do outro lado do salão, indicando que está saindo com a amiga. Isso depois, suponho, de terem chegado com dificuldade a algum acordo.

— É, acho que vamos ter que nos despedir.

Mark se põe de pé com relutância.

— Precisa levar ele para casa? — tento enrolar. Não quero pedir o número dele; quero que ele peça o meu.

— Ah, não, seria uma... não, graças a Deus. Vou deixar eles num táxi e pronto. E você?

— O apartamento da Caro é aqui pertinho. Provavelmente vou dormir no sofá dela hoje à noite.

Já fiz isso antes e, sinceramente, o sofá-cama dela é muito mais confortável que a minha cama.

— Mas você é da zona norte, não é? Onde você mora? Ou onde fica a maior parte do tempo?

Agora ele também está enrolando. Por cima do seu ombro, vejo Richard fazer hora de um jeito passivo-agressivo na escada. A acompanhante já deve estar na rua sendo abordada por passantes.

— Ah, sim, sou. Finsbury Park.

Agora nem sei mais aonde vai dar essa conversa. Estamos nos embolando.

Ele faz um gesto decidido de cabeça. Decisão tomada.

— Ótimo. Beleza... então, olha só, eu ganhei de Natal um projetor da minha irmã e estou completamente obcecado por ele. Coloco a projeção numa parede branca lá do meu apartamento. Fica do cacete. Não quer dar uma olhada? Eu tenho alguns documentários. Não sei se vai rolar, mas já tem um tempo que estou querendo ver um documentário de quatro horas sobre o Nicolae Ceauşescu.

Eu olho para ele. Será que está brincando? Ceauşescu? Realmente, não faço ideia. Talvez seja o convite mais maravilhosamente estranho que já recebi. E me dou conta de que não respondi. Ele continua falando, não querendo deixar a peteca cair.

— Ele é um ex-ditador da Romênia. Cantou *L'internationale* na própria execução. Pesado demais, talvez? O que você acha? Eu acho bem maneiro. Ele tinha um ônibus turístico próprio. Ceauşescu-bus.

E ele deixa em suspenso por um segundo. Ele é perfeito.

— Incrível. Incrível mesmo. Eu adoraria. Vamos marcar.

Eu tiro da bolsa um cartão de visitas que arranjei recentemente e lhe entrego. É o terceiro que dou desde que mandei fazer, depois de me formar, no mês passado. Mas pareço experiente. Fred Davey ganhou um, Caro, outro, e agora Mark Roberts tem o seu.

— Estou livre na semana que vem. Vamos assistir às quatro horas de Ceauşescu.

Dito isso, eu desapareço de novo nas profundezas do Annabel's.

E preciso de todo o meu autocontrole para não olhar para trás antes de virar uma esquina.

# 5

*Quarta-feira, 20 de julho*

# ENTREVISTA 1

Mark me liga do trabalho às 7h23 da manhã. Algo está errado. Dá para sentir o pânico na sua voz. Ele procura disfarçar, mas eu percebo.

Eu me endireito na cadeira. Nunca nem de longe ouvi a menor sugestão desse tom na sua voz. Tenho um ligeiro estremecimento, apesar do calor do ambiente.

— Erin, presta atenção, estou no banheiro. Eles pegaram o meu BlackBerry e não posso mais ficar no prédio. Tem dois guardas na porta do banheiro esperando para me acompanhar.

Ele parece agitado, mas segurando as pontas.

— O que aconteceu? — pergunto, enquanto imagens de atentados terroristas e vídeos trêmulos gravados no celular passam pela minha cabeça. Mas não é nada disso. Eu sei que não é. Conheço essa história. Não foram poucos os que passaram por ela. É de uma esterilidade assustadora. Mark foi "liberado das suas funções".

— Lawrence me chamou no escritório dele às sete. Disse que ficou sabendo que eu ando procurando outro lugar e que ele acha que é melhor para todo mundo que eu saia hoje mesmo. Terá o maior prazer em me dar referências, mas minha mesa já foi esvaziada e vou ter que entregar o celular do trabalho antes de sair do prédio. — Um segundo de silêncio na linha. — Não disse quem foi que contou.

Silêncio de novo.

— Mas está tudo bem, Erin. Eu estou bem. Eles mandam a gente direto para uma reunião do RH depois da dispensa, então vão me acompanhar do escritório do Lawrence até o RH! Querem tirar o deles da reta mesmo, meu Deus do céu! É muita babaquice! O cara do RH vai perguntar se eu estava feliz aqui. E eu vou ter que dizer: "Claro, foi fantástico, e, no fim das contas, foi o melhor para todo mundo. Lawrence está me fazendo um favor. Me liberando para o próximo desafio, blá, blá, blá..."

Mark está exaltado. Sente minha preocupação do outro lado da linha.

— Mas tudo bem, Erin. Vai dar tudo certo. Eu prometo. Olha só, agora vou ter que sair com esses caras, mas em uma hora mais ou menos estou em casa.

Mas eu não estou em casa.

Estou na Prisão de Holloway para começar minha primeira entrevista presencial. Ele não pode ter se esquecido disso, não é? Estou na sala de espera de uma prisão. Que merda! *Por favor, não precise de mim agora, Mark. Por favor, fique bem.*

Mas se ele precisar de mim, eu vou.

Puta merda. Essas duas necessidades que nos pressionam constantemente: "estar presente" e a nossa própria vida. Seu relacionamento ou sua vida. Por mais que a gente tente, não dá para ter os dois.

— É melhor eu voltar para casa? — pergunto.

Silêncio.

— Não, não, tudo bem — diz ele, por fim. — Preciso ligar para uma porrada de gente e dar um jeito. Preciso arranjar alguma outra coisa antes que esse negócio se espalhe. Rafie e Andrew ficaram de me dar uma resposta ontem...

Ouço baterem à porta onde ele está.

— Puta merda. Espera aí, cara! Meu Deus! Estou mijando! — grita ele. — Preciso ir, amor. Não tenho mais tempo. Me liga depois da entrevista. Te amo.

— Te amo. — Mando um beijo estalado, mas ele já desligou.

Silêncio. Estou de novo na calmaria da sala de espera. O guarda dá uma olhada e franze as sobrancelhas, os olhos escuros tranquilos, mas firmes.

— Eu não queria ter que falar, mas você não pode usar isso aqui — murmura ele, constrangido por ter que fazer papel de inspetor de escola. Mas é a sua função, e ele está fazendo o melhor que pode.

Eu boto o celular em modo avião e o coloco na mesa à minha frente. Mais silêncio.

Fico olhando para a cadeira vazia do outro lado da mesa. A cadeira do entrevistado.

Sinto um breve arrepio de liberdade. Não estou naquele banheiro com Mark. O universo ainda está aberto para mim, claro e desimpedido. Não é problema meu.

Imediatamente depois vem a culpa. Que coisa terrível, pensar isso. Claro que é problema meu. Problema *nosso*. Vamos nos casar daqui a dois meses. Mas esse sentimento não perdura. Eu não sinto os problemas de Mark como sinto os meus. O que isso quer dizer? Não sinto como se tivesse acontecido algo devastador. Sinto-me livre e leve.

Vai ficar tudo bem com ele, digo a mim mesma. Talvez seja por isso que eu não sinta nada. Porque amanhã estará tudo bem. Volto para casa cedo hoje à noite. Preparo o jantar para ele. Abro uma garrafa de vinho. Um bom vinho alegra o coração.

Sou transportada de volta ao presente pelo toque repentino da campainha na porta elétrica. Segue-se o som metálico abafado dos ferrolhos sendo abertos. Eu endireito meu bloco de notas. Organizo as canetas. O olhar do guarda encontra o meu.

— A qualquer momento, se não se sentir confortável, basta acenar com a cabeça e a gente encerra — diz ele. — Vou ficar aqui, devem ter te falado.

— Sim. Obrigada, Amal.

Dou meu sorriso mais profissional e aperto o botão de gravar na câmera, lentes voltadas para a porta.

Amal aperta o trinco e abre a porta. O barulho é ensurdecedor. Lá vamos nós. Entrevista 1.

O trinco da porta se libera afinal com um novo estrondo, e, por trás da janela gradeada, aparece uma garota baixa de cabelos claros. Um par de olhos pousa em mim, me perfura e resvala.

Já estou de pé antes mesmo que o impulso chegue à área das decisões no meu cérebro. O zumbido da campainha estrondeia pela sala. E novamente o arrastar de ferrolhos, os magnetos sendo liberados.

Ela entra na sala, a entrevistada número 1, com seu um metro e sessenta. Holli Byford tem 23 anos e é dolorosamente magra. Cabelos longos desordenadamente presos no alto da cabeça, o uniforme azul da prisão largo e pesado na sua figura minúscula. Maçãs do rosto salientes. Parece uma criança. Dizem que a gente sabe que está envelhecendo quando todo mundo começa a parecer incrivelmente jovem. Eu tenho apenas 30 anos. Holli Byford parece que tem 16, para mim.

A porta se fecha com um zumbido atrás dela. Amal pigarreia. Que bom que ele vai ficar. Foi ontem que me ligaram da prisão. Embora Holli esteja melhorando, eles ainda não acham conveniente dispensar acompanhamento no seu caso. Holli continua de pé, totalmente à vontade, no meio da sala. Seus olhos passeiam preguiçosamente pelos móveis, pela câmera. E me evitam. Ela ainda não admitiu minha presença. Até que seus olhos param no meu rosto. Meu corpo tensiona. Eu me preparo. O olhar é duro. Bate em mim. É sólido. Faz com que ela pareça muito mais imponente do que aquela figura frágil.

— Então você é a Erin? — pergunta ela.

Eu assinto.

— Muito bom conhecer você pessoalmente, Holli — respondo.

Nos últimos três meses, nossas conversas ao telefone foram breves. Consistiam basicamente nas minhas explicações sobre o projeto, e silêncios aqui e ali salpicados com seus distraídos "sim" e "não". Mas agora, vendo-a, percebo que os silêncios, aparentemente vazios pelo telefone, na verdade eram bem cheios. Só não dava para ver do quê.

— Não quer se sentar? — proponho.

— Quero não.

Ela permanece junto à porta.

Impasse.

— Por favor, sente-se, Holli, ou a levaremos de volta à sua cela — dispara Amal no silêncio pesado.

Ela puxa a cadeira à minha frente lentamente de baixo da mesa e senta com recato, as mãozinhas no colo. Olha para a janela de vidro fosco bem no alto da parede da sala de espera. Eu olho de soslaio para Amal. Ele me tranquiliza com um gesto da cabeça. *Vá em frente.*

— Então, Holli. Vou direto às perguntas, exatamente como a gente conversou ao telefone. Não se preocupe com a câmera, é só conversar comigo normalmente.

Ela não me encara, os olhos ainda voltados para o quadrado de luz lá em cima. Fico me perguntando se ela está pensando no que há lá fora. O céu? O vento? De repente me vem a imagem de Mark voltando para casa de táxi, uma caixa com seus pertences no colo, preso nos seus próprios problemas. No que estará pensando neste exato momento enquanto avança pela City sem ter para onde ir? Então eu também olho para a claraboia. Lá em cima, duas gaivotas mergulham no azul-claro. Eu respiro fundo o ar com cheiro de água sanitária da prisão e baixo o olhar para minhas anotações. Preciso manter o foco. Empurro Mark para outro canto da mente e dirijo o olhar ao rosto anguloso de Holli.

— Tudo bem, Holli? Está claro?

O olhar dela recai em mim.

— Quê?

Ela faz a pergunta como se eu estivesse dizendo um monte de asneiras.

Ok. Preciso botar as coisas nos eixos de novo. Plano B. Vamos resolver isso.

— Holli, pode me dizer seu nome, idade, duração da pena e acusação?

Uma instrução simples e direta, reproduzindo o tom de voz de Amal. Não temos tempo para esse tipo de joguinho, seja qual for.

Ela se endireita ligeiramente na cadeira. Bem ou mal, essa é uma dinâmica que entende.

— Holli Byford, 23 anos, cinco anos por incêndio criminoso nos protestos de Londres — responde ela, falando rápido e no automático.

Ela foi um dos milhares de manifestantes detidos nos cinco dias de protestos em toda a Londres em agosto de 2011. O motim começou quando um protesto pacífico contra a morte de Mark Duggan logo se transformou em algo completamente diferente. Oportunistas, se achando donos da razão, rapidamente se aproveitaram da confusão, e o caos se instalou em Tottenham. Policiais agredidos, lojas incendiadas, propriedades destruídas e shoppings saqueados. Nos dias que se seguiram, o caos se espalhou pela cidade. Os manifestantes e os saqueadores, percebendo que estavam um passo à frente da polícia, começaram a coordenar os ataques pelas redes sociais. Os saqueadores se juntavam e investiam contra as lojas, para em seguida postar fotos dos troféus da pilhagem. Lojas eram fechadas, a população se retraía, temendo ser agredida ou coisa pior.

Lembro que na época vi vídeos granulosos de câmeras de celular de gente quebrando as vitrines da JD Sports, indo desesperada atrás de tênis e meias.

Não me entendam mal, não estou desdenhando essas pessoas. Você não pode ficar muito tempo provocando uma pessoa com algo que ela não pode ter. Há sempre um limite. Depois do qual vem a reação, boa ou má.

Londres estava em queda livre naqueles cinco dias de agosto de 2011.

Das 4.600 detenções efetuadas nesses dias, um recorde de 2.250 chegou aos tribunais. As sentenças foram rápidas e duras. As autoridades achavam que, se os casos dos jovens envolvidos não fossem transformados em exemplos, estariam criando um precedente preocupante.

Metade dos que foram acusados, julgados e sentenciados tinha menos de 21 anos. Holli era um deles.

Ela está sentada à minha frente do outro lado da mesa, de novo olhando para a janela no alto.

— E o que você fez durante os protestos, Holli? Nos conte como foi aquela noite, do que se lembra.

Ela reprime um riso e olha para Amal, em busca de um aliado, então lentamente o dirige de volta para mim, com a mesma expressão severa de antes.

— Pelo que *eu me lembro* — solta, então, num sorriso forçado —, foi no fim de semana em que mataram Mark Duggan. Eu olho no Facebook e está todo mundo naquela loucura... tinham invadido um centro comercial e pegado um monte de coisa, roupas e tal, e a polícia nem aí, nem se mobilizou para impedir nada. — Ela ajeita levemente o coque bagunçado. Aperta o laço. — O irmão do meu namorado disse que ia nos levar de carro até lá para pegar umas coisas, mas achou que podiam anotar a placa do carro dele e desistiu.

Ela pausa e olha de novo para Amal. Ele continua olhando para a frente, inexpressivo. Ela pode dizer o que quiser.

— Mas foi no domingo que a coisa ficou feia mesmo em todo canto. Meu namorado, Ash, me mandou uma mensagem dizendo que eles estavam indo para o Whitgift Centre, que é tipo o maior shopping em Croydon. Ash disse que a gente precisava usar capuz, cobrir o rosto, por causa das emissoras de TV. Então fomos para lá, e tinha um mar de gente. Vidro quebrado pela rua toda, e todo mundo se aglomerando ali. Aí o Ash começou a arrombar as portas elétricas do Whitgift. O alarme disparou e todo mundo passou a ajudar, achando que logo a polícia ia chegar. Mas ninguém entrou, simplesmente ficamos ali. Mas aí um cara veio correndo e se jogou no meio da multidão... "Que que vocês tão esperando, seus imbecis?!"... e foi direto lá para dentro. Aí a gente entrou também. Eu peguei umas roupas e umas paradas da hora. É isso que vocês querem saber?

E ela para. De novo o olhar de peixe morto fixo em mim, duro.

— Sim, Holli, é isso mesmo que queremos saber. Continue, por favor.

Eu procuro induzi-la com um gesto da cabeça, tentando me manter fria, impassível; não quero que a coisa saia dos trilhos.

Ela dá outro sorriso forçado e se ajeita na cadeira. Prossegue.

— Aí a gente ficou com fome e voltou andando pela rua principal. O povo ficava jogando coisas: paus, pedras, garrafas pegando fogo. Bloqueando a rua com aqueles latões de lixo. Enfim, eu sei que o Ash se juntou a eles. Mas então vimos a polícia chegando e saímos correndo, Ash, eu e um amigo dele, de volta para o ponto de ônibus. Lá estava tranquilo, sem polícia, e tinha um ônibus parado bem no meio da rua, com as luzes acesas e pessoas ainda lá dentro, imóveis. A gente tentou entrar no ônibus também, pra ficar mais seguro, mas o motorista não abriu a porta. Ficou puto pra caralho, começou a gritar e gesticular com os braços. Até que alguém abriu a porta traseira e o pessoal começou a sair com medo de a gente pular em cima deles ou algo assim. O motorista se cagou de medo quando abriram a porta, perdeu a coragem toda. Aí saiu correndo também, e ficamos com o ônibus.

Ela se recosta na cadeira, satisfeita, os olhos pregados na janela de novo.

— Foi legal. A gente entrou e deitou nos assentos de trás e comeu frango. E bebeu. Foi aí que filmaram nossas caras — conclui ela, pensativa. — Enfim, depois eu derramei Jack Daniel's nos assentos de trás e acendi com aqueles jornais distribuídos de graça, só pela zoeira. Ash começou a rir, porque achava que eu não tinha coragem, e a traseira toda do ônibus começou a pegar fogo. E a gente ficou rindo e jogando mais jornal, já estava tudo fodido mesmo. E estava ficando quente e fedido demais, então a gente saiu pra ficar vendo de fora. O Ash disse pra todo mundo que fui eu. E então o ônibus de dois andares inteiro estava pegando fogo. A galera passou batendo na minha mão e dando soquinhos, porque foi doideira o que eu fiz. Tiramos umas fotos fodas no meu celular. Não fica me olhando assim — resmunga ela. — Não sou nenhuma retardada. Não ia botar as fotos na internet nem nada.

— Holli, como você foi pega? — Meu tom é neutro.

Ela desvia o olhar. Fim da provocação.

— Acabou que alguém tinha me filmado com o celular, um vídeo do ônibus pegando fogo e a gente olhando. O Ash dizendo que fui eu. No dia seguinte tinha uma foto na primeira página do jornal da cidade. Eu vendo o ônibus pegar fogo. Eles usaram no julgamento. Também conseguiram vídeos de gente dentro do ônibus.

Eu vi esses vídeos do incêndio do ônibus. Os olhos de Holli brilhando, uma criança diante de fogos de artifício, alegre, viva. Seu amigo Ash, uma ameaçadora muralha de músculos, de roupa esportiva ao lado, seu protetor. Uma visão perturbadora: aqueles risos, a animação, o orgulho. Tenho arrepios só de pensar no tipo de coisa que a deixa feliz, considerando o que ela fez.

— E você está feliz em voltar para casa, Holli?

Não tenho muita expectativa de uma resposta sincera, mas não posso deixar de perguntar.

Ela manda outro olhar na direção de Amal. Uma pausa.

— Claro, vai ser bom. Sinto falta do pessoal. Estou a fim de usar umas roupas normais. — Ela passa a mão no suéter largo que está usando. — Botar comida de verdade na boca. Na real, morro de fome aqui dentro de tão nojento que é.

— Você acha que vai voltar a fazer algo assim quando estiver lá fora, Holli? — pergunto. Vale a pena tentar.

Ela sorri, finalmente. Se apruma na cadeira.

— Com certeza, não. Não vou fazer nada disso de novo.

Agora volta o sorrisinho falso. Ela nem se esforça para mentir bem. Com certeza vai voltar a fazer algo assim. A conversa começa a me deixar desconfortável. Pela primeira vez, me pergunto se Holli não teria problemas mentais. Agora quero acabar com essa entrevista.

— E quais são os seus planos para o futuro?

Sua atitude muda imediatamente; rosto e postura se alteram. De certa forma, ela parece menor de novo, vulnerável. O tom de voz de repente fica normal, uma mulher normal de 23 anos. Polida, extrovertida, amigável. A mudança é profundamente perturbadora. Não tenho a menor dúvida de que é esse rosto que vai apresentar à comissão de liberdade condicional.

— Bom, eu decidi fazer trabalho comunitário para ajudar a reduzir minha sentença. Quero contribuir para a comunidade e mostrar que podem confiar em mim de novo. O pessoal da penitenciária e o agente da condicional vão me ajudar a conseguir um emprego e a entrar na linha de novo — diz ela, com toda suavidade e doçura.

Eu pressiono um pouco mais.

— Mas o que *você* quer, Holli? Para o futuro? O que quer fazer da sua vida quando sair daqui?

Tento manter um tom indiferente, mas sinto o gosto das minhas palavras.

Ela sorri de novo, inocente. Está me provocando, e gostando.

— Isso eu não posso contar. Primeiro quero só sair daqui. Depois, não sei. Vai ter que esperar para ver. Mas você pode esperar... grandes coisas, Erin. Grandes coisas.

O sorrisinho irritante volta.

Eu olho para Amal. Ele retribui o olhar.

E esse é o pavoroso encaminhamento das coisas.

— Obrigada, Holli. Começamos muito bem. Podemos encerrar por hoje — digo.

E desligo a câmera.

# 6

*Sexta-feira, 29 de julho*

# LEVANDO AO ALTAR

Vamos dar uma festa hoje. Sei que provavelmente não é o melhor momento, considerando tudo que vem acontecendo, mas o casamento está se aproximando rápido. Faltam só cinco semanas, e eu ainda preciso pedir um grande favor a alguém.

Eles vão chegar daqui a uma hora. Não tomei banho nem me troquei ainda, muito menos comecei a cozinhar. Estamos fazendo carne assada. Não sei por quê. Provavelmente porque é rápido e fácil, além de ser algo que Mark e eu podemos cozinhar juntos. Ele cuida da carne, e eu, dos acompanhamentos. Quando falei isso mais cedo, Mark adorou como pareceu uma metáfora ao nosso relacionamento. Um raro momento de leveza. Mas a piada rapidamente se dissipou, e agora estou aqui sozinha na nossa cozinha de última geração, encarando um frango gordo e frio e um monte de legumes.

Mark não anda bem, por isso o meu atraso hoje. Disse a ele que se aprontasse. Faz pouco mais de uma semana que ele foi demitido, e desde então fica andando para cima e para baixo o tempo todo — na sala, no quarto, no banheiro, descalço, enquanto grita pelo telefone com gente de Nova York, da Alemanha, de Copenhague, da China. Precisamos de uma noite de folga. Eu preciso de uma noite de folga.

Convidei Fred Davey e a mulher dele, Nancy, para jantar hoje. Na verdade, já está planejado há um mês. Eles são praticamente da família. Fred sempre me apoiou e me aconselhou, desde que o conheci no meu primeiro trabalho, como assistente do seu documentário sobre a White Cube. Tenho certeza de que meu documentário não estaria em produção se ele não tivesse se dado ao trabalho de discutir todas as possibilidades comigo e escrito tantas cartas com o cabeçalho do BAFTA. E a adorável Nancy, uma das mulheres mais amáveis e queridas que já conheci, nunca perde um aniversário, uma estreia, uma reunião. Minha família substituta, minha minúscula estrutura de apoio improvisada.

Ainda nem sinal de Mark na cozinha, então começo a preparar o jantar sozinha. Ele está no celular já faz meia hora, correndo atrás de mais uma possível vaga de emprego. Acontece que as oportunidades que mencionou na manhã do nosso aniversário não deram em nada, e seu "amigo" de Nova York foi exatamente quem o colocou — nos colocou, no fim das contas — nessa furada. Quando cheguei em casa no dia em que ele perdeu o emprego, Mark já sabia que esse Andrew de Nova York é que fora responsável por tudo. Andrew tinha ligado para o escritório de Mark e confundido a voz de Greg com a dele — e nem sei como isso pode ter acontecido, pois Greg é de Glasgow. Seja como for, Andrew achou que estava falando com Mark e disse a Greg que alguém do escritório de Nova York ligaria para ele ainda naquele dia com uma possível oferta de emprego.

Greg, cretino que só, certamente rolando de prazer, foi direto ao chefe dar a informação da ligação.

Andrew aparentemente não gostou nada de se ver envolvido nessa mancada e azedou a possível oferta de emprego a Mark em Nova York. Todas essas manobras simplesmente para se livrar da afronta de ter que pedir desculpas pelo erro que ele próprio cometera. Mas, sabe como é, no mundo das finanças pedir desculpas é sinal de fraqueza. E fraqueza não inspira confiança, e, como todo mundo sabe, o mercado se alicerça na confiança. O touro leva a melhor; o urso perde. E por isso aqui está Mark, desempregado, seminu na nossa sala, gritando no telefone fixo.

Ele me diz que nem tudo está perdido. Falou com Rafie e alguns outros colegas de trabalho, e existem pelo menos três possibilidades, senão mais. Ele só precisa aguentar firme por algumas semanas. A esta altura, não tem mais nada que ele próprio possa fazer. Mesmo que receba alguma oferta, não pode começar enquanto não acabar o aviso prévio, ou seja, até meados de setembro. Férias forçadas. Em qualquer outro momento da vida eu simplesmente adoraria essa ideia, mas, agora que as filmagens começaram, estarei atolada até o casamento. Péssimo momento.

Como se tivesse recebido uma deixa, ele entra na cozinha, banho tomado, roupas trocadas. Sorri para mim; está um gato. Camisa branca, perfumado, toma minha mão e me faz girar. Continuamos numa breve dança silenciosa pela cozinha, então ele me afasta e diz:

— Vou assumir. Sobe lá e fica ainda mais bonita. É um desafio!

Pega então um pano de prato e numa chicotada me bota para correr dali com um sorrisinho.

Alguns acham irritante esse tipo de mudança repentina, mas eu adoro isso no Mark. Ele é capaz de mudar da água para o vinho de uma hora para a outra, compartimentalizar. Controla as emoções. Sabe que eu preciso dele hoje, e está aqui.

Ao subir as escadas, fico agoniada, sem saber o que vestir. Quero que fique parecendo que me empenhei, mas sem esforço. Um equilíbrio complicado.

Hoje vou pedir ao Fred que entre comigo na cerimônia de casamento. É delicado, pois ele não é parente. Só é o mais próximo que eu tenho de um pai. Eu o respeito. Me preocupo com ele e fico lisonjeada de saber que ele também se preocupa comigo. Ou pelo menos espero. De qualquer maneira, detesto falar da minha família. Acho que as pessoas se preocupam demais em descobrir de onde viemos e bem menos em saber para onde estamos indo, mas enfim... Provavelmente vou precisar contar aqui sobre a minha família para vocês entenderem.

Minha mãe era jovem, bonita, inteligente. Trabalhava muito, dirigia uma empresa, e eu a amava tanto que chega a doer quando penso nela. Então não penso. Ela morreu. Uma noite, há vinte anos, o carro dela saiu da estrada e foi capotando até uma linha férrea. No dia seguinte, meu pai ligou para o internato para me contar. Foi me buscar na mesma noite. Tive uma semana de dispensa da escola. Houve um velório. Depois disso, meu pai aceitou um emprego na Arábia Saudita. Eu o visitava nas férias. Aos 16 anos, parei de ir; preferia passar as férias na casa de amigos. Ele se casou de novo, teve dois filhos. Chloe tem 16 anos, e Paul, 10. Papai não pode vir ao casamento. E, para ser sincera, acho ótimo. Ele não é mais muito presente. Fui visitá-lo uns anos atrás. Dormi num quarto de hóspedes. Sei que ele vê minha mãe quando olha para mim, pois é a única coisa que eu vejo quando olho para ele. Enfim, é isso. E é só o que vou dizer sobre esse assunto.

Quando finalmente desço de novo, a casa está tomada pelo cheiro da comida. Mesa posta. Os melhores pratos, os melhores copos, champanhe, e Mark deu um jeito até de encontrar guardanapos de pano. Meu Deus. Eu nem sabia que tínhamos guardanapos. Ele sorri para mim quando eu entro, os olhos castanhos profundos delineando os contornos do meu corpo por baixo do vestido. Optei por um vestido minimalista de veludo preto, com os cabelos escuros presos atrás de maneira meio frouxa para mostrar os compridos brincos de ouro que Mark me deu de aniversário.

— Linda — elogia ele, me olhando de cima a baixo enquanto acende a última vela.

Eu olho para ele, calada. Estou nervosa. E ele lá, de pé, peito sólido, bonitão. E percebendo a minha preocupação. Ele deixa de lado o que está fazendo e vem na minha direção.

— Vai dar tudo certo. É uma coisa linda o que você vai pedir a ele. Vai dar tudo certo — sussurra no meu ouvido, me abraçando.

— Mas e se ele perguntar sobre eles? — Eu o encaro. Não aguento mais falar desse assunto. Não quero pensar nela.

— Ele te conhece. Vai entender que você tem seus motivos. E, se perguntar, a gente cuida disso juntos. Tá bom?

Ele se afasta um pouco para me olhar nos olhos.
Concordo, relutante.
— Tá bom — sussurro.
— Não confia em mim? — pergunta ele.
Eu sorrio.
— Cegamente — digo.
Ele dá uma risada.
— Bom, então tudo bem! Vamos dar um belo de um jantar.
E, nesse momento, a campainha toca.

# 7

*Quarta-feira, 3 de agosto*

# VESTIDO DE CASAMENTO

Uma irlandesa simpática está costurando a bainha do meu vestido de casamento na altura do joelho. Chama-se Mary. Fico de pé, vestindo um delicado crepe da China, em estilo eduardiano, e assistindo à cena toda, meio desligada e sem saber muito bem o que sentir. Caro, minha assessora de casamento, só observa. Ela me ajudou a encontrar o vestido. Conhece algumas figurinistas que trabalham no cinema. Figurinistas costumam ter muita coisa *vintage*, compram em leilões, fazem cópias e vendem on-line. Tudo novinho em folha. Esse vestido é um exemplo. Está perfeito.

Viemos ao subsolo de uma alfaiataria na Savile Row para alguns pequenos ajustes. O vestido não precisa de muita coisa, cai como uma luva.

Esse é o alfaiate que atendia ao pai de Caro quando estava vivo. Não sei muito bem como ele morreu, provavelmente ataque cardíaco, já estava velho. Ele tinha idade avançada quando Caro nasceu; acho que ela só pegou dos seus 60 anos em diante. Não sei muito sobre ele, na verdade, só uma ou outra coisinha que escutei nas conversas, mas nada tão revelador. No banheiro do térreo da casa dela tem um cheque de um milhão de libras emoldurado, nominal a ele. A casa, em Hampstead, deixada só para ela, tem cinco andares e um quintal do tamanho da Russell Square. Ele era um milionário na acepção da palavra, da velha guarda; pelo menos é a impressão que dá. Na sala de estar tem um Warhol pendurado despretensiosamente.

Então, quando a Caro me recomenda alguma coisa, eu tendo a aceitar, isso se estiver dentro do meu orçamento. Eles estão fazendo os ajustes de graça. Não entendi bem por que, mas pelo gratuito eu posso pagar.

— Prontinho, tudo certo, querida.

Mary espana os fiapos do joelho ao levantar.

Na rua, Caro se vira para mim.

— Almoço?

Estou morrendo de fome. Não como desde ontem à noite. Num gesto de irracionalidade incomum, resolvi ficar em jejum esta manhã, para não comprometer as medidas do ajuste no vestido. Eu sei, eu sei. No dia do casamento, eu vou comer. Na verdade, não vejo a hora: os fornecedores que escolhemos parecem incríveis. Tudo acertado, depósito feito. A prova de menu é na próxima semana. Incrível. Meu Deus, estou morrendo de fome.

— Almoço seria perfeito.

Eu olho para o relógio: três horas da tarde. Mais tarde do que eu pensava, mas realmente preciso conversar com ela. Mark andando descalço para cima e para baixo não sai da minha cabeça. Preciso falar sobre o emprego dele. Não quero, mas preciso. Preciso falar com alguém. Embora pareça uma traição falar do nosso relacionamento com outras pessoas. Normalmente acontece o contrário, Mark e eu é que falamos dos outros. Não falamos sobre nós mesmos com estranhos. Formamos uma unidade. Impenetrável. Segura. De um lado, nós dois, do outro, o resto do mundo. Até agora. Até acontecer isso.

Mas não se trata de Mark, não é ele o problema. Eu só não sei o que fazer. Não sei como resolver o que está acontecendo. Caro deve estar vendo tudo na minha cara.

— Vamos lá. Vamos ao George — anuncia ela.

Sim, o George. Deve estar bem tranquilo a esta hora. É um restaurante maravilhoso e exclusivo para membros, com um deque coberto e afastado da rua, no melhor ponto de Mayfair. Graças a sua galeria, Caro entra em qualquer lugar. Ela me pega pelo braço e me leva para Mayfair.

— O que está acontecendo? — pergunta ela depois que o garçom deposita dois copos de água gelada na mesa e desaparece.

Eu olho para ela enquanto bebo a água, a rodela de limão batendo insistentemente no meu lábio superior.

Ela abre um sorriso forçado.

— E nem adianta dizer que não é nada, você não sabe mentir, Erin Está na cara que você está louca para me contar. Desembucha.

Ela leva o copo aos lábios e beberica na expectativa.

Minha água acabou. Os cubos de gelo estalam.

— Se eu falar, você tem que prometer que vai esquecer depois.

Coloco o copo vazio delicadamente na mesa.

— Eita, garota. Tudo bem, prometo.

Ela se recosta na cadeira, sobrancelhas erguidas.

— É o Mark. Ele foi demitido.

Minha voz sai ligeiramente mais baixa que antes, tem três empresários três mesas adiante. Nunca se sabe.

— Hã? Demitido?

Ela se inclina para a frente, baixando o tom de voz também. A gente não presta. Meu Deus.

— É, vão pagar o aviso prévio, mas não vão oferecer apoio nenhum. Nenhuma indenização. Ele foi obrigado a se demitir em troca de referências. Se dissesse não, ia ser demitido de qualquer jeito, só que sem referências. Parece que eles queriam fazer isso desde o início, foi o chefe dele que sugeriu a demissão voluntária.

— O quê?! Como assim?! Isso... Que absurdo! Puta merda, ele está bem?

Caro subiu uma oitava. Um empresário se vira para nos olhar. Eu trato de acalmá-la.

— Tudo bem. Quer dizer... *ele* não está bem, mas está tudo bem. É complicado, porque eu realmente quero estar do lado dele, mas ao mesmo tempo tenho medo de... sabe como é, ele se sentir menos homem por receber ajuda, entende? É delicado. Tenho que dar um jeito de animar ele sem ficar muito escancarado. E, veja bem, não é que ele precise de um empurrão ou coisa do tipo. Mas eu amo o Mark, sabe, Caro? Quero que ele seja feliz. Mas ele não se permite. É como se achasse que ficar preocupado ajuda a ter foco, que ajuda a resolver as coisas. Nunca vi ele se comportar assim, sabe? Ele sempre tem um plano, mas dessa vez a coisa está degringolando. Essa história com a União Europeia, a porra do Brexit, a libra despencando, o governo, a nova primeira-ministra, o novo ministro do Exterior, meu Deus! Donald Trump! A gente tá fodido. Foi o pior momento possível para a merda bater no ventilador.

— É... — Caro balança a cabeça em solidariedade.

Eu continuo.

— E eu sei tanto quanto ele que isso está acabando com as chances de ele conseguir alguma coisa. E não só isso; mesmo se estiverem contratando, vai ser difícil convencer o empregador de que ele abriu mão do emprego antes mesmo de conseguir outra coisa. Ele diz que vão estranhar. E parece que isso pega mal mesmo. Pelo menos é o que ele acha. Mas eu falei para ele que é só dizer que não gostava de lá. Ou que queria dar uma parada na reta final para o casamento. Afinal, não é nenhum crime querer descansar um pouco do trabalho. Mas no fundo eu entendo o que ele quer dizer. Dá uma impressão de fraqueza. Para eles. Como se ele não tivesse aguentado a pressão e por isso tinha "dado uma pausa". Como se fosse um colapso nervoso ou coisa do gênero. Ahh! Meu Deus, mas que situação chata! Sério, Caro, estou à beira da loucura. Não consigo resolver isso. Nada que eu sugiro serve. Não sei mais o que fazer. Aí fico lá, parada, ouvindo e concordando.

Eu paro de falar. Ela se ajeita na cadeira. Olha para a rua e balança a cabeça com ar de ponderação antes de responder.

— Não sei o que dizer, amiga. É muito frustrante mesmo. Eu ficaria louca. Mas Mark é um cara inteligente, não é? Ah, convenhamos... ele é capaz de fazer qualquer coisa, não? Por que não consegue emprego em outra área? Ele poderia trabalhar em qualquer setor, com a experiência que tem. Por que simplesmente não busca outra coisa?

A resposta é simples. A mesma que eu daria se Caro me propusesse mudar de carreira. Não quero fazer outra coisa. E Mark também não quer fazer nenhuma outra coisa.

— Sim, ele certamente *poderia*. Mas a gente espera não ter que chegar a esse ponto, sabe. Ainda estamos esperando algumas respostas. É só que o casamento está chegando e parece que ele se desligou um pouco.

— De quê? Dos preparativos do casamento? Ou do relacionamento?

— Dos... preparativos? Sei lá. Nem sei, Caro. Não, da relação, não. Não.

Agora estou me sentindo mal.

— Ele está sendo um babaca? — pergunta ela num tom de voz atípico, com extrema seriedade. Não consigo deixar de dar uma risada.

Caro imediatamente assume um ar de preocupação. Acho que eu também estou agindo de maneira meio atípica. Devo estar parecendo uma doida.

— Não! Desculpa! Não, não está. Ele não está sendo nenhum babaca.

Fico olhando para sua expressão de preocupação, a testa franzida.

De repente me dou conta de que a conversa não tem sentido. Caro não vai saber o que eu preciso fazer. Não tem a menor ideia. Nem me conhece tão bem assim. Realmente, não conhece. Quer dizer, nós somos amigas, mas não nos *conhecemos* de fato. Ela não vai me dar as respostas que eu quero. Preciso conversar com Mark. Só estou fazendo confusão aqui, com essa conversa. A gente devia estar falando de flores, bolos e despedidas de solteira. Dou um jeito de mudar de assunto.

— Quer saber? Acho que é fome! Ainda não comi nada hoje — confesso. — Não tem nada de errado na verdade, acho que só estou nervosa com o casamento. E com baixa glicêmica. O que eu estou precisando mesmo, *de verdade,* é de um wrap de frango com batata frita. E vinho.

O sorriso de Caro reaparece instantaneamente. Eu voltei. Está tudo bem, o estresse ficou para trás. Confissão apagada. Quadro-negro limpinho. Dei a volta por cima e ela entra na onda de novo. Vida que segue. *Obrigada, Caro.* E é por isso, senhoras e senhores, que ela é minha madrinha.

Já é fim de tarde quando me despeço de Caro e, meio lenta e embriagada, me junto à avalanche de trabalhadores que desce para pegar o metrô na hora do rush.

Na viagem para casa, fico pensando no que vou dizer a ele. Nós precisamos conversar direito. Sobre tudo.

Ou talvez a gente precise apenas transar. Parece que isso sempre nos renova. Já faz quatro dias desde que dormimos juntos pela última vez, o que, para a gente, é muito. A nossa média é de, pelo menos, uma vez por dia. Eu sei, eu sei. Não me julguem, sei que não é uma frequência muito verossímil. Sei que depois do primeiro ano isso é ridiculamente invejável. E sei porque, antes de conhecer Mark, sexo estava mais para um evento com data marcada, ingresso e tudo o mais. Superestimado e, no fim das contas, decepcionante. Sério, já tive a minha cota de relacionamentos de merda. Mas nós — Mark e eu — nunca fomos assim. Eu o desejo. O tempo inteiro. Seu cheiro, seu rosto, a nuca, as mãos em mim. Entre minhas pernas.

Meu Deus, como sinto falta dele! Sinto o pulso acelerar. A mulher sentada à minha frente levanta o olhar das palavras cruzadas. Franze as sobrancelhas. Talvez saiba o que estou pensando.

Debaixo do vestido, sinto o leve roçar da seda cor de pêssego na pele. Roupas íntimas de cores combinando. Desde que comecei a sair com Mark, eu sempre combino. Ele adora seda. Eu cruzo as pernas devagar, sentindo pele contra pele.

# 8

*Sábado, 13 de agosto*

# PROVA DO MENU

A primeira providência que tomamos com relação ao casamento, depois do noivado, foi escolher o lugar. Mergulhamos de cabeça. Visitamos muitos espaços: estranhos, austeros, luxuosos, futuristas, sóbrios. Tudo que você pode imaginar a gente viu. Mas, assim que pisamos no acolhedor salão de festas do Café Royal, com seus lambris de madeira, ficou evidente que era o que estávamos procurando. Fosse o que fosse...

Hoje, no salão de festas, vão nos mostrar três opções de prato principal, além dos vinhos para harmonizar e das variações de champanhe. Vínhamos esperando por este momento havia muito tempo, mas agora que chegou a hora parece até que se trata de uma mera formalidade. Também é estranho comemorar quando Mark está passando por tantas coisas. Mas a vida não pode esperar.

No metrô, durante o caminho, Mark lê as notícias no celular. Eu tento fazer o mesmo. Em Covent Garden, ele se vira para mim.

— Erin, posso pedir uma coisa? Sei que você está empolgada, mas será que dá para a gente escolher as opções mais baratas de comida e bebida? Claro, vamos experimentar tudo e vai ser um dia inesquecível, mas, do ponto de vista financeiro, acho melhor a gente escolher o bom e barato, pode ser? De qualquer modo, é um restaurante cinco estrelas, então tudo vai ser muito bom, né? Podemos combinar assim? Tudo bem para você?

Eu entendo o que ele está dizendo. E claro que tem razão. É um jantar para oitenta pessoas, a gente tem que levar isso em conta. E, honestamente, o vinho deles é do caralho. Não precisamos de mais que isso.

— Sim, tudo bem. Combinado. Mas vamos seguir o protocolo certinho? Como se a gente realmente estivesse escolhendo? Quero experimentar tudo. Por que não, né? Talvez a gente nem tenha outra oportunidade dessa na vida. Depois de provar tudo, nós falamos. Tudo bem?

Ele relaxa.

— Tudo bem. Ótimo! Obrigado.

Eu aperto a mão dele. Ele aperta a minha. Algo muda quase imperceptivelmente no fundo dos seus olhos.

— Erin. Obrigado por ser tão... você sabe. É muita coisa acontecendo de uma vez, e sei que talvez eu não esteja lidando com isso da melhor forma. — Seu olhar zanza pelos passageiros ao redor. Todos absortos em celulares e livros. Inclina-se na minha direção, agora falando mais baixo. — Eu tendo a me fechar quando estou estressado. E você sabe que eu raramente fico estressado; tem sido tão difícil saber como agir nessa situação. Então, obrigado.

Eu aperto sua mão ainda mais e apoio a cabeça no seu ombro.

— Eu te amo. Está tudo bem — sussurro.

Ele se move ligeiramente, se endireitando no assento do metrô. Mas não acabou. Tem mais. Eu levanto a cabeça.

— Erin. Eu fiz uma coisa na semana passada...

E fica em silêncio.

Estuda o meu rosto. Meu estômago se revira. Frases assim sempre me congelam até a alma. Palavras de preparação para alguma coisa. Notícias piores ainda por vir.

— O que você fez?

Faço a pergunta com suavidade, para não assustá-lo. Não quero que ele se feche.

— Olha só, desculpa não ter dito antes. É que eu achava que não era o momento certo, mas o momento certo não chegou, e aí o tempo foi passando e piorando tudo e agora...

Ele para. Remorso nos olhos.

— Cancelei nossa lua de mel.

— O quê?!

— Não toda. Só... cancelei uma semana. Agora são apenas duas semanas em Bora Bora.

Ele volta a estudar minha expressão. Espera para ver o que vai acontecer.

Ele cancelou nossa lua de mel. Não, não cancelou, só cortou uma parte, só isso. Mas sem falar comigo? Sem dizer nada? Sem falar com a futura esposa? Secretamente? E agora que eu já concordei em pagar menos pela comida hoje, ele resolveu que podia me contar. Certo. Beleza.

Minha mente acelera enquanto tento processar aquilo, encontrar algum sentido. Mas não vem nada. Isso tem alguma importância? Talvez não. Não consigo me importar. Não consigo me importar com um período de férias. Não parece nada de mais. Eu até ousaria dizer: nem ligo. Deveria ligar? Mas a questão é: ele *mentiu*. Sim. Ou não? Não foi uma mentira de fato, certo? Só fez algo sem me contar. E, convenhamos, pelo menos está me contando agora. Mas também, uma hora ou outra, ele teria que me contar, não é? Não teria? Senão ia fazer o quê? Deixar para me contar quando já estivéssemos no avião? Não, claro que ele ia me contar. Está tudo bem. Tenho andado muito ocupada com o trabalho. Além disso, duas semanas numa ilha tropical está ótimo. Mais que ótimo, está perfeito. Mais do que muita gente consegue na vida inteira. E, de qualquer maneira, eu nem preciso disso. Preciso apenas dele. Quero apenas me casar com ele. Não é?

Vamos cuidar disso depois. Mas agora não quero brigar. Não vou piorar as coisas. Ele cometeu um erro e está arrependido, e pronto.

Eu levanto sua mão, ainda entrelaçada à minha, beijo o nó dos seus dedos.
— Tudo bem. Não se preocupe. Mais tarde a gente fala de dinheiro. Vamos só aproveitar esse dia, pode ser?
Ele sorri, a tristeza ainda nos olhos.
— Combinado. Vamos aproveitar esse dia.
E é mesmo um dia maravilhoso.

No pomposo salão de festas, com suas paredes de carvalho cheias de espelhos, nos sentamos a uma mesa perdida na extensão quase infinita dos tacos de madeira do assoalho, coberta com uma toalha branca. Um garçom muito simpático nos traz pratos complicados, cuidadosamente decorados com produtos da estação. Uma vez dispostas na mesa todas as opções de aperitivos, o maître descreve cada uma delas e nos entrega um discreto cartão listando pratos e preços. E desaparece de novo por trás do revestimento de carvalho, deixando-nos à vontade. Nós examinamos o cartão.

**ENTRADAS:**

Lagosta com agrião, maçã & crème fraîche vinaigrette,
£32 por pessoa.

———————

Ostras com vinagre de chalota, limão, pão integral & manteiga,
£19 por pessoa.

———————

Aspargos com ovos de codorna, beterraba & rémoulade de aipo,
£22,50 por pessoa.

Multiplicado por oitenta pessoas. E isso só para começar. Eu olho para Mark; ele ficou pálido. Não consigo evitar. Caio na gargalhada. Ele olha para mim, alívio estampado no rosto. Sorri e levanta a taça num brinde. Eu levanto a minha.

— Sem entradas?

— Sem entradas.

E dou mais risadas.

Então comemos as deliciosas entradas. Valem cada centavo. Só fico feliz de saber que não seremos nós a pagar por elas.

Optamos, então, pelo prato principal: *Torta de frango caseira Café Royal com bacon, ovos de codorna, vagens finas & musseline de batatas, £19,50.*

E para sobremesa: *Chocolate preto cremoso & compota de cerejas silvestres, £13.*

Mais trinta garrafas do vinho tinto da casa e trinta do branco, e vinte garrafas de champanhe.

Ficamos achando que nos saímos muito bem até que o maître, Gerard, se senta conosco para uma conversinha depois do café. Parece que o gasto mínimo é de seis mil libras. Eles devem ter nos dito isso ano passado, quando agendamos a prova do menu, mas é claro que a gente nem prestou atenção e, ainda que tivéssemos prestado, não teria parecido muito importante na época. Gerard diz que não precisamos nos preocupar; podemos bater esse valor simplesmente acrescentando café e uma tábua de queijos depois do jantar para oitenta pessoas. Um acréscimo de mil e trezentas libras no total. Nós concordamos. E o que mais a gente podia fazer? O casamento é daqui a três semanas.

Em seguida, empanturrados e cheios de remorso pós-compras, entramos na estação Piccadilly. Antes da porta giratória, Mark pega meu braço e me faz parar.

— Erin, não vai dar. Sério, é loucura. É dinheiro demais, você não acha? Quer dizer... sabe? Vamos cancelar assim que a gente chegar em casa, perdemos o depósito, tudo bem, mas temos que cancelar isso. Depois da cerimônia de casamento a gente vai para um restaurante perto ou algo assim... Ou então passamos a bola para os meus pais, eles podem arrumar alguma coisa no centro comunitário. O que você acha?

Eu olho para sua mão apertando meu braço. Parece que não conheço essa pessoa.

— Mark, sério, você está me assustando um pouco. Me assustando mesmo. Por que está se comportando assim? É o nosso casamento. Nós temos economias, não estamos nos endividando para cobrir os custos. Só se faz isso uma vez na vida, e eu, pessoalmente, quero gastar meu dinheiro com isso. Com a gente. Claro que não todo o dinheiro, mas uma parte. Caso contrário, qual o propósito de tudo isso?

Ele solta um suspiro sonoro pelo nariz. Frustrado, abandona a conversa, sua mão me solta e descemos a escada.

Passamos o resto da viagem em silêncio. Eu observo as pessoas no metrô. Imaginando a vida delas. Sentada ao lado de Mark, mas sem falar com ele, faço de conta que não o conheço. Que talvez eu seja apenas uma garota indo para algum lugar sozinha de metrô. Que não preciso me preocupar com o que vai acontecer, ou com o resto da minha vida, aliás. O pensamento é tranquilizador, mas completamente sem nexo. Eu quero Mark. Quero mesmo. Só queria poder espantar esse humor esquisito dele. Queria poder resolver isso.

Ele se volta para mim assim que passamos pela porta de casa. A voz não é mais o sussurro que era na estação.

Ele diz que não estou entendendo. Que não estou *ouvindo*. Eu nunca o vi daquele jeito, como se alguma coisa lá dentro estivesse prestes a explodir.

— Acho que você ainda não assimilou muito bem o que está acontecendo, Erin. Você não consegue ver o que está acontecendo? Eu não tenho mais *emprego*. Não tenho mais *dinheiro* para esse tipo de coisa. E não consigo outro emprego, ninguém está contratando. O meu mundo não é como *nas artes* ou na sua escola de cinema ou onde quer que seja. Não posso simplesmente mudar de barco e ganhar a vida fazendo outra coisa! Eu trabalho em banco de investimentos. É o que eu faço. Não sei fazer outra coisa. E, ainda que soubesse, não importa. Não posso abrir meu próprio banco ou, sei lá, participar de um projeto de financiamento pós-moderno ou qualquer porra dessas. Não sou como você. Não venho de onde você veio. Levei a vida inteira para chegar onde estou. *A vida inteira.* Você tem ideia de como foi difícil? Tem gente que frequentou o meu colégio e hoje está trabalhando em posto de gasolina, Erin! Você entende? Gente que mora em apartamentos subsidiados pelo Estado e trabalha numa porra de um supermercado arrumando prateleiras. Não vou me rebaixar a isso. De jeito nenhum. Só que eu não tenho um fundo de emergência. Não tenho amigos no mercado editorial, no jornalismo, em porra de vinícola nenhuma. Tenho pai e mãe aposentados em East Riding que logo, logo vão precisar de cuidados. Tenho oitenta mil de economias no total, e o resto enterrado nessa casa. E agora estamos tentando ter um filho. Eu tinha um emprego de verdade. Mas fui demitido, e estamos fodidos. Porque infelizmente nem todo mundo tem o luxo de ser sustentado, como você.

Eu sinto a bílis revolver dentro de mim. Já chega. Chega disso por hoje.

— Vai se foder, Mark! Você está sendo um escroto do caralho. Quando foi que você pagou alguma coisa para mim? Hein, quando? E eu por acaso sou uma porra de uma puta?

Era para ser um dia maravilhoso.

— Não, Erin, não é, infelizmente. Pois se fosse já teria calado a porra dessa sua boca.

Meu coração perde o compasso. Caralho. Mark desapareceu, assim, de uma hora para outra, e tem um estranho na minha sala. Puta merda. Minha respiração sai fraca... *Meu Deus. Não chore. Por favor, não chore, Erin. Só respire.* Estou sentindo o fundo dos olhos formigar.

Mark me encara.

Balbucia algo inaudível, depois se vira e fica olhando pela janela.

Eu me sento, calada.

— Não acredito que você disse isso, Mark — murmuro.

Eu sei que devia deixar passar... não, não devia deixar passar. Que se foda! Vou casar com esse homem daqui a três semanas. Se é assim que vai ser o resto da minha vida daqui para a frente, eu preciso saber.

— Mark...

— O que, Erin? O que acha que nós vamos fazer depois do casamento? Se tivermos filhos. O que você acha que vai acontecer? Meu emprego que sustentava *tudo*. Meu emprego que pagou essa casa.

— Não, Mark. Não! Nós dois pagamos! Botei todas as minhas economias naquela entrada também. Tudo que eu tinha — solto, elevando a voz para acompanhar a dele.

— Beleza, maravilha, muito bem, Erin. Você também botou seu dinheiro. Mas não pode pagar o resto do financiamento com seu salário, pode? A gente não está vivendo num conjugado em Peckham, está? Não existe a menor chance de você bancar o financiamento por conta própria com o que ganha. Não estou querendo te magoar, Erin, mas você não está ouvindo. Vamos ter que vender a casa. É óbvio!

Vender? Meu Deus. Devo estar com um ar de total pavor, pois agora ele assente com a cabeça, satisfeito.

— Você provavelmente ainda não parou para pensar direito sobre tudo isso, não é? Pois, se tivesse pensado, sinceramente, Erin, estaria tão preocupada quanto eu. Nós vamos afundar.

Meu Deus do céu. Eu fico calada. Fui mesmo uma idiota. Agora estou vendo. E dói. Nada do que ele está dizendo tinha me ocorrido. Não tinha pensado que todos os nossos planos podiam simplesmente fracassar. Que ele podia mesmo não conseguir nenhum outro emprego.

Ele tem razão. Tinha mesmo que estar furioso, não é para menos. Está encarando essa história toda sozinho. E eu me debatendo em volta, agindo como se... Mas aí eu me lembro. Não tem que ser assim. Como disse a Caro, ele pode simplesmente fazer outra coisa.

— Mas, Mark, você pode conseguir outro emprego! Qualquer emprego! Com seu currículo incrível, pode simplesmente...

— Não, Erin — interrompe ele, cansado. — Não é assim. Que porra de outro emprego eu vou conseguir? A única coisa que eu sei fazer é botar preço e vender títulos, mais nada. A menos que você esteja sugerindo que eu trabalhe num bar...

— Mark, pelo amor de Deus. Só estou tentando ajudar! Ok? Não sei exatamente como é que funciona o seu mercado, tá? Só quero estar com você nessa, então pare de dizer que eu não entendo e me explique. *Por favor.*

Sei que estou parecendo uma criança petulante, mas não sei mais o que dizer.

Ele afunda no sofá à minha frente, esgotado. Os ombros arqueados. Impasse.

E ficamos calados, ouvindo de longe o zumbido baixo do trânsito e o vento entre as árvores no jardim.

Eu levanto e vou me sentar a seu lado. Estendo o braço e toco delicadamente suas costas com a mão. Ele não se esquiva, e eu começo a acariciar suavemente com a palma. Acalmando, afagando suas costas por cima da camisa engomada de algodão. Ele permite.

— Mark... — arrisco então. — Tudo bem se a gente tiver que vender a casa — continuo. — Tudo bem. Vou ficar triste, pois gosto daqui. Mas não tem importância onde a gente mora. Eu quero é estar com você. Em qualquer lugar. Debaixo de uma ponte... Num barraco... Você, e pronto. E a gente não precisa ter filhos logo, se não for o momento. E, olha só, eu sei que você ia odiar trabalhar com outra coisa, mas, desde que esteja feliz, o que você faz não me importa. O que estou dizendo é que para mim não mudaria nada, você continuaria sendo a mesma pessoa. Você é você. Nunca te amei pelo dinheiro ou coisa assim. Claro que é bom ter dinheiro, mas eu só quero estar ao seu lado. A gente pode até morar com seus pais em East Riding se você quiser.

Ele ergue os olhos para mim. Consegue sorrir com dificuldade.

— Que bom, Erin, pois era outra coisa que eu precisava falar com você: mamãe já arrumou o futon no quarto de hóspedes.

Ele me olha com um ar zombeteiro. É piada. Graças a Deus. A gente cai na risada e a tensão se dissipa. Vai dar tudo certo.

— Pois eu acho sinceramente que sua mãe ia ganhar o ano! — solto eu, rindo.

Ele sorri, envergonhado, um menino de novo. Eu o amo.

— Desculpa.

Aquele seu olhar firme. Ele realmente lamenta.

— Promete não me afastar de novo? — pergunto.

— Sim, desculpa. Eu devia ter dito antes como estava me sentindo. Mas, a partir de agora, vou dizer, ok?

— Por favor.

— Ok. Mas, Erin, sei que parece bobagem, mas... Não posso começar do zero outra vez. Não dá para fazer tudo de novo.

— Eu sei, amor. Tudo bem. Você não vai precisar. A gente vai resolver isso juntos. É o que a gente sempre faz.

Ele toma minha outra mão, a mão do anel, e a leva à boca.

— Mark, é melhor eu voltar a tomar a pílula? Melhor esperar?

— Você sabe o que dizem... — Ele beija nosso anel de noivado. — Não tem momento certo.

Ele ainda quer. Graças a Deus.

E me puxa mais para perto. Deitamos no sofá e caímos no sono juntos, agarradinhos à luz da tarde.

# 9

*Segunda-feira, 15 de agosto*

## ENTREVISTA 2

Estou de novo em Holloway para encontrar Alexa, minha segunda entrevistada. O guarda, Amal, não está mais aqui, quem está no seu lugar é um guarda chamado Nigel. Um cinquentão, muito mais velho que Amal, e carcereiro de carreira. Olhando assim para ele, dá para ver que o frescor da profissão já o abandonou há pelo menos uns trinta anos; e, no entanto, ali está ele. Estamos na mesma sala da última vez. Eu me lembro de Holli com aquele olhar opaco voltado para o pedacinho de céu no alto da parede, e o rosto dela se transforma no de Mark. A data da soltura de Holli e a nova entrevista com ela serão daqui a cinco semanas, mas isso só depois do casamento e, com as mudanças, depois da nossa volta da lua de mel.

Dia de inesperada umidade. Eu beberico o café instantâneo que Nigel fez para mim na sala dos funcionários enquanto espero Alexa. O café está quente e forte, e é o que importa no momento. Café, para mim, tem que ser que nem homem. Estou brincando, claro. Quer dizer, nem tanto. Não dormi muito bem esta noite. Já se passaram dois dias desde a nossa discussão. Mas acho que agora estamos bem. Mark e eu. No fim de semana, cancelamos o local do casamento e reorganizamos um bocado de coisas da festa. Na verdade, foi até bem divertido. Fiquei aliviada de descobrir que não sou uma noiva muito difícil, nem de longe. Cortamos certas coisas para ostentar em outras. Agora está tudo certo. E Mark parece muito mais feliz. Mais seguro. Voltou a ser ele mesmo. Acho que essa história toda apenas abalou um pouco sua autoconfiança. Mas agora ele já está montando outra estratégia.

Não estou nem aí para a festa de casamento, desde que ele esteja feliz.

Nigel pigarreia ruidosamente e acena para mim com a cabeça. Ligo a câmera que está ao meu lado e me levanto meio desajeitada, como se fosse cumprimentar alguém que não conheço. Mas o engraçado com Alexa é que, desde as nossas conversas por telefone, tenho a impressão de que já a conheço há muito tempo, embora nunca a tenha encontrado.

Eu a vejo pela grade reforçada da janelinha na porta, seus olhos: calorosos, calmos, sérios. Ela entra olhando para mim por trás da suave franja loira. Um rosto aberto. Nela, o moletom, a calça e as alpargatas azul-claras da prisão de Holloway parecem de um designer de moda escandinavo. Como se estivesse vestindo um lançamento para a London Fashion Week. Muito minimalista, muito chique. Alexa tem 42 anos. Olha na direção de Nigel e espera um sinal dele para se acomodar na cadeira à minha frente. Eu estendo minha mão por cima da mesa branca vazia. Ela aceita o cumprimento com um sorriso contido.

— Alexa Fuller, prazer — diz.

— Sou a Erin, prazer. Que bom finalmente conhecer você! Muito obrigada por vir.

— Sim, muito bom finalmente conhecer o rosto por trás da voz — responde, abrindo mais o sorriso. Nós nos sentamos.

Eu quero entrar direto no assunto, mas Alexa está olhando para Nigel. Sua presença será um impedimento.

— Nigel, já estou com a câmera ligada e gravando. Você se importaria de nos deixar sozinhas durante a entrevista? Depois eu disponibilizo a fita. Pode só ficar atrás da porta.

Eu nem teria sonhado em pedir o mesmo a Amal durante a entrevista com Holli, mas Alexa é de longe a mais tranquila dos meus entrevistados. Nigel dá de ombros. Tenho certeza de que ele conhece a história de Alexa e seu crime. Sabe que estarei em total segurança sozinha aqui com ela. Mas não tenho tanta certeza de que estaria segura com Holli ou Eddie Bishop. Até me pergunto se as autoridades permitiriam que esses dois ficassem sem supervisão.

Eddie solicitou outra entrevista telefônica. Eu recebi um e-mail de Pentonville no domingo. Não sei bem o que exatamente ele quer falar. Espero que não esteja mudando de ideia com relação às filmagens do mês que vem. Espero que não seja mais um joguinho.

Espero a saída de Nigel e o barulho dos ferrolhos da porta para voltar a falar.

— Obrigada, Alexa. Realmente fico grata pela sua participação. Sei que a gente já combinou tudo pelo telefone, mas, só para recapitular, o que vou fazer é gravar tudo que dissermos aqui hoje. Se algo não ficar claro ou você não se sentir satisfeita com a maneira como se expressou sobre alguma coisa, é só me dizer que eu pergunto de novo ou reformulo a pergunta. Não precisa se preocupar em olhar para a câmera nem nada. É só ignorar e conversar comigo. Como numa conversa normal.

Ela sorri. Eu disse alguma coisa engraçada.

— Já faz um tempo que não tenho uma "conversa normal", Erin. Você vai ter que ser paciente comigo. Vou fazer o melhor possível.

Ela dá uma risada. A voz é quente e profunda. É curioso ouvi-la agora, pessoalmente, depois de tanto ouvir sua voz ao telefone. Tivemos três conversas telefônicas bem produtivas desde o início. Consegui deixar de fora os temas centrais da entrevista, pois quero que ela me conte a história toda pela primeira vez diante da câmera. Quero o frescor da revelação. Estranho vê-la aqui agora, de verdade, na minha frente. Claro que já tinha visto fotos dela nos arquivos, em artigos nos jornais, a história que Mark leu por cima do meu ombro há um mês apenas, mas agora é diferente. Ela é tão calma, dona de si. Vi as fotos do momento em que foi presa há quatorze anos, quando tinha 28. De certa forma, parece mais bonita hoje; na época, era atraente, mas sua beleza amadureceu. Os cabelos loiro-escuros estão presos de maneira frouxa num rabo de cavalo na altura da nuca, a pele naturalmente bronzeada mostrando leves sardas na região do nariz e da testa.

A referência à falta de conversas normais é apenas em parte brincadeira. Dá para ver nos seus olhos. Eu sorrio. Entendo por que ela deve ter concordado em participar desse projeto. Nostalgia cultural. Não dá para imaginar que haja muitas pessoas como Alexa em Holloway. Gente da mesma origem que ela. Não somos da mesma geração, ela e eu, mas definitivamente somos parecidas.

— Vamos lá, então? Alguma pergunta antes de começarmos?
— Não, podemos ir direto para o assunto.

Ela endireita o moletom já bem arrumado e afasta a franja dos olhos.
— Ótimo! Só para você saber, vou fazer perguntas curtas; serão mais direcionamentos, na verdade, para você focar em determinado tema ou para orientar. Eu posso cortar minha fala e depois podemos usar uma narração sobreposta. Muito bem. Vamos começar. Pode me dizer seu nome, sua idade e a sentença?

Sinto o celular vibrar silenciosamente no bolso. Mark. Talvez sejam boas notícias. Quem sabe uma oferta de emprego. Meu Deus, tomara que sim. Resolveria tudo de uma só tacada. A vibração para de repente. Ou foi para a caixa postal ou então ele se lembrou de onde estou hoje. E do que devo estar fazendo neste exato momento.

Volto a focar. Vejo Alexa tomar fôlego, deixo de lado os pensamentos sobre Mark e a sala de entrevistas da prisão parece desaparecer ao redor dela.

— Meu nome é Alexa Fuller. Tenho 42 anos e estou aqui em Holloway há quatorze. Fui condenada por ajudar no suicídio da minha mãe, Dawn Fuller. Ela tinha uma doença terminal. Câncer no pâncreas. Recebi a maior pena possível. — Ela faz uma pausa. — A maior pena já dada por suicídio assistido. Naquele ano tinha saído muita coisa na imprensa sobre sentenças brandas, muitas matérias na mídia sobre arquivamento de processos de suicídio assistido. Houve um inquérito e se decidiu que o Crown Prosecution Service adotaria uma linha mais severa no futuro. E aconteceu que eu fui a primeira depois da mudança de normas. Decidiram que os casos seriam tratados da mesma forma que os casos de homicídio culposo, embora evidentemente não se trate de homicídio culposo.

Ela para por um instante. Seu olhar me atravessa.

— No início, minha mãe queria ir para a Dignitas, na Suíça, mas nós dissemos que daria tudo certo, que ela ia vencer a doença. Tinha apenas 55 anos e estava sendo submetida ao tratamento de quimioterapia mais agressivo que existia. Todo mundo achava que ia acabar com aquilo de vez. Mas ela teve um ataque cardíaco. Quando suspenderam os tratamentos, ela estava fraca demais para viajar de avião; e, de qualquer maneira, eu não teria coragem de levar minha mãe para a Suíça. Meu pai e eu fomos visitar o lugar enquanto ela ainda estava se recuperando no CTI. Era frio demais lá. Vazio, sabe? Parecia uma daquelas redes de hotéis com quartos sem graça e iguais. — Ela cobre as mãos com as mangas antes de continuar. — Eu não conseguia imaginá-la naquele lugar. Morrendo.

Por uma fração de segundo, penso na minha mãe. Um flash dela numa cama, num quarto, sozinha, em algum lugar. Naquela noite depois do acidente. Depois que a encontraram, um caco, encharcada de chuva. Não sei que quarto era, nem onde, nem se estava sozinha. Espero que não tenha sido um quarto assim.

Alexa levanta os olhos para mim.

— Nenhum de nós queria imaginar ela naquele lugar. Então a levamos de volta para casa. E ela piorou. Até que um dia pediu que eu deixasse a morfina com ela. Eu sabia o que isso queria dizer...

Sua voz treme.

— Eu deixei na mesa de cabeceira, mas ela não conseguia pegar a garrafa. Sempre derramava no lençol. Chamei meu pai no andar de baixo e conversamos sobre o assunto, os três. Eu subi para pegar a câmera, meu pai instalou o tripé e minha mãe disse para a câmera, e depois para o tribunal, que estava consciente e lúcida e que queria pôr fim à vida. Mostrou que não conseguia levantar sozinha a garrafa, muito menos injetar em si mesma, e explicou que estava pedindo que eu a ajudasse. Depois do vídeo, nós jantamos. Eu pus a mesa na sala com velas. Abrimos um champanhe. Então, deixei que ela e meu pai conversassem. Depois ele foi para o corredor. Sem dizer nada. Eu me lembro disso. Só passou por mim e foi se deitar. Eu a acomodei no edredom no sofá e conversamos um pouco, mas ela estava cansada. Teria conversado comigo a noite inteira, mas estava cansada demais.

Alexa fica com a respiração pesada. Ela olha para o lado. Eu espero em silêncio.

— Ela estava cansada. E eu fiz o que pediu, me despedi com um beijo de boa-noite e ela adormeceu. Não demorou muito, e parou de respirar. — Ela faz uma pausa antes de olhar de novo para mim. — A gente nunca mentiu. Mesmo. Nem uma vez. Desde o início dissemos a verdade. Foi só o momento errado. Aquelas novas medidas. Mas é a vida, né? Uma roda-gigante. Hoje você está em cima, mas amanhã pode estar embaixo.

Ela dá seu sorriso contido.

Eu também sorrio para ela. Não sei como ela conseguiu manter a sanidade, estando tanto tempo neste lugar por ter feito o que qualquer um teria feito. Por ter ajudado alguém que amava. Será que eu faria isso por Mark? E ele por mim? Eu olho para Alexa. Quatorze anos é muito tempo para pensar.

— Com que você trabalhava antes da prisão, Alexa? — pergunto, querendo ajudá-la a se recompor.

— Eu era sócia num escritório de direito empresarial. Estava indo muito bem, no geral. Meus pais estavam orgulhosos. *Estão* orgulhosos. Mas eu não voltaria, mesmo se pudesse, o que definitivamente não posso. Mas não voltaria mesmo.

— Por quê? Por que não voltaria? — instigo.

— Bom, para começar, não preciso do dinheiro. Ganhei muito antes. Investi bem. Já temos uma casa. Quer dizer, meu pai tem uma casa. Totalmente própria, sem hipoteca. Vou voltar a morar com ele.

Poderia me aposentar com meus investimentos e economias. Não vou, mas poderia.

Ela sorri e se inclina para a frente, apoiando os cotovelos e os antebraços na mesa.

— Meu plano... meu plano é tentar engravidar. — Ela fala com suavidade, de repente jovem de novo, vulnerável. — Sei que estou ficando velha, claro, mas conversei com o médico da prisão e atualmente os métodos de fertilização in vitro estão anos-luz à frente do que eram antes de eu vir para cá. Estou com 42 e vou sair daqui a um mês. Já entrei em contato com uma clínica. Tenho uma consulta marcada para um dia depois de voltar para casa.

— Algum doador? — arrisco.

Ela nunca se referiu a nenhum homem nas nossas ligações. Provavelmente não tem muita gente disposta a esperar quatorze anos. Não sei se eu seria capaz.

Uma gargalhada.

— Ah, sim, o doador do esperma. Eu sou rápida, mas não *tão* rápida assim!

Ela parece genuinamente feliz. Alegre. Com a ideia de gerar uma pessoa. Uma nova vida. Sinto o coração bater mais rápido. A ideia de um bebê. Um bebê com Mark. Uma sensação gostosa. Aproveitamos juntos por um instante esse momento. Mark e eu já conversamos a respeito. Vamos começar a tentar. Parei de tomar a pílula há quatro semanas. Vamos tentar ter um filho e, se acontecer na lua de mel, melhor ainda. Estranho que Alexa e eu estejamos no mesmo ponto das nossas vidas tão diferentes.

Ela se debruça.

— Vou tentar o mais rápido possível. As chances de sucesso diminuem a cada ano, mas o limite na fertilização in vitro é 45, então ainda tenho três anos. Três anos de tentativas. Sou uma mulher saudável. Deve dar certo.

— Por que quer ter um filho?

Parece uma pergunta idiota no exato momento em que sai da minha boca. Mas ela entende o que eu quero dizer.

— Por que as pessoas querem ter filhos? Acho que a minha vida, nos últimos tempos, tem sido feita só de coisas que acabam... términos e esperas. Mesmo antes da prisão: esperar as férias, ou tempos melhores, ou o ano que vem, o que quer que fosse. Eu nem sei pelo que estava esperando. Mas agora vou ter um novo começo. Não preciso mais esperar. Já esperei o que tinha que esperar e agora vou viver.

Ela se recosta na cadeira, o rosto iluminado, perdida num mundo de possibilidades.

Aproveito para dar uma olhada no celular. Já passamos dez minutos do nosso tempo. Aquela única chamada perdida na tela. Dá para ver a ponta do ombro de Nigel pela janelinha na porta. Ele não está nos apressando, mas não quero abusar.

— Obrigada, Alexa.

Por hoje é só. Eu me levanto e aperto o botão que libera a porta. Dou uma olhada de novo no celular e aperto a notificação. A chamada era de Caro, não de Mark. Fico tão decepcionada que sinto o gosto na boca. Provavelmente ele ainda não arrumou emprego. Por um instante, tive tanta certeza. Mas tudo bem. Ainda tem tempo. Ainda tem tempo.

A sirene apita de repente, os ferrolhos se abrem, e Nigel se arrasta para dentro, meio surpreso.

Eu desligo a câmera.

# 10

*Domingo, 4 de setembro*

# LUA DE MEL

As palavras são ditas. Ele coloca um fino anel de ouro no meu dedo. Seus olhos, seu rosto. Suas mãos nas minhas. A música. A sensação da pedra fria por baixo dos sapatos de sola fina. Aroma de incenso e flores. Dos melhores perfumes de oitenta pessoas. Felicidade. Pura e simples.

Nos beijamos, vozes conhecidas se elevando por trás. E então o órgão troveja a titânica marcha nupcial de Mendelssohn, produzindo uma vibração de tremer os ossos.

E pétalas, pétalas caindo ao nosso redor enquanto saímos para o ar outonal de Londres. Marido e mulher.

Sou despertada por leves batidas na porta. Mark ainda não acordou, dorme profundamente, aconchegado a meu lado na espaçosa cama do hotel. Meu marido. Meu novo marido, dormindo. As batidas continuam. Eu me levanto da cama, visto um roupão e vou na ponta dos pés até a porta.

É o café da manhã. No corredor, dois imponentes bules de prata num carrinho coberto com toalha branca. O garçom sussurra "Bom dia" abrindo um largo sorriso.

— Muito obrigada — respondo sussurrando também e passando o carrinho pelo espesso carpete da entrada. Assino e devolvo a nota, com uma enorme gorjeta. Hoje estou oficialmente distribuindo alegria.

São seis da manhã de um domingo. Pedi o café ontem à noite porque achei que podia ajudar a acordar mais cedo. Mas, para ser sincera, estou bem. Já totalmente desperta e louca para começar o dia. E feliz por não ter bebido demais na noite passada. Não queria, realmente. Queria manter a mente clara, ficar focada. Queria lembrar e saborear cada momento.

Empurro o carrinho para dentro do quarto sem esbarrar nos móveis sofisticados, deixo-o ali e vou para o chuveiro. Espero que Mark acorde naturalmente com o aroma pungente do café. Quero que tudo seja perfeito para ele hoje. Ele adora café. Entro debaixo da ducha-cascata e me ensaboo, tomando cuidado para não molhar o cabelo. Temos que sair do hotel e ir para o aeroporto em meia hora.

Tecnicamente, hoje será o dia mais longo da nossa vida. Vamos recuar onze fusos horários e cruzar a linha internacional de mudança de data, de modo que, depois de vinte e uma horas de viagem de avião e navio, estaremos do outro lado do mundo e serão apenas dez horas da manhã. Deixo a água quente e ensaboada escorrer pelos músculos dos ombros, pelos braços, pelo novo anel de ouro no dedo.

Imagens do dia anterior passam pela minha cabeça: a igreja, o brinde de Fred, o brinde de Mark, Caro conversando com os pais de Mark, a primeira dança. A última dança. A noite passada, finalmente sozinhos. Desesperados um pelo outro.

Ouço o leve tinido da louça. Ele se levantou.

E, num segundo, saio do chuveiro e estou em seus braços, molhada.

— Cedo demais, Erin. Cedo demais — ele resmunga, servindo café quente para nós dois. Eu o cubro de beijos e água.

Ele me entrega uma xícara e eu bebo ali mesmo, de pé, completamente nua e encharcada. Estou perfeitamente em forma no momento, se me permitem. Estou ótima. Meio que fiz questão. Não é todo dia que a gente se casa. Ele bebe o café empoleirado na beira da cama, os olhos passeando preguiçosos pelo meu corpo.

— Você é linda — diz, ainda meio sonolento.

— Obrigada. — E sorrio.

A gente se veste e faz o check-out num piscar de olhos. Um Mercedes desliza à meia-luz da manhã de domingo na frente do hotel. O motorista se apresenta como Michael, mas não diz muito mais no percurso até o Heathrow. Passamos por ruas abandonadas àquela hora da manhã, aconchegados na segurança do nosso casulo cheirando a couro. As únicas pessoas na rua são um ou outro farrista trôpego ainda voltando para casa. Em algum lugar na zona norte de Londres, sob essa mesma meia-luz, trancafiados em corredores cheios de corpos adormecidos, estão Alexa, Eddie e Holli, em celas nuas e isoladas que eu nunca verei, prestes a viver um dia que nunca realmente compreenderei. E sinto minha liberdade com uma nova lucidez.

No Heathrow, Mark passa comigo pelas filas já serpenteantes da British Airways, em direção aos balcões de check-in vazios no fim do corredor. Primeira. Nunca viajei de primeira classe. Só de pensar, sou tomada por um sentimento estranho, misto de empolgação e culpa típica de classe média. Eu quero, mas sei que não devia querer. Mark já viajou na primeira classe com clientes, e garante que vou adorar. Não adianta ficar remoendo.

No balcão, uma mulher com um sorriso radiante nos recebe como se fôssemos velhos amigos voltando para casa. Fiona, a atendente no check-in que nos auxilia, a única atendente de check-in a se apresentar a mim pelo nome, se mostra extremamente acolhedora e prestativa. Eu realmente poderia me acostumar com isso. Parece que dinheiro compra tempo dos outros, e tempo compra atenção. Uma ótima sensação. *Para de procurar pelo em ovo*, digo a mim mesma. *Só aproveita. Logo mais você vai estar pobre de novo.*

Passamos pela segurança. Os guardas ficam meio constrangidos ao olhar nossas bagagens. Depois que eu volto a calçar os sapatos, Mark aponta para um corredor à direita, ao fim do qual há uma porta. Uma porta branca como outra qualquer. Nenhuma inscrição. Parece a entrada de uma área exclusiva para funcionários. Ele sorri.

— A porta dos milionários. — Força um sorriso e ergue uma sobrancelha. — Vamos? — pergunta.

Eu me limito a segui-lo. Ele avança confiante pelo corredor, como se soubesse exatamente aonde está indo, e eu com absoluta certeza de que seremos impedidos de continuar a qualquer momento. Enquanto caminhamos na direção da tal entrada, eu não me surpreenderia se uma mão de repente agarrasse meu braço para nos escoltar a uma minúscula sala onde nos submeteriam a um interrogatório exaustivo sobre terrorismo. Mas isso não acontece. Conseguimos atravessar o corredor sem ser notados e entrar pela misteriosa portinha, deixando para trás a algazarra do salão de embarque e chegando ao frio e silencioso saguão da Concorde Room.

É um atalho secreto e exclusivo para passageiros da primeira classe. Direto da inspeção de segurança para a sala VIP da British Airways.

Quer dizer que é assim que a outra metade vive? Ou melhor, o outro um por cento, para ser mais exata. Eu não sabia.

Parece que a British Airways paga anualmente um milhão de libras esterlinas de indenização ao aeroporto de Heathrow para que seus passageiros de primeira classe não precisem passar pela indignidade de percorrer aquelas alamedas de lojas cheias de porcaria de que não precisam. E das quais hoje também não precisamos.

Lá dentro, é o céu. Muito bom estar deste lado da porta, embora até cinco minutos atrás eu nem soubesse da existência desse lugar. Bizarro, não é? Quando a gente acha que sabe o que é bom e aí se dá conta de todo um outro nível além, do qual não fazia ideia... É um pouco assustador. A rapidez com que o bom deixa de ser tão bom assim, pela comparação. Talvez seja melhor nunca ver. Melhor nem saber que a classe econômica é tocada que nem rebanho por uma sucessão de pontos de varejo destinados a arrancar dela o muito pouco que tem, enquanto a gente mantém o nosso em segurança.

*Não pensa demais, Erin, para com isso. Só aproveita. Tudo bem se dar ao luxo uma vez na vida.*

Tudo aqui é de graça. A gente se acomoda numa das mesas do restaurante com assentos acolchoados de couro e pede um café da manhã leve, com *pain au chocolat* recém-saído do forno e chá inglês. Eu olho para Mark. Meu lindo marido lendo o jornal. Ele parece feliz. Passo os olhos pelas pessoas na sala. A impressão é de que a primeira classe as impregna de uma espécie de mistério, um misticismo que emana de cada momento, conferindo-lhe uma espécie de graça. Ou talvez tenha sido eu quem os impregnou desse misticismo por me sentir como se estivesse perdida num vale de unicórnios.

Os milionários não parecem milionários, parecem? Elon Musk nem parece milionário, e na verdade é bilionário.

Enquanto observo essas pessoas nos seus iPhones, bebericando seus espressos, fico me perguntando: será que só viajam de primeira classe? Se misturam com as outras pessoas? No dia a dia? Se misturam com gente da classe executiva? Da econômica? Eu sei que empregam essas pessoas, mas será que andam com elas? E que tipo de trabalho têm? Como é que têm tanto dinheiro? Será que são boas pessoas? Imagino Alexa voando de executiva a trabalho antes de acontecer tudo aquilo. De certa forma, posso imaginá-la aqui, agora. Ela se enquadraria bem, até com o uniforme azul desbotado da prisão. E Eddie. Dá para imaginar facilmente Eddie aqui, um fantasma à espreita num desses cantos forrados de couro, café na mão, olhos sempre analisando o lugar, sem perder nada. Respondi a seu e-mail com uma ligação na véspera do casamento. Foi uma ligação bem estranha. Senti que ele queria dizer alguma coisa, mas talvez estivesse sendo vigiado dessa vez. Mas definitivamente dá para imaginá-lo aqui. Já Holli, não. Não consigo vê-la aqui como vejo Eddie ou Alexa. Me pergunto até se ela já saiu do país alguma vez na vida. Será que já sentiu na pele o sol do Mediterrâneo? Ou então o calor úmido dos trópicos? Duvido. Mas talvez eu esteja fazendo um julgamento equivocado, talvez Holli viajasse o tempo todo. Lá vem a culpa de novo. *Para de pensar demais, Erin, só aproveita.*

Pela primeira vez na vida eu entro no avião e me viro para a esquerda; todos os outros passageiros viram para a direita. E, para ser sincera, é difícil não me sentir especial, mesmo sabendo que paguei muito mais que os outros, um dinheiro de que só dispomos na verdade por vários caprichos do destino e do nascimento. Mas eu me sinto. Me sinto especial.

— É um Dreamliner — sussurra Mark, inclinando-se para mim.

Eu não tenho a menor ideia do que ele está falando.

— O avião — explica ele.

— Ah, o avião é um *Dreamliner*. — Eu lanço um olhar provocador. — Não sabia que você gostava tanto de aviões. — E dou um risinho forçado.

Mark gosta de aviões. Estranho que eu nunca tenha notado. Mas dá para entender por que pode ter preferido manter esse interesse na moita. Não é propriamente o interesse mais sexy que um homem pode ter. Mas ele tem muitos outros bem sexy, então dá tranquilamente para aceitar esse. Considero lhe dar alguma coisa relacionada a aviões no Natal. Talvez um belo livro de capa dura. Vou ver se encontro alguns documentários também.

Nossos assentos ficam no meio da primeira fileira e, meu Deus, isso não tem nada a ver com a classe econômica. Apenas duas fileiras na cabine toda. A primeira classe tem apenas oito assentos. E nem todos estão ocupados. É bem tranquilo aqui nesta parte do avião. Um sossego.

Isto aqui está para a classe econômica assim como a agricultura orgânica está para a industrial. Os passageiros da econômica bem lá para trás, como galinhas em cativeiro amontoadas durante onze horas. E nós, as galinhas livres, tratadas a grãos de milho e correndo felizes pelo quintal. Talvez não seja a melhor analogia, talvez a gente seja, na verdade, os fazendeiros...

Afundo na minha cadeira, couro macio com aquele cheirinho de carro novo. O encosto nos envolve numa determinada altura que nos impede de ver os outros passageiros, mas permite que vejamos a aeromoça quando ela passa. Ela vem atender os cinco passageiros e oferece champanhe em taças geladas, enquanto cada um se acomoda e guarda a bagagem de mão.

Começamos a explorar o nosso ninho, a nossa casa nas próximas onze horas. A divisória eletrônica que separa nossos assentos é baixada, e investigamos juntos os nossos novos dispositivos. Uma TV de tela plana no encosto da cadeira à minha frente, pequenos nichos superorganizados para guardar coisas, fones de ouvido com isolamento acústico. Um kit de banheiro com a inscrição "primeira classe", cheio de itens em miniatura que estranhamente me lembram do miniconjunto de cozinha de brinquedo que eu tinha na infância, quando brincava de casinha. No espaço acima do encosto para o braço, encontro uma mesa de comer dobrável para uma pessoa, de tamanho bem generoso. E, claro, estou animadíssima! Estou bebendo champanhe às 9h45 da manhã, claro que estou animada. Estou animada com tudo! Empurro minha bagagem de mão para um cubículo. Presente de casamento de Fred. Ele ficou tão feliz de participar do nosso casamento. De entrar comigo. De ficar ali ao meu lado. Eu sei que significou muito para ele ser convidado. Meu querido Fred. Fred e Nancy. Não tiveram filhos. Quem sabe não podem ser padrinhos? Quando chegar o momento. Acho que eu gostaria disso. Me pergunto se Mark gostaria.

E de repente a gente está voando.

Estou com a boca cheia de champanhe quando a aeromoça bota a cabeça por cima da divisória e pergunta qual o meu tamanho para o pijama. Apanhada no ato, eu sinto meu pescoço esquentar de vergonha, bebendo no café da manhã.

— Pequeno. Muito obrigada — consigo responder, depois de engolir.

Ela sorri e me entrega o pijama azul-marinho pequeno envolto em fitas brancas, com o logotipo da British Airways do lado esquerdo do peito. Macio. Confortável.

— É só avisar se quiser cochilar mais tarde — gorjeia ela —, e eu preparo a sua cama, tudo bem? — E já desapareceu.

Eu sempre tive um certo problema com champanhe de graça. Que coisa linda, linda, champanhe de graça. Acho difícil demais recusar.

Se a taça for enchida de novo, vai ser bebida. É o único caso em que a frase "Você vai se arrepender se não for até o fim" faz sentido para mim. E, assim, depois de três taças e um filme, a aeromoça e eu estamos tratando de assuntos relativos ao cochilo.

Minha cama já está feita quando volto do gigantesco banheiro onde fui escovar os dentes, e no qual a pia fica a uns bons três passos do vaso. A cama está linda e convidativa: edredom espesso, travesseiro rechonchudo, tudo bem arrumado no leito plano. Mark ri de mim do outro lado da divisória quando eu subo nela.

— Não acredito que você já está bêbada. Ainda não completamos nem um dia de casados.

— Fiquei empolgada. E agora fica quieto aí porque vou dormir para isso passar — retruco, enquanto a divisória elétrica vai aos poucos tapando sua cara risonha.

— Boa noite, sua bebum. — E ele ri de novo.

Eu rio comigo mesma. E, toda aconchegada no meu cantinho, fecho os olhos.

Consigo emplacar impressionantes sete horas de sono no primeiro voo. E, quando aterrissamos em Los Angeles, me sinto relativamente bem descansada e felizmente sóbria. Sou fraca com bebida. Alguns poucos copos de qualquer coisa já me derrubam. Mark passou o voo inteiro acordado, vendo filmes e lendo.

No aeroporto de Los Angeles, vamos direto para a sala VIP da American Airlines. Nada impressionante como a do Heathrow, mas temos apenas meia hora até o embarque para o nosso voo para o Taiti. Essa é a parte difícil da viagem. A etapa intermediária. Vencemos as onze horas de voo até Los Angeles, mas ainda temos oito horas até o Taiti pela frente, seguidas de mais quarenta e cinco minutos de avião até Bora Bora e depois um percurso de barco particular para circundar o atol e chegar ao hotel Four Seasons.

Recebemos um e-mail dos pais de Mark. Fotos que eles tiraram no casamento ontem. Lá estamos nós — ou pelo menos acho que somos nós, pois as imagens estão bem fora de foco, todo mundo de olho vermelho, mas definitivamente somos nós, sim. E de repente eu me dou conta de que nunca me senti mais feliz do que neste exato momento.

Mark consegue dormir seis horas no voo seguinte. Desta vez eu fico acordada, olhando pela janelinha oval, maravilhada com os tons de rosa e púrpura do pôr do sol se refletindo no vasto oceano Pacífico abaixo de nós. As nuvens: quilômetros e quilômetros de um branco imensurável aos poucos se transformando em pêssego à luz solar que se esvai. E de repente só azul, um profundo e aveludado azul-escuro. E estrelas.

Uma baforada quente de ar tropical úmido bate em nós quando descemos do avião no Taiti. A primeira insinuação da nossa lua de mel. Não vemos grande coisa da ilha em si: apenas uma pista de pouso, os faróis de aterrissagem, um saguão de aeroporto quase vazio, outro portão de embarque e já estamos voando de novo.

O voo para Bora Bora é num avião pequeno com aeromoças de uniforme chamativo. Não sei como, Mark dá um jeito de dormir no breve e turbulento percurso. Eu consigo terminar de ler a revista que peguei na Concorde Room do Heathrow, uma publicação trimestral voltada para o nicho muito específico de adestradores de cavalos, chamada *Piaffe*. Não sei nada de adestramento de cavalos (meus conhecimentos básicos de equitação, da adolescência, não chegam propriamente à esfera das competições avançadas de hipismo), mas a revista parecia tão distante de qualquer coisa que eu já tivesse visto na vida que eu não podia deixar de pegá-la. Descobri que "piaffe" é quando o cavalo fica trotando sem sair do lugar no meio da arena, para se exibir. Agora você já sabe. Aposto que ficou feliz por termos descoberto isso. Mas o fato é que eu gosto mesmo de coisas assim, sempre fui de ler o que encontro pelo caminho e, quanto mais estranho e desconhecido para mim, melhor. Lembro que na escola de cinema alguém sugeriu desenvolver esse hábito: sempre ler coisas que estejam fora da sua zona de conforto. É daí que surgem histórias. Daí que vêm as ideias. Seja como for, recomendo *Piaffe* entusiasticamente. O meu nível de interesse baixou ligeiramente na seção sobre alimentação dos animais, mas, em geral, a leitura foi bem interessante. Se não diretamente pelo conteúdo, certamente para ficar imaginando o estilo de vida e os hábitos do seu leitor habitual.

O aeroporto de Bora Bora é minúsculo. Duas mulheres de sorriso esfuziante nos enfeitam com um cordão de flores à chegada. Suaves flores brancas com perfume doce e almiscarado penduradas no pescoço enquanto um porteiro nos conduz a um píer do lado de fora do terminal. O aeroporto com sua pista ocupa uma ilha inteira do atol de Bora Bora. A ilha inteira do aeroporto não passa de uma longa pista de asfalto, cercada de gramados ralos e secos e um terminal flutuando no azul do sul do Pacífico. Uma representação visual bem concreta do domínio do homem sobre a natureza.

Uma lancha está à nossa espera, muito bonita na sua discreta madeira envernizada, bem no fim do píer, como um táxi aquático de Veneza. O piloto do táxi aquático pega minha mão e me ajuda a descer até o assento do deque, me oferecendo um cobertor quente para os joelhos.

— Pode ventar muito no caminho.

Ele sorri. Tem uma expressão bondosa, como as mulheres no aeroporto. Deve ser porque não há muitos motivos para se preocupar por aqui, nenhuma vida urbana para acabrunhar as pessoas.

Mark passa nossas bagagens, pula dentro da lancha e lá vamos nós. Já está escuro quando começamos a circundar baías e enseadas. Teria sido melhor escolher os horários de voo de maneira que desse para ver tudo isso à luz do dia. Aposto que é de tirar o fôlego, mas agora, no escuro, vejo apenas as luzinhas piscando no litoral e a gigantesca lua por cima da água. Uma lua branca e brilhante. Tenho certeza de que a lua não brilha tanto assim na Inglaterra. Mas deve brilhar. É que provavelmente não dá para ver todo o seu brilho em meio à enorme poluição luminosa.

A Inglaterra agora parece tão distante! Os caminhos de cerca viva, a grama coberta de geada. Sinto uma pontada de saudade da minha terra, a quinze mil quilômetros, fria e nevoenta. Meus cabelos se agitam em torno do rosto com a brisa agradável. Agora a velocidade vai diminuindo. Quase chegando. Eu me volto para ver a terra firme, a praia e as luzes do Four Seasons. E lá está ele.

A água ao nosso redor tem um brilho de esmeralda, produzido pelo verde da lagoa. A luz suave de velas banha as construções com cobertura de palha, as áreas comuns, os restaurantes e os bares. Tochas acesas ondulam ao longo da costa. Cabanas com estacas derramam seu calor alaranjado na densa escuridão do sul do oceano Pacífico. E essa lua. Essa lua brilhando como um farol numa estrada do interior, brilhando por trás da nítida e majestosa silhueta do Monte Otemanu, o vulcão extinto que fica bem no centro do atol de Bora Bora. Aqui estamos nós.

A água lambe placidamente o nosso entorno enquanto o motor da lancha vai parando. O píer é iluminado por velas, e um comitê de recepção orienta e prende a lancha na chegada. Mais flores no pescoço. Perfume suave, mas picante. Água. Toalhas frescas. Uma rodela de laranja. E um carrinho de golfe nos conduz pelos passadiços suspensos em direção à nossa nova casa.

Nosso quarto é fantástico, Mark fez questão de que fosse. O melhor que eles têm. Um bangalô suspenso ao fim do píer. Piscina particular, acesso privado à lagoa, banheiro com piso de vidro. Ao chegar à porta, recebemos boas-vindas e uma breve conversa sobre o hotel, mas estamos cansados. Dá para notar o olhar cansado por trás do sorriso de Mark, e o pessoal do hotel deve ter percebido também. Estamos exaustos. Felizmente a introdução não demora.

O carrinho vai se afastando de volta pelo passadiço, deixando-nos sozinhos na varanda. Mark olha para mim enquanto o barulho do veículo se afasta. Ele larga as malas e investe na minha direção, pegando-me pela cintura com um braço e pelas coxas com o outro, e de repente estou no ar, aninhada a seus braços. Eu beijo a ponta do seu nariz. Ele abre um sorriso malicioso e atravessamos a soleira aos solavancos.

# 11

*Sexta-feira, 9 de setembro*

# TEMPESTADE À VISTA

Quatro dias das férias se passam. Um sonho. Um sonho turquesa na areia morna.

O café da manhã trazido até nós de canoa pelas ondas verdes da lagoa. Deliciosos sucos de frutas cujos nomes eu nem sei. Caminhar descalços em ladrilhos frescos e deques quentes. Escorregar na água clara da piscina. Deixar o sol penetrar fundo a minha pele inglesa cansada e até chegar aos meus úmidos ossos britânicos.

Mark à luz do sol. O corpo de Mark iluminado dentro da água. Meus dedos passando pelos seus cabelos molhados, sua pele dourada. A umidade do sexo nos lençóis. O zumbido suave do ar-condicionado. Cada dia um desfile diferente das minhas mais lindas e delicadas roupas íntimas. Renda preta extremamente fina com cristais reluzentes, flores fúcsia, vermelho atrevido, branco vulgar, creme rico, seda, cetim. Longas conversas descontraídas em bares e pranchas de surfe. Como havíamos decidido, parei de tomar o anticoncepcional há sete semanas. Fazemos planos.

Um passeio de helicóptero pelas ilhas próximas. O som surdo e potente das hélices atravessando os fones de ouvido acolchoados. Um azul infinito em todas as direções, para cima e para baixo. Florestas que parecem brotar do oceano. O céu na terra.

O piloto nos diz que, na área além dos recifes, as ondas são tão altas que os hidroaviões nem conseguem pousar na água. Estamos no segundo arquipélago mais remoto do mundo. As ondas aqui são as maiores do planeta. Pelo piso de plástico transparente do helicóptero, pelas janelas, podemos vê-las crescendo, arrebentando. Estamos a milhares de quilômetros do continente mais próximo.

Ilhas desertas se projetam do oceano. Desenhos animados transformados em realidade. Minúsculos círculos de areia a picos escarpados, todos com pelo menos uma palmeira. Por que sempre há palmeiras nas ilhas desertas? Porque os cocos flutuam. Flutuam pelo oceano, flutuam sozinhos por milhares de quilômetros, até dar na costa e se plantar na areia quente. As raízes descem fundo, até penetrar a terra e alcançar a água potável filtrada pelas rochas, muito abaixo do solo. Como nadadores finalmente chegando à praia.

Um dia mergulhando nas águas calmas da lagoa. Fico pensando no tempo frio na Inglaterra enquanto flutuo tranquilamente, cercada pelas grandes arraias deslizantes, fantasmas cinzentos em carne e osso, ondulando vigorosamente no puro silêncio.

Mark reservou a piscina para treinarmos mergulho, só eu e ele. Uma sessão para me introduzir. Aquela experiência ruim, a que tive antes de conhecê-lo, será esquecida, garante ele. Eu tinha apenas 21 anos quando aconteceu, mas lembro como se fosse ontem. Entrei em pânico a dezoito metros de profundidade. Não sei por que, mas de repente tive certeza de que ia morrer. Pensei na minha mãe. Pensei no medo que deve ter sentido, presa naquele carro. Me deixei levar pelos pensamentos e entrei em pânico. Lembro que na época as pessoas disseram que eu tive sorte, porque poderia ter sido muito pior. Eu podia facilmente ter inspirado água do mar. Mas agora nunca entro em pânico. Não me deixo levar pelos pensamentos. Pelo menos nunca mais aconteceu desde então.

Eu mal consigo dormir na noite anterior ao treinamento: não exatamente por medo, só uma ansiedade moderada. Mas eu tinha prometido a Mark e, sobretudo, a mim mesma. Toda vez que penso no regulador de oxigênio, sinto uma tensão forte entre as sobrancelhas. Quem é que estou querendo enganar? Estou com medo pra caralho.

Não tenho medo de me afogar, nem da água nem nada. Tenho medo daquele pânico que cega. O pânico que prende o coelho na armadilha, aperta o nó em seu pescoço e o faz se afogar no próprio sangue. As coisas mais idiotas acontecem por causa desse tipo de pânico. Causam morte.

Olha só, não sou nenhuma maluca. Eu sei que vai dar tudo certo. É só um maldito mergulho! É para ser divertido! Todo mundo faz isso. Eu sei que não vai acontecer nada. Vai ser lindo. Muito lindo. Um verdadeiro sonho debaixo do oceano Pacífico. Algo a ser lembrado para sempre. Mas meus pensamentos continuam se abrindo como armadilhas sob meus pés. Pânico, desorientação, claustrofobia. Engolir um pouco de água acidentalmente e ficar apavorada.

Mas, não. Sou uma mulher adulta. Posso perfeitamente controlar meus medos. É por esse motivo que estou fazendo isso, certo? É por isso que a gente se desafia, não é? Para silenciar esses medos. Mandá-los de volta às grades. Penso em Alexa na sua cela, na cela em que está há quatorze anos. A gente luta contra os nossos medos. É o que fazemos.

Quando Mark e eu chegamos à piscina, entramos na água e começamos a checagem recíproca dos equipamentos. Mark vai me orientando calmamente. E o resfriamento da água me faz bem, já que os nervos deixaram a minha nuca aquecida. *Só respira*, preciso lembrar a mim mesma. *Só respira*.

— Está indo muito bem — Mark me tranquiliza. — Você tirou de letra essa parte, que, sinceramente, é a mais difícil. Eu vou estar com você, está bem? O tempo todo. Mas presta atenção... — Ele se detém e olha sério para mim, as mãos nos meus ombros. — Se começar a sentir pânico debaixo da água, a qualquer momento, simplesmente continue a respirar. Se quiser voltar à superfície, continue respirando. É só o seu cérebro tentando te proteger de algo que, na verdade, não é nenhum problema. Lá embaixo não é mais perigoso que aqui em cima, isso eu garanto. Confia em mim, amor? Vai dar tudo certo.

Ele sorri e bate no meu ombro. Eu faço que sim. Sempre confiarei nele.

O que mantém os nadadores boiando é o oxigênio retido nos pulmões. Quando estão cheios, os pulmões são como duas bolas de rugby dentro do peito, fazendo com que a gente fique lá em cima. É por isso que, quando estamos boiando no mar, podemos relaxar o corpo todo e flutuar apenas com o rosto fora da água. A chave, no mergulho, é aprender a usar os pulmões para regular a profundidade. É para isso que servem os pesos: para nos puxar para o fundo.

Nós descemos juntos, suspensos no azul-claro. Minúsculas bolhas vão subindo e nós afundamos suavemente, como se estivéssemos num elevador invisível. O silêncio sob a superfície da piscina é amniótico. Eu consigo entender por que Mark gosta de mergulhar. Sinto-me calma, o pânico todo desaparece. Mark se vira e olha para mim com aquele ar de felicidade, a meio metro de água densa. Como se estivéssemos separados por um vidro espesso. Ele sorri. Eu retribuo o sorriso. Aqui embaixo nos sentimos mais próximos do que jamais seria possível lá em cima. Trocamos um sinal de "ok", juntando o polegar e o indicador em um círculo, enquanto os outros dedos ficam esticados, como fazem os mergulhadores. De frente um para o outro, Mark e eu nos sentamos de pernas cruzadas nos azulejos ásperos do fundo da piscina, repassando o regulador de oxigênio como numa espécie de ritual pagão de cura. E eu continuo calma. Os pensamentos traiçoeiros se foram. Agora parecem até inconcebíveis, enquanto contemplo o rosto calmo de Mark. Estamos seguros. Só nós e o silêncio. Claro que pode ser apenas o oxigênio me relaxando. Dizem que ele tem um efeito calmante, não é? Tenho certeza de que li isso em algum lugar, alguma coisa sobre máscaras de oxigênio nos aviões. Ou quem sabe é a cor da piscina que tem esse efeito tranquilizante sobre mim. Ou o profundo silêncio debaixo da água. Ou Mark. Mas a única coisa que importa é que neste exato momento estou perfeitamente em paz. Curada. Mark me curou. E ficamos aqui embaixo, desse jeito, por um bom tempo.

O sonho continua. Areia morna no pôr do sol. Gelo tinindo no copo. Cheiro de protetor solar. Marcas de dedo no meu livro. Tanta coisa para ver. Tanto a fazer. Até o quinto dia.

No quinto dia ficamos sabendo que uma tempestade se aproxima.
    As tempestades aqui não são como as da Inglaterra. Disso a gente sabe. Não dá para simplesmente recolher os móveis do lado de fora e cobrir as plantas. Aqui, as tempestades são coisa séria. O hospital mais próximo fica a uma hora de voo, no Taiti, e ninguém pega avião numa tempestade. As tempestades podem durar dias, por isso são tratadas com precisão logística. Praias evacuadas, restaurantes protegidos com tábuas, hóspedes orientados.
    Depois do café da manhã, um gerente gentil bate à porta do nosso bangalô. Explica que a tempestade deve chegar por volta das quatro da tarde e que provavelmente vai durar até amanhã de manhã. Faltam apenas algumas horas. Ele nos garante que ela vai passar longe da ilha; vamos senti-la, mas não receberemos seu impacto total, então não precisamos nos preocupar com a possibilidade de sermos arrastados para o mar ou alguma doideira dessas, isso nunca acontece aqui. O gerente dá uma risada. Os bangalôs ficam na lagoa, protegidos das ondas pelo atol, e eu deduzo então que só mesmo uma onda de força descomunal poderia se elevar sobre o atol e o arquipélago para nos enlaçar e nos arrastar. A lagoa está aqui há milhares de anos, e não vai a lugar nenhum hoje.
    Ele diz também que a equipe estará de plantão a noite inteira e, na improvável eventualidade de a tempestade mudar de rumo, seremos prontamente avisados e transferidos para o prédio central do hotel. O que, no entanto, garante ele, não foi necessário nenhuma vez desde que ele começou a trabalhar na ilha, e a tempestade de hoje, embora certamente forte, não parece lá tão ameaçadora assim.

Depois que ele se vai, nós saímos para o nosso deque particular para contemplar a lagoa. O céu está azul-safira e o sol brilha sobre a água. Nada parece indicar a tempestade que se aproxima. Nós nos entreolhamos; estamos pensando a mesma coisa: *Onde ela está?*

— Vamos dar uma olhada na outra praia? — pergunta Mark, empolgado de repente. Ele leu meus pensamentos, talvez seja possível ver a aproximação da tempestade daquela direção. Talvez ela esteja vindo por trás. Pegamos os tênis e rumamos pela selva cuidadosamente arrumada do Four Seasons em direção à frente da tempestade.

Do outro lado do resort, o que dá para o sul do oceano Pacífico, há uma outra praia, mais comprida e reta. E o vento ali é forte, forte demais para os hóspedes de um hotel. Mar agitado, ondas fortes e barulhentas — muito diferente da plácida e tranquila lagoa sobre a qual se debruça nosso bangalô. O lado selvagem da ilha. Quero ver a tempestade, quero vê-la se aproximar. O sol ainda brilha quente, mas o vento penetra nosso cabelo e as camisetas enquanto ficamos no raso. Então a vemos. No horizonte.

Uma enorme coluna de nuvens, do oceano ao céu, ao longe. Nunca vi nada assim. Uma muralha de chuva e vento. Nosso senso de perspectiva se perde, contemplando a vastidão do céu; não há como saber o tamanho da tempestade, nada que sirva de parâmetro, mas, enquanto a observamos, ela toma conta de metade do céu. Nas extremidades, aparecem e desaparecem pedaços de céu azul. Um único e ameaçador pilar cinzento se aproximando.

Passamos a maior parte do dia nas águas calmas da lagoa, praticando *stand up paddling* ou mergulhando com *snorkel*. Somos aconselhados a ficar no bangalô a partir das três e meia. O serviço de quarto estará disponível, como sempre.

Nos entrincheiramos por volta das 15h45, com petiscos, latas de cerveja e uma maratona de filmes. Descanso forçado.

Estamos no meio de *Contatos imediatos do terceiro grau* quando a tempestade ganha corpo. O barulho das ondas abaixo do bangalô e da chuva no telhado nos obriga a aumentar o volume na tela de plasma. De repente Mark pega o celular e começa a me filmar.

Eu mais pareço uma baleia encalhada, beliscando entre os lençóis. Escondendo o pistache debaixo do travesseiro, me ajeito então numa posição mais atraente, mais fotogênica.

— Está vendo o que, Erin? — pergunta ele por trás da câmera.

— Boa pergunta, Mark! Estou vendo um filme sobre alienígenas enquanto esperamos o fim do mundo lá fora — respondo.

Na tela, barulho de sirenes e gritos abafados.

— Quinto dia da lua de mel — entoa Mark —, e nós aqui esperando uma tempestade tropical daquelas passar. Vejam só. — Mark volta a câmera na direção das portas de vidro castigadas pela chuva.

Tudo cinzento lá fora. Neblina espessa, opaca. Toda vida vegetal visível vergada pelo vento, as árvores arqueadas. E aquela chuva forte, pesada, muita chuva mesmo. Agora ele vira o celular em direção ao piso; a água da chuva que vem do deque começa a formar poças em torno das portas.

— Navio fantasma — grita Mark na minha direção, olhando para a água lá fora.

Eu salto da cama e vou trotando para a janela. E lá está ele. Um navio fantasma. Um iate ancorado bem ali perto, as velas devidamente recolhidas, mastro protegido, balançando na semiobscuridade do nevoeiro.

— Sinistro — sussurro.

Mark sorri.

— Sinistro.

O topo do Monte Otemanu desapareceu, engolido pelo cinza, apenas a base coberta de árvores visível. Mark dá um zoom no barco, imaginando que talvez ainda houvesse gente lá dentro. Ficamos olhando para a imagem na tela do celular.

É quando ouvimos um *plim* e uma notificação se sobrepõe à câmera, no topo da tela. Fica visível apenas por um segundo, mas meu estômago se revira. É de Rafie. E é importante. Um possível emprego. Rafie vem tentando ajudá-lo de alguma forma. Mark estava esperando essa mensagem.

Mark se atrapalha com o celular e marcha até a sala.

— Mark? — chamo, seguindo-o.

Ele levanta as mãos, impaciente. *Espera.*

Começa a ler, meneia a cabeça e então deposita cuidadosamente o celular na mesa, distraído, pensativo. Engole em seco.

— Mark? — chamo de novo.

Mãos para cima novamente, com mais força. *Espera!*

Ele anda para cima e para baixo. Para. Vai até o bar e começa a jogar cubos de gelo num copo de uísque. Fodeu. Lá vem merda.

Eu me aproximo devagar da mesa e me abaixo para pegar o celular. Cautelosa, hesitante, pois não sei se ele quer que eu leia a mensagem. Mas ele está com a cabeça em outro lugar. Digito a senha, a data de aniversário dele. Vou nas mensagens. Procuro Rafie.

> Cara, más notícias. Fiquei sabendo agora que deram o cargo para alguém lá dentro mesmo. Sacanagem do caralho. Achei que já estivesse certo. Te aviso se eu souber de mais alguma coisa. R

Meu Deus.

Silenciosamente, coloco o celular de volta no tampo de vidro da mesinha de centro. Mark está bebericando uísque do outro lado da sala. Pego o controle e desligo a TV. Param as sirenes e toda aquela comoção. Os únicos sons agora são o tinir dos cubos de gelo e a tempestade abafada lá fora.

Mark finalmente olha para mim.

— É a vida, Erin, fazer o quê?

E ergue o corpo num brinde.

De repente penso em Alexa. *Hoje você está em cima, mas amanhã pode estar embaixo.*

Mas ele está sorrindo.

— Tudo bem — diz. — Estou bem. Sério.

Seu tom é de calma, me tranquiliza. E dessa vez eu acredito nele, ele está bem. Mas... essa história toda está muito errada. O que está acontecendo com ele está errado. Não é justo.

— Tive uma ideia! — exclamo.

Vou até ele, pego o copo de uísque da sua mão e ponho na mesa. Ele parece surpreso, sem entender minha súbita determinação. Eu então o puxo pela mão.

— Você confia em mim? — pergunto, olhando nos seus olhos.

Ele abre um sorriso largo, apertando os olhos. Sabe que eu estou aprontando alguma.

— Confio — responde. E aperta minha mão.

Eu o conduzo até a entrada da casa e destranco a porta. Mas ele segura minha mão quando vou baixar a maçaneta.

— Erin.

E me detém. Do outro lado, a tempestade não dá sinais de ceder.

— Confia em mim — repito.

Ele assente.

Eu puxo a maçaneta e a porta vem em minha direção. O vento é mais forte do que eu imaginava, muito mais forte do que parecia pela janela. A gente sai e eu dou um jeito de fechar a porta de novo. Mark fica olhando aquele turbilhão, a camiseta rapidamente se encharcando com a chuva, enquanto eu fecho a porta e tomo de novo sua mão. E começamos a correr. Eu vou à frente, pelos passadiços, atravessando as pontes do píer, até chegar à área principal do resort e às trilhas lamacentas, já à beira do Pacífico, com suas águas turbulentas. Andamos com dificuldade pela areia, castigados pelo vento de todos os lados. Nossas roupas, escurecidas e pesadas com a água da chuva, se agarram ao corpo enquanto lutamos em direção às ondas. E paramos à beira do oceano Pacífico.

— Grita! — berro.

— O quê?

Ele fica olhando para mim. Não consegue me ouvir no rugir do vento e do mar.

— GRITA!

Dessa vez ele ouve. E cai na risada.

— O quê?! — berra, incrédulo.

— Grita, Mark! Só *grita*, caralho!

Eu me viro para o oceano, o vento, aquela imensidão ameaçadora e começo a gritar. Grito com todas as fibras do meu ser. Grito pelo que está acontecendo com Mark, pelo que aconteceu a Alexa, pela sua mãe morta, pela minha, pelo futuro de Mark, pelo nosso futuro, por mim mesma. Grito até perder o fôlego. Mark fica me olhando, calado naquela tempestade. Não sei o que ele está pensando. Ele se vira, parecendo prestes a ir embora, mas então dá meia-volta e começa a gritar, alto e sem parar, aos açoites da chuva e da névoa. Cada tendão ativado, cada músculo acionado, um grito de guerra ao desconhecido. E o vento ruge em resposta.

# 12

*Sábado, 10 de setembro*

## SEGREDOS NA ÁGUA

Ao alvorecer, a tempestade já passou.
Somos acordados na suíte pelas habituais batidinhas educadas do serviço de quarto. Os únicos sinais da tempestade são algumas folhas de palmeira flutuando na lagoa, e a nossa rouquidão.

Havia anos que eu não dormia tão bem. Depois do café da manhã, Mark vai conversar com o instrutor de mergulhos do hotel. Ele quer que a gente vá mergulhar à tarde. Vai ver se podemos mergulhar com o nosso próprio oxigênio. Ele e o instrutor pareceram se entender muito bem ontem, então deixo que Mark cuide de tudo e fico no bangalô.

Prometo a Mark que não vou trabalhar, mas, no instante em que ele bate a porta, eu abro o laptop. Meio mundo de e-mails. A maioria sobre o casamento. Mas estou atrás dos e-mails de trabalho, notícias do projeto. E encontro um.

A Prisão de Holloway mandou um e-mail sobre Holli.

Novos detalhes sobre a data de sua soltura. Foi antecipada. Agora será em 12 de setembro. Daqui a dois dias. Droga. Devia acontecer só depois da nossa volta.

Eu mando e-mails para Phil, meu cinegrafista, e Duncan, o cara do som. Temos que ir à casa de Holli entrevistá-la assim que eu voltar. Não é o ideal, mas precisamos dessas imagens o mais rápido possível depois que ela sair da prisão. Também os lembro das nossas datas de filmagem da soltura de Alexa. Ela vai sair uns dois dias depois da minha volta, então teremos um pouco mais de tempo para nos preparar.

Um outro e-mail chama minha atenção. É da Prisão de Pentonville. Foi marcada a data de soltura de Eddie. Minha entrevista com ele está marcada para uma semana depois da nossa volta.

E aí alguém bate à porta. Estranho. Mark tem a chave, por que estaria batendo? Está aprontando alguma. Eu sorrio comigo mesma a caminho da entrada e abro a porta dramaticamente.

Dou com uma senhorinha polinésia sorrindo.

— Surpresa! Tome!

Radiante, ela entrega um balde de gelo contendo uma garrafa de champanhe que parece bem cara.

— Ah, não, nós não pedimos... — começo a explicar, mas ela sacode a cabecinha enrugada com ar maroto.

— Não. Surpresa. Presente de amigo. Presente de casamento. Sim!

E abre outro sorriso.

Bom, até que faz sentido. Um presente de Fred e Nancy? Talvez de Caro?

Ela continua acenando com a cabeça para que eu aceite, e por algum motivo eu faço uma leve reverência ao pegar o balde. Provavelmente alguma reação inconsciente de respeito cultural. Tem vezes que ninguém devia me deixar sair de casa. Ela solta uma risada alegre, dá tchau com a mãozinha e volta para o hotel.

Dentro do quarto, deposito o balde com todo o cuidado sobre o tampo de vidro da mesa de centro. Gotas de condensação escorrem por fora. Há um bilhete. Eu retiro o espesso cartão do envelope e leio.

À sra. Erin Roberts,

Parabéns pelo casamento, meu bem. Tomei a liberdade de mandar um presentinho. Um belo Dom Pérignon 2006. Era o favorito da patroa. Deus sabe que tivemos nossos desentendimentos ao longo dos anos, mas ela tem bom gosto, isso eu não posso negar. Afinal, se casou comigo.
 Enfim, desejo o melhor para vocês dois agora e no futuro. E que ele sempre te trate bem. Divirta-se, meu bem.
 Ah, e desculpa pela ligação no outro dia, não estava podendo falar direito. Mas logo voltaremos a conversar.
 Soube que mandaram para você a data da minha soltura. Então está tudo certo. Estou ansioso para te ver daqui a duas semanas. Mas agora não vou tomar mais o seu tempo. Pode voltar a curtir esse sol maravilhoso daí.
 Felicidades ao casal,

Eddie Bishop

Dom Pérignon 2006. Como foi que ele conseguiu uma porra dessas? Sabe exatamente onde estou, em qual ilha, em qual quarto, tudo. Sim, eu sabia que ele estava de olho em mim. Mas isso? Bizarro demais.
 Pensando logicamente, o que significa? Significa que Eddie descobriu onde estávamos, ligou para o hotel e encomendou uma garrafa para nós. Ele podia ter descoberto onde quer que estivéssemos. Não é como se eu estivesse mantendo em segredo o lugar da nossa lua de mel. Qualquer um poderia ter descoberto sem grande dificuldade. De certa forma, é até legal da parte dele. Não é? Ou será que é uma ameaça? Mas, qualquer que tenha sido a intenção de Eddie, boa ou má, decido não dizer nada a Mark. Só serviria para deixá-lo preocupado.
 Ouço passos se aproximando do lado de fora e enfio o cartão no bolso. Mais tarde me livro dele. Tiro o laptop do sofá onde o havia deixado no exato momento em que Mark entra.

Apanhada em flagrante. Ele sorri.

— Trabalhando, né?

Eu dou de ombros, evasiva, e guardo o laptop numa gaveta.

— Não.

Mark providenciou um barco e equipamentos de mergulho para esta tarde. Estarão à nossa espera no deque, depois do almoço. Parece que a tempestade deixou péssimas condições de visibilidade submarina em torno da ilha, então o instrutor de mergulho do hotel, o mais novo melhor amigo de Mark, deu-lhe as coordenadas de GPS das ruínas de um grande naufrágio um pouco mais adiante. Lá a visibilidade deve estar melhor. Fica perto de uma ilha a cerca de uma hora de lancha daqui. Mark tem a carteira de habilitação náutica, do ano que passou trabalhando em iates no Mediterrâneo, então não deve ser muito difícil para ele nos levar até lá. O hotel inclusive sugeriu que atraquemos nas proximidades da ilha para um piquenique depois dos mergulhos. Ela é desabitada, então nem vamos precisar nos preocupar em não incomodar os outros.

Estou muito empolgada. Uma ilha deserta só para nós.

A viagem é ligeiramente preocupante, já que, depois que Bora Bora desaparece de vista, não se vê mais nada. Nada em direção nenhuma, só azul. Agora eu entendo por que os marinheiros enlouqueciam no mar. É como a cegueira da neve. Não fosse pelo pontinho do GPS se movendo constantemente na direção do destino na tela, eu teria jurado que estávamos dando voltas sem parar em enormes círculos.

Uma hora depois, vemos as ondas quebrando no horizonte distante na direção da ilha para onde estamos indo. O que significa que são mais uns cinco quilômetros. O horizonte está sempre a aproximadamente cinco quilômetros de distância quando visto do nível do mar. Bom saber, não é?

As ruínas que estamos buscando ficam logo a noroeste da ilha. A uma profundidade de apenas vinte metros, e Mark garante que será tranquilo para mim.

— Tecnicamente, você não deveria descer mais do que dezoito metros. Então vamos nos limitar a uns vinte metros dessa vez, tá? Pode confiar em mim, amor, você não vai explodir automaticamente se descer dois metros a mais que o seu máximo, o limite serve apenas como referência aproximada. Vinte metros está ótimo. E eu estarei o tempo todo com você. Tudo bem? — pergunta, querendo me tranquilizar. Eu sei que ele tem preparo para descer o dobro dessa profundidade.

Uma boia cor-de-rosa desbotada pelo sol flutua nas ondas, marcando o local do naufrágio. Nós largamos a âncora a uma distância segura.

Enquanto vestimos a roupa de mergulho, Mark olha para mim, uma sombra passando pelo rosto.

— Erin, amor, só para você ficar sabendo. Aqui é uma área com muito tubarão.

Eu literalmente paro de respirar.

Ele ri da minha cara.

— Mas tudo bem! Vou ser bem sincero contigo, tá? Vou te dizer exatamente o que esperar, para que você não tenha nenhuma surpresa lá embaixo. Tudo bem, amor?

Eu assinto. Não conseguiria falar agora nem se eu quisesse.

Ele prossegue.

— Sabe aqueles tubarões-galha-preta da lagoa? Aqueles que vimos outro dia?

Faço que sim com a cabeça.

Ele continua, a voz calma e tranquilizadora.

— Os tubarões-galha-preta, você não precisa se preocupar nem um pouco com eles, são bem mansos, tá? Não mordem ninguém. E nem são tão grandes assim. Para você ter uma ideia, não passam do tamanho de uma pessoa adulta, então... nem são dos maiores tubarões, mas também não são nenhum peixinho. Mas são tranquilos. Nenhum problema. Tudo bem até aqui, Erin?

Eu faço que sim de novo. Na segunda-feira, quando vi um desses tubarões na lagoa pela primeira vez, quando entramos para tomar um banho, quase tive uma síncope. São pavorosos. Mas ele tem razão, depois do primeiro choque, correu tudo bem. Eles não nos incomodavam nem um pouco.

— Então, vai ter muitos por aqui — prosseguiu ele.

*Que maravilha...*

— E também vários tubarões-limão. São tubarões de uns três metros e meio... mais ou menos o comprimento de um Citroën C4. Não costumam atacar pessoas... mas têm três metros e meio de comprimento. Só para você saber.

*Nossa. Tá. São grandes.*

— São tranquilos, Erin, confia em mim. Mas, só por precaução... eles não gostam de coisas brilhantes, tipo relógios, joias, essas coisas, então...

Eu rapidamente tiro meus dois anéis e os entrego para ele.

— Mais alguma coisa, Mark? — tento me preparar.

Ele pega os anéis.

— E também pode ser que tenha tubarões-cinzentos-dos-recifes... dois metros.

*Tudo bem.*

— Tubarão-galha-branca-oceânico, galha-prateada... três metros.

*Tudo bem.*

— Talvez também... arraias?

*Tudo bem também*, são como as mantas da lagoa, só que menores.

— E tartarugas — prossegue ele.

*Que ótimo, tartarugas eu adoro.*

— E, talvez, mas provavelmente não... e, olha só, mesmo se aparecerem, não se preocupe, vão manter distância, não tem o menor problema... mas talvez tenha tubarões-tigre.

*Ai. Meu. Deus.*

Até eu conheço esses aí. São os tubarões de verdade. Grandões. Quatro a cinco metros de comprimento.

Agora não estou mais tão certa assim de mergulhar. Olho para Mark. Ele olha para mim. Ouve-se apenas o som das ondas batendo no casco do barco. Ele ri.

— Erin. Você confia em mim?

— Sim — respondo, relutante.

— Eles podem se aproximar, mas não vão te machucar, tá bom? Ele sustenta o meu olhar.

— Tudo bem. — Faço que sim com a cabeça. *Tudo bem.*

*Só respira. Você só precisa respirar,* digo a mim mesma. *Respira. Exatamente como na piscina. Vai ser igualzinho à piscina.*

A gente acaba de se trocar e escorrega para a água. É bom fazer de novo a verificação dos equipamentos com Mark. Segurança. Além do mais, ele é um colírio para os olhos.

Ele me encara. *Tudo certo?*

Eu confirmo. *Tudo certo.*

E então mergulhamos. Vamos descendo lentamente. Meus olhos estão grudados em Mark, atenta a cada sinal da mão, a cada movimento. Até que ele aponta, e eu vejo.

Da lancha já conseguíamos ver as ruínas na água, mas, agora que estamos debaixo das ondas, eu as vejo nitidamente à nossa frente. Vamos descendo. À medida que meus olhos se adaptam à luz, começo a notar peixes disparando desordenados de volta à superfície em meio às nossas bolhas. Acompanho um deles com o olhar e o vejo se juntar a um cardume sob a sombra da lancha, uma coluna de prata se virando e se contorcendo.

Olho de novo para Mark. Ele está controlando nossa descida, lenta e segura. Sem movimentos bruscos. Ele toma conta de mim, o rosto voltado para o computador de pulso, com expressão de intensa concentração. Chegamos aos cinco metros e paramos para as verificações. Mark faz sinal: *tudo certo?*

*Tudo certo,* sinalizo em resposta. Estamos indo bem.

Ele dá o sinal para continuarmos a descida. Está seguindo tão direitinho a cartilha que não consigo deixar de abrir um sorriso por trás do bocal do regulador. Estou em boas mãos.

A uns bons cinco metros abaixo de nós, vejo corais em alguns afloramentos rochosos. Olho para cima, a superfície está agora a quase dez metros, luminosa e dançante acima de nós.

Olho para Mark. Suspenso no azul. Fora do tempo. Ele olha para mim e sorri.

E afundamos. Um movimento na minha visão periférica. Não é um objeto, mas uma alteração na profundidade de cor pouco além do meu campo de visão.

Volto a cabeça e foco no azul borrado à nossa frente. Forçando a vista para enxergar além das sombras da água. E de repente os vejo. Estão em toda parte. Um a um vão entrando em foco. A cada um que aparece, meu coração dá uma parada. A adrenalina é injetada nas veias. A água está cheia deles. Dando voltas amplas por cima das ruínas e pelos recifes. Os corpos pesadões flutuando com leveza no verde-azulado ao nosso redor. Barbatanas, guelras, bocas, dentes. Deslizando como transatlânticos. Tubarões. Muitos tubarões. De que tipo são não parece relevante para o meu sistema nervoso central, que assumiu o comando.

Nem estou respirando. Meus músculos congelaram, como naquele pesadelo em que a gente não consegue gritar. Me volto para Mark. Seus olhos passam rapidamente por todos eles; avaliando a ameaça.

Eu consigo levantar a mão, apavorada com a possibilidade de o movimento atrair a atenção deles. Faço o sinal de *tudo certo?* com o antebraço tremendo, totalmente fora de controle.

Mark ergue a mão. *Espera.* Os olhos percorrendo as águas ao nosso redor.

Eu olho para o alto. Quinze metros acima. *Respira, Erin! Respira, porra.* Inspiro profundamente. O ar frio e leve do tanque de oxigênio. Expiro devagar, com calma. Fico vendo minhas bolhas subirem até a superfície.

*Muito bem. Bom trabalho, Erin.*

Mark se vira para mim na água. *Tudo certo.*

Está tudo bem.

Ele sorri.

Meu corpo todo relaxa. Eles são do bem. Estamos bem.

Olho de novo para eles. É como perambular por um campo cheio de gado. O tamanho. A vaga preocupação de que a qualquer momento podem se voltar contra você. Vir na sua direção.

E aí eu reparo nas barbatanas dorsais, as galhas. As pontas não são negras nem prateadas. São cinzentas. Difícil avaliar a perspectiva; não dá para dizer a que distância estão. Mas são grandes. Muito grandes mesmo. Tubarões-cinzentos-dos-recifes.

Eles sabem que estamos aqui. Estão nos vendo. Mas tudo bem. Não virão atrás de nós. Não vão atacar. Está tudo bem.

Nós continuamos descendo.

Passamos por um enorme cardume de peixes amarelos e prateados, dois metros de altura, densa concentração.

Quando chegamos ao fundo, Mark faz sinal para que eu o siga na direção dos destroços do navio. Agora já não está muito distante de nós, no leito do oceano. E se destaca da névoa, já mais focado, à medida que nos aproximamos.

Olho para cima, na direção do cardume de peixes e tubarões. Uma muralha de peixes, uma catedral suspensa na água clara acima de nós. Nossa.

Olho para Mark. Ele também está vendo. Sem uma palavra, estende o braço e toma a minha mão enluvada na sua.

Depois de mergulhar, almoçamos na ilha deserta, levando a lancha o mais perto possível da praia. Tiramos a roupa e nadamos nus no raso, tomando sol na areia vazia. Já está ficando tarde quando voltamos à lancha para retornar a Bora Bora.

Mark está diante do leme, olhar focado na distância à sua frente. A esta altura do dia, podemos levar mais de uma hora para voltar ao hotel. O vento fazendo meus cabelos bater nos olhos e a exaustão dos meus membros tornam quase impossível permanecer acordada no sacolejo das ondas. O círculo luminoso verde do GPS se arrasta na direção do vermelho. Minhas pálpebras começam a tombar.

Nem sei ao certo se cochilei, mas quando abro os olhos o motor da lancha está mudando de tom, e nós diminuímos a velocidade. Olho para Mark. Ainda não chegamos a Bora Bora. Nada ao redor, apenas quilômetros de oceano em todas as direções. E então eu vejo o que ele vê também.

Na água em torno de nós. Papel. Folhas de papel branco.

Estamos nos aproximando da sua origem, um círculo de papel de cerca de dez metros de diâmetro: não dá para ver se eram revistas, formulários ou documentos, pois a tinta borrou as páginas, agora escuras e ilegíveis. As folhas ondulam na superfície do mar como uma película.

Mark olha para mim. *O que é isso?* Nosso olhar alcança o horizonte em todas as direções. Nada além de azul.

Lixo, talvez? Paramos bem no centro. A lancha está no olho de um círculo gigantesco de papel flutuante. Mark desliga o motor. De certa forma, é lindo. Como uma instalação de arte moderna flutuando em pleno Pacífico. Estendo o braço numa das laterais e pesco uma folha molhada. As letras se dissolvem ante meus olhos quando aproximo a página, a tinta correndo e serpenteando sobre o branco molhado. Quem sabe o que não estaria escrito. Não podia ser tão importante assim, para acabar ali. Ou será que era?

Quem sabe essa papelada não foi trazida pela tempestade? Fico analisando as serpentes em preto ilegível que correm pelas páginas brancas. Se eram importantes, agora não são mais.

Mark e eu trocamos um olhar, naquele silêncio pesado. Bem misterioso. De repente me vem a ideia louca de que morremos. Talvez tenhamos morrido e estejamos no purgatório. Ou num sonho.

O silêncio é quebrado por uma batida contra a lateral da embarcação. E outra. *Tec. Tec.* As ondas estão jogando algo repetidamente na lateral do casco. Olhamos na direção do ruído, mas por cima da borda não dá para ver o que é. *Tec, tec.* Mark franze as sobrancelhas para mim.

Eu dou de ombros. Não sei. Também não sei o que é.

Mas alguma coisa na atitude dele, algo na posição dos ombros, congela meu sangue. Alguma coisa ruim está acontecendo. Mark acha que alguma coisa muito ruim está acontecendo.

*Tec, tec.* Agora com insistência. *Tec, tec.* Mark avança na direção do barulho. *Tec, tec.* Ele se escora contra a lancha, braços abertos, inspira profundamente e se debruça sobre a borda.

E agora não se mexe mais. *Tec, tec.* Está olhando para baixo, seja lá para o que for, paralisado. *Tec, tec.* Até que se move e, com extremo cuidado, abaixa uma das mãos para fora. Ela desaparece de vista. *Tec, te...*

Com um grunhido, Mark levanta um objeto encharcado e o joga no deque entre nós dois. Ele bate no piso com um baque molhado. Alguns pedaços de papel empapado estão grudados nele. Nós ficamos ali olhando, de pé. É uma bolsa de tecido sintético preto de pouco menos de um metro de comprimento. Grande demais para levar para a academia e pequena demais para uma viagem de férias.

É claramente uma bolsa de boa qualidade, mas não parece ter nenhuma marca, nada escrito. Mark se abaixa para inspecioná-la. Nenhuma etiqueta. Nem endereço. Ele procura o zíper, preto sobre preto, e acaba encontrando. O zíper está fixado à presilha da bolsa por um cadeado preto fosco de combinação. Hmm.

Tá. Obviamente tem valor. Claro que não é nenhum lixo, certo? Mark olha para mim.

Deve tentar abrir?

Eu faço que sim com a cabeça.

Ele tenta forçar o zíper, com cadeado e tudo. Nem se mexe. Tenta de novo.

Levanta o rosto para mim. Dou de ombros. Também quero abrir, mas...

Ele experimenta o tecido em torno do zíper. Puxa com força. Mas não cede. Levanta a bolsa parcialmente do chão enquanto luta com ela, com o tecido encharcado batendo no deque de fibra de vidro.

Tem coisas lá dentro da bolsa. Dá para distinguir formas duras e angulosas se movendo enquanto Mark tenta abrir. E ele para de repente.

— Talvez seja melhor esperar — diz com a voz tensa, preocupada.

— Seja lá quem for o dono disso, certamente não quer que ninguém abra. Certo?

Imagino que não queira. Mas a tentação de descobrir o que tem lá dentro é forte pra cacete no momento. Só que ele tem razão. Com certeza tem razão. Não é nosso para ir abrindo assim, certo?

— Posso? — pergunto, fazendo um gesto na direção da bolsa.

Quero apenas segurá-la, sentir. Talvez consiga descobrir o que tem lá dentro pelo peso, pela forma. Como um presente de Natal.

— Claro, vai em frente.

Ele recua um pouco, abrindo espaço.

— É mais pesado do que parece — avisa, no exato momento em que puxo as alças. E é mesmo. Um peso surpreendente. Eu a suspendo lentamente até a altura das panturrilhas. Molhada e pesada. Parece... Parece...

Eu a largo imediatamente e a bolsa bate na fibra de vidro com aquele já conhecido *tec*. Mark olha para mim. Balança a cabeça.

— Não é.

Ele sabe o que estou pensando.

— Não é, Erin. Eles teriam comido. Teriam farejado e comido. Especialmente os cinzentos. Não é — insiste ele, mas é o jeito como diz. Eu sei que ele também estava pensando na possibilidade.

Claro que ele tem razão, se fosse um cadáver, os tubarões já teriam comido a essa altura. Não é nada orgânico; apenas algumas coisas numa bolsa.

Provavelmente só a contabilidade de alguma empresa ou algo assim, a julgar pela papelada em volta. Talvez de uma atividade financeira suspeita. Só contas, afinal. Tenho certeza de que não é nada tão interessante assim. Certo? Só algumas coisas numa bolsa.

*Numa bolsa com cadeado, Erin. Flutuando em pleno Pacífico. Cercada de dez metros de papéis ilegíveis.*

— O que vamos fazer? — pergunto. — Será que devemos fazer alguma coisa? Não é melhor jogar de novo no mar e deixar aqui?

Mark consulta o relógio. Agora está ficando tarde; o sol vai se pôr dentro de mais ou menos meia hora, e ainda temos uma viagem de volta de quarenta e cinco minutos. Não quero estar perdida no meio do nada quando escurecer. Nem Mark.

— A gente precisa ir. Vou anotar as coordenadas e levamos a bolsa. Entregamos a alguém. Tudo bem, Erin? Vamos comunicar essa bagunça. Seja lá o que tiver acontecido aqui.

Ele encontra um bloco de notas e um lápis num escaninho debaixo do assento. Rabisca a localização indicada no GPS.

Olho para os papéis na água, tentando encontrar alguma outra pista desta estranha situação. Mas o que se vê é apenas o azul de sempre, o tempo todo. Mais nada boiando na água. Nada sendo levado pelas ondas. Só papel e azul. Eu me viro para Mark.

— Sim, tudo bem. A gente entrega no hotel e eles se viram.

E me recosto no assento.

Realmente não é da nossa conta. Alguém provavelmente só jogou isso fora.

Mark volta ao leme e recomeçamos o percurso. Em direção ao hotel e ao jantar. A bolsa desliza pelo deque e se aloja debaixo de um assento.

Eu me enrosco nas almofadas do banco por trás de Mark e visto seu suéter, puxando as mangas para cobrirem minhas mãos frias. Com os cabelos batendo no rosto, fecho os olhos.

# 13

*Domingo, 11 de setembro*

# O DIA SEGUINTE

Esta manhã levantamos cedo. As atividades físicas e o ar fresco nos deixam nocauteados por volta das dez quase toda noite, e eu me sinto ótima.

Ontem à noite entregamos a sacola assim que aportamos no hotel. Mark a deixou com um porteiro e nós explicamos que a tínhamos encontrado no mar. Mark não achou necessário falar ao funcionário na plataforma de desembarque sobre as coordenadas ou os papéis. Melhor conversar hoje com o instrutor de mergulho, que parece mais a par das coisas e pode até investigar.

Tomamos o café da manhã de hoje no restaurante principal; é o bufê dominical do Four Seasons. Ridiculamente farto, tudo que alguém possa querer comer: lagostas inteiras, panquecas com calda, frutas exóticas, desjejum inglês completo, sushi, bolo arco-íris. Inacreditável. E é outra coisa boa dessa atividade física toda: posso comer tudo o que eu quiser agora e não vai fazér a menor diferença.

Temos planos emocionantes para o dia: percorrer a floresta da ilha principal num 4x4, depois fazer uma caminhada Monte Otemanu acima, até a Caverna Sagrada, e de volta ao hotel para o jantar iluminado a tochas na beira do mar. O barco vem nos pegar no píer logo depois do café da manhã. Nenhum sinal ainda do instrutor de mergulho. E eu tenho que dar uma fugida até o quarto para pegar minha mochila e o protetor solar, então deixo Mark no restaurante e corro para o quarto.

Inicialmente eu nem a vejo.

Mas ao sair do banheiro, escova de dentes na boca, assim de repente, lá está ela. No chão ao pé da cama. A bolsa. Alguém a trouxe para o nosso quarto. Está seca agora. Com marcas esbranquiçadas de sal incrustado na lona preta. Cadeado ainda bem fechado. Não devem ter entendido direito o que Mark disse ontem à noite. E aqui está ela de novo.

Eu me lembro do *tec tec* contra o casco da lancha. A insistência. Eu jamais imaginaria que uma bolsa pudesse ser sinistra, mas aí está. Vivendo e aprendendo.

Terei que cuidar disso depois. Agora não há tempo. Acabo de escovar os dentes, pego minha mochila e saio correndo para o píer. Depois eu conto para Mark.

Após o rápido percurso de lancha pela lagoa, subimos num desses veículos *off-road*. Somos quatro, além do guia, dentro do 4×4. Nós e um outro jovem casal. Sally e Daniel. E lá vamos nós. Fotos da selva, a beirada de um retrovisor lateral do Jeep, caras sorridentes fora de foco, o assento de couro preto pelando na coxa, cheiro da floresta quente no ar, vento nos pelos do meu braço, sacolejando muito em uma subida íngreme, ar fresco, e calor.

E depois fazemos a trilha, a brisa descendo da copa das árvores até nós, terra e pedras escorregadias sob os pés, conversa abafada, suor escorrendo entre meus seios, respiração pesada, a camiseta escura de Mark à minha frente.

No fim da trilha, estou exausta mas satisfeita. Pernas pesadas e bambas.

Mark pegou sol nas bochechas, e está com uma aparência irresistivelmente saudável, de quem fica ao ar livre. Há algum tempo não o vejo feliz assim. Meu bom e velho Mark. Não consigo parar de tocá-lo. A pele ficando morena. No retorno de lancha para o hotel, apoio uma coxa quente sobre a dele. Marcando território.

Já lhe falei da bolsa; e na verdade ele até achou divertido. Como no hotel de *Fawlty Towers*. Confusões típicas de hotel. Para ser sincera, nunca entendi *Fawlty Towers* muito bem; os personagens parecendo sempre muito irritados. Desproporcionalmente irritados. Mas talvez seja engraçado por isso. Não sei. Do Monty Python eu gosto, mas John Cleese precisa se controlar um pouco. Cleese puro é meio forte demais para mim.

Ao voltar, caímos direto na cama, fazemos sexo preguiçoso e cochilamos até o pôr do sol.

Depois de tomar uma ducha e nos vestir, Mark me leva para o deque e abre uma garrafa de champanhe. O champanhe de Eddie. Ou, como eu disse a ele, "o champanhe de Fred".

Ele me entrega uma taça cheia, o gás subindo e se dissipando na superfície. Dá para definir a qualidade de um champanhe pelo tamanho das bolhas, você sabia? Quanto menores as bolhas, mais numerosas serão, ou seja, mais irão liberar o aroma e o sabor. As bolhas de dióxido de carbono capturam e carregam as moléculas do sabor; quanto maior a quantidade, mais refrescantes e sutis serão os sabores no palato. Minha taça ganha vida com longas fileiras de minúsculas bolhas ascendentes. Fazemos tim-tim.

— Casar com você foi a melhor decisão que eu já tomei. — Ele sorri. — Quero que saiba que eu te amo, Erin, e vou cuidar de você, e quando voltarmos para casa vou conseguir outro emprego e teremos uma vida boa juntos. O que acha?

— Que bom, parece perfeito — respondo.

Bebo um gole, as bolhas estourando no lábio e no nariz. O paraíso. Eu sorrio. *Obrigada, Eddie.*

— E o que vamos fazer com... — e aponto com a cabeça na direção da suíte.

Ele dá uma risada.

— Vou levá-la para o centro de mergulho amanhã e informar ao instrutor a localização. Ele consegue dar conta disso. Ou então mandar de novo para o nosso quarto, claro! Uma das duas opções. — Ele ri.

Começa a tocar uma música do outro lado da lagoa.

Nas noites de domingo há um tradicional jantar polinésio com música na praia. Comento com Mark que parece aqueles jantares com show da década de 1980. Ele me lembra que estamos no Four Seasons, e, portanto, é um jantar cinco estrelas de três pratos numa praia tropical iluminada com tochas, seguido de um espetáculo tradicional polinésio com tambores de água e dança sobre o fogo.

— Ou seja, um jantar com show... — digo. É isso que acontece nesses jantares, não é?

Estamos numa mesa bem à beira da água. Há apenas outros dez casais, espalhados pela areia iluminada por velas e tochas plantadas à beira da água. Nós acenamos para o casal da trilha. Daniel e Sally. Eles sorriem e acenam também. Todo mundo relaxado e feliz. O cheiro de fogo e de flor de tiaré no ar.

Bebemos mais champanhe, falando do futuro. Do que faremos ao voltar para casa. Conto a Mark sobre Alexa, seu plano de engravidar, e falo também de Holli, de tudo. Não me estendo muito sobre Eddie, claro, nem falo do presente. Mark ouve, fascinado. Acho que ele tinha se esquecido de que eu continuava levando minha vida enquanto ele estava tão absorto na sua própria, mas agora ele está interessado. Pergunta por que vão soltar Holli, afinal. Pergunta se eu acho que Alexa se arrepende do que fez. Conversamos sem parar durante a sobremesa, o café. E então começa o show.

Dançarinos polinésios, homens e mulheres, com roupas tradicionais, dão saltos e cambalhotas pela areia, segurando tochas acesas com as mãos bronzeadas ou entre os dentes. Saltando no ar, mergulhando na água. Percussionistas com água até os joelhos tocam tambores flutuantes e batem na água, com as palmas abertas.

A música vai num crescendo, sem parar, e chega ao clímax quando as ondas se incendeiam por um momento diante de nós, com um círculo de chamas lambendo a superfície da água. E então escuridão, aplausos, delírio.

Depois, vamos até o bar para tomar alguns drinks. Dançamos, conversamos, nos beijamos, trocamos carinhos, bebemos um pouco mais, e só resolvemos encerrar a noite quando não há mais ninguém além de nós; voltamos trôpegos pelo píer até nosso quarto.

E lá está ela, esperando. Eu pego uma tesoura de unha no banheiro e, então, a abrimos.

# 14

*Segunda-feira, 12 de setembro*

# DESTROÇOS OU CARGAS

Acordo tarde.
Mark está desmaiado a meu lado, aquele forte cheiro de bebida em volta de nós. Nós nos esquecemos de pedir o café da manhã e até de ligar o ar-condicionado antes de cair na cama ontem à noite.

Minha cabeça está confusa e estou faminta. Parece que ainda pedimos alguma coisa no quarto ontem à noite. Eu escorrego cautelosamente para fora da cama e vou andando até o carrinho de comida abandonado.

Sorvete derretido e uma garrafa de champanhe virada num balde. Será que bebemos tanto assim? Jesus. Estou com a língua pesada e seca. E uma fome de matar. Tomo uma decisão deliberada e me dirijo ao telefone.

No meio do caminho, sinto uma dor aguda subindo pelo pé e me desequilibro, me estabacando no assoalho de pedra.

*Puta que pariu, ai, ai, ai. Puta merda.*

Uma bolha de sangue brota no arco do meu pé. Cacete. E vejo a tesoura criminosa olhando para mim. A bolha de sangue se transforma numa gota e pinga, caindo no chão. Minha cabeça lateja.

Ai, foda-se também. Lentamente me levanto, com cuidado, e vou mancando até o telefone. Chama duas vezes e alguém atende.

— Oi, tudo bem? Gostaria de pedir o serviço de quarto... Sim, isso mesmo. Sim. Dois cafés da manhã completos, por favor... ovos pochés, café para dois, cesta de pães... Sim, sim, essa mesmo. Dois sucos de laranja. E vocês têm curativos? Não. Curativos, é... Band-Aids? Não. Band...? Tipo um kit de primeiros socorros ou... Ah, sim, sim! Sim, ótimo. Perfeito. Obrigada.

Desligo e caio de novo na cama, meu pé sangrando no lençol.

Mark se mexe ao meu lado. Ronca.

— Vinte minutos — resmungo, e caio no sono.

Acordo com Mark empurrando o carrinho do café da manhã pelo quarto na direção do deque. Está vestindo um roupão do hotel, branco imaculado contra sua pele bronzeada. Eu pego o kit de primeiros socorros que trouxeram e vou mancando na direção dele. Camiseta grande demais por cima da roupa íntima, o pé todo sujo de sangue seco.

Comemos em silêncio, os olhos encarando o nada. Eu entro de novo, capengando, para pegar analgésicos para nós dois. E então, depois de fazer um curativo no pé, me desloco até uma espreguiçadeira e caio no sono outra vez.

Ao acordar, vejo que Mark abriu o guarda-sol sobre mim. Meu Deus, como eu o amo! Movimento levemente a cabeça, uma pequena sacudidela. Sim, está melhor. Muito melhor. Quem sabe um banho agora. Volto a entrar no quarto, passando por Mark, que está vendo Attenborough na TV a cabo, e vou para o banheiro. Ele me manda um beijo quando eu passo.

Deixo a água fria correr pelo meu rosto e pelos cabelos. Esfrego bem o xampu no couro cabeludo; a massagem dá uma sensação divina. E penso na noite de ontem. O que fizemos ao voltar para o bangalô? Não me lembro de ter tomado sorvete. Eu me lembro da tesoura, de pegar a tesoura, para abrir a bolsa. E só.

Passo uma toalha limpa em volta do corpo e vou de novo ao encontro de Mark.

— Conseguimos abrir? — pergunto. Sinceramente espero que não. Não teremos como entregá-la se estiver rasgada.

Ele faz uma careta e arrasta a bolsa para a cama.

É evidente que foi aberto um buraco nela. Realmente não conseguimos ir muito longe ontem. Meu Deus, a gente vira mesmo um idiota quando está bêbado. Percebo que há dois Band-Aids na mão de Mark. Provavelmente foi ele o encarregado da tesoura na noite passada. Eu me sento na cama e examino a bolsa. O buraco não serve para nada. Não dá para rasgá-lo mais com um dedo, nem para ver nada lá dentro. Impacto máximo, resultados mínimos.

— Ainda dá para devolver? — pergunto, olhando para Mark.

— Sim, claro. É só dizer que a encontramos assim. Afinal, não estava no mar?

Ele não parece nem um pouco preocupado.

— Se este buraco é aceitável, um buraco um pouco maior não seria também? — E eu sustento seu olhar.

Ele dá de ombros e me joga a tesoura, que estava na sua mesa de cabeceira.

— Divirta-se — e volta a atenção de novo para Attenborough.

Mas eu não me divirto propriamente. Estou com medo. Não sei por quê. Não parece certo abrir a bolsa.

Mas por quê? É como encontrar uma carteira, certo? Tudo bem abrir a carteira e ver o que tem lá dentro, descobrir a quem pertence. Só não é certo pegar o que tem lá dentro. Eu não quero pegar nada. Quero apenas saber. E não tem nada de mais nisso. Pode até nos ajudar a devolver. Se soubermos a quem pertence.

E então levo de novo a tesoura à bolsa e começo a cortar. Depois de algum tempo, vou para o deque com ela. Havia uma faca afiada lá pouco antes, no carrinho de comida. Eu a encontro e a forço na pequena abertura que já fiz, começando a serrar. No interior do bangalô, ouço Mark ligando o chuveiro.

Continuo serrando até conseguir enfiar uma das mãos no buraco, e então puxo com toda força, abrindo um rasgo no tecido. A lona se rompe ruidosa e satisfatoriamente num longo rasgão. Consegui. Me viro para chamar Mark, mas ele está no chuveiro. Será que devo esperar? Não.

Derrubo a bolsa no piso de madeira do deque e olho para o conteúdo. E fico encarando. Por um bom tempo.

Penso em chamar Mark. Mas não chamo. Simplesmente fico olhando.

Quatro objetos. Estendo a mão primeiro para o que é, de longe, o maior de todos. Bem volumoso, mas muito mais leve do que o tamanho parecia indicar. Isso era o que mantinha a bolsa flutuando. Papel. Papel empacotado muito firmemente. Mais especificamente, cédulas de dinheiro. Uma embalagem plástica fechada a vácuo com dinheiro. Dólares americanos. Em maços, cada um deles com a inscrição "$10.000" na característica tira de papel para prender dinheiro. Dinheiro de verdade. Dinheiro de verdade mesmo. E muito.

Sinto o golpe. Visceral. Meu estômago se revira e eu saio correndo para o banheiro, mas, sentindo fortes pontadas no pé, acabo vomitando no caminho. Dobro os joelhos, me apoiando no chão, enquanto os músculos do estômago se contraem, completamente fora de controle. Bílis, espessa e acre. O medo transformado em algo visível. E eu gemendo e tentando recobrar o fôlego entre uma ânsia e outra. Não devíamos ter aberto a bolsa.

Limpo a boca no lençol e consigo me pôr de pé. Volto mancando para fora e me agacho na frente dela. Fico olhando para o dinheiro; a embalagem apertada a vácuo conseguiu de algum jeito protegê-lo da água e, embora evidentemente não fosse essa a intenção, eu me pergunto se de outra forma teríamos encontrado a bolsa.

O objeto seguinte é um saquinho plástico turvo com fecho de pressão, mais ou menos do tamanho de um iPad mini. Cheio de pedacinhos de alguma coisa. Alguma coisa quebrada, talvez vidro. A água do mar entrou nesse saco e sujou o plástico de tal maneira que não dá para ver direito o que tem lá dentro. Eu corro de volta ao quarto e pego uma toalha. Eu me agacho de novo e esfrego o plástico, mas também está turvo por dentro. Pego a tesoura mais uma vez e corto a ponta com cuidado. E viro o conteúdo na toalha.

Os diamantes rolam à minha frente. Lindamente talhados e brilhando para mim à luz do sol. Muitos. Não dá para avaliar a quantidade. Cem? Duzentos? Eles cintilam, inocentes, à luz do sol. Sobretudo cortes princesa e marquesa, pelo que parece, mas também vejo alguns cortes em forma de coração e pera. Conheço bem os cortes, cores e tamanhos dos diamantes. Consideramos todas as possíveis combinações, até Mark e eu nos decidirmos pela do meu anel. Olho para minha mão, meu anel também reluzindo ao sol. São todos mais ou menos do mesmo tamanho. Do tamanho da minha pedra. O que significa que têm em torno de dois quilates. Meu Deus do céu. Eu olho para aquele lindo monte brilhante, a respiração presa na garganta. O sol extraindo cores deles. Podem ser mais de um milhão de libras em diamantes aqui. *Nossa. Minha nossa. Cacete.*

— Mark! — chamo, meio esganiçada, meio alto demais. — Mark! Mark, Mark, Mark.

Minha voz está estranha; eu a ouço saindo de mim, mas não a reconheço. Agora estou de pé.

Ele sai correndo do banheiro, peito nu. Eu levanto o braço e aponto para a pilha diante de mim. Seus olhos seguem o meu dedo. Mas ele não tem ângulo para ver além da bolsa vazia e amarrotada no deque.

— Ah!... cuidado com o vômito — grito.

Ele se esquiva e olha para mim como se eu tivesse pirado, e finalmente chega aonde estou, na luz do sol, completamente confuso.

— Mas que... — E então ele vê. — Ah, meu Deus! Puta merda. Tá. Puta... Tá. Meu Deus.

E fica olhando para mim. Eu leio o seu rosto com a clareza do dia.

— Meu Deus.

Ele está agachado em frente àquilo tudo, virando e revirando o pacote de dinheiro nas mãos. Até que levanta os olhos para mim.

— Pode ser um milhão. São maços de dez mil dólares — diz, os olhos brilhando. Está realmente animado.

Pois vamos falar a verdade: é mesmo de deixar qualquer um empolgado.

— Eu sei. Foi o que eu pensei. E aquilo ali?

Faço a pergunta rápido, me agachando ao seu lado.

Ele espalha os diamantes na toalha com o dedo. Molha os lábios e olha através de um deles ao sol e na minha direção.

— Dois quilates, certo? É o que está pensando? — ele pergunta.

— Sim. Quantas pedras?

— Difícil saber sem contar. Imagino que algo entre cento e cinquenta e duzentas.

Eu concordo.

— Foi o que eu pensei. Então algo em torno de um milhão?

— Sim, talvez até mais. Mas deve ser isso mesmo. Cacete.

Ele cofia a barba já crescida no maxilar.

— E o que mais tem aí? — pergunta.

Eu não sei; ainda não olhei o resto.

Mark pega um outro saco plástico fechado; por trás das marcas de sal acumulado se pode ver um pen drive. Muito bem fechado, de algum jeito ainda protegido da água. Ele então o deposita de volta cuidadosamente, junto às pedras e ao dinheiro. E olha para mim antes de pegar o último objeto.

É um estojo de plástico duro com alça. Ele a coloca à nossa frente. E eu já sei do que se trata antes mesmo que Mark abra os fechos.

E lá está ele, metal escuro e denso acomodado num acolchoado de espuma. Um revólver. Não sei de que tipo. Não entendo nada de armas. Acho que é daquele tipo que a gente vê nos filmes. Num filme moderno. Esse tipo. Mas um revólver de verdade, no deque, à nossa frente. Com balas extras numa caixa de papelão bem ao lado dele na espuma. Fechada. Também tem um iPhone na caixa. O estojo de plástico deve ser hermético, pois tudo lá dentro está seco, e, suponho eu, ainda funcionando.

— Tudo bem. — Mark fecha o estojo. — Vamos lá para dentro um instante?

Ele junta o dinheiro, o pen drive e o estojo do revólver dentro da bolsa destruída e me conduz para o interior do bangalô. Eu vou levando a toalha com os diamantes com todo o cuidado.

Ele fecha a porta de vidro e coloca a bolsa na cama.

— Tudo bem, Erin. Uma coisa de cada vez. Primeiro vamos limpar o vômito, ok? Limpar o quarto e nos limpar também. E depois batemos um papo, está bem?

Ele me olha de um jeito encorajador. Está falando no mesmo tom neutro, constante e comedido em que falou comigo ontem sobre os tubarões. Ele sabe muito bem como tranquilizar alguém quando é preciso. Certo, vou limpar as coisas.

E não levo muito tempo. Espalho no chão um pouco do antisséptico do kit de primeiros socorros. Lavo o rosto, escovo os dentes e me recomponho. Mark, enquanto isso, limpa o resto do quarto. O carrinho de comida se foi. A cama agora também está vazia; em cima, apenas a bolsa. Os diamantes estão num copo de uísque. Mark vem da sala de estar com o meu laptop.

— Primeiro de tudo, não acho que a gente deva falar com a polícia antes de saber que porra é essa. Não estou a fim de passar o resto da vida numa prisão polinésia por contrabando de diamantes ou coisa do tipo. Temos que descobrir se alguém está atrás desse negócio. Ok? Se alguém pode estar sabendo que está conosco — diz ele.

Eu pego o computador que ele me entrega.

Entendi, vamos dar uma pesquisada. Nisso eu sou boa. Ele se senta na cama e eu me acomodo ao seu lado.

— Então vamos buscar que tipo de notícia? O que pode ser? Naufrágio? Pessoas desaparecidas? Um roubo que deu em coisa pior? O que estamos procurando? — pergunto. Não sei ao certo. Meus dedos deslizam nas teclas. Precisamos de algo para começar.

Ele volta a olhar para a bolsa.

— Bom, a gente tem esse celular. — Ele o deixa lá, à mostra.

Sim. Sim, temos um celular, o que significa que temos um número, e provavelmente também um endereço de e-mail e e-mails, e provavelmente temos até um nome.

— Será que fuçamos o telefone? Para ver de quem é? — pergunto.

— Ainda não. Espera. Vamos pensar logicamente, com cautela. Nesse exato momento, estamos fazendo alguma coisa fora da lei? Estamos, Erin? Fizemos alguma coisa? Alguma coisa errada até agora?

Como se eu soubesse. Acho que o meu horizonte moral sempre foi um pouquinho mais honesto que o dele, mas só um pouco.

— Não. Acho que não — respondo. — Eu rasguei a bolsa. Mas rasguei para descobrir o que havia lá dentro, saber de quem era. E é verdade, vai ficar evidente.

— Mas por que não a entregamos logo à polícia ou à segurança?

— Nós entregamos. Entregamos direto ao hotel, mas eles devolveram. E aí a gente se embebedou e achou que podia resolver sozinhos. Burrice, mas não é ilegal.

E eu confirmo com a cabeça. Parece uma boa explicação, concluo.

— Mas o que estamos fazendo agora não está mais certo — acrescento, pensando alto. — Deveríamos chamar a polícia nesse segundo e contar tudo. O revólver e o dinheiro são mesmo suspeitos — digo, confirmando de novo com a cabeça.

Estudo a bolsa. Dá para ver a ponta do pacote de dinheiro pelo rasgão no tecido de lona. Um milhão de dólares. Olho para Mark.

— Espera aí — digo. — Me lembrei de uma coisa. Foi naquele filme norueguês dos pescadores.

E começo a digitar no Google.

— Existe uma lei... *flotsam* e *jetsam*, ou destroços e cargas, escombros marítimos, recuperados, como quiser chamar, basicamente tesouros... estão sob jurisdição do direito marítimo internacional. Aqui... olha isso.

Descendo pela tela, eu leio no site gov.uk.

— *"Jetsam" é o termo em inglês que designa bens de uma embarcação lançados ao mar para diminuir sua carga em emergências. "Flotsam", por sua vez, se refere a bens acidentalmente perdidos no mar em emergências. Blá, blá, blá.*

*O responsável pelo resgate deve declarar os bens resgatados preenchendo um "relatório de resgate" num prazo de 28 dias. Blá, blá, blá. O responsável pelo resgate agindo dentro da lei terá direito aos bens resgatados caso o proprietário não se apresente. Ã-hã. Espera aí. Merda! Pela Lei Comercial Marítima de 1995, este dispositivo se aplica a todos os resgates em águas territoriais do Reino Unido até o limite de doze milhas náuticas.*

As leis britânicas não têm a menor relevância aqui. Não tenho certeza se na Polinésia estamos sob jurisdição francesa ou americana.

Eu volto a pesquisar. Digitando. Mark encara a bolsa, mudo.

— Aqui! Departamento do Comércio americano. *"Flotsam" e "jetsam" são termos relativos a dois tipos de escombros marítimos associados a embarcações. "Flotsam" designa escombros encontrados no mar que não tenham sido deliberadamente jogados de uma embarcação, com frequência em consequência de naufrágio ou acidente. "Jetsam" se refere a escombros deliberadamente atirados ao mar pela tripulação de uma embarcação em perigo, geralmente para diminuir sua carga. Pelo direito marítimo, esta distinção é importante.*

Eu olho para Mark.

— *Os escombros classificados como* flotsam *podem ser reivindicados pelo proprietário original, ao passo que os* jetsam *podem ser considerados propriedade de quem quer que os encontre. Se os* jetsam *forem valiosos, os responsáveis pelo resgate podem receber rendimentos auferidos na venda dos objetos recolhidos.*

Eu paro.

Mark olha para a lagoa pela janela, as sobrancelhas franzidas. Quando finalmente resolve falar, ele pergunta:

— Quer dizer que a questão é se isso é *flotsam* ou *jetsam*?

— Ã-hã — confirmo, passando a língua pelos lábios.

Temos que voltar lá para descobrir. Voltar amanhã ao círculo de papel para ver se há destroços. Se o proprietário afundou na tempestade e perdeu a bolsa, é uma coisa. Se a jogou no mar e fugiu, outra.

Se não houver nada lá, debaixo da água, debaixo de todos aqueles papéis, então estaremos dois milhões de dólares mais ricos.

— Se houve naufrágio, a gente simplesmente deixa a bolsa lá de novo. E aí informamos. Mas se não houver nada... Se a bolsa foi abandonada, acho que não tem problema. Acho que vai dar tudo certo, Mark.

Vou até a geladeira e pego um pouco de água. Dou um gole e passo para ele.

— Tudo bem? — pergunto.

Ele bebe um gole. Passa a mão pelo cabelo.

— Sim — concorda. — Voltamos lá amanhã.

# 15

*Terça-feira, 13 setembro*

# UM PONTINHO NO MAR

Mark insere as coordenadas no GPS antes de sairmos. Mais um dia perfeito, um azul profundo acima e abaixo até onde o olho enxerga.

Ontem à noite, busquei reportagens sobre a tempestade no Google. Nenhuma referência a iates desaparecidos, nem pessoas. Só fotos de nuvens carregadas e árvores vergadas ao vento postadas por turistas no Instagram.

Enquanto as ondas vão passando no caminho, eu penso no navio fantasma da noite da tempestade. Ficou ancorado lá o tempo todo, não foi? Teriam sido eles? Foram embora durante a tempestade? Por que haveriam de levantar âncora no meio de uma tempestade? Ninguém faz esse tipo de coisa. Os iates têm nome, seus movimentos são documentados; tenho certeza de que a esta altura já saberíamos se alguma embarcação estivesse desaparecida. Certo? Mas não tem nada on-line. Nenhuma menção a um barco desaparecido.

Não vamos nos enganar. A bolsa não saiu daquele pequeno iate de turismo. O círculo de papel na água, os diamantes, o dinheiro embalado a vácuo, o celular, o revólver? Com toda certeza, o dono dessa bolsa não costuma documentar seus movimentos. Quem quer que seja, não terá deixado um rastro conveniente para encontrarmos.

Estou com a sensação de estar muito perto de algo de que não gostaria de estar perto. Algo perigoso. Ainda não dá para ver exatamente o que é, mas eu sinto; parece próximo. Sinto os alçapões da minha mente rangendo sob a pressão do que está embaixo. Mas claro que pode ser simplesmente dinheiro caído do céu, e todo mundo gosta de dinheiro caído do céu. Alguém pode ter cometido um erro, e se não estiver prejudicando ninguém... podemos ficar com ele. Dinheiro caído do céu para nós. E não dá para dizer que não estamos precisando...

Hoje levamos apenas cinquenta minutos para chegar ao local, o que tem algo a ver com a direção das marés, segundo Mark; mas eu nem estou ouvindo realmente. Ao chegarmos, não tem mais nada do círculo de papel. Nem sinal do que estava aqui antes. Apenas água por quilômetros e quilômetros. Se Mark não tivesse anotado as coordenadas no sábado, jamais teríamos encontrado de novo este lugar.

Desde o momento em que Mark deu a ideia de mergulharmos para tentar encontrar escombros de alguma embarcação, estou com uma sensação terrível. Não quero de jeito nenhum encontrar um barco. Não quero mesmo. Mas mais que isso. O pensamento que tento afastar com mais força é o de que vamos achar alguma outra coisa. Que desta vez não serão tubarões rondando pela água, mas algo diferente. Algo pior.

Ele percebe a minha tensão. A gente se prepara em silêncio, Mark me lançando olhares tranquilizadores.

Ele calcula que a área deve ter cerca de quarenta metros de profundidade. Para ter uma ideia, são cerca de dois metros a mais que a estátua do Cristo Redentor no Rio. Eu só consigo descer vinte metros, e ele sabe. Mas a visibilidade aqui é quase perfeita, de modo que provavelmente poderemos ver até o fundo sem mover um músculo, ou pelo menos sem ter que descer tudo.

Antes de entrarmos na água, Mark me adverte de novo sobre os tubarões. Mas não parece tão relevante hoje. Eu olho para o céu limpo, sem nuvens, deixando suas palavras passarem por mim. Respiro.

Tentando deixar sua voz me acalmar. Estamos ambos nervosos. E não é por causa de tubarões.

Percebo que estou tremendo ao fazermos a verificação recíproca dos equipamentos na água. Ele segura minha mão e a aperta contra o seu peito por um segundo. Meu coração bate mais devagar. As ondas são grandes e nos levam alto hoje. Sopra uma brisa forte, mas Mark jura que debaixo da água estará calmo. Quando acabamos, ele pega no meu braço.

— Erin, você não é obrigada a fazer isso. Posso ir sozinho. Você fica na lancha e eu volto daqui a uns quinze minutos. Não leva mais que isso, amor.

Ele coloca uma mecha de cabelo molhado atrás da minha orelha.

— Não, tudo bem. Estou bem. — Eu sorrio. — Consigo fazer isso. E, de qualquer maneira, se não vir com meus próprios olhos, vou imaginar o pior — digo, a voz distante, levemente estranha de novo.

Ele concorda. Já me conhece o suficiente para saber que não deve discordar. Eu vou.

Ele põe a máscara, sinaliza *descer* e desliza para baixo da superfície. Eu coloco minha máscara lentamente, com toda segurança, fazendo sucção bem forte nas bochechas. Hoje não posso abrir margem para acidentes. Dou a última respirada de ar fresco e vou atrás dele.

As águas estão mais claras aqui que da última vez. Um azul cristalino. Azul em alta definição. Mark me espera logo abaixo da superfície, se destacando com uma resolução de pixels de programas sobre maravilhas da natureza, um ser vivo suspenso num oceano de nada. E então faz um gesto para descermos. E nós soltamos os flutuadores.

A descida é tranquila. Eu olho para as enormes ondas que se chocam lá em cima; aqui embaixo está tudo tão assustadoramente quieto. Vistas de baixo, as ondas que se erguem parecem forjadas em metal, brilhando ao sol. Gigantescas folhas de alumínio polido.

Tudo correndo bem. Tudo correndo bem até atingirmos dez metros.

Mark para bruscamente e faz sinal para que eu fique onde estou. Eu congelo.

Algo está errado.

O sangue de repente dispara nas minhas veias, bombeando mais rápido do que nunca em todo o meu corpo. Por que paramos?

Tem alguma coisa na água? Tomo o cuidado de não me mover, mas meus olhos buscam em todas as direções para ver o que pode ser. Eu não vejo. Será que devemos voltar à lancha? Ou está tudo bem?

Mark me manda um sinal de *ok*.

Ok? Então o que foi? Por que paramos?

Ele faz sinal de novo: *espera*. Depois manda um sinal de *fique calma*. *Fique calma* nunca é bom sinal.

Aí ele faz sinal de *olhe para baixo*.

Ai, meu Deus.

Meu Deus, meu Deus, meu Deus. Olhar para baixo por quê? Por quê? Não quero olhar para baixo. Não quero olhar para baixo, Mark. Eu balanço a cabeça.

*Não*. Não vou olhar.

Ele estende o braço e pega no meu. Faz sinal de *ok* de novo.

E seus olhos. *Está tudo bem, Erin*.

Eu assinto, mais calma. Tudo certo. Não tem problema. Vou conseguir.

Respiro fundo, uma fresca e forte respiração química, e olho para baixo.

E é lindo. Papéis se revirando numa dança em câmera lenta ao nosso redor. Meio afundados, meio flutuando, lindo.

Até que, no espaço entre eles, abaixo de nós... eu vejo.

Cerca de trinta metros abaixo, no leito do mar. Um avião. Não é um avião comercial. Um avião pequeno. Talvez um jato particular. Estou vendo claramente lá embaixo. Uma asa solta, quebrada, na areia. Um enorme buraco na carcaça. E lá dentro, escuro. Eu expiro, imóvel na água.

Inspiro lenta e calmamente. Olho para a porta, a porta do avião. Está fechada. A porta está fechada. Meu Deus. Merda. Sinto o pânico vindo. Sinto vibrando nos meus músculos, nos meus braços, no coração, aquele aperto, me prendendo. Cacete. Meu Deus, que merda! Tem gente lá dentro.

O alçapão na minha mente arrebenta e o pânico toma conta de mim. Imagens passam pela minha cabeça. Vejo fileiras de pessoas presas lá dentro em silêncio, no escuro, bem no fundo abaixo de nós. Os rostos. As bocas entreabertas para gritar. *Para!* Uma ordem para mim mesma. *Isso não é real. Para.*

Mas é real, não é? É real. Eles vão estar lá; sei que vão. Não podem ter saído. Nem tentaram. Por que foi que nem tentaram?

E me dou conta de que parei de respirar.

Quase me engasgo para respirar. As arfadas vêm em rápida sucessão, no pânico de buscar a vida. De agarrá-la. *Merda, merda, merda.* Olho para cima. Aquele sol prateado dançando lá em cima. Dez metros acima. Preciso sair da água. Agora.

Eu me desvencilho da mão de Mark, chutando com toda força, para subir. Para cima, para longe do avião. Da morte.

Uma mão agarra meu tornozelo e eu paro num tranco, pois ela me segura com força, me puxando para baixo. Não consigo me liberar. É Mark. Mark me prendendo na água. Me protegendo, impedindo que eu suba rápido demais, que me machuque. Sei que é para o meu bem, mas não quero. Quero sair da porra dessa água, agora.

A superfície ainda está cerca de oito metros acima de nós. Eu inspiro agitada na tentativa de me liberar. Me libertar dele. Ele sobe até a minha altura com um impulso e me segura pelos ombros, firme e forte. Tentando afastar o pânico. Estancar. Olha nos meus olhos. *Para, Erin. Para*, dizem seus olhos.

Respira.

Ele conseguiu. Está tudo bem. Ele conseguiu. Eu estou bem. Respiro. Relaxo nas mãos dele. Calma. Calma.

Estou bem.

O pânico é sugado de volta ao buraco e o alçapão se fecha sobre ele.

Quietude. Eu respiro. Faço sinal de *ok*. Mark assente com a cabeça, satisfeito. Me solta.

Estou bem. Mas não vou descer lá. Nada neste mundo me fará descer lá.

Faço sinal: *para cima*. Vou subir.

Ele olha para mim um instante antes de responder. Responde com um *ok*. E depois: *Você, para cima*.

Ele vai descer mesmo. Sozinho.

Eu aperto seus braços e ele me solta. E o vejo descer enquanto subo lentamente. Uma subida controlada, agora que o pânico se foi. Ele desaparece na escuridão turva enquanto vou subindo.

Ao chegar à superfície, imediatamente tiro meu tanque ainda na água e o jogo na lancha. Livro-me da roupa de mergulho e a deixo como uma casca no chão. E me jogo ali, tremendo e ofegante, tentando recuperar o fôlego, cotovelos nos joelhos, enquanto lágrimas começam a transbordar dos olhos.

Imagens aparecem ante minhas pálpebras fechadas. Os rostos. Dos passageiros. Distorcidos, inchados. O terror. Eu bato os punhos com força nas pernas. Meu corpo lateja de dor. Qualquer coisa para acabar com aquelas imagens.

Levanto-me e caminho pelo convés. *Pense em outra coisa. O que isso significa, Erin? Sim, pense nisso, concentre-se nisso. O que foi que aconteceu?*

O que aconteceu é que a bolsa estava num avião e o avião caiu. Uma tempestade no Pacífico Sul. Aconteceu alguma coisa, e eles não tinham onde aterrissar. Estamos a cerca de uma hora de avião do Taiti. Provavelmente não tinham como chegar lá. Ou talvez não quisessem aterrissar no Taiti. Evidentemente, é um avião particular. Um jato particular. Tinham dinheiro. Além do dinheiro na bolsa, óbvio. Talvez não quisessem descer em aeroportos públicos. Penso nos diamantes, no dinheiro, no revólver.

Talvez achassem que podiam evitar a tempestade. Mas não conseguiram. Olho para o relógio. A esta altura, Mark deve estar lá dentro. Com eles. *Para, Erin.*

Dirijo os pensamentos então para a logística do voo. Para onde iam? Vou ter que investigar algumas coisas quando voltarmos. Procuro no armário da lancha até encontrar o que quero. Um bloco de notas e um lápis. Ótimo, já sei o que preciso fazer, qual deve ser o meu foco. Não é o avião lá embaixo. Mark já está cuidando disso.

Então eu anoto: *Roteiros de voo sobre a Polinésia Francesa??* Meu Deus, bem que eu podia ter anotado o número da cauda ou algo assim lá embaixo. Mark com certeza vai se lembrar.

E vou escrevendo: *Tipo do avião, número na cauda da aeronave, velocidade máxima, distância coberta sem pouso??*

Os aviões têm uma distância máxima de percurso sem reabastecimento. Podemos tentar descobrir para onde eles estavam indo. Duvido que o voo estivesse registrado, mas podemos pesquisar on-line para ver se tem alguém desaparecido.

Pelo menos agora nossa pergunta foi respondida. O que encontramos é *flotsam*, destroços de naufrágio. Nossa bolsa com certeza não foi ejetada deliberadamente. De algum jeito saiu pelo casco acidentado do avião, junto com aquele monte de papéis, ao encontro do sol polinésio. Mas, tecnicamente, e é uma grande ressalva, o que temos não é nem *flotsam* nem *jetsam*. Não se trata de um naufrágio. Foi um acidente de avião. O que temos nas mãos é um monte de provas de um acidente de aviação no mar. Eu inspiro trêmula uma lufada fresca de ar tropical.

Nossa lua de mel parece estar a um milhão de quilômetros de distância, e, no entanto, bem ao alcance, se pelo menos pudéssemos...

Mark aparece em meio às ondas a estibordo. E nada na direção da lancha. A expressão é neutra, controlada. Pela primeira vez, dou pleno valor à eventual utilidade da sua máscara emocional. Acho que, se alguma vez o visse com medo, teria certeza de que estaríamos acabados.

Ele se arrasta escada acima pelo exterior da lancha, exausto.

— Água, por favor — pede, tirando o tanque das costas para acomodá-lo no deque. Despe-se da roupa de mergulho, descartando-a como eu fizera, e desmorona no banco de madeira. Eu pego uma garrafa de água na bolsa térmica e lhe entrego. Seus olhos estão semicerrados sob a luz do sol, as pálpebras lutando contra a claridade.

— Você está bem? — pergunta. Está me observando, preocupado.

— Sim, sim, estou bem. Desculpe. Eu...

Sem saber como concluir a frase, eu me interrompo.

— Não, tudo bem. Meu Deus. Que bom que você subiu antes.

Ele bebe longos goles da garrafa de água e olha para as ondas, a água gotejando lentamente dos cabelos nos ombros nus.

— Puta merda — diz, por fim.

Fico esperando, mas ele não continua.

— Ainda estão lá? — pergunto. Eu precisava perguntar. Preciso saber.

— Sim — ele responde.

E toma outro longo gole.

— Dois pilotos na frente, três passageiros. Que eu tenha visto. Só uma mulher, o resto, homens.

Ele volta a olhar na direção das ondas, a boca cerrada.

— Puta merda.

E então me dou conta de que estou repetindo o mesmo que ele. Não sei mais o que dizer.

— Não era gente de bem, Erin — acrescenta, agora olhando para mim.

Que porra ele está querendo dizer?

Preciso saber mais, quero saber tudo o que viu, mas não parece o momento de perguntar. Ele está processando. Vou esperar que me conte.

Mas não sai nada. Ele bebe mais.

Suas palavras ainda pairam no ar. Tento capturá-las antes que desapareçam.

— Como assim não eram gente de bem, Mark?

— As coisas que estavam levando. Lá embaixo. Não era gente boa. Não precisa ficar tão triste por eles, é o que quero dizer.

Dito isso, ele se levanta. Pega uma toalha e enxuga o rosto, esfrega o cabelo.

Eu me dou conta de que provavelmente não vou extrair mais nada dele por enquanto, e não quero mesmo ficar pensando muito nas pessoas lá embaixo. Já está bem difícil conseguir ficar focada. Mudo, então, de assunto. Quer dizer, mais ou menos.

— É *flotsam*, Mark.

Ele me olha sem entender, por um momento. Provavelmente nem estava pensando na bolsa até agora. Então prossigo.

— Quer dizer, mais ou menos *flotsam*; foi perdida por acidente numa emergência, então pode ser reivindicada pelos donos. Mas você acaba de se encontrar com eles, e não dá para imaginar que venham buscar nada nem tão cedo. Não é?

Minha tentativa de humor negro. Não sei se soou muito bem.

— Não, não, claro que não — diz ele mecanicamente.

E continuo rapidamente.

— Mark, você conseguiu o número na cauda do avião? Alguma coisa que possamos usar para identificá-los? Quem são essas pessoas? Alguma informação útil?

Ele tira a lousa de mergulho da correia do tanque e me entrega. Fabricante, modelo e número do avião. Claro que ele ia pegar!

— São russos — diz então, enquanto eu passo as informações para meu bloco de notas e limpo a lousa.

E olho para ele.

— Como você sabe?

— Tinha pacotes de comida com embalagens em russo.

— Entendi. — E assinto lentamente.

— Olha só, Erin. Você disse que ninguém vai reclamar a bolsa. Está querendo dizer que a gente não deve relatar? Deixar de relatar a queda de um avião? — E olha para mim de cara feia.

Que merda. Exatamente. Achei que era exatamente o que a gente pretendia. Não era? Ficar com os reluzentes diamantes e o dinheiro caído do céu. Quitar nossa hipoteca e constituir uma família, certo? Ou estou maluca? Talvez esteja maluca.

Minha mente voa até o povo lá embaixo. Os mortos, apodrecendo na água. Aquela gente que não presta. Será que devemos ficar com o dinheiro dessa gente ruim?

— Sim. É o que eu estou dizendo — respondo a Mark.

Ele assente devagar, processando o que isso pode significar.

Eu continuo, cautelosa.

— Estou dizendo que a gente deve voltar ao hotel, descobrir se alguém reportou o desaparecimento, se sentiram falta deles, e, se sim, aí esquecemos o assunto. Jogamos a bolsa de novo aqui. Caso contrário, se eles simplesmente evaporaram, então sim, ficamos com a bolsa. A gente a encontrou boiando no mar, Mark. Ficamos com ela e usamos para uma finalidade certamente muito melhor do que aquela a que estava destinada.

Ele olha para mim. Contra a luz do sol, não consigo decifrar muito bem o que sua expressão significa.

— Ok — diz ele então. — Vamos descobrir quem são.

# 16

*Terça-feira, 13 de setembro*

# ROTAS DE VOO

Acontece que se pode encontrar on-line informações constantemente atualizadas ao vivo de todos os voos registrados no mundo. E eu estou assistindo agora a triângulos violeta de vários tamanhos, piscando num mapa preto e amarelo do mundo em baixa definição. Uma versão na vida real do jogo de videogame Asteroids.

Um breve toque do cursor em cada um dos triângulos maiores exibe o número do voo, sua origem e destino. Os triângulos menores — aviões e jatos particulares — permitem identificar apenas o tipo de aeronave: Gulfstream G550, Falcon 5X, Global 6000.

Nosso avião era, e ainda é, suponho, um Gulfstream G650. Eu busco suas especificações on-line. O G650 é capaz de voar treze mil quilômetros sem reabastecimento. Praticamente a distância entre Londres e a Austrália. Muita coisa, mesmo para um pequeno jato corporativo. A velocidade máxima é de Mach 0.925, transônica. O que significa próxima da velocidade do som. *Da velocidade do som.* Teria sido mesmo um voo bem curto, se tivessem chegado aonde estavam indo. Provavelmente acharam que seriam capazes de passar pela tempestade.

Encontro então as causas mais comuns de acidentes com aeronaves pequenas. A Wikipédia informa:

Velocidades transônicas podem dar lugar a forte instabilidade. Ondas de choque se deslocam no ar à velocidade do som. Quando um objeto como uma aeronave também se desloca em velocidade próxima à velocidade do som, essas ondas de choque se intensificam na frente do nariz do avião, formando uma onda de choque única e muito grande. Num voo transônico, o avião precisa atravessar essa grande onda de choque, além de enfrentar a instabilidade causada pelo deslocamento do ar em velocidade maior que a do som em partes da asa, e menor em outras partes.

Pode ter sido isso. Não pode? Eles entraram na tempestade, e, nessa velocidade, foram derrubados. Talvez nunca saibamos ao certo.

Em seguida, preciso verificar a identificação na cauda. R-RWOA. Espero que seja um sistema semelhante ao das placas de carros; e que exista algum tipo de banco de dados on-line.

Depois de algumas buscas, fica evidente que o componente "R-R" do registro é o prefixo do país. Registrado na Rússia. Mark tinha razão. É verdade que a gente tende a ser nacionalista na hora de escolher a comida.

Vou verificar as informações sobre a Rússia no banco de dados da aviação, e não é que funciona? Funciona mesmo. Aparecem os detalhes. Nada muito sólido, claro. O avião foi registrado em 2015 por uma empresa chamada Aegys-Mutual Consultants. Talvez o nome de empresa menos glamouroso que eu já vi. Parece uma empresa de recrutamento de empregados no interior do Essex. Só que uma pequena empresa no interior do Essex não pode se dar ao luxo de ter um avião de sessenta milhões de dólares. Sim. Isso mesmo, esse é o valor do avião. Mais de sessenta milhões de dólares. Nossa casa é o que temos de mais caro, e vale apenas um milhão e meio. E ainda nem acabamos de pagar a hipoteca. Começo até a me perguntar se essas pessoas, quem quer que fossem, sequer dariam falta do conteúdo daquela bolsa. Evidentemente, não era o negócio principal deles, se é que chegava a ser um bico. Mas, de qualquer maneira, isso me leva a pensar se alguém teria notado a ausência deles. Deve ter alguém por aí querendo saber. Aviões de sessenta milhões de dólares simplesmente não desaparecem assim, com a tripulação e os proprietários. Deixam um buraco, não é mesmo?

Aegys-Mutual Consultants é uma empresa registrada em Luxemburgo. O que faz sentido, me parece. Não sei muita coisa de Luxemburgo, mas sei que é um paraíso fiscal. Tenho certeza de que a Aegys-Mutual é uma empresa fantasma. Mark me explicou isso uma vez: são empresas falsas criadas para fazer transações, mas não geram, nem têm, ativos ou serviços; são cascas vazias.

Volto ao site de rotas de voo e percorro o nosso espaço aéreo, a parte negra da tela sobre a Polinésia Francesa: está completamente vazia no momento, nenhuma aeronave sobrevoando. Aviões de patrulha não se afastam tanto do continente, e, como nos disse o piloto do helicóptero, os helicópteros só podem cobrir essa distância pulando de uma ilha a outra. Os tanques de combustível dos helicópteros não têm tamanho suficiente para um voo de volta ao continente, a menos que se reabasteçam num porta-aviões. Se alguém estiver tentando localizar esse avião, toda a região entre a América e a Ásia é uma área de busca bem grande a ser coberta. Mas se tivéssemos alguma ideia de para onde iam ou de onde vinham, talvez conseguíssemos descobrir quem eram.

No mapa de voo, o triângulo mais próximo da nossa ilha está no momento equidistante entre o Havaí e nós. Uma clicada revela que se trata de um jato de passageiros voando de Los Angeles para a Austrália. Dando uma olhada no site de informações ao vivo, fica claro que os aviões de fato sobrevoam a vasta extensão do oceano Pacífico norte e sul. Eu sempre achei que as companhias aéreas tentavam evitar essa zona por não haver onde pousar em caso de emergência: não é melhor estar sempre sobre terra firme caso alguma coisa dê errado? Pelo menos existe então a chance de aterrissar: melhor contornar no voo as infinitas extensões de água do que passar por cima delas. Mas, na realidade, ainda existem no céu algumas rotas transpacíficas de voo. Gente sendo levada para lá e para cá, embora fique claro que o tráfego aéreo por aqui é menor do que sobre o frenético Atlântico, vibrante de cores neste exato momento, mais parecendo um enxame de formigas violeta se arrastando na tela. Bem acima de nós, contudo, não se vê grande coisa. Por aqui, há, sobretudo, aviões comerciais entre Los Angeles ou San Francisco e Sydney, Japão e Nova Zelândia. Até que eu dou com os olhos num outro triângulo, acima dos outros no mapa. Parece que veio da Rússia. Levo o cursor até ele. Exatamente. Um Gulfstream G550, jato particular. Mais um. Vai na direção oposta à maioria dos voos sobre o Pacífico: da esquerda para a direita, passando pela América Central ou do Norte, ainda não dá para ver qual delas.

Difícil mesmo saber até por onde começar, para identificar essa gente. Pessoas fantasmas. O Google não dá informações sobre aviões dados como desaparecidos nos últimos dias, à parte uma história sobre um avião pequeno que desapareceu no Wyoming. Acho que dá para dizer com segurança que não é o nosso pessoal. Algum piloto amador de fim de semana que se empolgou demais, imagino, ou um agricultor que cometeu um erro fatal. O tipo do mistério que, com certeza, vai se resolver por si mesmo. Seja como for, não encontro nada on-line sobre o nosso avião desaparecido.

Dou busca por aeroportos particulares na Rússia. Há um monte deles, naturalmente, e dá para supor que, para quem tem dinheiro, por lá é possível ficar fora da grade de controle do tráfego aéreo, se necessário. O que talvez seja o caso em qualquer lugar do mundo.

E, de repente, me vêm à lembrança as pessoas que vimos na sala de espera da primeira classe no Heathrow. Os milionários que não pareciam milionários. Por que não usavam seus aviões particulares? Ou fretados? Uma rápida busca revela que fretar um jato particular de Londres para Los Angeles custa cerca de quatro mil libras por pessoa num voo com desconto e trinta mil para o avião inteiro. Uma passagem normal de primeira classe, sem uso de pontuação, custa cerca de nove mil libras ida e volta. Para um rico que pode voar de primeira classe, por que não simplesmente alugar um jato? E por que não comprar logo um?

Talvez eles não sejam lá tão inteligentes assim. Ou talvez não sejam tão ricos. Talvez aquele pessoal do *lounge* de primeira classe nem tivesse pago pelas próprias passagens.

Seja como for, tudo parece bem diferente agora. Por algum motivo a primeira classe já não impressiona tanto. Dá uma certa sensação de... bem, parece meio boba, em comparação.

Esse povo fantasma vive num mundo que até agora eu nem sabia que existia. Um mundo que eu nem teria ideia de como tentar acessar.

Não sei se a gente vai conseguir descobrir alguma coisa que essa gente não queira que a gente descubra. Pois, convenhamos, eu não sou nenhuma espiã; não tenho acesso a bancos de dados. Recursos...

Mas... aí então me vem uma ideia.

Talvez Mark fosse capaz de reconhecê-los. Ele os viu, afinal de contas, viu seus rostos. Apesar das circunstâncias bem anormais. Eu tento imaginar o que ele pode ter visto, aqueles cadáveres ondulando que nem bambu, inchados dentro da água. *Não vá até lá, Erin.*

— Mark, se eu mostrar umas fotos, você conseguiria reconhecer algum deles? Os pilotos? Os passageiros? Os dois homens e a mulher?

Ele pensa um momento.

— Por quê? Você encontrou alguma coisa?

— Ainda não sei ao certo. Mas acha que conseguiria? — Eu continuo digitando no teclado, tentando encontrar algo.

— Sim. Sim, posso. Estou bem certo de que nunca vou esquecer a aparência deles.

Pela primeira vez ele se refere a eles assim, como se também fosse assombrado por eles. Às vezes eu até esqueço que ele também sente as coisas. Parece estranho? O que estou querendo dizer é que, às vezes, esqueço que ele também tem medos, fraquezas. Me esforço tanto para controlar os meus que esqueço que ele deve estar fazendo a mesma coisa. Ele se senta ao meu lado à beira da cama para ver a tela. Eu entrei no site da Interpol. Clico na aba Pessoas Procuradas no alto à direita. São atualmente 182 pessoas procuradas, 182 fotos para Mark examinar. Acho que agora já ficou bem óbvio com o que estamos lidando. Sei que dois milhões de dólares não são porra nenhuma para quem pode pagar por um jato de sessenta milhões, mas tenho a sensação de que eles não estavam correndo atrás apenas dessa bolsa.

Mark olha para mim.

— Está falando sério?

— Mal não pode fazer, certo? Dá uma olhada. Veja aí. — Eu lhe entrego o laptop e deixo por conta dele.

Pego então meu celular e vou para o deque. Quero que depois ele passe os olhos na lista de procurados do FBI e na da Agência Nacional Britânica do Crime. E facilmente encontro ambas numa rápida busca pelo Google no celular. Fileiras e mais fileiras de bonecos do FBI aparecem na tela, exatamente como no site da Interpol.

E que caras horríveis! Mas para ser honesta, se pusessem uma foto da mãe de Mark na lista de procurados do FBI, provavelmente ela também ficaria parecendo horrível. Eu olho para ele do outro lado da porta de vidro, o rosto iluminado pela tela. Mal não vai fazer, certo? Mesmo que ele não encontre nada, pelo menos nós tentamos. E, no fim das contas, a gente vai acabar encontrando alguma coisa, ou então ele terá de descer lá de novo. Teremos de encontrar uma pista qualquer da identidade dessa gente, ou então voltar lá, largar o dinheiro de novo e esquecer tudo.

E de repente eu me lembro do iPhone. Continua no estojo do revólver dentro da bolsa, que eu escondi no alto do guarda-roupa, atrás dos travesseiros sobressalentes do hotel. Bem atrás. Mark já me proibiu de usá-lo, e até de *ligá-lo*. Insiste que a gente deve se livrar dele. Mas com ele podemos ganhar tanto tempo! Só uma vez.

A bateria está zerada. Eu sei porque já apertei o botão de ligar. Fiz a tentativa hoje mais cedo, quando ele estava tomando banho. Mas nada.

Se eu pudesse carregá-lo, saberíamos imediatamente quem eram eles. Não precisaríamos mais investigar.

Eu olho de novo para ele do outro lado do vidro: tem o rosto concentrado, focado. Está preocupado com a culpabilidade, naturalmente; sei que está. Pensando adiante, em termos práticos: se acontecer algo, se formos para um julgamento. Se ligarmos o iPhone, será uma prova concreta de que estamos com a bolsa. Ele vai receber sinal e a conta vai mostrar quando e onde. Mesmo se o levarmos de novo para baixo da água, no avião, no fundo do mar. Vai aparecer em algum servidor de rede em algum lugar que ele estava recebendo sinal depois do acidente. Vai provar que alguém encontrou os destroços, os mortos, a coisa toda, e não disse nada a ninguém. Ocultou as provas.

Mas também pode dar tudo certo. Eu posso simplesmente ligar o celular, descobrir de quem era e mais nada. Quer dizer, se eu garantir que fique em modo avião, ele não vai captar nenhum sinal, e tudo bem. Nenhum registro. Nem prova. Certamente consigo fazer isso. Consigo resolver. Eu sei que sim.

Vou carregá-lo hoje à noite.

# 17

*Quarta-feira, 14 de setembro*

# O CELULAR

Aconteceu uma coisa horrível, horrível mesmo.
Na noite passada, Mark foi a uma aula particular de squash no complexo do hotel. Ele precisa se distrair, o estresse já está afetando seus nervos, e eu sugeri que seria uma boa. Além do mais, ele adora squash; pois não é uma espécie de autorização para os homens saírem gritando?

Na ausência dele, aproveitei para desligar a passadeira a vapor que tem dentro do armário e ligar o iPhone da bolsa, usando nosso carregador sobressalente. Liguei na tomada, verifiquei se estava no silencioso e o escondi por baixo da passadeira, para o caso de Mark abrir o armário.

Hoje, acordei mais cedo que de hábito, com a ansiedade daquilo que eu faria pesando na minha mente. Precisei esperar até Mark terminar o café da manhã e entrar no chuveiro para abrir o armário e desligar o aparelho da tomada. Ele não tinha ligado sozinho. Eu não sabia se era algo que devia mesmo acontecer automaticamente: até onde sei, ele pode estar quebrado. O que fazer, então? Eu o botei no bolso, coloquei de novo o carregador sobressalente na nossa mala e voltei a ligar a passadeira.

O que eu preciso é de mais algum tempo sozinha, só uma meia hora, para checar o celular. Mas fica difícil inventar desculpas para ficar sozinha na lua de mel, certo? Nada parece assim tão importante que mereça uma distração crível. Eu penso na soltura de Holli dois dias atrás. Faz sentido eu ter que falar com Phil pelo Skype para cuidar da logística das filmagens com ela assim que voltarmos, já que perdi o momento exato da soltura. Decididamente parece um bom motivo para sair do quarto sozinha por um momento.

Eu digo a Mark que vou sair para falar com o pessoal do filme pelo Skype. E digo que vou precisar de uma conexão a cabo para a internet, para ter um sinal mais forte na chamada, melhor qualidade de imagem. E para isso, muito convenientemente, terei que ir ao centro empresarial do hotel.

Ele se oferece para me acompanhar, mas eu digo que será chato para ele, e talvez meio estranho para Phil e Duncan, e, além do mais, será super-rápido. Volto num instante, prometo. Ele parece satisfeito. Eu sugiro que ele também dê uma olhada de novo na seção de desaparecidos da Interpol. Só para garantir. Nunca se sabe. Só que eu sei: sei que eles não vão estar lá. Essa gente nunca seria dada como desaparecida. Não há chance.

O centro empresarial é uma saleta com um grande PC creme e uma impressora. No centro, uma mesa de conferências ocupando quase todo o espaço. Não dá para imaginar que o local jamais tenha sido usado de fato para uma reunião de negócios. Talvez seja usado para reuniões do pessoal.

Eu dou uma rápida olhada superficial pelos cantos da sala, até as sancas. Nenhuma câmera. Ótimo. Vou fazer algo bem estranho, e não quero que haja provas em vídeo. Sabe como é, só para garantir, no caso de dar tudo errado.

Eu ligo o computador e abro a tela de busca. Pronto. Passei a manhã inteira estudando o que fazer.

Pego o iPhone no bolso e aperto o botão de ligar. Uma luz branca toma conta da tela, seguida do minúsculo logotipo da Apple. Terei de passar para o modo avião assim que aparecer o bloqueio de tela. Eu espero, prendendo a respiração, enquanto a coisa se carrega lentamente. Há quanto tempo estaria desligado? Será que o tempo para carregar é proporcional ao tempo de desligamento? Não sei. Provavelmente não.

Até que a tela se ilumina. Não é a tela de bloqueio. Não há uma tela de bloqueio. Nem senha. Só aplicativos. Direto nos aplicativos. Meu Deus do céu! Nenhuma senha? Mas que ridículo, quem é que faz uma coisa dessas hoje em dia? Eu logo trato de buscar o acesso rápido aos Ajustes e aperto o botãozinho do avião. Estou segura.

Seria de qualquer maneira possível botar em modo avião a partir da tela de bloqueio, que era exatamente o que eu pretendia fazer. Meu plano era hackear a tela de bloqueio. Parece que é muito fácil, segundo a internet. Mas agora não preciso de mais nada disso. O dono obviamente não estava lá muito preocupado com gente xeretando no seu celular. Suponho que deixá-lo ao lado de um revólver num estojo já é seguro o suficiente.

Meu coração está acelerado.

Eu tenho acesso a tudo. Não são muitos ícones de aplicativos; alguns eu identifico, outros parecem estrangeiros, mas são sobretudo os aplicativos que já vêm de fábrica, sem nada adicionado, nada de Candy Crush. Eu clico na caixa de e-mail. Aparece uma caixa de entrada. Todos os e-mails em russo. Merda. Imaginava que algo assim pudesse acontecer. Tá, bem, parece que eram russos... Seja como for, não sei ler esse alfabeto. Tá. O mais fácil é copiar e colar no Google Tradutor: nada elegante, mas, só para lembrar, eu não sou nenhuma espiã.

Não posso copiar e colar os e-mails deste celular diretamente no Tradutor, pois não posso colocá-lo on-line, e muito menos enviá-los para a minha conta de e-mail a partir dele.

Viro-me para o computador do hotel, carrego Google Rússia e digito o provedor de e-mail para o qual foram enviadas as mensagens. É o provedor russo Yandex. A página de abertura não me diz absolutamente nada; o que está escrito é uma confusão incompreensível, mas no canto superior direito tem uma caixa familiar, com espaço para nome de usuário e senha. Eu digito na primeira caixa o endereço de e-mail que está no celular e clico nos rabiscos ilegíveis embaixo da senha. Redefinir senha. Eu preencho e espero. Olhando fixo para o celular.

Saco!

Claro que eu não vou conseguir reiniciar o e-mail! Mas que imbecil! Não estou on-line. O e-mail de redefinição de senha não vai chegar. Como é que eu não pensei nisso? Idiota.

Tá.

Tá.

Espera aí... Posso ligar o Wi-Fi mesmo em modo avião. Claro! Mark me mostrou como fazer no voo para cá, para usarmos o Wi-Fi do avião. E eu não vou captar nenhum sinal de rede. Não poderá ser rastreado. Posso acessar o Wi-Fi do hotel no celular, abrir o e-mail e redefinir a senha. Sim!

E então vou avançando rapidamente, conecto o celular à rede Wi-Fi do hotel e espero que o e-mail de redefinição apareça. Um bolo de trinta e uma mensagens são carregadas, e a última a chegar é o e-mail para redefinir a senha. Ninguém ainda sentindo falta dessa gente. Ninguém acessa essa conta há dias.

Eu entro pelo link do e-mail e defino a senha G650. Parece boa. Prendendo a respiração, eu espero a confirmação. E funciona. Agora só eu posso acessar os e-mails deles.

E vou então passeando pelas mensagens; o símbolo do Google no alto da página diz: *Esta página está em russo. Gostaria de traduzi-la?* Eu clico em Traduzir.

E leio.

Na maioria dos casos, parecem extratos ou recibos, coisas assim. Alguns itinerários de encontros. Localizações, horários e pessoas. Alguns e-mails são spams. Engraçado: criminosos também recebem spams. Mas nenhum dos e-mails parece pessoal. Nenhum nome aparece neles. Vejo uma ou duas menções da Aegys-Mutual Consultants. Uma outra empresa, Carnwennan Holdings. Transações entre as duas. Uma outra chamada Themis Financial Management. Eu paro de ler.

Preciso de algo mais, o nome de uma pessoa, alguma coisa. Guardo de memória alguns nomes de empresas; vou checar mais tarde.

Apago os e-mails gerados pela redefinição de senha e saio da conta de e-mail; limpo o histórico de busca no PC do hotel e saio da página de hóspedes.

Agora as mensagens de texto. Tenho praticamente certeza de que vou encontrar alguma coisa nas mensagens de texto. O ícone verde indica quarenta e duas novas mensagens. Acho que nunca na vida eu tive mais de dez mensagens de texto não lidas, mas o fato é que esse pessoal não está vivo, certo? O que pode causar um certo acúmulo, suponho.

Eu clico nas mensagens. O celular não tem nenhum número salvo em nome de alguém, de modo que as mensagens aparecem todas com os respectivos números. Eu vou no Google. Os códigos +1: Estados Unidos; +44: Reino Unido; +7: Rússia; +352: Luxemburgo; e um código +507: Panamá. As mensagens dos números de Luxemburgo parecem escritas, sobretudo, em francês e alemão. As do Panamá, em espanhol, eventualmente aparecendo algumas palavras em inglês. Os números americanos e russos parecem todos em inglês o tempo todo. O dono desse celular, seja lá quem fosse, falava um bocado de línguas e jogava em muitas frentes ao mesmo tempo. Por assim dizer. Eu clico na primeira mensagem, a mais recente, do número americano. E vou lendo:

> ELES CONCORDARAM. VÃO APRESSAR A TRANSAÇÃO. VOO SEGURO
>
> INFORMAÇÃO NÃO RECEBIDA COMO ACERTADO
>
> ALGUM PROBLEMA? ONDE VOCÊ TÁ?
>
> ENTRE EM CONTATO COMIGO
>
> A COISA PODE FICAR FEIA, AVISANDO

Eu volto ao menu de mensagens. Seleciono a próxima série de mensagens. Do número russo:

LUGAR DO ENCONTRO ACERTADO PARA HOJE

COLETA MARCADA PARA 22h30 NO HELIPORTO

VOO REDIRECIONADO? ONDE VOCÊ TÁ NO MOMENTO? ALGUM PROBLEMA? PODEMOS AJUDAR?

ELES NÃO RECEBERAM. ONDE VOCÊ TÁ?

ONDE VOCÊ TÁ?

PRECISAMOS CONVERSAR, RESPONDA ASSIM QUE RECEBER ISTO.

RESPONDA

De repente aparece embaixo o ícone pontilhado de alguém digitando. Meu Deus do céu! Cacete! Que merda.

Eu me esqueci da conexão de Wi-Fi. Os três pontinhos cinzentos ali piscando para mim. *Tem alguém ali.* E aí eu me lembro, lembro que os iPhones mandam confirmação de leitura para o remetente, a menos que os ajustes sejam alterados. E essas mensagens foram lidas.

Eu me apresso a desativar. E se já rastrearam tudo que eu fiz? E se descobrirem quem sou?

Mas não podem. Não tem nenhuma câmera aqui. Eu usei um computador público para ler os e-mails. Qualquer um no resort poderia ter feito isso. Não tem como eles descobrirem que fui eu, quem quer que sejam eles. Mas e se vierem aqui? E se examinarem os vídeos das câmeras de segurança e me virem passando no saguão a esta hora? Eu sei que há câmeras de segurança no saguão, no corredor. Merda.

Tá, mas sendo realista, Erin, *realista*. Mesmo que saibam onde a conta de e-mail foi acessada, leva-se pelo menos um dia para chegar de avião a Bora Bora de praticamente qualquer parte do mundo. Um dia inteiro. E aí teriam que invadir o sistema de segurança do hotel, ver os vídeos e então chegar à conclusão de que fui eu com base nos vídeos. Será que fariam isso? Eles nem sabem que eu vi os e-mails, sabem? Sabem apenas que suas mensagens foram lidas.

Preciso ler o que escreveram. Tenho que checar.

Respiro profundamente e aperto de novo o botão de ligar.

Tela branca, ícone da Apple, tela inicial, uma mensagem não lida. Eu clico nela.

ONDE VOCÊ ESTAVA?

Não sabem que eu não sou essa pessoa. Devo digitar algo? Será que devo? Quem sabe eu digo que encontramos a bolsa?

Não, acho que não seria uma boa ideia. Não.

E se eu fingir que sou quem eles acham que eu sou? Devo? Aí eles parariam de ficar atrás de mim, certo? Despistar. Dar um jeito de cuidarem de outra coisa. Ai, meu Deus. Devia ter pensado nisso tudo antes. Agora não consigo raciocinar direito. *Tá, pense. Pense.*

Os três pontinhos cinzentos aparecem de novo. Merda! Tenho que dizer alguma coisa. Boto o dedo na caixa de texto. O cursor pulsando.

Agora vão aparecer três pontinhos cinzentos na tela dele. Vai saber que realmente tem alguém aqui. Alguém do outro lado. Eu digito.

DESVIO DE ROTA. INDISPONÍVEL PARA TRANSAÇÃO.

Me parece bom, certo? Perfeitamente opaco. Devemos ganhar tempo para sair daqui antes que alguém venha nos procurar. Aperto enviar. Foi. No éter.

Acho que tudo bem. Sim. Eles podem achar que o pessoal do avião está na moita ou algo assim, certo?

E aí eu caio na real.

Na moita? Como assim, Erin? Que porra de estupidez é essa que você está fazendo? Ficar na moita não tem nada a ver. Isso aqui não é *O Terceiro Homem*. Você não tem a menor ideia do que está fazendo. Acabou de sair de uma escola de cinema e está na sua lua de mel. Eles vão te encontrar e te matar. Você vai morrer, Erin.

E aí acontece uma coisa horrível, muito horrível mesmo.

QUEM É VOCÊ?

Os potinhos cinzentos pulsando.
Pulsando. Pulsando. Pulsando.
Ah, não!
Eu aperto o botão de desligar do celular.
Meu Deus do céu.

No caminho de volta para o quarto, vou tentando elaborar uma boa explicação para o que fiz. Alguma forma de contar ao Mark que não me faça parecer uma mentirosa ou uma idiota; mas para ser sincera, a esta altura, acho que já dá para assegurar que eu sou as duas coisas. Quero apenas que ele me ajude. Estou com medo. Preciso que ele me ajude a consertar essa história.

# 18

*Quarta-feira, 14 de setembro*

# A CONSEQUÊNCIA

— Você fez o quê?
Eu fico olhando para ele. O que mais posso dizer?
— Ficou completamente maluca? Por que foi fazer uma coisa dessas? Por que mentiu? Eu nem... Estamos lidando com pessoas *de verdade*, Erin. Mortos de verdade e gente viva de verdade. Não temos a menor ideia de quem são nem do poder que têm. Não acredito que você tenha sido tão burra! Por quê? Por que foi fazer isso?

Eu fico calada. De pé, ali, sem dizer nada. Eu sei! Sou uma idiota, ele tem toda a razão, mas o fato é que a gente precisa consertar essa história. É só no que eu penso. Só quero consertar. Não quero morrer.

Ele desmorona no sofá. Estamos na sala. Eu o chamei assim que abri a porta e lhe contei tudo. As empresas, os e-mails, as mensagens de texto... tudo. E ele fica ali sentado, pensando, a testa franzida, a cabeça a mil.

— Tudo bem — diz finalmente. — Tá. Erin, o que é que ele sabe?
Eu dou de ombros. Não sei. Não tem como ter certeza.
— Não. Pensa um pouco, amor. Para e pensa. O que é que ele sabe? — Ele fala devagar, decidido.

Eu engulo em seco. Respiro.

— Sabe que alguém que não é o pessoal do avião está com o celular.

— Isso eu sei com certeza.

— Ótimo, e o que é que vai deduzir daí? — insiste ele.

— Que roubamos o telefone, suponho. Que matamos ou assaltamos essas pessoas. Parecem as duas explicações mais prováveis. — Eu olho para ele.

Ele assente.

— Então vai querer nos encontrar, certo? — prossegue, raciocinando. — Como é que pode nos encontrar?

— Pelo sinal do celular. Ou pelo ponto de onde acessamos a conta de e-mail. São as únicas pistas — respondo.

— Tá. Então, o computador do hotel. A sala de computador do hotel. E como é que ele vai saber que era você no computador? E não qualquer outra pessoa do hotel?

Já entendi aonde Mark quer chegar.

— Os vídeos das câmeras no saguão e no corredor. Os horários registrados, eu caminhando na direção da sala, saindo da sala. Antes e depois da hora de acesso.

Um calafrio. Merda. Embora não houvesse câmeras no próprio centro empresarial, ainda assim eu fui filmada entrando lá, qualquer um vai poder ver. Precisamos nos livrar desses vídeos.

Eu me dou conta do repentino salto lógico que eu dei. De cometer um erro a claramente cometer um crime. Simples assim. Fico me perguntando se é assim que começa para muitos criminosos; se foi assim que começou com Eddie. Um erro, uma tentativa de acobertamento e logo uma lenta e inevitável sucessão de acontecimentos. Nada parecido jamais passou pela minha cabeça, o impulso de se livrar de provas. Nem tenho a menor ideia de como é que alguém pode se livrar de um vídeo. Claro que nunca me ocorreu, pois sou uma mulher comum em lua de mel e, exceto o fato de às vezes passar de cento e vinte quilômetros na estrada, eu sequer considero a hipótese de desrespeitar leis. Talvez de vez em quando mentalmente, mas nunca de verdade.

— Então é a única ligação pessoal com você? Os vídeos de segurança? Exceto por esses vídeos, poderia ter sido qualquer um naquela sala, com o celular, o computador?

Mark abre um sorriso encorajador: não é grande coisa, mas o suficiente.

— Sim, a única ligação — garanto.

Saímos para uma caminhada. Não temos a menor ideia de onde podem ser guardados os monitores de segurança e o equipamento de gravação, mas rumamos para a recepção. Parece perfeitamente lógico que esteja tudo na sala por trás do balcão de recepção. Caso contrário, teremos de ficar de olho em algum segurança e segui-lo aonde quer que vá.

O plano é simples. Claro que é simples, pois nenhum de nós pode ser considerado propriamente um gênio do crime. Se não tiver ninguém no balcão, eu entro na sala por trás, encontro o sistema de vídeo e apago até onde conseguir. Não pode ser tão difícil assim, certo? Se eu conseguir apagar um mês inteiro, melhor. Apagar completamente todos os nossos rastros, por que não? Se houver alguém na saleta, a gente passa ao plano B.

Há duas recepcionistas no balcão quando chegamos ao saguão principal do hotel. Mark toma minha mão na sua ao nos aproximarmos. Me segura com firmeza e me conduz na direção da biblioteca. Plano B em andamento.

O plano B é que eu tive intoxicação alimentar e Mark quer apresentar queixa. A esperança é de que sejamos levados à saleta dos fundos e possamos verificar se o sistema está mesmo lá. Se estiver, teremos de nos livrar das recepcionistas por um minuto e cuidar dos vídeos. Não pode ser considerado um plano infalível, mas eu me formei em cinema e Mark é um financista desempregado, então a gente merece algum crédito.

— Faz cara de doente — sussurra ele.

Eu jogo a cabeça para trás e inspiro ruidosamente pelo nariz. Levo a mão à cabeça e expiro lentamente pela boca. Como se estivesse desesperadamente tentando segurar as pontas. Olho ao redor em busca de um lugar para sentar. Mark faz o marido preocupado. Aonde eu quero ir? Do que preciso? Eu fico calada, pálida. Deve ser grave, a minha doença. Eu me sento cautelosamente numa cadeira do lado de fora da biblioteca. Uma das recepcionistas olha para nós. Entende a situação. Lança um olhar para a colega, ligeiramente mais velha, talvez sua superior. A mais velha faz um gesto da cabeça, *Você pode resolver isso*, e volta a mergulhar a cara na papelada. A recepcionista mais jovem vem na nossa direção.

Lá vamos nós. O meu papel é fácil, preciso apenas assumir um ar distante e respirar profundamente. A parte difícil é de Mark.

Ele já começa antes que ela chegue aonde estamos.

— Desculpe. Seria bom ter alguma ajuda aqui, se não estiver muito ocupada.

O tom é curto e seco. Ele vai bancar o difícil. Um cliente difícil.

A recepcionista gradua para um delicado trote, para chegar mais depressa até nós. Por trás dela, a outra mulher, obviamente pressentindo merda no ventilador, junta os papéis e discretamente se afasta pelo corredor do lado oposto. Aposto que devem lidar com muito babaca por aqui.

— Desculpe, senhor, está tudo bem?

O tom é amigável, sotaque americano.

Mark está com ar aborrecido.

— Na verdade, não, não está tudo bem, para ser sincero... — Ele olha para o crachá dela. — Leila.

Dá para ver que ela suspira por dentro e se prepara para o que virá. Mas continua sorrindo, ponto para ela.

— Minha mulher e eu supostamente estamos numa lua de mel cinco estrelas, mas estamos trancados há dois dias no quarto por causa da intoxicação alimentar que vocês providenciaram. Não sei que tipo de hotel vocês acham que isto aqui é, mas para nós já chega.

Este Mark é um autêntico babaca.

— Sinto muito, senhor! Eu não fui informada. Não me comunicaram nada a respeito, mas lhe garanto que vou esclarecer tudo isso para o senhor e as devidas providências serão tomadas.

— Fico grato, Leila, sei que não é sua culpa, mas devia ter sido informada, realmente devia, não acha? Trouxe a questão ontem, e ninguém nos deu nenhum retorno. Não aconteceu nada. Isto aqui supostamente é um resort cinco estrelas de luxo, mas sinceramente não sei como conseguiram essas estrelas se (a) não se comunicam entre vocês e (b) ignoram as queixas dos clientes quando lhes convém. Revoltante! Olhe só para minha mulher, Leila. Veja como está.

Ele agora já elevou a voz; está bem alta. Acho que oficialmente já podemos chamar isso de uma *cena*. Leila olha para mim. Não sei como, mas comecei a suar; provavelmente é o estresse do nosso plano, mas aposto que está parecendo bem convincente. Eu olho para ela, meio abobada. Ela toma uma decisão.

— Senhor, por favor me acompanhe, vamos para um lugar mais tranquilo, e posso trazer um copo de água para a senhora...?

Leila está se saindo muito bem. Extremamente profissional. Caramba, é mesmo um bom hotel.

— Como assim? Minha nossa senhora, Leila! É Roberts. Sr. e sra. Roberts. Bangalô seis. Mas que porra é essa?

Mark expira ruidosamente pelo nariz. Um homem lutando consigo mesmo, para não chegar ao limite da exasperação. Mark é muito bom. Se as finanças não derem mais certo, sempre poderá subir num palco.

— Sr. Roberts, claro! Então, gostariam de me acompanhar? Pode ficar tranquilo que vamos cuidar disso. Vamos buscar algo para beber, sra. Roberts.

Leila faz sinal para que a acompanhemos. Mark me levanta amorosamente da cadeira, me sustentando, a mão por baixo da minha axila. Nós a seguimos.

A sala por trás do balcão é maior do que eu imaginava. Espaço único sem divisórias. Há uma porta, pela qual Leila nos conduz. E entramos numa elegante e bem equipada sala de reuniões. Uma sala especial para queixas? Mais provavelmente a sala do check-in VIP. Para hóspedes importantes, aquele tipo de gente que todo mundo quer ver. Agora estou me acostumando com esse mundo, sabendo como funciona.

Nós nos sentamos. Leila fecha as persianas das janelas que dão para a sala dos fundos, devagar. Enquanto elas se fecham, eu vejo de relance um monitor preto e branco de câmera de segurança, que logo desaparece.

Ela se senta à nossa frente.

— Bom, primeiro o mais importante, sra. Roberts, está precisando de algo? Água gelada? Alguma coisa doce? Qualquer coisa?

Eu tento falar, mas não sai nada. Limpo a garganta; já se passou um tempo desde a última vez que falei algo. Grande esforço. Faço que sim com a cabeça.

— Obrigada, Leila. Agradeço muito — consigo soltar. A boazinha, ao lado do malvado Mark. Pobre sra. Roberts.

— Quem sabe um chá bem quente, Leila? Com açúcar e bastante leite. Se não for muito trabalho. Pode ser?

Eu levanto os olhos para ela, encabulada. Chateada por estar dando trabalho.

Leila fica aliviada. Uma amiga, uma aliada. No fim das contas, a coisa toda pode se resolver bem. E mais tarde pode pegar muito bem com os superiores. Uma carta de agradecimento. Funcionária do mês. Ela sorri.

— Sem problema, sra. Roberts. Vou eu mesma buscar. Por favor, fiquem à vontade, e eu volto já.

Ela olha para Mark em busca de aprovação e desaparece pela porta da sala de check-in VIP, atravessa a saleta e chega ao saguão. A porta se fecha atrás dela. Eu dou um salto e saio correndo da sala VIP na direção da saleta. Mark se posta na porta da sala de reunião, me observando. Chego aos monitores das câmeras de segurança a tempo de ver Leila, na tela, virando no fim do corredor do saguão para chegar ao bar. Minimizo as janelas na tela do computador e encontro os dias arquivados. Vídeos guardados dos últimos sessenta dias. Será que limpo tudo? Não. Só o período da nossa hospedagem?

Não. Um mês está bom. Seleciono meados de agosto a meados de setembro e clico em apagar. Tem certeza de que quer apagar esses arquivos?, pergunta o programa. Sim. Tenho. E clico. Vou então em opções, apagar lixeira. Feito. E como vão as coisas? Clico nas telas minimizadas. Nenhum sinal de Leila ainda. Meu coração aos pulos. Volto ao programa. Percorro as opções. Lá está. Configurações. Guardar arquivos por sessenta dias. Eu altero para seis dias. Vai ajudar a confundir. Quando alguém for checar os dados arquivados, vão achar que foi um erro de configuração. Ninguém consulta horas anteriores de vídeos de segurança, a menos que esteja buscando algo. Verifico as telas. Não há câmeras nesta sala. Estamos tranquilos. Restabeleço a configuração original da tela. Ainda nenhum sinal de Leila. Quero fazer mais uma coisa. Passo os olhos pela sala.

— Já acabou? — sussurra Mark, aflito. — Erin!

— Sim, só mais uma coisa. Uma coisa só...

E então eu vejo. Um armário de arquivos do outro lado da sala. Olho para a tela. Leila está saindo do bar do restaurante, xícara e pires na mão. Tenho menos de um minuto. Atravesso zunindo a sala, me esquivando das cadeiras. Escancaro a gaveta *R* e percorro as pastas até Roberts. Pronto. Meto a mão e pego as fotocópias dos nossos passaportes. Os formulários com nosso endereço. Ouço saltos batendo forte no mármore do saguão. Merda. Fecho a gaveta, saio correndo de novo para a sala VIP e mergulho numa cadeira. Enfio a papelada dentro do short e Mark se senta ao meu lado no momento em que Leila abre a porta. Ela entra com um sorriso adorável.

— Prontinho. Chá bem quente.

E olha para mim, preocupada.

Minha respiração está razoavelmente entrecortada, com toda a correria e a adrenalina. Devo estar parecendo assustada e suada. De certa maneira, perfeito.

Me levanto meio bamba.

— Sinto muito, Leila, mas vou precisar ir ao banheiro de novo. Onde fica o mais próximo? — imploro, ofegante.

Ela apoia numa mesa o chá da paz e imediatamente me oferece um sorriso compreensivo. Acho que todo mundo já passou por isso.

— Bem ao lado da biblioteca, à direita. Estaremos aqui quando acabar, sra. Roberts, não se preocupe — acrescenta.

Que moça mais gentil. Vou deixar um elogio.

Enquanto vou saindo devagar, a mão levemente pousada na parte da frente do short, ouço os dois começando a discutir nossos dissabores imaginários. *Isso aí, Mark. Continue assim.*

Demoro uns bons dez minutos no banheiro, encharcando os papéis e fazendo mingau deles. Jogo pedaços separados em diferentes lixeiras e volto ao nosso quarto.

# 19

*Quarta-feira, 14 de setembro*

# INDÍCIOS

Lá pelas tantas, Mark irrompe de volta na nossa suíte, cheio de energia.

— Feito.

E desaba ao meu lado no sofá. Eu deixo a cabeça cair no seu ombro, exausta com a espera, com a tensão toda. Acho que voltamos a ser amigos. As endorfinas do estresse de luta ou fuga lavaram o desentendimento que provoquei ao usar o iPhone antes. Formamos um time de novo. Os Roberts contra o mundo.

— Ótimo trabalho — sussurro no seu ombro, e lhe dou um beijinho por cima da sua camisa.

— E como foi que acabou? — pergunto.

Não tem importância realmente, só quero ouvir a sua voz, sentir a vibração do seu peito. Já sei que o remate só pode ter sido impecável.

— Muito bem, obrigado. Leila e eu agora somos melhores amigos. Ganhamos uma carta para duas noites de graça em qualquer Four Seasons que escolhermos. E eu disse que o hotel devia se orgulhar de poder contar com ela, e que eu certamente diria isso ao gerente. Ela parecia bem satisfeita no fim.

Ele beija minha têmpora.

— Você foi ótima, Erin — diz então, reclinando minha cabeça para trás para me olhar nos olhos. — Vê-la ali daquele jeito... com as câmeras de segurança. Nunca te vi assim. Nem acredito que conseguimos. Você também pegou nossas identidades, não foi? Eu nem tinha pensado nisso. Excelente trabalho. Muito bom.

E ele se inclina para me beijar.

Eram os únicos indícios de que passamos pelo hotel. Se eles vierem. Se é que vão vir atrás de nós. O importante é que o hotel não tem mais arquivadas cópias dos nossos passaportes nem informações sobre o nosso endereço em Londres. Se alguém vier nos procurar, não terão como encontrar nossa identidade. Além do mais, as imagens de quem usou o computador esta manhã não existem mais. Um fantasma pegou o telefone e ninguém terá como descobrir que hóspedes ficaram no nosso quarto, exceto... e de repente me ocorre. Um flash aterrorizante, do nada.

Eu levanto o olhar para Mark.

— Me esqueci dos computadores! O sistema deles. Esquecemos! Nossas informações de check-in com certeza já devem estar no sistema deles, Mark. Não importa termos apagado o arquivo; eles ainda têm nossas informações.

Ele desvia o olhar, se afasta. Teremos que voltar lá. Merda! Ele sabe.

Mark se levanta e começa a andar. Temos que voltar lá e dar um jeito de apagar esses arquivos. *Merda, merda, merda*. E eu achando que tínhamos feito tudo tão bem. Tão espertos. Mas o que fizemos na verdade foi deixar tudo ainda mais óbvio. Deixando bem claro quem somos, quem foi que fez tudo. Se alguém vier para descobrir. E alguém virá tentar descobrir. Não vão encontrar os arquivos que apagamos, mas encontrarão nossas coordenadas na base de dados do hotel e verão que tentamos apagar os rastros. O que fizemos foi fincar bandeiras com nossos nomes, nem mais, nem menos. A não ser... que voltemos àquela sala agora mesmo para apagar completamente nossos nomes do sistema. A não ser que um de nós dois faça isso.

Mark olha de novo para mim. Uma ideia se firma na sua mente. É ele que tem que ir; terá que ser ele desta vez. Eu não posso voltar à recepção. Supostamente estou de cama; foi a história que vendemos. Eu fiz a cama e agora tenho que deitar nela.

Mark caminha lentamente, pensando. Depois de alguns minutos, vai para o quarto e volta segurando um brinco. Um dos meus brincos de esmeralda, presente de aniversário do ano passado. E o mostra para mim.

— Você perdeu um brinco. Foi isso que aconteceu. Vou tentar encontrá-lo, certo? — Ele mesmo assente com a cabeça. Já tem uma desculpa. — Exatamente, vou lá.

Quarenta e três minutos depois, está de volta ao quarto.

— Pronto. Mudei nossos nomes, números, e-mails e endereço. Tudinho. Feito.

Ele parece exausto, mas aliviado.

Só Deus sabe como é que ele fez, mas eu sabia que ia conseguir. *Graças a Deus*. Eu sorrio.

— Precisamos falar do problema do cara da mensagem, Mark.

Já está na hora de parar de comemorar e cuidar do restante da situação. Desde que Mark voltou lá, venho repassando tudo mentalmente.

Ele concorda, se senta a meu lado no sofá. Umedece os lábios.

— Muito bem. O que fazemos agora? É a primeira coisa. O que é que sabemos dele? Ou dela? — pergunta ele. Vamos os dois pensar juntos.

— O celular está registrado na Rússia, mas as mensagens são escritas em inglês. Todos os e-mails daquela gente no avião eram em russo. Deviam ser russos. Mas escreviam para o cara das mensagens em inglês, e ele respondia em inglês. Então, dá para arriscar que ele seja americano ou britânico. Não sabemos se é a mesma pessoa do número americano. Pode ser o mesmo cara com dois celulares. Não sabemos. Parece que ele estava providenciando a transação para o pessoal do avião com o número americano. Queria tocar o negócio. Ele sabe que a gente não é o pessoal do avião, e sabe que *fingimos* ser...

Mark ergue a sobrancelha. Eu gaguejo, paro de falar.

— Ah, está bem. Sabe que *eu* fingi... — me corrijo.

Mark assente.

Eu prossigo:

— ... que era o pessoal do avião. Vai deduzir que olhamos o celular. Que os matamos por algum motivo e ficamos com a bolsa, ou que a encontramos e vimos coisas que não devíamos ter visto. De qualquer maneira, somos uma ameaça para ele. Ou para eles. E vai tentar nos encontrar.

Mark inclina-se para a frente, cotovelos nos joelhos, franzindo a testa.

— Será que podem rastrear o sinal do celular? Bem, o sinal, não... você não estava usando sinal, né? Foi com o Wi-Fi? Será que podem rastrear isso de alguma maneira?

Ele está pensando alto, mas eu respondo.

— Não. Não, não podem! O celular não tem conexão de iCloud. Só é possível localizar por Wi-Fi com algum aplicativo especial ou pelo iCloud. Até dá para rastrear o último lugar onde o sinal foi recebido, mas isso deve ter sido antes de o pessoal do avião sequer ter embarcado. De qualquer maneira, antes do desastre. O celular estava embrulhado e desligado quando o avião caiu. Então ele pode saber que está na região do Pacífico, mas só.

Estou convencida de que é isso mesmo. Mark faz um gesto da cabeça; ele concorda.

— Então a única relação com o hotel aqui é o acesso à conta de e- -mail pelo computador do centro empresarial?

Ele já está traçando um plano, dá para ver.

— Sim, o endereço IP deve estar registrado em algum lugar. Mostra onde a conta foi acessada. Imagino que essa gente provavelmente tenha como descobrir isso. De qualquer maneira, certamente têm como pagar a alguém que o faça — digo.

Eles virão. É só uma questão de tempo. Talvez até já tenham o endereço IP. Podem estar a caminho neste exato momento.

— Quer dizer então que estão vindo? — pergunta ele; é o que está lendo no meu rosto.

— Sim — respondo.

Ele assente, pensativo.

— Neste caso, então, nós vamos embora.

E se levanta, se dirigindo ao laptop.

— Mark...

— Não tem problema — ele me interrompe. — Agora temos a desculpa perfeita. Você ficou doente, com intoxicação alimentar, então a gente encurta as férias para voltar e procurar um médico.

Eu sorrio. Realmente resolve muitos problemas.

— Vou antecipar o voo. Comprei com opção de troca, então vai ser fácil. Vou tentar conseguir lugares para amanhã. Tudo bem? — pergunta ele.

— Parece o ideal.

Eu me levanto e vou para o quarto. Hora de começar a fazer as malas. É uma pena ir embora, mas se e quando essa gente aparecer aqui no hotel, prefiro estar em qualquer outro lugar na Terra, de preferência na minha própria casa.

Eu pego as malas e passo tudo que está nos armários para a cama. Olho para a última prateleira de cima.

— Mark. — E retorno à sala.

— Diga. — Ele levanta os olhos da tela.

— Vamos ficar com ela?

É só uma pergunta. Não sei mais. Não sei mais o que estamos fazendo. Não sei se estamos fugindo ou roubando dessa gente.

— Bem, não podemos deixar aí no quarto, né? — pergunta ele. — A não ser que a gente queira ser preso no avião voltando para casa. Se deixarmos, teremos que esconder... certo? Talvez debaixo do bangalô? Mas e se ficarmos com ela, e se levarmos? Erin, depois que a gente for embora, eles não têm como nos encontrar.

Ele estuda minha expressão. A pergunta sem resposta.

Dois milhões de libras.

Eu não quero muita coisa na vida. Só minha casa, meu marido, umas férias de vez em quando... posso viajar de classe econômica mesmo. Só uma vida tranquila. A nossa vida.

Dois milhões quita a nossa casa. Dinheiro em caixa para montar uma startup, se Mark quiser abrir um negócio, ou uma garantia até ele encontrar emprego. Pode ser a universidade do filho que talvez já esteja crescendo dentro de mim.

Eu me lembro do vômito no chão ontem de manhã. Será? Já parei de tomar a pílula há oito semanas. Não, não, cedo demais para ter sintomas. Tenho certeza de que o vômito de ontem foi de muita piña colada e medo. Acho que o tempo dirá.

E depois que formos embora, será impossível nos rastrear.

— Tem certeza, Mark? Eles não poderiam nos encontrar pelos registros das companhias aéreas?

Embora a gente tenha apagado os registros aqui, eles poderiam dar um jeito de consultar as listas de passageiros da ilha inteira... Checar todas as chegadas e descobrir os dois nomes que não aparecem nos registros de hóspedes de nenhum hotel...

Mark olha pelas portas-janelas na direção da luz que vai se esvaindo na lagoa. O som abafado mas constante das ondas lambendo a parte de baixo do bangalô.

Ele responde com calma.

— Existem cerca de trinta e seis hotéis na ilha; já está chegando o auge da temporada, então digamos que eles estejam em torno de meia lotação. Este hotel tem cem suítes, o que significa duzentas pessoas — meia lotação, cem pessoas. Cem multiplicado por trinta e seis hotéis: algo em torno de três mil e seiscentas pessoas. Cinco voos de chegada e cinco de saída diariamente para o Taiti. É muita gente. Muitos nomes a serem checados. Três mil e seiscentos nomes mudando constantemente. Precisam de mais informação para descobrir alguma coisa. Pode acreditar.

Ele tem razão, são variáveis demais.

Podemos levá-la, e ninguém jamais vai descobrir.

— Sim. Vamos ficar com ela. Eu cuido disso.

E digo com toda clareza, pois se em algum momento no futuro surgir a questão de saber de quem foi a ideia, vamos lembrar que foi minha. Assumirei a responsabilidade por nós dois.

Mark faz que sim com a cabeça, num sorriso leve.

Vamos ficar com ela.

## 20

*Quinta-feira, 15 de setembro*

# ALFÂNDEGA

N ossa passagem de avião está comprada, primeira classe de volta a Heathrow. O último luxo. O último da lua de mel.

Fiz nossas malas ontem à noite. Rompi o selo do dinheiro embrulhado a vácuo e cortei o forro da minha mala cuidadosamente, ao longo da costura, com minhas tesouras de unha. Enchemos o meu forro e o de Mark com metade cada um, e também pusemos o iPhone e o pen-drive no meu. Dobrei uma toalha por cima e por baixo da camada de dinheiro, para parecer estofamento; e deixei tudo bem apertado para não ficar sacudindo, por mais que as malas sejam atiradas para um lado e para o outro. Costurei então de volta o forro, usando o minikit de costura do hotel. Tivemos de pedir um outro para a mala de Mark.

Embrulhei os diamantes em cinco saquinhos de touca de banho. Em seguida, abri cinco absorventes femininos, retirei o conteúdo e coloquei um saquinho em cada um deles, botei tudo de novo dentro dos invólucros violeta e das caixas de papelão. Os caras da alfândega terão de ser mesmo muito maníacos para encontrar essas coisas, especialmente considerando que a alfândega de qualquer maneira não tende a abrir bagagens de primeira classe. Triste, mas verdade: simplesmente não abrem.

Mas ainda que abram, acho que estará tudo bem.

O maior problema é o revólver. Embora em parte eu quisesse guardá-lo conosco, só para o caso de dar tudo errado, não há a menor chance de conseguir passar pela alfândega com ele, e claro que não queremos chamar a atenção, considerando o que estamos levando. Ontem à noite, então, o embrulhamos numa fronha com pedras colhidas da praia e o jogamos nas águas agitadas, do lado do resort que dá para o oceano. Na escuridão lamacenta.

Leila aparece de manhã para pegar nossas malas e nos acompanhar até o píer. Cheia de sorrisos e "melhoras". Mark lhe entrega dois envelopes com papel de carta do hotel. Um com o nome dela; contém quinhentos dólares. Não é uma gorjeta alta demais para um resort desse tipo; tenho certeza de que já receberam mais. Mas o suficiente para deixá-la satisfeita e ainda assim aquém do que poderia ser particularmente memorável.

E lá fomos nós. De volta ao Taiti, depois a Los Angeles, e Londres. E depois de carro até em casa. Que saudade de casa!

Em um dado momento do controle de bagagens no Taiti, eu sinto o olhar da funcionária cruzar com o meu. Foi só uma fração de segundo, mas acho que *ela viu*. Viu o meu jeito de olhar para a bolsa, para ela, e sei que ela sabe. Mas ela acaba deixando para lá. Um rápido meneio de cabeça. Deve ter achado que estava imaginando coisas. Ou fui eu que imaginei? Afinal, que diabos uma recém-casada em lua de mel estaria contrabandeando de Bora Bora? Toalhas de hotel? Eu ajusto de novo meu rosto numa expressão conveniente e ela devolve nosso passaporte com um sorriso.

Em Heathrow, pegamos as malas de volta. Outro voo adorável. E estamos quase livres. Quase chegando em casa agora. Só falta a alfândega. Antes, eu dou uma fugida ao banheiro. Verifico o forro da minha mala; ainda perfeitamente costurado. Seguro. Fecho de novo o zíper e volto ao encontro de Mark nas esteiras rolantes. E aí sinto o celular vibrando contra a perna. E paro na saída do banheiro feminino. Algo aconteceu. Fico paralisada, mas discretamente volto ao toalete. Me tranco na cabine e pego o celular.

Mas não é Mark querendo me dizer para jogar os diamantes no vaso e dar descarga ou fugir. É apenas a vida voltando ao normal. A vida real. Nossa vida. E-mails de amigos sobre o casamento, trabalho, duas chamadas não atendidas de Phil. Nenhuma emergência, apenas a vida correndo normalmente.

Mark percebe minha perturbação ao nos reencontrarmos. E fica puxando conversa. Eu sei o que ele está fazendo, e funciona. E felizmente, quando me dou conta, estamos passando pelo corredor "Nada a declarar" e chegando ao saguão principal do terminal.

Conseguimos. E nem foi tão difícil assim...

Olho ao redor aquela gente bronzeada e com roupas coloridas voltando ao cinza. Depois das gigantescas portas de vidro do Terminal 5, a úmida Inglaterra os espera. Nos espera. Meu Deus, que bom estar de volta! Lá fora, dá para sentir o cheiro de chuva no ar.

# 21

*Sexta-feira, 16 de setembro*

## EM CASA

Estamos de volta. A casa intacta, exatamente como a deixamos. Pronta para a nova vida de casados. A adorável Nancy passou por aqui e encheu a geladeira com algumas coisas essenciais, antes de voltarmos. Deixou as chaves reservas e um bilhetinho de boas-vindas. Muito simpático. Tenho que me lembrar de ligar para agradecer. Preciso anotar isso em algum lugar, ou sei que vou esquecer, e é importante que eu não esqueça. Importante voltar à vida normal e não agir diferente. Todo mundo precisa de estrutura.

Esta noite dormi como uma pedra; jamais teria imaginado. Engraçado como o corpo parece funcionar de maneira completamente independente, por vontade própria, em certos momentos da vida, não é mesmo? Pela lógica, eu devia ter me virado e revirado a noite inteira, esperando alguma coisa desmoronar em torno de nós. Mas não. Me enfiei debaixo das cobertas cheirosas e afundei no colchão, dormindo o sono dos justos. Mark também. Tenho a impressão de que ele nem se mexeu a noite inteira.

Ele preparou o café da manhã. Ovos e tomates com torradas e manteiga quente, e um fumegante bule de café. Nosso café da manhã favorito. Tudo do jeito que a gente gosta, tão tranquilizador, tão maravilhosamente familiar. O sol passa pela janela e se projeta nele, que mexe preguiçosamente em coisas gostosas. Ele parece calmo, satisfeito, para lá e para cá de cueca e roupão. Por fim, se senta à minha frente e comemos calados, nos saciando com nossa comida britânica, menos exótica, mas igualmente gratificante.

Ele estica o braço sobre a mesa para alcançar minha mão, num gesto inconsciente. A gente aperta as mãos levemente, os corpos buscando algo a que se agarrar nesse estranho, mas familiar, novo mundo.

Ao acabarmos, eu olho para as árvores lá fora, no ponto em que os galhos encontram o claro céu azul. Dia claro e límpido. Mark aperta minha mão. Sorri para mim.

— Bom, está na hora de começar, não? — diz ele.

Eu sorrio. Nenhum dos dois quer. Começar, eu digo. Ainda não queremos a realidade. Melhor ficar sentados aqui, de mãos dadas. Mas vamos fazer isso juntos. Dar um jeito para ser divertido. Mark e eu.

— Vamos, então — declaro, levantando da mesa. — Vamos.

A primeira coisa é desfazer as malas, e não estou me referindo às roupas limpas e sujas. Cortamos os forros das malas com tesouras e retiramos os maços de notas. Mark pega no seu armário uma velha bolsa de fim semana e eu começo a colocar nela os maços. É claro que, a essa altura, a bolsa original já se foi. Está provavelmente em alguma lixeira no subsolo do Four Seasons lá em Bora Bora, rasgada e vazia, e seu conteúdo foi devidamente retirado.

Em seguida, começo a tirar os diamantes da embalagem de absorventes. Jogamos todos eles num espesso saco plástico de congelador. Não sei como, mas ainda conseguem brilhar por trás do plástico grosso e opaco. Mark põe o celular e o pen-drive em outro saco plástico de freezer e eu guardo os dois saquinhos no sótão, escondidos por baixo de uma parte meio solta do isolamento do piso, no beiral mais distante. Ali, ficarão seguros. Eu me lembro das coisas esquecidas que encontramos no sótão ao comprar a casa. O tipo de lugar onde muita coisa pode ficar esquecida durante décadas, e onde ninguém guarda nada que tenha realmente alguma importância, certo? Vão ficar bem seguros ali. Ao descer a escada, sou tomada por uma onda de náusea. Não sei por que, talvez tenha estado latente no fundo da minha mente, mas tenho a sensação de que sei do que se trata, instintivamente.

Vou para o banheiro e encontro no fundo do armário o que estou procurando. Um teste de gravidez. Sempre tenho um pacote guardado no armário, para qualquer eventualidade. Sempre detestei a ideia de ter que sair correndo até uma farmácia para comprar, numa situação de emergência. Gosto de estar preparada a qualquer momento, o que a essa altura já deve ter ficado claro. São três varetas. Desembrulho uma delas e urino em cima. Então a deposito na borda da banheira e espero. Sessenta segundos. Penso no nosso plano. No que vai acontecer agora.

O mais difícil serão os diamantes. Vender os diamantes. Transformá-los das lindas possibilidades reluzentes que são em dinheiro vivo. Vai levar tempo e requerer uma certa astúcia. E, naturalmente, muita busca na internet.

Não tenho a menor ideia de como vender diamantes ou para quem, mas chegaremos lá. Vamos cuidar primeiro do dinheiro. Depois de lidar com isso, a gente vê o resto. Mas mesmo o dinheiro não vai ser fácil.

Infelizmente, não dá para simplesmente chegar no caixa de um banco e entregar um milhão de dólares americanos em dinheiro. Costuma chamar a atenção. Em geral querem saber de onde veio. Começam a pensar em impostos. Merda, até as taxas de câmbio dão problema.

Para nossa sorte, Mark entende de bancos.

Fim dos sessenta segundos. Eu olho para a vareta. A cruz está azul.

Tá.

Repito a operação com outra. Boto na borda da banheira e espero.

Provavelmente está errado. Pode estar com defeito. Melhor não confiar muito nesse resultado por enquanto. Pensar no plano. Sim. O plano.

Segundo Mark, o que precisamos fazer é o seguinte: abrir conta num banco onde não façam perguntas, onde tenham exatamente isso como atrativo. Não fazer perguntas. Bancos assim existem, e Mark vai achar um para nós.

Vou deixar você adivinhar qual é o tipo de pessoa que não costuma ter que enfrentar perguntas. Exatamente. Os ricos. Os muito ricos. Provavelmente você já começou a perceber uma coisa aqui. Começo a me dar conta de que ser rico não significa realmente ter dinheiro para comprar coisas boas; significa ter dinheiro para fugir às regras. As regras existem para os outros, os que não têm dinheiro, os que dirigem nossos carros, pilotam nossos aviões, cozinham nossa comida. É possível contornar regras com dinheiro, ou mesmo a simples mística que o cerca. Aviões desapareçem, pessoas conseguem encontrar outras, ou podem viver e morrer sem se aborrecer com polícia, médicos, burocracia...

Mas isso se, e apenas se, você tiver dinheiro para fazer com que as coisas funcionem às mil maravilhas. E, com a nossa bolsa, podemos fazer com que as coisas funcionem às mil maravilhas.

Passados sessenta segundos. Verifico a vareta. A cruz não podia estar mais azul. Merda. Como pode? Não leva um tempão para a gente engravidar? Acho que já estamos há dois meses inteiros tentando. Não, não pode ser. Devo ter feito alguma coisa errada. Leio as instruções na embalagem. Não, não fiz nada errado; uma cruz significa gravidez. Em branco, sem gravidez. Tá.

Resta um teste. Mas não muito xixi.

Passam-se sessenta segundos.

Cruz azul.

Merda. Vou ter um filho.

Quando finalmente saio do banheiro, Mark está no escritório comprando nossas passagens para a Suíça. Fico por trás dele alguns minutos, até que ele se vira.

— Está tudo bem? — pergunta ele, com um sorriso malicioso. Eu ali, calada. Provavelmente está pensando que estou de corpo mole, enquanto ele já é um poço de produtividade.

Eu tento falar, mas não consigo dizer. Não posso contar. Vai estragar o plano. Vou estragar todos os planos.

— Aham, estou bem, desculpa — respondo. — Estou viajando.

Ele dá uma risada enquanto eu volto ao corredor para desfazer o resto das malas.

# 22

*Sábado, 17 de setembro*

## UMA LINDA MULHER

São oito da manhã no Terminal 5 do Aeroporto de Heathrow. Nós chegamos cedo; a partida do nosso voo para a Suíça só está prevista para daqui a duas horas.

Mark está no celular com um sujeito chamado Tanguy. Foi Richard, velho colega de banco suíço de Mark, quem fez a ponte. Vocês se lembram do Richard. Aquele que estava com Mark na noite em que nos conhecemos, com a prostituta, sabem? Muito bem, todas aquelas horas de Mark sendo babá de Richard em seus encontros com garotas de programa finalmente valeram a pena. Desta vez é Richard quem está abrindo portas para Mark.

Tanguy trabalha na UCB Banque Privée Suisse. Hoje eu vou abrir uma conta de pessoa jurídica. A nossa própria conta de fachada. Apenas uma conta numerada, sem nomes nem perguntas. Inofensiva. Assim poderei pagar a mim mesma, ou a nós, direto na minha conta britânica de pessoa jurídica, através da conta de fachada. Mensalmente. Poderei pagar impostos sobre esses rendimentos como autônoma. Assim o dinheiro é legalizado. A partir do momento em que entrar na minha conta, será uma renda tributável como outra qualquer. Haverá toda uma sólida papelada, tudo perfeitamente legal, ainda que não inteiramente ético. Podemos quitar a casa, investir, planejar o futuro, para a vidinha que está crescendo lentamente dentro de mim. Metade de Mark, metade minha. Com o dinheiro no banco, acaba a pressão para Mark conseguir emprego logo, aceitar qualquer emprego. Ele pode ir com calma, encontrar a coisa certa. Podemos voltar a ser do jeito que éramos. Vamos dispor de dinheiro para nossa nova vida juntos. O que sei que é mais importante agora que nunca.

Mas primeiro preciso conseguir algo adequado para vestir no nosso primeiro compromisso. Tenho que parecer aquele tipo de pessoa que estaria mesmo abrindo esse tipo de conta, alguém dispondo de um milhão de dólares em dinheiro vivo. Precisamos fazer compras. Preciso de um figurino, e Mark me garantiu que vamos encontrar algo assim aqui, nas lojas de grife do Terminal 5, e por isso chegamos cedo.

Começo a dar uma olhada nas lojas enquanto Mark conclui a ligação. As vitrines reluzentes e maravilhosas de Chanel, Hermès, Prada, Dior, Gucci, Burberry, Louis Vuitton, Bottega Veneta, serpenteando pelos enormes corredores. Cheias de coisas lindas e caras. Verdadeiras lojas de doces só que de sapatos, casacos, vestidos e bolsas. Um paraíso do consumismo. Mark desliga e se vira para mim, uma sobrancelha arqueada.

— Pronto. Tudo certo. Vamos às compras. — Ele abre um sorriso e toma meu braço no seu. — Por onde começamos, sra. Roberts?

Eu passo os olhos pelas lojas mais uma vez. De repente meio nervosa. Hoje vamos gastar nosso próprio dinheiro, mas em última análise estamos gastando o dinheiro que achamos. Penso no avião no fundo do mar, nos passageiros, e me lembro das palavras de Mark: eram pessoas ruins. E nós não somos ruins, certo? Não. Não somos. E afasto esses pensamentos.

— Chanel? — arrisco. Parece a maior loja, e de longe a mais impressionante.

— Chanel, então. — Ele nota minha reticência e me lança um olhar encorajador. — Lembre-se de que você não precisa ficar nervosa. Não se preocupe com preços. É um investimento; você tem que estar bem-vestida, ou então não funciona. Podemos gastar muito aqui. Tudo bem? — Ele tira o cartão American Express platinum da carteira. — Vamos arrasar.

Eu não posso deixar de sorrir. Bem lá no fundo de mim, uma adolescente está gritando.

Mas aposto que você já viu esse filme; sabe muito bem como funciona. Meu marido agora é Richard Gere me conduzindo pelas lojas milionárias do Terminal 5 de Heathrow em direção ao brilho das luzes da Chanel. Eu gosto de pensar que sempre me saí muito bem em termos de estilo com minhas roupas de preço médio. Em geral, fico feliz de pagar até quinhentas libras em alguma ocasião especial. Num vestido de noite, numa jaqueta de couro, num Jimmy Choo, mas não ia gostar de pagar, digamos, duas mil libras por um bustiê ornamentado. Sei que provavelmente gasto mais do que deveria, mas nem eu tendo a fazer compras em lojas que ofereçam champanhe em bandejas no provador acarpetado. Mas hoje é o que vou fazer. E tudo bem.

Quando chegamos à loja, não há ninguém, exceto as duas vendedoras, uma delas limpando o vidro da vitrine de joias e a outra tirando a poeira das bolsas nas prateleiras mais altas. Ambas se voltam para nós quando entramos. E ambas nos examinam de alto a baixo, rapidamente avaliando, calculando. Eu achava que hoje cedo tinha saído de casa muito bem-vestida, mas ao nos aproximarmos delas me sinto, de repente, bem trivial. Sinto minha habitual autoconfiança se esvair. As vendedoras desviam de mim o olhar, na direção de Mark. Atenção e foco totalmente voltados para ele: o maravilhoso Mark com seu suéter de caxemira de extremo bom gosto, jeans e paletó. O Rolex reluzente. Fomos devidamente avaliados, e se chegou à conclusão de que o cavalheiro que me acompanha é o alfa aqui; o cavalheiro que me acompanha é quem tem dinheiro.

Mark se inclina para sussurrar no meu ouvido.

— Vai dar uma olhada por aí. Eu cuido disso.

Beija minha bochecha e prossegue na direção das vendedoras agora já sorridentes.

Eu vou andando na direção dos cabideiros e inspeciono uma blusa de seda cor-de-rosa, com a etiqueta bem visível de 2.470 libras. O cartão platinum de Mark vai levar uma bela paulada hoje.

Na parede em frente, vejo uma enorme tela de plasma mostrando o desfile da coleção Chanel outono/inverno. Batalhões de garotas magricelas vestindo tweed, couro e rendas, um exército de gosto impecável, marchando. Olho para Mark; ele agora está debruçado no balcão, conversando com as vendedoras, ruborizadas em meio aos risinhos. Ah, Mark. Os três olham para mim, radiantes. Ele acabou de contar que somos recém-casados, dá para ver pelas expressões. Eu retribuo o sorriso radiante, faço um pequeno aceno e as representantes impecavelmente vestidas acorrem na minha direção.

A vendedora loura, que está acima na hierarquia, fala primeiro.

— Bom dia, madame. E meus parabéns!

Ela olha para Mark, sorrindo.

A vendedora ruiva aproveita a deixa e inclina a cabeça, concordando, enquanto a loura prossegue.

— Então, conversamos com seu marido e soubemos que está procurando *três* opções de roupas para o dia. Correto?

Ela parece empolgada.

Surpresa, eu olho para Mark. *Três roupas.* Ele esboça um sorriso e dá de ombros. Tudo bem, já entendi: vamos nos divertir. É o que vamos fazer. Nada de embromação; vamos pisar fundo nessa. Eu respiro.

— *Sim.* Sim, três opções para o dia seria fantástico — respondo, como se fosse o que costumo dizer sempre.

— Ótimo, então, vou trazer o catálogo da coleção outono/inverno para a senhora dar uma olhada. Recebemos a nova coleção no fim de semana, então devemos ter praticamente tudo. Ah, sim, qual o seu tamanho? Podemos tirar as medidas, mas só para ter uma ideia.

— Trinta e quatro, na medida francesa — respondo. Pois posso não ter nenhum Chanel, mas, ora, claro que sei qual é meu tamanho francês!

O catálogo é trazido e examinado. Oferecem água com gás.

Preciso vestir algo adequado, algo que alguém com um milhão de dólares em dinheiro vivo numa bolsa vestiria. Tenho que parecer fina, arrumada. Alguém que não é questionada, com quem ninguém se mete.

Começamos com uma daquelas inconfundíveis saias-lápis *bouclé* de lã e a blusa cor-de-rosa de seda. Mas Mark e eu rapidamente chegamos à conclusão de que seria um pouco formal demais para o que precisamos. Afinal, não quero que fique parecendo que eu *trabalho* no banco.

Em seguida, experimentamos um vestido bem fresco de seda caramelo, da coleção primavera/verão. Vai estar o tempo ideal para ele em Genebra, e com uma jaqueta ficará perfeito. Veste em mim de um jeito como nunca vi em nenhuma outra roupa, com o caimento solto das alças muito finas e delicadas revelando na medida certa o bronzeado Pacífico Sul no decote, e os contornos dos meus seios desenhados com sutileza. A vendedora o combina com grossos brincos de argola dourados e sandálias de sola de corda creme. Ao me olhar no espelho, estou transformada em outra pessoa, outra versão de mim mesma. Uma herdeira grega com um amante velho rico, pronta para desembarcar em Santorini.

Primeira opção resolvida. Faltam duas. A ruiva chega com champanhe em duas taças flauta geladas. Eu me lembro do meu teste ontem e beberico levemente.

Como segundo conjunto, optamos por calças justas de couro preto com uma blusa gola rulê preta de fina caxemira, mais um apanhado de joias Chanel e, arrematando, botas cano curto de salto e mantô pretos. Minimalista, sexy.

Como última opção, decidimos todos por um top bouclé tipo década de 1960, de lã preta e cinza com cintilações intermitentes no tecido Chanel e "gola astronauta". Na parte de baixo, calças culote pretas bem ajustadas, botas cano curto de salto, e por cima de tudo um casaco de inverno Chanel no mesmo tecido do top. Cem por cento princesa dos Emirados. No mais perfeito refinamento.

Eu acabo de beber minha água com gás enquanto Mark paga (nem consigo imaginar o tamanho do prejuízo), e nos despedimos, deixando para trás duas vendedoras extremamente felizes.

Em seguida entramos na Bottega Veneta. Precisamos de uma bolsa nova para o dinheiro; não posso entrar no banco com a velha bolsa de fim semana de Mark. Preciso de algo que chame menos a atenção, mais adequado, algo que eu normalmente carregaria. E achamos uma de tamanho e forma perfeitos, uma bolsa de viagem Bottega Veneta, em couro trançado cinza-ostra. Podemos enchê-la dinheiro e eu faço o câmbio quando estivermos seguros no quarto de hotel em Genebra. E com isso encerramos, exatamente quando vem o aviso de embarque.

## 23

*Sábado, 17 de setembro*

# O DINHEIRO

Estou agora sentada na beira da cama no Four Seasons Hotel des Bergues, em Genebra. O voucher oferecido por Leila em Bora Bora se revelou útil rapidamente. Meu coração bate forte.

Mark está de novo falando ao telefone com Tanguy, da UCB Banque Privée Suisse.

Já estou vestida para o compromisso. Está uma brisa fria por aqui, de modo que decidi pela segunda opção, calças justas de couro e caxemira leve. Elegante, sofisticada, sexy, uma mulher que sabe o que quer. Realmente estou parecendo o tipo de pessoa que abre uma conta assim; a meu lado, está a bolsa de viagem Bottega Veneta, bem de acordo com a fortuna que abriga. Eu me olho no espelho que vai até o piso, ouvindo a voz de Mark na sala de estar da suíte. A mulher no espelho é rica, confiante. Certamente estou vestida para o papel, embora não me sinta como tal.

Mark conclui a ligação e vem ao meu encontro.

Hoje quem vai fazer o trabalho pesado sou eu. Eu é que terei que entrar no banco e entregar um milhão de dólares numa bolsa Bottega Veneta. À simples ideia, meu coração palpita bem no fundo do peito.

— Não encare a coisa desse jeito — diz Mark. — Não veja como se estivesse entregando uma bolsa altamente suspeita bem no meio de um banco. Pois eles não verão assim. Sério, Erin. Se você tivesse visto metade do que eu já vi nessa profissão... Olha só, uma vez eu saí com um pessoal de petróleo em Mayfair que carregava cem mil libras em dinheiro numa bolsa de ginástica. Cem mil libras para gastar numa noitada. Claro que para a gente isso é surreal, e dinheiro numa bolsa de viagem realmente parece ilegal, mas não existe nenhuma lei proibindo carregar dinheiro em bolsas assim. Existe? E não dá para levar esse dinheiro todo numa bolsinha de mão, então tem que ser numa de viagem mesmo. Certo?

Eu fico olhando para ele. Talvez precise vomitar de novo. Já vomitei mais cedo.

Nervos, só isso. Esses vômitos. Florzinha delicada que eu sou. Só mesmo as fortes cólicas intermitentes no útero é que são de fato os primeiros sinais da gravidez. Dores escancaradas bem no meu centro. Procurei no Google hoje de manhã. Hormônios. Calculei que, a contar do primeiro dia da minha última menstruação, estou grávida de seis semanas. Parece que as cólicas são perfeitamente normais nessa fase. Suponho que meu corpo esteja se preparando para gerar realmente um ser humano. E eu estou tentando não pensar muito nisso. Mark ainda não sabe. E não parece propriamente o melhor momento, certo?

A náusea é avassaladora. Ondas de enjoo seguidas da mais maravilhosa calma.

— E se perguntarem de onde vem o dinheiro?

— Não vão perguntar, Erin. Simplesmente não vão. Se for ilegal, aí mesmo é que eles não vão querer saber, não é? Pensa bem. O que diz a lei? Que as autoridades têm que ser avisadas se souberem que o dinheiro não é legal. Se perguntassem a toda pessoa suspeita que abrisse uma conta num banco suíço de onde vem o dinheiro, a economia suíça estaria fodida. Ninguém abre conta em banco suíço com o dinheiro do cofrinho, Erin, por favor!

Claro que ele tem razão.

— Acho que eles podem supor simplesmente que eu sou uma garota de programa ou algo assim. Daí esse dinheiro todo... — digo.

— Mais provável que achem que você está malocando o dinheiro do marido antes do divórcio. Certamente acontece toda hora. Pelo menos é o que eu acharia se visse você.

Ele sorri. Uau. Em momentos assim é que a gente fica se perguntando: com quem foi que eu me casei? A julgar pela expressão no rosto dele, acho que ele pensa que acaba de me fazer um elogio.

Outra onda de náusea. Fico calada até passar.

— E ele está mesmo me esperando?

Levanto lentamente da cama, com cuidado para não fazer nenhum movimento brusco.

— Sim, ele não sabe que somos casados; eu disse que você é uma nova cliente. E sabe que é um grande depósito em dinheiro. Que é delicado, essa coisa toda.

Ele pega uma maçã na cesta de frutas de cortesia e dá uma mordida.

Eu sei que Mark não pode ir, pois tem uma ligação direta com o banco, mas não posso deixar de notar que ele vai ficar sem nenhum rastro nessa história. O banco vai ver o meu rosto, terá a lembrança de mim. Mas o que tem de bonito numa conta suíça é que, depois de aberta, a informação fica protegida. E o nome no meu passaporte continua Locke. Ainda não mudei para Roberts. Do ponto de vista dos vínculos de Mark no antigo emprego, a cliente que ele mencionou não tem nenhuma ligação pessoal com ele. Erin Locke vai abrir uma conta hoje, mas o meu nome não estará ligado à conta. A conta terá apenas um número. Impossível de rastrear até mim. Impossível de rastrear a qualquer um de nós dois.

Eu levanto e me observo uma última vez no espelho. O cabelo e a maquiagem ficaram ótimos. Estou muito bem. Na verdade, estou parecendo aquelas pessoas que eu esperava encontrar na sala de espera da primeira classe naquela manhã há duas semanas. O tipo de pessoa que devia estar naquele ambiente. Se o mundo não fosse como é. Se as coisas sempre fossem como a gente imagina. Mas acho que, assim como acontece no cinema, certas coisas parecem mais reais quando não são.

Por um segundo eu vejo minha mãe no meu reflexo, minha linda e jovem mãe, mas só num flash, numa ondulação na água, e se foi, bem guardada de novo.

Agora a náusea está indo embora. Vou ficar bem.

— Lá vou eu, então — digo.

Ele assente, com muita determinação, e me entrega a bolsa.

— O carro já deve estar lá embaixo — informa, enquanto eu a pego.

E, assim, estou por minha conta.

Estou sozinha no elevador, refletida *ad infinitum* nos espelhos, um pesado silêncio ao redor. As portas se fecham sem ruído e o corredor desaparece.

E se nunca mais eu voltar a ver sua lúgubre estampa caracol vermelha? E se for presa no banco assim que puser os pés no mármore do saguão? O que aconteceria com a cruzinha azul dentro de mim?

Pior ainda: e se a pessoa que mandou aquela mensagem estiver lá, me esperando? Eu me lembro dos três pontinhos cinzentos pulsantes.

E se ele souber de algum jeito o que estamos fazendo?

Na minha cabeça, é um "ele". Mas claro que podia ser "ela" ou "eles". *Eles* já podem ter conhecimento dos nossos movimentos, dos nossos planos. Por que não? Eu posso ter esquecido alguma coisa. Ou melhor, *nós* podemos ter esquecido alguma coisa. Ignorando que já cometemos algum erro que significa que já está tudo perdido. Afinal, Mark e eu somos duas pessoas comuns do norte de Londres, normais, fáceis de encontrar.

Mas agora eu já tenho uma ideia melhor de como funciona o mundo deles, já sei que tem muito mais coisa do que aquilo que eu via. Minha vidinha de nada apareceu com toda clareza. Quem eu era antes, no grande esquema geral, em oposição a quem eu sou agora.

Nós, seres humanos, temos uma capacidade de adaptação incrível, não é mesmo? Como as plantas, crescemos do jeito que se encaixa no vaso. Mas mais do que isso, às vezes podemos escolher o vaso; é uma oportunidade dada a alguns. Acho que no fundo depende de até onde se está disposto a ir, não? Eu nunca tinha entendido isso direito. Penso em Alexa, sua mãe, a decisão que tomaram, sua despedida. Às vezes há uma beleza cruel nas escolhas que fazemos.

À nossa situação de agora, já me adaptei. Tornei-me uma pessoa muito diferente. E a vejo ao meu redor, refletida no espelho. Sólida. Implacável.

Ou pelo menos é o que aparece. Por dentro é diferente. Dentro há apenas respiração e silêncio. Pois estou com medo. Medo, pura e simplesmente, tipo com os tubarões na água. Mas vou conseguir respirar, não vou entrar em pânico nem vou pensar no que não posso controlar. Não é bom pensar demais. E, neste exato momento, eu não confio na minha mente, pelo menos não até voltar a este elevador em algumas horas. Aí vou poder pensar.

Mas um pensamento fura o bloqueio.

Ressoa algo familiar.

O pensamento: na verdade, nem preciso voltar a este elevador, certo? Não *tenho* que voltar a este hotel nunca mais. Posso simplesmente ir embora. Posso abrir a conta no banco e sumir. Abandonar a minha vida. E se eu simplesmente desaparecesse? Simplesmente abandonasse Mark num quarto de hotel em Genebra. Eu poderia sair de fininho agora, bolsa na mão, e evaporar. Nem mesmo ir ao banco. Ninguém sentiria minha falta realmente, não é? Sentiriam? A vida continua. A vida sempre continua, ponto. Tenho certeza de que arrumaria uma boa vida para mim em algum lugar. Eles nunca me encontrariam: Mark, nossos amigos, as pessoas do avião, a polícia. Nem a mim, nem o dinheiro, nem nosso filho que vai nascer.

E é este o problema. Mark. E a nossa vida. Só esse laço. O jeito como meu corpo todo amolece quando eu penso nele, como entrar numa área ensolarada. Mark. O único fio que me liga à vida antiga, à minha vida. Uma vida que, me dou conta agora, tranquilamente descartaria como uma casca velha.

Mark e nossa vida. E nosso bebê. Nosso bebê que ainda vai nascer. Nós podemos mudar juntos, não? Vamos em frente juntos.

Mães não correm. Esposas não correm. A menos que estejam fugindo de alguma coisa.

E Mark é tudo que eu tenho. Por que eu fugiria dele? Se fugirmos, vamos fugir juntos. Nós três. Eu levo a mão livre ao baixo-ventre, meu útero. Lá dentro, em segurança, está tudo pelo que vale a pena lutar. Eu fecho bem os olhos; estou fazendo isso por nosso futuro, por nós, por nossa família, por essa família que estou gerando do meu sangue e dos meus ossos dentro de mim. Vou contar a Mark em breve. Vou, sim. Mas por enquanto estou gostando dessa nossa ligação aqui. Só nós dois, eu e meu passageiro, só mais um pouquinho. Quando tudo isso tiver acabado, aí posso compartilhar nosso segredo. Quando for seguro. Eu aperto com mais força as alças da bolsa, as articulações dos dedos ficando brancas e rosadas enquanto a porta se abre e eu atravesso o enorme saguão até sair no frio ar de setembro.

É tão mais simples do que eu podia imaginar!

Tanguy vem me cumprimentar na escada da porta do banco. Sou apresentada a Matilda, morena miúda de coque impecável que vai cuidar da minha conta hoje. Ela se mostra educada e eficiente ao explicar os procedimentos para a abertura.

Sinto uma leve pontada de vergonha ao lhe entregar a bolsa de dinheiro, embora já estejamos isoladas na privacidade de uma sala exclusiva para cliente e ninguém mais esteja vendo. Matilda a recebe, impassível; eu não precisava ter sentido vergonha. Eu poderia ter lhe entregado a roupa que voltou da lavanderia, pelo impacto que parece ter causado nela.

Seu ombro direito tomba ligeiramente com o peso da bolsa. Só mais um dia de trabalho, suponho.

— Volto num instante.

Ela faz uma rápida mesura e desaparece da sala.

Levou o dinheiro para ser contado. Não é engraçado que num mundo de finanças eletrônicas e tecnologias sempre evoluindo o dinheiro de papel ainda precise ser fisicamente contado? Bom, claro que é contado eletronicamente, mas vocês entenderam.

Eles vão botar as novas cédulas numa máquina, maço por março, até chegarem à soma total de um milhão de dólares. Talvez tenham até um empregado exclusivamente para alimentar essas maquininhas com notas.

Eu fico sentada sozinha. Espero. Minha mente viaja.

Passa pela minha cabeça a vaga ideia de que as notas podem estar marcadas, de que talvez seja possível rastrear a prática ilegal que lhes deu origem. A polícia, órgãos governamentais... qualquer um, na verdade, pode marcar cédulas, seja fisicamente, com uma caneta fluorescente ou selo, seja guardando os números de série. Claro que eu fui olhar tudo isso no Google. Tentei identificar as sequências das notas.

Mas mais que isso, eu simplesmente *sei* que essas cédulas não estão marcadas. Não existe a menor chance de aquela gente do avião ter aceitado dinheiro marcado pelo governo, dinheiro marcado pela polícia. Eles claramente sabiam o que estavam fazendo. Certo, não sabiam muito bem do ponto de vista da aviação, mas estavam se saindo muito bem nos negócios, considerando tudo.

É claro que poderiam ter marcado seu próprio dinheiro, não é? Se quisessem poder rastreá-lo por algum motivo. Mas por que iriam querer? Não sabiam que o encontraríamos. Não sabiam que o levaríamos.

Às vezes preciso dizer a mim mesma que aquela gente do avião não era onisciente. Não previram tudo isso. O que aconteceu com eles, e depois conosco, foi aleatório. Eles não tinham como saber que o avião ia cair, que íamos encontrar a bolsa. Foi tudo imprevisto, impossível de saber. Definitivamente, o dinheiro não está marcado. Ninguém virá buscá-lo. Ninguém virá atrás de Mark e de mim.

Matilda volta com a bolsa vazia bem dobradinha e a deposita junto a um documento ainda quente saído da impressora. O recibo de depósito. E me oferece uma caneta. O número que eu procuro está na coluna da esquerda: *$1.000.000 USD — Depósito em espécie.*

Eu assino.

Programamos uma transferência automática mensal para minha própria conta jurídica no Reino Unido. A conta suíça vai me pagar uma comissão nominal mensal; a referência será o nome de uma empresa de fachada. Para o fisco, explicarei que são pagamentos por uma consultoria *freelance* numa produção de filme. E quando precisarmos de valores mais altos para a casa ou o que for, transferimos as somas necessárias dizendo que são comissões por projeto. Emitiremos faturas para uma empresa de fachada — alguma árabe. Tem que parecer alguém que realmente pudesse pagar grandes somas a uma documentarista britânica, por uma conta suíça, para projetos de produção de curtas-metragens. Mas não se preocupem, vou pagar todos os impostos em cima disso. E fazer a contabilidade. Serei muito, muito cuidadosa, honestamente. Toda a correspondência será enviada para uma caixa postal aqui no próprio banco. Matilda me entrega as duas chaves da minha caixa postal.

Superada a etapa burocrática, muito menor do que seria de imaginar, considerando-se a quantidade de dinheiro que acabei de entregar, ela coloca de novo a esferográfica Montblanc na sua base na mesa e sorri. Terminamos.

Apertamos as mãos, profissionalmente. Negócio feito.

Eu sou uma milionária. O dinheiro está bem protegido agora.

E eu volto na direção do carro à minha espera, flutuando com o sucesso, agora já sem o peso físico da bolsa. Dados da conta numerada, código SWIFT, número IBAN, senha e chaves, tudo bem seguro na minha bolsa.

Ao passar pela entrada do banco e descer a escada de pedra na direção do Mercedes, aquele pensamento surge de novo, como uma borboleta esvoaçante que some e reaparece: *Não volte*. Não entre no carro. Não volte ao hotel. *Nunca mais*.

Não sei de onde vêm esses pensamentos. De algum lugar bem lá no fundo. Meu cérebro de cobra. O sistema límbico, a parte do cérebro que quer as coisas, a parte egoísta que não quer compartilhar. Nossos instintos, nossas reações viscerais, todos aqueles processos subconscientes involuntários oferecendo sua sabedoria. Sabedoria primitiva.

Mas as cobras não são animais de carga. Os seres humanos é que são por natureza animais de carga. E, no entanto, sinto aquele forte impulso de fugir. De tomar o que não é meu.

Imagino Mark esperando na nossa suíte, andando para baixo e para cima, olhando o relógio, olhando pela janela, espiando as ruas de Genebra, a luz do dia lentamente se esvaindo na noite, postes de luz se iluminando, e nenhum sinal meu. E se eu não voltar?

Eu podia ir para qualquer lugar com esse dinheiro; poderia fazer qualquer coisa, agora. Paro na escadaria do banco. No ar fresco. Eu poderia ser qualquer pessoa. Tenho os meios. Se cheguei até aqui, por que parar? Mil possíveis futuros tomam conta da minha cabeça. Vidas maravilhosas, em outros lugares. Novidade. Aventura. Um abismo escancarado de potencial. Liberdade apavorante. E o carro ali, esperando, do outro lado da rua.

Eu sou as minhas escolhas. Por acaso quero essa família? Quero mesmo? Ou quero outra coisa?

Continuo andando na direção do carro, pego a maçaneta e abro a porta, ocupo o assento de couro e bato a porta. Vinte minutos depois estou na suíte, os braços de Mark me envolvendo.

# 24

*Domingo, 18 de setembro*

# ESTAMOS MORTOS?

Já faz dois dias que voltamos para casa. Não vou mentir; a sensação é estranha. O clima. A luz. Estar de volta. De volta ao ponto de partida. O plano é tocar as coisas como se estivesse tudo normal. Cumprir nossas obrigações, encontrar os amigos, falar do casamento e, claro, voltar ao trabalho. Quer dizer, pelo menos no *meu* caso. Amanhã de manhã vamos filmar com Holli, em sua casa (tecnicamente, de sua mãe), e esta noite tenho que repassar muitas coisas. Preciso botar a cabeça de novo no trabalho. É importante que nada pareça diferente.

Mark deu início ao processo de abrir sua empresa de consultoria financeira. Uma excelente ideia; ele tem capacidade, e certamente tem a experiência profissional necessária, para dirigir uma empresa focada em ajudar quem já tem muito dinheiro a ganhar ainda mais com investimentos direcionados. A ideia vinha germinando desde a mensagem de Rafie. Se Mark não consegue emprego, ele vai criar um! E agora já temos os fundos necessários para a startup. Ele não vai ficar esperando sentado até aparecer um emprego; vai para a rua fazer acontecer. Seu plano é uma hora entrar em sociedade com Hector, que trabalha num fundo *hedge* desde que foi mandado embora, assim que Mark já estiver com a nova empresa montada e funcionando. Eles se encontraram no fim semana para começar a esboçar possíveis listas de clientes. Para facilitar as coisas, estamos dizendo que esse "dinheiro da startup" é o dinheiro que Mark recebeu ao ser demitido. Ninguém sabe que ele não recebeu nada ao ser dispensado, exceto Caro. E foda-se, por que não? O mundo deu as costas a Mark; por que ele não deveria tentar compensar?

Preciso repassar minhas anotações antes de ir com Phil entrevistar Holli. Estranho pensar que, enquanto curtíamos o sol sobre as ondas azul-esverdeadas, Holli botava o nariz para fora no cinza gelado do norte de Londres pela primeira vez em cinco anos. Duncan, o cara do som, não poderá ir conosco, de modo que Phil vai cuidar do som também. Pau para toda obra.

Tenho muito trabalho a fazer antes de amanhecer. Mas está difícil focar. Minha mente se sacode agitada entre dois mundos. Minha vida antiga e a nova.

Eu olho para Mark, fazendo sua pescaria em pilhas e pilhas de velhos cartões de visita. Centenas, milhares de cartões, resultado de doze anos de reuniões, jantares, eventos, drinques para ampliação de contatos... cada cartão, uma pessoa. Uma pessoa que agora poderia nos ajudar. Mark guardou todos os cartões de visita que recebeu na vida. Eu me lembro da primeira vez que abri a gaveta onde os guardava, o horror que era. Pois agora os está analisando, cada um deles remetendo a um momento e lugar na sua mente, um aperto de mãos, uma conversa, um sorriso.

Mark conheceu muita gente ao longo dos anos, e talvez a gente consiga encontrar um comprador para as pedras entre seus antigos contatos profissionais. Ele anda estudando as questões de legalidade na venda de diamantes; é incrível o que a gente pode aprender na internet. Não sei como conseguiam viver sem ela. Honestamente, eu não seria capaz de fazer meu trabalho sem ela. E certamente não poderíamos fazer o que estamos fazendo agora.

Botei no Google "Hatton Garden", o bairro dos diamantes em Londres, quando estava no saguão do aeroporto na volta de Genebra. Assim, como quem não quer nada, só para encontrar lugares de venda de pedras preciosas. Parecia uma busca perfeitamente segura a ser feita no Google. Nada muito suspeito. Eu sempre poderia dizer que depois do casamento Mark e eu tínhamos decidido vender meu anel de noivado para ajudar a abater do financiamento da casa. É uma possibilidade, vendermos nós mesmos os diamantes, mas poderia levantar suspeita; seria melhor se pudéssemos vender as pedras por um revendedor, um intermediário.

Mark está tentando nos garantir por todos os lados — quer dizer, na medida do possível. Parece que pode ser complicado, mas não é ilegal vender diamantes. Apenas *muito* delicado. Ele tem investigado aqui e ali. E depois disso tudo feito, teremos que considerar seriamente a necessidade de limpar completamente nossos discos rígidos.

Eu penso no computador do centro empresarial do nosso hotel em Bora Bora. Me pergunto se descobriram de onde seus e-mails foram acessados. Se descobriram onde estávamos. Isso se é que estavam nos procurando. Ou apenas evaporamos? Dei busca na internet pelos nomes das empresas de que me lembrava, dos e-mails traduzidos, mas não encontrei nada. Essas pessoas não passam de sombras. Fantasmas.

Já está caindo a noite quando nosso telefone fixo toca. São mais ou menos seis da tarde e a luz londrina já desapareceu, deixando-nos no escuro, iluminados apenas pelo brilho azulado das telas dos nossos laptops. Eu dou um salto, pois o toque me fez cair de novo na realidade, mas Mark chega primeiro. Estava esperando resposta de alguém sobre os diamantes.

Sua atitude muda instantaneamente ao ouvir a voz do outro lado da linha. Ele relaxa.

— Ah, oi, e aí? É você. — Sua mãe. Susan. Eu sei pelo jeito como ele diz "você", prolongado e alegre. Eles são uns amores um com o outro.

Eu tento voltar à minha pesquisa enquanto ele conta a Susan tudo sobre a lua de mel. Ela sabe que voltamos um pouco antes por causa da minha "intoxicação alimentar", mas é a primeira conversa que eles de fato têm sobre a nossa viagem. Eu capto pedacinhos aqui e ali. Tubarões, arraias enormes, praias desertas, a viagem de helicóptero, bronzeado e relaxamento. Não sei por quanto tempo a conversa se prolonga, mas minha atenção de repente foca de novo a uma súbita mudança no tom de voz de Mark.

— Eles o quê?

Ele se levanta tenso, petrificado em silêncio, o rosto contraído, enquanto a voz abafada dela repete. Ele levanta os olhos para mim. Alguma coisa aconteceu. Algo de errado.

Ele faz sinal e eu me aproximo.

— Mãe, Erin está aqui. Vou botá-la na linha; repete para ela o que acabou de me dizer? Não, basta repetir. Por favor, mãe, só...

Ele me entrega o telefone. Eu o pego, confusa, e o levo à orelha.

— Susan?

— Oi, alô, querida. — Ela fala baixo, a voz meiga e ligeiramente atrapalhada pela situação. — Não sei por que Mark ficou tão nervoso. Eu estava só comentando sobre a lua de mel...

— É...? — Eu olho para Mark, agora recostado no sofá, apenas acenando com a cabeça.

— Sim, estava dizendo que, no fim das contas, foi até bom você ter ficado doente, por causa das notícias ontem...

E ela para, como se eu soubesse do que diabos está falando.

— Que notícias, Susan?

— No jornal. O que aconteceu.

Ela quer que eu ligue os pontos, mas eu não tenho a menor ideia do que ela...

Merda. Que *notícias*? Eu olho para Mark. Será o acidente de avião? Encontraram o avião? Está no jornal?

— Desculpe, Susan. O que está no jornal?

Eu tento manter a voz firme.

— O acidente. O pobre casal. Eu disse que bom que vocês não estavam mais lá, pois sei que você teve um acidente de mergulho um tempo atrás, um esporte tão perigoso. Que bom que vocês não estavam lá também.

Meu Deus. Um casal. Eles estão bem?

— O que aconteceu exatamente, Susan? — E faço sinal para Mark procurar na internet.

— Espera aí, deixa eu me lembrar. Bom, o acidente foi no sábado. Acho que eu li no *Mail on Sunday* hoje de manhã. Está em algum lugar por aqui. Eu não sabia que vocês ficariam tão interessados. Quer dizer, é mesmo terrível, muito triste. Muito triste. Aqui... deixa eu achar.

Ouço as folhas de jornal sendo reviradas na mesa da cozinha do outro lado, enquanto olho para Mark, agora com os olhos grudados na tela do laptop.

Ele olha para mim: encontrou, achou a história. Faz um gesto para eu encerrar a conversa com Susan. Continuo ouvindo o jornal sendo remexido e um som de desaprovação. E a voz, num som abafado, perguntando: "Graham, você sabe onde está o *Mail*?"

Não dá para esperar.

— Susan, Susan? Tudo bem, não se preocupe. Posso dar uma olhada mais tarde.

— Puxa. Ah, meu amor, tudo bem. Lamento. Mas é terrível, não é? Tinha me esquecido que vocês poderiam ter conhecido os dois. Não lembro os nomes, mas era um casal jovem. Pareciam uns amores. Tinha uma foto. Horrível para a família. Exatamente, eu estava dizendo a Mark que foi uma sorte vocês não estarem lá na hora. Muito triste. Mas não quero estragar as boas lembranças de vocês, parece que passaram mesmos uns dias ótimos. Traga as fotos no Natal, sim? Quero ver tudinho.

— Sim, claro. Vou levar. — Uma pausa natural, e eu aproveito o momento. — Então, Susan, preciso desligar. Desculpa, é que deixei o macarrão no fogo e Mark saiu da cozinha. Ele pode te ligar amanhã?

Mark ergue a sobrancelha, por causa do macarrão. Eu dou de ombros: *Que mais poderia ter dito?*

— Claro, meu amor, não quero prendê-la. Sim, pode dizer a ele que estarei por aqui amanhã de noite. Tenho *bridge* de manhã, então devo chegar no fim da tarde. Que ótimo. Tchauzinho então, meu amor.

— Tchau. — Eu desligo e explodo. — *Caralho!*

— Olha só isso aqui.

Eu me jogo a seu lado no sofá e nós vamos percorrendo as matérias, horrorizados.

CASAL BRITÂNICO MORTO EM ACIDENTE DE MERGULHO EM BORA BORA, *The Guardian*. MORTE NO PARAÍSO, *The Mail on Sunday*. TRAGÉDIA COM INGLESES NO MERGULHO, *Sun*.

Nada em primeira página, mas a maioria dos jornais cobriu a notícia.

## MERGULHO COM MORTE TRÁGICA DE INGLESES

> Casal britânico se afoga durante mergulho em Bora Bora ao entrar em pânico embaixo da água e retirar os equipamentos de respiração

**Um casal britânico morreu esta semana num trágico acidente de mergulho durante as férias na ilha de Bora Bora, na Polinésia Francesa.**

Daniel, 35, e Sally Sharpe, 32, morreram depois do acidente aos arredores da luxuosa ilha de veraneio de Bora Bora. O casal mergulhava em companhia do instrutor do hotel numa zona mundialmente conhecida pela prática desse esporte no Pacífico Sul, quando o incidente ocorreu.

Segundo testemunhas, o casal entrou em pânico, se desvencilhando dos equipamentos de respiração quando estava à profundidade de dezoito metros na zona de mergulho do Four Seasons.

Um porta-voz da polícia local informou que os dois engoliram muita água do mar, e a autópsia também revelou que tinham os pulmões cheios de água.

Segundo um site local de notícias, não há qualquer indicação de que um crime tenha sido cometido.

O médico-legista examinou os equipamentos usados pelo casal, e os especialistas concluíram que não havia qualquer problema com os aparelhos de mergulho, mas que os tanques de oxigênio principais dos dois britânicos estavam vazios.

Embora os tanques sobressalentes de fato tivessem oxigênio, os Sharpe não conseguiram acioná-los em virtude do pânico, explicaram as autoridades.

O incidente ocorreu na tarde de sábado, 17 de setembro, nove dias depois de iniciada a viagem do jovem casal, que deveria durar duas semanas.

Os problemas começaram dez minutos depois de iniciado o mergulho com duração prevista de meia hora, quando Sally, gestora de fundos na Investex UK, percebeu que seu medidor de oxigênio estava com o marcador vermelho e indicou a Conrado Tenaglia, 31, o instrutor de mergulho do resort, que estava sem ar. Conrado tentou intervir, mas logo ficou evidente que o marido de Sally, Daniel Sharpe, também enfrentava problemas. O instrutor não pôde dar assistência aos dois simultaneamente, e logo se instaurou o pânico, à medida que o casal, percebendo a situação desesperadora, se atrapalhava com o próprio equipamento. De acordo com relatos de outros membros do grupo de mergulho, "as coisas evoluíram muito rápido". Segundo a mergulhadora Kazia Vesely, 29 anos, a certa altura os dois mergulhadores ficaram sem suas máscaras, pois "estavam se debatendo", o que pode ter agravado ainda mais o pânico de ambos. O instrutor tentou corrigir a situação, mas ela rapidamente saiu de controle.

"Todo mundo começou a entrar em pânico também, os outros mergulhadores, pois também não sabíamos o que fazer. Não sabíamos o que estava acontecendo. Achamos que podia ter alguma coisa errada com os tanques de todo mundo, e aí nos separamos e começamos a subir para pedir ajuda na lancha. O instrutor fez sinal para subirmos lentamente, pois estávamos todos meio em pânico. Foi realmente assustador", contou Kazia às agências de notícias locais.

Os profissionais de primeiros socorros que chegaram ao local não conseguiram ressuscitar os dois turistas. Ambos foram declarados mortos ao dar entrada no Vaitape Medical Center.

A embaixada britânica em Papeete, a capital da Polinésia Francesa, informou que vem fornecendo apoio consular à família.

Bora Bora é um grande centro turístico internacional, famoso pelos luxuosos resorts de esportes aquáticos.

A ilha é muito procurada por casais em lua de mel e personalidades do *jet set*, com hotéis de luxo frequentados por casais famosos como Jennifer Aniston e Justin Theroux, Benedict Cumberbatch e Sophie Hunter, Nicole Kidman e Keith Urban, além do clã Kardashian.

O resort também atrai mergulhadores do mundo inteiro, interessados na fauna tropical da ilha.

A zona de mergulho onde o casal teve seu trágico fim é uma área considerada adequada para mergulhadores de todos os níveis de experiência, segundo o Diretório Internacional de Mergulho.

Segundo o diretório, o local em questão "praticamente não tem correntes", apresentando profundidade máxima de 18 metros — o limite da profundidade permitida sem o Certificado Avançado de Águas Abertas da Associação Internacional de Instrutores de Mergulho ou habilitação equivalente.

Mark e eu ficamos em silêncio, chocados.

Caramba! O casal da trilha. Aquele casal simpático da nossa trilha... estão mortos. E a morte que tiveram! Mais horrorosa, impossível. Eu quase consigo sentir o pânico deles. Cacete! Afasto o pensamento. Para longe.
 A pergunta está no ar. Duas perguntas, na verdade. Nós dois pensamos a mesma coisa. Foram assassinados? Alguém mexeu nos equipamentos?
 — O que você acha?
 Eu finalmente quebro o silêncio profundo. Estamos sentados no escuro, a meia-luz da tela iluminando nosso rosto pálido.

— Pode ter sido acidente — diz ele. Não sei ao certo se é uma pergunta ou uma afirmação.

Um casal, na faixa dos 30 anos, morto no nosso resort três dias depois de eu acessar a conta de e-mail daquelas pessoas do avião. Dois dias depois de deixarmos a ilha.

— Será, Mark? Eu espero que tenha sido acidente. Diga que foi um acidente, por favor.

Ele olha para mim. Há dúvida em seus olhos, mas ele está refletindo.

— Olha, acidentes de mergulho acontecem, não são raros. Claro que é uma enorme coincidência, o lugar e o momento, mas não quer dizer que eles tenham sido mesmo assassinados. A polícia está dizendo que não houve intenção criminosa, certo?

— A economia da ilha inteira é baseada no turismo, Mark! Eles não vão dizer à imprensa que lá os turistas são *assassinados*.

— Não, claro... mas olha só, não seria a maneira mais fácil de matar alguém, seria? Esvaziar tanques de oxigênio? Quer dizer, qualquer um do grupo podia ter pegado aqueles tanques. E eles podiam não ter entrado em pânico e usado os sobressalentes e resolvido o problema, não é? E se tivessem feito isso? Não estariam mortos, né? Não me parece que tenha sido intencional, parece?

Agora ele começa a acreditar no que está dizendo. Está chegando lá. E não deixa de ter razão. É mesmo uma arma muito obtusa para se matar alguém, um tanque de oxigênio vazio.

— Mas eles, o pessoal do avião, se estavam lá, provavelmente ficaram observando, Mark. Provavelmente sabiam que os Sharpe não sabiam mergulhar, podem tê-los visto no treinamento da piscina. A gente não sabe, mas já devem ter feito coisas assim antes. Fazer parecer acidente.

Tenho uma sensação estranha ao dizer o sobrenome do casal em voz alta. Era melhor não ter dito. Fica pairando aqui dentro de casa, desconfortável, pesado. Não os conhecíamos realmente, quem eram eles. Sensação bizarra, esquisita, de pensar nos dois, duas pessoas mortas com quem compartilhamos lembranças. Estranhos, mas, como nós, britânicos em lua de mel. Substitutos de nós. Como nós, mas mortos.

Eu me lembro dos dois no resort. Apenas nos cumprimentávamos. Trocando palavras aqui e ali. E eles também só estavam lá havia três dias, e nós já tínhamos encontrado a bolsa. Não estávamos realmente prestando atenção.

Mark quebra o silêncio.

— Não creio realmente que alguém tenha feito isso, Erin. Não acredito. Reconheço que é para lá de estranho, não nego, mas por que simplesmente não foram lá e os mataram? Quer dizer, se alguém quisesse matá-los... Pensa bem, meio complicado demais, né, amor? Por que não durante o sono ou com veneno... sei lá! Se esse pessoal é rico e poderoso como a gente pensa, por que desse jeito? E por que os Sharpe? Meu Deus, eles nem se parecem com a gente!

Agora ele está completamente convencido.

Mas ainda tem uma pulga atrás da minha orelha.

— Mark. Como é que eles podiam saber que foi um *casal* que encontrou a bolsa?

E aí me ocorre outro pensamento.

— E por que ir atrás de um casal *britânico*, Mark?!

Está começando a vir o medo. Mas claro! Como é que eles podiam saber? Só se deixamos algum rastro. Será que eu me esqueci de alguma coisa? Deixei alguma prova cabal para trás?

Mark fecha os olhos lentamente. Ele sabe por quê. Meu Deus. Tem alguma coisa que ele não me contou.

— Que foi, Mark? Fala!

Agora não estou mais de brincadeira. Já estou de pé. Vou direto para o interruptor e inundo o quarto de luz.

Ele aperta os olhos na minha direção, momentaneamente ofuscado.

— Senta, Erin. Tudo... está tudo bem. Por favor, amor.

Ele bate com ar cansado na almofada ao lado. Ele não queria jamais ter chegado a essa conversa. Eu olho com seriedade para ele antes de sentar ao seu lado. É melhor que seja algo bom mesmo.

Ele esfrega o rosto e recosta, soltando um suspiro profundo.

— Cacete. Tudo bem, é o seguinte. É que... quando voltei ao hotel, em Bora Bora, quando voltei para eliminar as informações de check-in do sistema, supostamente para buscar o seu brinco... é... — Ele expira pesadamente pela boca. — Merda. Dei de cara com o instrutor.

Ele olha para mim.

— Paco? — pergunto.

Ele faz que sim.

— Sim. Perguntou se tínhamos recebido nossa bolsa.

*Merda.*

— Disse que um dos porteiros tinha contado que deixamos nossa bolsa perto do barco. E ele ficou se perguntando se a gente tinha recebido de volta. Acho que o porteiro com quem deixamos deve ter feito uma confusão.

— E você fez o que, Mark? — pergunto. Mas o fato é que não quero de verdade ouvir a resposta. Pois se ouvi-la, vai se tornar real.

— Eu tinha que dizer alguma coisa. E aí, sei lá, não estava pensando direito. Não pensei, sabe... em todas as consequências ou coisa assim, só... Acabou saindo.

Não digo nada. Estou esperando.

— Perguntei ao Paco do que ele estava falando, pareci meio confuso, e de repente lembrei que o outro casal britânico, acho que se chamavam Sharpe, tinha falado de uma bolsa qualquer na nossa trilha. Uma história de terem encontrado uma bolsa, uma coisa assim. E disse a ele que o porteiro devia ter nos confundido. Que era engraçado que ele nos confundisse, pois tínhamos passado por um problema parecido antes, e disse que devia ser o sotaque. E ele achou graça. E ficou por isso mesmo.

Quando ele para de falar, o ambiente é tomado de novo pelo silêncio. Estamos submersos nele.

— E agora eles estão mortos — digo.

— E agora eles estão mortos — repete Mark.

E deixamos nossa ficha cair, com todas as consequências.

Ou os Sharpe tiveram um acidente de mergulho ou foram assassinados porque alguém pensou que eram nós dois. Podemos ter matado duas pessoas.

— Por que você disse isso?

Eu pergunto com o coração partido, pois sei que ele não tinha como saber que aquilo aconteceria, tinha? Eu teria feito o mesmo, apanhada de surpresa desse jeito, não teria?

Ele balança a cabeça.

— Não sei... Saiu. — E esfrega de novo o rosto, grunhindo.

— Você acha que foram *eles*? Acha que mataram o casal?

Ele baixa a mão e me encara. Sério, focado.

— Sinceramente? Sinceramente, Erin, não dá para saber. Mas é um jeito bem elaborado de matar alguém. Certamente pode ter sido acidente mesmo. Mas... e sei que isso é terrível... se eles foram assassinados, por mais horrível que seja, ninguém vai mais nos procurar. Por mais terrível que possa parecer... Se foi proposital, se eles realmente foram em busca "do casal que encontrou a bolsa" e os mataram, então acabou. Certo? O casal está morto. Não conseguiram encontrar a bolsa. Encerrado. Estamos salvos. Cometi um erro, com certeza, mas fico feliz de todo coração que não tenhamos sido nós, Erin. E feliz que não tenha ninguém atrás de nós.

O que ele diz faz sentido. Ele toma minha mão e eu olho para nossas mãos firmemente entrelaçadas. Ele tem razão. Eu também estou feliz que não tenhamos sido nós.

Estamos mortos. Eles acham que nós estamos mortos. O que, estranhamente, por um segundo apenas, me faz sentir mais segura.

Tenho quase certeza de que não deixamos nenhuma pista, mas o problema com os lapsos é exatamente este, não é? A gente nunca sabe que cometeu algum. Estou ouvindo o que Mark diz, mas no fundo eu sei, simplesmente sei, que eles ainda estão nos procurando. Não deveríamos chamar a polícia?

Mas não digo isso em voz alta. Mark já se convenceu: ninguém virá à nossa procura. Seria capaz de me dizer de um milhão de formas diferentes que agora acabou, mas eu não estaria ouvindo realmente. Por muito tempo ainda terei certeza de que eles estão vindo.

E então não insisto. Resolvo deixar o assunto de lado. Terei que chegar à mesma conclusão que ele por minha própria conta. Ou não.

E faço que sim com a cabeça.

— Tem razão — digo.

Ele passa os braços firmes em torno de mim e me puxa para mais perto, no silêncio da nossa casa.

## 25

*Segunda-feira, 19 de setembro*

# ACOMPANHANDO A NOVA VIDA DE HOLLI

Eu aperto a campainha da porta.
Phil e eu estamos na entrada do conjunto habitacional de Holli Byford. Ou melhor, do conjunto de sua mãe. Cai uma garoazinha insistente que recobre nossas roupas e cabelos. Não forte o suficiente para um guarda-chuva, mas suficientemente contínua para me gelar até os ossos. Neste exato momento estou naquele delicado período pós-férias em que sei que vou pegar alguma coisa; só uma questão de tempo. Ficar de pé na chuva pode ser o que estava faltando.

Estou seguindo o nosso plano. O plano de ir em frente como se estivesse tudo normal. Então aqui estou. Sendo normal.

Analiso o terreno baldio gramado que cerca o conjunto habitacional. O que imagino que chamem de "jardim comunitário". Acordei hoje pensando nos Sharpe. Tenho tentado não pensar, mas eles estão espreitando a minha mente, fora do meu campo de visão. Flashes de pânico, bolhas na água. E depois dois cadáveres pálidos e encharcados sobre macas de aço inoxidável. Culpa nossa.

Tenho a sensação de estar sendo observada. Desde que voltamos da ilha. Mas com mais intensidade desde a notícia de ontem. Passo os olhos pela paisagem desoladora dos prédios e terrenos baldios em busca de uma fonte, mas parece que não somos de grande interesse para os locais. Ninguém está nos observando. Se os responsáveis pela morte dos Sharpe deram um jeito de nos localizar, se estão nos seguindo, ainda não deram bandeira. Claro que essa sensação de estar sendo observada pode ser outra coisa completamente diferente. Lembro do champanhe gelado que bebemos em Bora Bora... uma semana atrás apenas? Champanhe enviado do outro lado do mundo. Eddie também está interessado em mim, não é? Será que mandou alguém me seguir, agora que voltei? De olho em mim? Me vigiando? Deixo meu olhar vagar pelo complexo. Tem um rapaz branco caminhando perto do estacionamento, celular encostado na orelha. Um sujeito negro sentado na van de trabalho, prestes a sair. Uma idosa entrando no prédio em frente, puxando um carrinho de compras. Ninguém suspeito. Ninguém com cara de assassino. Ninguém me encontrou; sou apenas uma mulher molhada esperando que atendam à porta. Olho para o alto, centenas de vidraças refletindo o céu cinza para nós aqui embaixo. Tantas janelas. Tão distantes do avião no fundo do oceano Pacífico Sul.

Aperto de novo a campainha. Lenta e demoradamente, dessa vez.

Phil solta um suspiro. A câmera pesa pra cacete. Dá para entender.

São nove da manhã. Com certeza devem estar acordados a essa hora. Levantei com o sol e posso garantir que não é essa a ideia que eu tenho de voltar lenta e tranquilamente ao trabalho. Hoje vai ser punk. Do pouco que pude ver de Holli, dá para saber que vai ser exaustivo. Mas, nas palavras de Murakami, o mestre do caminho longo e árduo, "a dor é inevitável. Sofrer é opcional."

Aperto a campainha mais uma vez.

— QUE QUE É!? Que porra você quer? O que é?!

A voz estala pela grade de metal do interfone, abrupta e agressiva. Voz de mulher, mais velha que Holli, mais rouca e áspera. Eu arriscaria que acordamos a sra. Byford.

Eu seguro o botão e falo.

— Olá, é Michelle Byford? Aqui é a Erin. Erin Roberts. Vim encontrar a Holli. Marcamos de encontrá-la aqui às nove. Para o filme.

Ouvindo minha voz, me bate um certo receio. Eu sei a impressão que minha voz costuma causar. Impressão de privilégio, condescendência e liberalismo culpado.

Meu Deus, estou mesmo para baixo hoje. Daniel e Sally Sharpe rondando minha cabeça. *Se recompõe, Erin.*

Silêncio. Phil suspira de novo.

— Ah, tá certo. — O tom mudou, agora resignado. — Melhor subir, então — resmunga ela, irritada. Um zunido e um clique na porta, e nós empurramos.

Eu expliquei a Phil o que esperar aqui, mas a gente só sabe mesmo até certo ponto; mais uma impressão genérica que se tem de Holli do que qualquer outra coisa, seu olhar fixo, seu sorriso. Ele viu a primeira entrevista, então tenho certeza de que já entendeu. Seja como for, ele está avisado: não aceitar provocações.

O apartamento dos Byford fica no sexto andar e, como esperado, o elevador não funciona. Seria bem surpreendente se Phil tivesse energia para aceitar alguma provocação depois subir seis lances de escada com a câmera.

Michelle está esperando no corredor de chinelos felpudos, roupão azul-claro e pijama tipo "Mas primeiro quero um café", olhando de cara feia para nós. Ela claramente acabou de sair da cama. Nem sinal de Holli. Talvez ainda esteja dormindo.

Michelle parece exausta. Segundo minhas anotações, trabalha o dia inteiro numa loja de departamentos. Há quinze anos, desde que foi abandonada pelo pai de Holli. Sem querer ser grosseira, ela não devia estar no trabalho a essa hora?

— Oi, Michelle. Que bom conhecer você. Desculpa por vir tão cedo — digo, e, para minha surpresa, ela aperta minha mão.

Um sorriso meio distraído. Parece preocupada com alguma coisa.

— Acho melhor ir em frente e ligar logo isso.

Ela aponta para a câmera de Phil.

Phil e eu nos entreolhamos e ele leva a câmera ao ombro. Luz vermelha acesa.

— Só não quero ficar repetindo as coisas. — Michelle olha para mim e franze o cenho. — Melhor entrar. Vou pegar a chaleira.

Ela vai arrastando os chinelos cor-de-rosa pelo piso de linóleo. Nós a acompanhamos. Começo a desconfiar que Holli não está em casa.

Michelle começa a se ocupar na cozinha apertada.

— Tenho que chamar a polícia se alguém vier fazer perguntas, essa é a questão. Se importam se eu fizer uma ligação rapidinho agora?

Ela parece constrangida, se sentindo obrigada a obedecer a regras que não são as suas.

Eu balanço a cabeça, não me importo. Mas a palavra *polícia* fica ecoando alto na minha mente. Não é exatamente a palavra que eu queria ou esperava ouvir hoje.

— Desculpe, Michelle, não estou entendendo muito bem. Aconteceu alguma coisa?

E olho para Phil, para ver se ele entendeu o que houve. Será que deixei passar algo?

Por uma fração de segundo, chego a pensar que ela pode estar chamando a polícia por minha causa. Por causa do avião. Por causa dos Sharpe. Absurdo, claro. Michelle não sabe. Nem sabe direito quem eu sou. E o breve impulso que tive ontem de chamar a polícia depois de descobrir sobre os Sharpe já evaporou há muito tempo. Envolver a polícia a esta altura definitivamente não seria uma boa ideia. Michelle levanta o dedo, telefone na orelha. *Espera aí.*

— Oi, aqui é Michelle Byford. Posso falar com Andy? — Nova pausa, enquanto esperamos, suspensos, como o fedor de cigarro parado no ar. — Obrigada. Alô. Oi, Andy, sim, ótimo, obrigada. Não, não, eu não, nada disso, mas tem um pessoal aqui no apartamento agora perguntando pela Holli. Não, não, nada disso. Sim, sim, eu sei. — Ela solta uma risada nervosa. — Não, são da assistência lá da prisão. Entrevistaram Holli na prisão para um filme. Sim. Erin, sim...

Meus olhos vão direto para Phil à menção do meu nome. Esse policial com quem ela está falando me conhece. Sabe *de* mim. Que porra é essa? Michelle levanta um dedo, *espera aí*.

— Sim, e um homem...

Ela não sabe o nome de Phil. Pulamos essa formalidade.

— Phil — socorre ele. — O câmera. — Sucinto, como sempre.

— Phil, o câmera. Sim, sim, eu digo a eles, um segundinho, certo... dentro de dez, quinze... Ok, um segundo. — Ela afasta o telefone do rosto e se dirige a nós. — Andy está perguntando se vocês podem esperar dez, quinze minutos, e ele passa por aqui. Quer fazer umas perguntinhas, pode ser?

Eu volto a olhar para Phil, que dá de ombros.

— Claro — respondo.

E que mais poderia fazer? Dizer que não? *Não, na verdade não posso ficar aqui esperando a polícia, Michelle, porque acabei de roubar dois milhões de dólares e talvez tenha causado a morte de duas pessoas inocentes.* Acho que a única coisa que posso fazer é ficar. Ficar e tentar agir com naturalidade. "Claro" parece bem adequado no momento.

Primeiro dia de volta ao trabalho e já estou sendo interrogada pela polícia. O estômago revira.

Michelle leva o telefone de novo à orelha e volta a falar com Andy. Já estou começando a entender o que está acontecendo; disto pelo menos sou capaz. Provavelmente Holli ignorou os termos da liberdade condicional. É isso, algo do tipo, mas o fato é que por algum motivo as palmas das minhas mãos estão suadas.

Michelle prossegue ao telefone.

— Andy, sim, sim, tudo bem. Eles estarão aqui. Não, não, acho que não é o caso. Claro. Claro que vou. Sim. Ok, então. Até já. Ok então. Até logo.

Ela desliga e sorri para o telefone inanimado. Para Andy, suponho, num gabinete em algum lugar.

Phil e eu esperamos. Por fim, ela olha para nós.

— Desculpem. Perdão por isso. Querem café? — Ela dá um peteleco na chaleira, que ganha vida, fervura recente. — Ok, muito bem, desculpem. Já devem ter percebido que Holli não está aqui.

Michelle olha para nós dois, muito séria. Percebemos.

Ela faz um gesto da cabeça.

— É. Ela foi embora ontem. Simplesmente desapareceu. Fui levar torradas para ela na cama de manhã, mas ela não estava lá. E desde então temos procurado por ela; não sabemos onde está agora. A polícia está trabalhando nisso. Andy está conduzindo a investigação. É...

Ela se interrompe e olha pela suja vidraça dupla da janela sobre a pia. A chaleira dá um estalo e cai em silêncio a seu lado. Ela volta ao momento presente e sorri.

— Vamos nos sentar um pouco?

Ela apoia as canecas de café com cerimônia na mesa dobrável de pinho e nos sentamos.

Phil continua a filmá-la enquanto ela beberica na caneca fumegante. Segundo a inscrição na caneca, "o café deixa meu dia mais bonito". Espero mesmo que sim; até agora não parece estar indo muito bem, para ninguém aqui.

Eu olho para a mistura marrom-acinzentada à minha frente, com pelotas de café não dissolvido tentando sobreviver agarradas à cerâmica branca da caneca.

Merda. Isso aqui não está nada bom. Eu poderia perfeitamente não estar aqui agora. Penso na bolsa escondida no nosso sótão. E a culpa, como se fosse o primeiro dominó, começa a derrubar um erro após o outro. Preciso me centrar. Tenho que bloquear este sentimento antes que Andy, o policial, apareça.

E o onde diabos está Holli?

Michelle pousa cuidadosamente a caneca com as duas mãos.

— Muito bem. Vou dizer tudo que sabemos.

Ela parece imbuída da certeza de alguém que vai dar a versão oficial. Passou a noite repassando uma dúzia de vezes o que vai dizer. Dá para sentir. É o que transparece. Já entrevistei muita gente na minha carreira até hoje, e ela já ensaiou algumas vezes. E agora vai fazer de novo a mesma coisa, para nós.

— Então, eu fui buscar Holli, vocês sabem, na saída da prisão por volta das oito da manhã no dia 12 de setembro. Há uma semana. E desde então ela passou praticamente o tempo todo aqui no apartamento. Vendo TV, dormindo. Acho que não dormia muito na prisão. Estava exausta. E aí, anteontem, sábado, a gente combinou de ir até o apartamento de Sinéad... uma amiga do trabalho, cabeleireira... para ver se dava um jeito no cabelo de Holli. Ela estava preocupada com as luzes, a Holli, na prisão, e Sinéad disse que fazia de graça para ela. Então a gente foi. Levei umas roupas também... Adidas, todo mundo gosta disso agora. — Ela sorri, sorriso de mãe entendida. — E ela vestiu a roupa. E depois a gente foi no Nando's comer frango. Ela estava doida para ir no Nando's. Sempre adorou. Numa empolgação só. Acho que a comida lá na prisão não era grande coisa, sabe como é. Ela estava um graveto de magra quando voltou. Bem, você a viu, sabe como estava. Enfim, ela adorou, comeu meio frango, e pegou um de cada de todos os acompanhamentos. Estava que nem pinto no lixo. Depois a gente voltou para casa e ela disse que queria fazer umas ligações no laptop, e aí foi para o quarto e ficou lá, e depois a gente viu uns episódios antigos dos Kardashian. Ela estava bem cansada e foi para a cama por volta das nove. Nada fora do normal. Ela parecia feliz. Como a velha Holli de sempre. E quando eu fui ao quarto dela ontem de manhã, não estava mais lá. Levou só umas poucas coisas. Nenhum bilhete. Nada. Mas eu disse ao Andy, uma coisa ela levou: uma foto de nós duas, eu e ela. A mesma que tinha na prisão. Estava sempre com essa foto do lado da cama. Gostava dela. Dizia que a deixava feliz sempre que sentia saudade de mim. Ela não costumava dizer essas coisas, então eu me lembro bem.

Michelle olha para nós. E é tudo o que ela tem a dizer. A sua versão.

— Tem ideia de aonde ela pode ter ido? — pergunto.

Ela olha para a caneca e nega com um barulho da boca.

— Não, não tenho certeza. Existe uma teoria. A polícia está investigando, e para ser sincera não sei até onde estão me dizendo as coisas. Andy é do SO15, e é meio complicado extrair alguma coisa deles. Não sei se vocês dois entendem desse tipo de coisa. Contraterrorismo.

Isso vem tão inesperadamente que eu quase rio. Quase. Phil olha por cima. SO15. Puta merda. Eu sondo a expressão de Michelle, mas não vejo nada: tensão e cansaço apenas. Ela não está brincando. Eu balanço a cabeça. Não. Não entendo nada de contraterrorismo, obviamente.

— É que... Não consigo acreditar que a minha Holli estaria envolvida nessas coisas. Nunca se meteu com nada disso, nunca nem falava de Deus, nem de religião nenhuma. Andy é um amor de pessoa, mas está enganado. Eu confio nele, mas... não sei, ele vai trazê-la de volta, e é isso que importa. A única coisa que importa.

Michelle pega um maço de cigarros amassado no bolso do roupão e se serve de um. Me vem à mente o teste de gravidez, a cruz azul, no momento em que o isqueiro se acende e uma onda de fumaça se espraia na saleta. E então Michelle olha para nós dois do outro lado da mesa e se debruça, apoiada nos cotovelos.

— Holli não é lá muito inteligente, sabe? Conta muita vantagem, mas é enganada com a maior facilidade. Sempre foi. É competitiva, sabe? Mania de estar sempre competindo. "Sou mais durona que você. Sei fazer isso melhor que você." Sabem como é? Mas o "isso" pode ser qualquer coisa. Pode ser botar banca ou tacar fogo naquele ônibus ou qualquer outra coisa. Ela gosta do drama. De se exibir. Só isso. Sempre foi assim. Só que atualmente está mais exagerado. Com a idade, ela vai mais longe. Eu sei que provavelmente é culpa minha. O pai não era o melhor exemplo, e depois ela se juntou com Ash... quer dizer, Ashar... e aquela turma. É estranho, Ash era um bom garoto na escola. A família é turca. É uma boa família. Conheci a mãe dele uma vez. Simplesmente não consigo entender. Talvez eu devesse ter ficado mais por perto. Mas alguém tinha que trabalhar; e o pai é que não ia.

Ela para. Tomou o rumo errado. Se perdeu nos próprios túneis e nos arrastou com ela. Precisa voltar à luz do dia.

— Holli foi sozinha? — pergunto. — Ou com alguém?

Seria mesmo a próxima pergunta, pela lógica. Mas acho que já sei a resposta.

— Com Ash... Ashar — ela se corrige.

Eu assinto. Agora as coisas estão se juntando. Ash era o amigo de Holli no vídeo do ônibus. Não se trata de culpa, no tom de Michelle, mas de autoabsolvição. Nada disso é culpa dela. Que poderia ter feito para impedi-los? São eles, Holli e Ash. Na cabeça dela, culpa compartilhada, dividida ao meio. Só crianças desocupadas fazendo bobagem. Para ela, não é uma ameaça real. Só dois jovens que talvez tenham ido um pouco longe demais desta vez.

Naturalmente, não dá para deixar de deduzir o que aconteceu aqui. As peças se encaixam como no primeiro nível do Tetris. O Andy do SO15 certamente vai nos esclarecer mais quando chegar. Mas com certeza não nos permitirá filmá-lo. Precisamos filmar o máximo possível antes que ele chegue, isso está claro. Antes que peçam que a gente pare.

Eu me levanto e me aproprio da situação, alterando a energia no apartamento apertado.

— Michelle, agora precisamos dar uma olhada no quarto dela. Filmar lá.

Não é uma pergunta. Não estou pedindo. Meu cérebro de diretora entrou em ação e nós precisamos de mais para o filme, o máximo que eu puder agarrar. Olha, não quero tirar vantagem dela, mas é evidente que Michelle confia na autoridade e reage bem a ela. Se ela sentir que é o melhor, a gente consegue o que precisa. Eu quero essas imagens do quarto para o filme, e vamos consegui-las. Eu sustento o olhar no dela um pouco além da conta, de propósito. Ela desvia o olhar.

E funciona. Ela se levanta, intimidada.

— Sim, sim, claro. A polícia já o revistou e tirou fotos, então acho que tudo bem você fazer o que precisa fazer lá.

E olha de novo para mim, em busca de aprovação, para se tranquilizar. Quer que a gente saiba que ela está fazendo o possível para ajudar. Que ela não é um problema, como Holli.

E sai da cozinha à nossa frente, caminhando pelo corredor. Phil me lança um olhar que presumo ser de acusação. Ele não gostou nada. Do que acabei de fazer. Não é o meu jeito. Foi cruel.

Foda-se. Não sei muito bem se hoje me importo com isso. Não me sinto eu mesma. Seja lá o que isso quer dizer. Já nem sei muito bem mais quem eu sou. Talvez eu tenha morrido no Pacífico Sul com Sally Sharpe.

O quarto de Holli é pequeno. De adolescente. Básico. Phil faz uma lenta panorâmica com a câmera. Fotos de revista coladas nas paredes. Modelos de cara malvada segurando garrafas de perfume. Sexualidade. Dinheiro. Adesivos brilhantes. Moscas mortas no peitoril da janela. Um cartaz de Harry Styles de olhar lânguido. Pôsteres de Kanye. Pôsteres do Wu-Tang Clan. Grandioso. Perigoso. Nada a ver com a nublada Croydon: decoração de interior pré-prisão, os rostos nas fotos empalidecidos pela luz solar depois de quase cinco anos olhando para um quarto vazio.

Mas eu estou atrás de outras coisas. E sinto que Phil também está. Embora desaprove meus métodos, sei que ele está pensando o mesmo que eu: será que há algo de religioso neste quarto? Qualquer coisa? Eu procuro, mas não vejo. Uma pilha de livros ao lado da cama. Um livro de moda de Victoria Beckham, um livro do Garfield cheio de orelhas, *O poder do agora*, *O pequeno livro da calma*. A última coisa que eu imaginaria Holli lendo. Mas quem sabe? Uma tentativa de autoconhecimento? Ou um presente da mamãe, cheia de boas intenções? Seja como for, nenhum dos dois livros de autoajuda parece ter sido lido. Mas também quem sou eu para julgar? Também não os li. E, de qualquer maneira, certamente não são a causa do que está acontecendo agora. Não são exatamente manuais de terrorismo.

Até que a ficha cai. Não vamos encontrar nada aqui. Holli tinha apenas 18 anos quando morava neste quarto. Essas coisas são relíquias de quem ela era. Agora está com 23. E uma pessoa muda em cinco anos. Ainda mais na prisão. Quem sabe o que aconteceu com ela nesse período?

Basta olhar para mim: minha vida inteira mudou completamente em nove dias. Me transformei numa mentirosa e numa ladra. Só Deus sabe onde estarei e quem serei daqui a cinco anos. De preferência não na prisão.

A campainha toca e nossos olhos procuram Michelle. Ela faz que sim com a cabeça e sai trotando para receber Andy.

Phil baixa a câmera.

— Está vendo alguma coisa? — sussurra. Uma nova urgência surge no seu olhar também. Para ele, este documentário acaba de se tornar muito interessante. Já está farejando futuros prêmios.

— Não. Acho que não tem nada aqui, Phil. Só faz uma semana que ela voltou. Temos que procurar em outros lugares: Facebook, Twitter, essas coisas. Mas Holli não é nenhuma idiota... pelo menos não mais. Se houver alguma coisa aqui, não vai ser fácil encontrar.

Eu passo os olhos pelo quarto de novo, mas sei que dessa vez estou certa: nenhuma pista por aqui.

Ao chegarmos no corredor, um sujeito forte conversa com Michelle em voz baixa na porta de entrada. Andy. Mais baixo do que eu imaginava, mas atraente. Há um charme natural nele ao se voltar para nos cumprimentar, um brilho de sorriso vitorioso nos lábios; talvez seja por isso que conseguiu o emprego. Daqueles que se dão bem com todo mundo. Michelle tem razão, de fato ele inspira confiança. Eu diria que está no início da casa dos 50. Bela cabeleira. Um cheirinho quase ilusório de sabonete caro. Terei que ser extremamente cuidadosa agora. Obviamente ele é muito bom no que faz; está brincando com Michelle como um profissional. Eu arriscaria que Andy é um desses vitoriosos na vida. Acho que talvez tudo seja só rosas para ele. Bom, vamos lá, Andy. Vamos cuidar disso, porque eu não vou para a prisão. Não vou perder essa briga. Ponho a mão discretamente dentro do casaco e pressiono levemente a barriga. *Tudo bem aí dentro. Mamãe cuida de você.*

Coloco no rosto minha expressão de jogadora quando ele se aproxima, sorrindo.

— Erin, Phil, sou o inspetor-chefe Foster. Podem me chamar de Andy. É um prazer conhecê-los; obrigado por terem esperado.

Ele aperta nossa mão com firmeza. Nos encaminhamos para a sala de Michelle, deixando a câmera no corredor. Phil parou de filmar.

Phil, Michelle e eu nos sentamos no sofá, enquanto o inspetor-chefe Andy aterrissa num pufe baixo de couro à nossa frente, do outro lado da mesinha de centro entulhada.

— Muito bem, não sei o que Michelle já lhes contou, mas Holli estava em liberdade condicional. E infringiu a lei ao sair de casa. E com certeza voltou a infringi-la agora, ao deixar o país.

Ele diz isso com leveza. Cacete. Um pouco mais sério do que eu esperava. Não achava que iria tão longe. Holli fugiu do país?

Ele prossegue:

— Isso é uma coisa. Mas a violação da liberdade condicional é uma questão à parte. O principal agora é que estamos extremamente preocupados que Holli esteja tentando chegar à Síria com Ashar Farooq. Parece que o plano é esse. Tanto dela quanto de Ash. Sabemos que ela pegou um avião para Istambul no Aeroporto de Stansted há quatorze horas. Temos imagens de câmeras de segurança dos dois saindo do aeroporto em Istambul e entrando num ônibus. Estamos realmente preocupados. E é nesse ponto em que nos encontramos. — O tom agora é sério, profissional.

Síria. Isso é uma coisa enorme. E a terrível verdade é: esse é o sonho erótico de qualquer documentarista. Acontecimentos desbancando a estrutura narrativa planejada. O paraíso do fazer cinematográfico.

Mas eu definitivamente não sinto isso enquanto estou aqui sentada. Vejo a história sensacional que isso poderia dar. Eu enxergo perfeitamente, mas no momento estou apenas apavorada. Uma muralha massacrante de pavor vindo na minha direção. Isto que está acontecendo é bem real. Holli fez algo terrível. Haverá uma investigação cuidadosa. E eu estou envolvida. Todos estamos envolvidos. E tem uma bolsinha cheia de diamantes escondida no meu sótão. O que vai parecer bem comprometedor se a polícia decidir fazer uma busca na nossa casa. Bem comprometedor mesmo.

Com todas as fibras do meu corpo eu só queria que Holli entrasse de novo por aquela porta ali agora mesmo, mal-humorada e agressiva, falando grosserias para todos nós.

— Nossa missão é simples — prossegue o inspetor-chefe. — Primeiro, temos que descobrir onde Holli está, verificar se está em segurança, se é possível trazê-la de volta para casa. Depois, temos que descobrir com quem está envolvida, em que momento se radicalizou na prisão e como conseguiu sair do Reino Unido. São essas as informações que estou buscando no momento.

E como ele acha que podemos ajudar?

— Mas quero deixar bem claro aqui: a própria Holli até o momento não fez nada errado. A violação da condicional é bem insignificante em comparação com outras coisas que estão em jogo; não estamos preocupados em punir Holli por ter fugido. É mais importante trazê-la de volta para que ela nos conte o que aconteceu. Como conseguiu os documentos, seus contatos. Estamos querendo é ajudá-la, e a quaisquer outras nessa situação. Podem anotar o que eu estou dizendo: aquilo lá não é o que elas pensam. Eles vão atrás de garotas mais jovens, problemáticas, prometem mundos e fundos, e quando elas chegam lá já é tarde para mudar de ideia, não têm mais saída. Holli vai descobrir tudo isso logo, logo, se já não descobriu. Eles não estão nem aí para essas moças; são apenas troféus para eles. São descartáveis. — Andy olha para Michelle, sustenta o olhar. — E é por isso que precisamos fazê-la voltar para casa o mais rápido possível.

Michelle ficou completamente pálida. A mão desce meio atabalhoada até o bolso dos cigarros; ela esqueceu que os deixou na mesa da cozinha, e, não sei por que, esse pensamento me deixa incrivelmente triste.

— Agora, Erin... — O inspetor volta seus holofotes para mim. — Não estávamos cientes de que vocês vinham filmar hoje. Acredito que Holli não tenha passado essa informação para a mãe. Nós conversamos com os caras da Prisão de Holloway sobre as entrevistas que filmou com Holli. Naturalmente, ninguém viu ainda, mas temos muito interesse em dar uma olhada. Acredito que podem ser as únicas imagens recentes de Holli.

Além das filmagens de câmeras de segurança, que, para ser sincero, não ajudam grande coisa. Tenho muitos departamentos bem interessados em ver o que você tem aí. Ainda tem essas imagens?

Eu assinto.

— Não foram editadas ainda. Só material bruto por enquanto. Eu mesma não olhei, então não saberia dizer se tem alguma coisa de maior interesse em termos de...

— Tudo bem — interrompe ele. E me entrega um cartão de visita. Detetive Inspetor-Chefe Andrew Foster. Telefone e e-mail. — Transfira o que tiver assim que puder.

— Sem problema.

Eu pego o cartão e bem ostensivamente o guardo com todo cuidado. Fico nervosa com policiais. Sempre fiquei. Sinto que ele está perscrutando meu rosto, me examinando em busca de alguma coisa, qualquer coisa, um gancho para colocar a culpa. Me esforço para manter uma expressão aberta, neutra.

Andy se vira para Phil.

— Você não estava presente na entrevista em Holloway, estava? Nunca esteve com Holli?

— Não, nunca a encontrei. Vou estar com Alexa amanhã — responde ele, inabalável. Mas também ele não está relacionado com nenhum acidente aéreo, dois assassinatos, roubo, fraude e contrabando. Acho que o mais grave que Phil já fez foi fumar um baseado de vez em quando. E talvez um ou outro download ilegal.

O olhar do inspetor-chefe volta para mim.

— Ah, sim, o seu documentário. — Ele sorri. Não dá para entender exatamente o significado do seu sorriso. — Quem mais está participando mesmo?

Ele sabe. Tenho quase certeza de que foi checar. Eu sustento o olhar no dele.

— Eddie Bishop em Pentonville, Alexa Fuller em Holloway e Holli — vou recitando. Tudo perfeitamente registrado; papelada é o que não falta para provar.

Andy faz um leve gesto da cabeça. Um belo grupo. Eu sei que é um belo grupo.

Ele se volta para Phil.

— De qualquer maneira, Phil, tudo bem se quiser ir logo. Preciso apenas da Erin. Não quero retê-lo mais que o necessário. Pode se mandar se quiser. — Um flash daquele sorriso de novo.

Phil olha para mim. Eu concordo. *Vou ficar bem.* Ao se retirar, ele olha para trás de novo, sobrancelhas erguidas. Foi mesmo uma manhã muito estranha.

Esse documentário pode acabar sendo um lance bem maior do que nós dois imaginávamos. Eu sei. Phil também sabe. Ele vai sair atrás das redes sociais de Holli assim que puder conectar seu MacBook num café com Wi-Fi.

Michelle é despachada por Andy, supostamente para fazer mais café ruim. Quando ela se retira, ele se inclina na minha direção, cotovelos nos joelhos, rosto sério.

— Então, Erin, notou alguma coisa nas vezes em que esteve com Holli? Qualquer coisa que parecesse estranha? Que lhe parecesse fora do normal? Ela mencionou alguma coisa?

Ele parece mais velho quando não sorri. Mais caído, abatido, mais parecido com a imagem que eu teria de um detetive.

Eu penso de novo naquela entrevista. Dois meses atrás. Bem que poderia ser há um ano, com tudo o que aconteceu desde então. Será que notei alguma coisa que pudesse indicar uma viagem ao Oriente Médio? Será?

A imagem de Amal aparece na minha cabeça. O guarda da prisão naquele dia. Amal, do Oriente Médio. Amal, que significa "esperança" em árabe. Amal, do olhar bondoso.

E imediatamente me sinto envergonhada.

Mas afasto o pensamento. Não sou esse tipo de pessoa. Me recuso a ser. Amal é apenas um londrino como outro qualquer fazendo o seu trabalho; apenas por acaso tem um nome árabe. *Para com isso, Erin.*

Andy continua ali, esperando uma resposta.

— Não, nada específico, acho que não. Holli era... sabe como é, meio intimidante. Tenho que reconhecer. Não posso dizer que houvesse alguma coisa clara, mas ela passava, sim, um sentimento. — Eu paro. Merda. Repasso mentalmente o que acabo de dizer. Provavelmente teria sido melhor dizer apenas "Não, nada", e parar por aí. Idiota. Não vou querer me expor a uma investigação policial neste momento. Mark e eu não podemos ficar expostos a muita investigação, ou vai ser merda no ventilador. A primeira comissão da minha empresa de fachada na Arábia Saudita será transferida para minha conta dentro de oito dias. Dinheiro do Oriente Médio depois do desaparecimento da garota não vai parecer nada bom para um sujeito como o inspetor-chefe Andy Foster.

— Intimidante? Como assim?

Agora ele parece mais interessado. Eu o deixei preocupado. Exatamente, parece que acidentalmente esbarrei em algum detonador. Maldição.

— A atitude dela... sabe, considerando o crime anterior. O vídeo dela vendo o negócio todo pegar fogo. A atitude no dia da entrevista. Ela... — As palavras me faltam de novo. Ela o quê? — Desculpe, Andy. Não sei como dizer de outro jeito. É uma garota bem sinistra. Desculpe, mas é isso.

Se está no inferno, abraça o capeta. E sabe o que mais? Se eu sou uma testemunha preconceituosa, pelo menos nunca serei chamada ao tribunal.

Ele solta uma risada.

Graças a Deus.

Agora está com uma expressão leve de novo no rosto. Eu sou apenas uma garota fazendo um documentário.

— É. Eu vi o vídeo do ônibus. — Ele assente com a cabeça, e estamos de novo na mesma sintonia. — *Sinistra* é mesmo a palavra, Erin. Sinistra, mas não má, acho que não, apenas enganada com facilidade. Espero que mude de ideia antes de cruzar a fronteira, pois depois que passa de certos limites, não há mais como voltar. Depois não teremos mais como ajudá-la. Não vamos mais atrás para trazê-la de volta, se entende o que quero dizer.

Ele mantém a voz baixa. Dá para ouvir Michelle se movimentando sozinha na cozinha, a fumaça do cigarro chegando até nós. Ele dá um suspiro.

Trocamos um olhar.

— Nós fazemos o possível, Erin. Mas tem gente que não ajuda a si mesmo.

Acho que estamos criando um vínculo. Acho que vamos nos dar bem.

— Para ser justo com Michelle, ela não tem mais a menor ideia de quem é sua filha. Não dava para prever o que ia acontecer. Uma visita à prisão uma vez por semana por cinco anos não torna uma mãe atenta.

Ele olha na direção da cozinha. Eu aproveito para engolir. Meu desejo de parecer uma pessoa normal enquanto aqui exposta desse jeito complicou bastante as funções corporais normais. Ele prossegue:

— Holli mudou cerca de cinco meses antes de sair da cadeia. Temos declarações de guardas e psicólogos da prisão. Duas coisas aconteceram mais ou menos nessa época. Ela se associou ao programa beneficente da prisão e concordou em participar do seu documentário. Posso dizer com segurança que você não está à frente de nenhuma célula londrina da Al-Qaeda, Erin, mas perderia o emprego se não desse uma olhada na possibilidade.

Silêncio. Ele me observa, a sugestão de um sorriso brincando nos cantos da boca.

Quer dizer então que já andaram me seguindo, merda. Mas até que ponto?

— Eu sou suspeita? — Sei que a gente não deve perguntar, mas será que sou?

Sinto as bochechas avermelhadas, o pescoço quente. Meu corpo agora está oficialmente fora de controle.

Ele solta uma risada, satisfeito.

— Não. Não, Erin, definitivamente você não é uma suspeita. Não esteve nenhuma vez com Ashar Farooq, seu único encontro com Holli foi filmado e todas as suas ligações para a prisão foram gravadas e monitoradas na época. Eu ouvi todas.

Merda.

— Você não fez nada. Mas precisa mesmo me entregar uma cópia desse vídeo o mais rápido possível ainda hoje... e aí a gente te deixa em paz. Não estamos preocupados com você. Por enquanto.

Outra sombra de um sorriso. Com isso, ele levanta e ajeita as calças. E volta a me olhar.

— Ah, sim, nem é preciso dizer, mas não mostre essas imagens a ninguém mais. Agências de notícias, imprensa, obviamente. E também não poderá usá-las no documentário até a conclusão da investigação. E sabe o que mais, mesmo depois, vou pedir o favor de falar comigo antes, ok? Mantenha contato. Não quero perdê-la de vista.

Ele sorri. Realmente um sorriso vitorioso. Não é um homem feio nem com muito esforço de imaginação.

E aí, não sei por que digo o seguinte, mas o fato é que digo:

— Andy. Quando tudo estiver resolvido, quero uma exclusiva, pode ser? Antes de todo mundo. Uma entrevista seria incrível.

Pronto. Já deixei bem claro qual é a minha.

Ele abre um sorriso largo. Surpreso. Entretido.

— Não vejo por que não. Quando já for tudo de conhecimento público. Não faria mal a ninguém. Parece que está fazendo um belo filme, Erin. Interessante. Me liga.

E, com isso, ele vai embora.

Ao chegar em casa, a primeira coisa que faço é ir correndo ao sótão. Felizmente, Mark ainda não chegou. Foi encontrar colegas hoje, e também sondando o terreno em busca de contatos para vender os diamantes. Mas enquanto isso os diamantes ainda estão aqui no sótão, e eu, preocupada com eles. No nosso esconderijo. Se decidirem dar busca na casa, vão encontrar. Eu arrasto uma velha máquina de costura para cima do material de isolamento frouxo no piso. E me sento de pernas cruzadas no assoalho todo lascado, agoniada sem saber se a máquina de costura ali em cima vai disfarçar ou denunciar mais. Se o SO15 der busca aqui em casa, a máquina de costura vai atrair os olhares ou ocultar a parte frouxa do isolamento? Fiz uma pesquisa sobre o SO15 no Google quando estava vindo para casa: eles são um braço de operações especiais da polícia, o Comando de Contraterrorismo, departamento criado com a fusão da Seção Especial com a antiga Seção Antiterrorista. Polícia *séria*.

Eu retiro de novo a máquina de costura.

Definitivamente não tem nenhum lugar da casa que a polícia não vá vasculhar se chegarem à conclusão de que precisam me investigar. Também não posso enterrar os diamantes no jardim. O solo vai ficar revirado e a polícia adora cavar num terreno, todo mundo sabe. Já vi muito drama policial e sei perfeitamente. E agora não tem a menor chance de eu pegar um avião para a Suíça e guardá-los num cofre, pois estou na mira da investigação de Andy. Isso daria mais bandeira que qualquer outra coisa. Temos apenas de tirar esse negócio de dentro de casa o mais rápido possível. É o único jeito. Precisamos nos livrar dos diamantes.

Eu penso no avião. Aquela gente ainda lá no fundo, presa, amarrada nos assentos. No escuro noturno da água. Não consigo deixar de pensar neles. Quem são? Seriam mesmo gente ruim, como disse Mark? *Pareciam* gente má? Ainda bem que não os vi; acho que nunca esqueceria uma coisa assim. Já está bem difícil não pensar nisso. Fico vendo rostos da minha imaginação, cinzentos, inchados de água.

Queria encontrar uma maneira de descobrir quem são. Tentamos de tudo, vasculhamos aqueles sites da Interpol e de desaparecidos em Bora Bora. Mark é a única pessoa que poderia identificá-los. E ele bem que olhou. Quem sabe eu peço a ele para dar uma olhada de novo? Quem sabe *eu* não dou uma olhada para tentar encontrar notícias sobre desaparecidos em sites russos?

## 26

*Terça-feira, 20 de setembro*

# AS PEDRAS

Mark conseguiu um contato para as pedras. Um dos antigos colegas com quem se encontrou ontem, enquanto eu filmava na casa de Holli, indicou uma possível solução. Bem na hora. Quando vendermos os diamantes, mandamos o dinheiro direto para a Suíça, e pronto. Nosso pé-de-meia garantido. Eu não disse nada a Mark sobre Holli ou o inspetor-chefe Foster. Primeiro quero resolver isso; não quero que ele fique preocupado com a polícia até conseguirmos vender. Tenho certeza de que ainda não estão de olho em mim, e se hoje conseguirmos resolver os diamantes, acabou. Também não disse nada a Mark ainda sobre o bebê. Não estou guardando segredos de propósito; só quero esperar até o momento certo. É uma notícia muito importante, não quero que chegue envolvida em preocupações. Quero que seja algo especial. Puro.

Vou contar quando isso acabar. Quando vendermos os diamantes hoje, qualquer indício da bolsa terá desaparecido, e do avião também. Os diamantes são a última ponta solta.

O contato de Mark foi passado por uma garota chamada Victoria, que participou do mesmo programa de treinamento que ele na J. P.

Morgan. Ela rapidamente partiu para outra, se especializou, e agora é *trader* de quantitativos na equipe de Algo Trading de Ações do HSBC. Ela é persa e tem um meio-irmão que dá assessoria e negocia com ativos tangíveis: objetos de arte e de luxo, joias, vasos Ming, o chapéu de Napoleão, esse tipo de coisa. Brincadeira, o chapéu de Napoleão, não. Quer dizer, poderia ser, quem sabe? Os ativos líquidos dos super-ricos, seja que forma tiverem.

O meio-irmão de Victoria tem um website.

Naiman Sardy Art & Asset Advisors. A minha parte favorita do site é "Arte como garantia". Fico me perguntando o que Monet, Kooning, Pollock, Bacon e Cézanne, sendo os mais líquidos de todos os ativos, pensariam de serem considerados garantia.

Segundo o site,

> *No rastro da crise financeira internacional, os investidores começaram a entender as vantagens de incluir ativos não monetários, como objetos de arte, iates, joias e outras peças de coleção, nas suas carteiras de investimento. Esses ativos tangíveis, contudo, requerem avaliação especializada e especiais cuidados de gestão, não apenas em matéria de armazenamento, exposição, preservação e seguro, mas basicamente como bens negociáveis de valor substancial. Exigem o mesmo nível de* oversight *que as carteiras de investimento exclusivamente financeiras. Aqui na Naiman Sardy nós garantimos que você constitua e mantenha uma carteira equilibrada, assessorando e fazendo com que você, o investidor, se informe sobre os atuais valores de mercado e seja orientado sobre quando comprar, vender ou reter, ao mesmo tempo obtendo assistência em cada etapa das operações de compra e venda.*

Pois então, vamos lá. Uma fachada protetora de arte. A arte sendo usada como cigarros na prisão.

De repente eu me dou conta do duplo sentido de *"oversight"* em inglês: pode ser ao mesmo tempo vigilância e descuido. *"Exigem o* mesmo nível de oversight *que as carteiras de investimento exclusivamente financeiras.*" Uma dessas ironias da vida, provavelmente.

Os clientes da Naiman Sardy Art & Asset Advisors podem acabar sendo os primeiros contra o paredão quando vier a revolução, com ou sem ativos de garantia.

Seja como for, Mark pediu a Victoria que entrasse em contato com seu irmão Charles para "um cliente" dele. Eles são amigos no LinkedIn, Mark e Victoria, se encontraram para um café, e depois de botarem brevemente o papo em dia, Mark levantou o assunto. Será que o irmão dela não estaria interessado em conhecer um possível cliente que deseja obter liquidez com alguns ativos nos próximos meses? A ideia foi bem recebida. Mark disse que ela se endireitou ligeiramente na cadeira, bem satisfeita com o papel de intermediária. O negócio do irmão tinha sido bastante atingido no atual ambiente econômico, ao que parece, e Charles certamente apreciaria muito a comissão no momento. Victoria entregou um dos cartões de visita de Charles e disse a Mark que o passasse a seu "cliente". Chegou até a agradecer a Mark por ter se lembrado de Charles.

Mark fez a ligação, marcou o encontro. Eu deveria ir, não como a cliente, mas como sua secretária particular, Sara. Até aí, tudo bem; eu sabia pelas histórias de Caro que a maioria das vendas na sua galeria era feita por telefone ou por assistentes pessoais que compareciam às inaugurações de exposição. Por que ir pessoalmente comprar o seu ativo de garantia se pode mandar uma outra pessoa?

Esta manhã, vou encontrar Charles. Deixo Mark na Patisserie Valerie de Green Park e sigo sozinha pelo Pall Mall.

O salão de exposição em Pall Mall é discreto. Para quem entra, parece mais uma casa de leilão top de linha. Pedestais espalhados pela sala, sustentando tesouros que, deduzo, provavelmente não estão à venda. Apenas totens colocados ali para deixar claro para os clientes que aquele é o lugar certo para eles, chamarizes de classe, troféus, emblemas. Mas, para ser justa, eu tenderia a achar que tudo ali pode ser comprado, pelo preço certo.

Para citar um exemplo, uma máscara mortuária inca brilha debaixo de focos de luz por trás de uma boa polegada de vidro protetor.

Mais adiante, uma armadura japonesa.

Um pouco à frente, um colar com um reluzente diamante em forma de gota, do tamanho de uma bala de gengibre, pendurado num cordão de diamantes menores, não menos resplandecentes na iluminação da sala de exposição.

Charles me cumprimenta. Um saudável e rosado portador de calças vermelhas, com uma bela cabeleira bem-cuidada e uma ponta de bronzeado típico do sul da França.

Aparentemente é a única pessoa por ali. Talvez a loja só seja aberta com hora marcada. Não posso acreditar que haja muita circulação por aqui, mesmo no Pall Mall.

Sentamos bem aconchegados no fundo da sala, junto a uma enorme escrivaninha dupla de mogno. Se não é uma Chippendale, com toda certeza é no estilo Thomas Chippendale. O objetivo certamente é que a pessoa note essas coisas. Provavelmente é este o lance; o motivo de serem escolhidos pelos clientes.

Nós nos sentamos, jogamos um pouco de conversa fora na área mais acolhedora do salão espessamente acarpetado. Charles prepara um cafezinho e eu imagino que a bola da conversa de negócios está comigo. Provavelmente ele seria capaz de manter a conversa fiada e me divertir o dia inteiro se eu não entrar no assunto. Com toda certeza ele não é do tipo que puxa o assunto dos negócios primeiro: não é o que se espera na sua profissão, eu diria, ir direto ao assunto.

Até negociantes de rua do East End gostam de jogar conversa fora, certo? Claro que Charles não é nenhum vendedor de rua, vamos ser claros. É o típico representante da elite intelectual, de Oxford ou Cambridge, da cabeça aos pés: estrito, afiado, mas com a autoimagem negativa de alguém que se acha aquém do próprio potencial. Parece que a única desvantagem de ter todas as oportunidades na vida é que a pessoa jamais poderá preencher tanta expectativa. Sempre vai ficar aquém do próprio potencial. Qualquer realização será o mínimo que se poderia esperar, considerando-se as circunstâncias, e qualquer fracasso, mera consequência da fraqueza de caráter.

Para ser clara, me parece pessoalmente que Charles está se saindo muito bem. Tem aqui um lugar ótimo. Parece um trabalho agradável. Como mãe, eu ficaria orgulhosa. É outro ponto, para dizer a verdade, quando se trata desses garotos de universidades privadas. Eles mexem com as nossas emoções, não é? Contornam o sexual e vão direto ao maternal. Nunca crescem.

Eu pego a bolsinha de diamantes no bolso do casaco e a coloco sobre a escrivaninha. As pedras agora estão devidamente guardadas na macia carteira de couro creme que Mark e eu compramos expressamente para isso. O saco plástico não era realmente adequado, e embora nos tenha levado 150 libras, a bolsa confere uma aura completamente diferente ao presente empreendimento.

Charles foca a atenção. Afinal, é o motivo de estar aqui, e o ano não tem sido nada bom.

Eu explico que a família para a qual trabalho pretende liquidar alguns ativos nos próximos meses. As pedras serão uma venda inicial para testar o ambiente, sondar a receptividade do mercado no momento.

Claro, não existe na realidade nenhum outro ativo. Bem que eu gostaria. Nada mal se tivéssemos encontrado outras bolsas. Mas imagino que, aqui no trato com Charles, a perspectiva de futuras vendas vai (a) nos render o melhor preço para as pedras hoje e (b) diminuir o caráter meio suspeito de uma venda única.

Dá para sentir o interesse dele. Eu sabia que a carteira de couro valia a pena.

Ele pega uma bandeja de joias. Eu lhe entrego a bolsinha. Quero que ele próprio despeje as pedras. Para ter a sensação que eu tive da primeira vez que vi centenas de pílulas de diamantes se derramarem na luz refratada.

Ele sacode levemente a bolsa e as pedras se espalham na bandeja de feltro verde.

Ele sente.

Os pelos de trás dos meus braços se arrepiam. Eu sinto.

Oportunidade. Possibilidade. Ele molha os lábios antes de voltar o olhar na minha direção.

— Muito bom, lindos.

Uma leve sugestão de alegria borbulha por trás da expressão impassível. Ele não é nenhum jogador de pôquer, isso dá para ver.

Acertamos uma comissão de dez por cento. Ele vai entrar em campo assim que eu me retirar, e já deverá ter algumas ofertas até a tarde de hoje. As coisas andam muito depressa no mercado de diamantes. Ele pode providenciar uma venda até o fim do dia, se é o que deseja a família para a qual trabalho.

Eu me retiro com um recibo manuscrito no lugar das pedras e volto ao encontro de Mark no café. E é quando sinto: olhos nas minhas costas. Paro na esquina de Pall Mall com St. James's Street e, com os nervos já fervendo, finjo procurar o celular na bolsa. Os dois sujeitos que vinham atrás passam direto por mim. Não são da polícia nem estão me seguindo, apenas dois homens bem-vestidos a caminho de um calmo almoço. Eu olho para trás na direção do Mall até Trafalgar Square, meus olhos buscando a figura sólida do inspetor-chefe Foster entre os poucos pedestres. Entre os vinte transeuntes mais ou menos, nenhum se enquadra no modelito. O inspetor-chefe não está aqui. Não está me vigiando.

*Para com isso, Erin. Não seja paranoica.*

Meu coração pula no peito. Um mau pressentimento, só isso. E vou subindo a St. James's para encontrar Mark.

Ele se ilumina ao me ver entrar. Quer saber como foi com Charles.

— Muito bom, muito mesmo — garanto. — Agora mesmo já deve estar buscando compradores. Ficou realmente empolgado. Tentou disfarçar, mas eu percebi. A coisa pode se resolver em algumas horas! Ele vai me ligar ainda hoje com algumas ofertas.

Minhas mãos tremem levemente. Mark desliza a mão pelo tampo da mesa e repousa a palma na minha.

— Você está indo muito bem, amor. Estou impressionado.

Ele enfatiza com um largo sorriso. E eu não consigo deixar de abrir um também. Que diabos estamos fazendo? É assustador, mas também completamente emocionante. Não posso falar por Mark, claro, mas eu até hoje no máximo já recebi uma ou outra multa por estacionamento proibido. Não sou nenhuma criminosa. Mas é incrível como estamos tranquilamente enveredando por tudo isso. Eu tento me consolar pensando que tudo bem ficar paranoica de vez em quando, seria uma loucura se não ficasse, considerando o que estamos fazendo. Trouxemos todo esse perigo para casa conosco, para a Inglaterra.

— Erin, olha só, amor, por que não ficamos aqui no centro esperando juntos a ligação de Charles? E se aparecer alguma oferta, a gente aceita, ok? Você volta lá, fecha o negócio e podemos estar com tudo feito ainda esta noite. Diamantes fora de casa, encerrado o assunto. Podemos voltar a nossa vida normal. Quer dizer, meio normal...

Aquele sorriso de novo.

Meu celular toca por volta de uma e meia. É Charles, já dando um retorno. Eu reconheço os três últimos dígitos da chamada de Mark esta manhã. Mark faz que sim com a cabeça e eu atendo depois de quatro toques. Não queremos parecer muito desesperados.

— Alô? — atendo, meio bruscamente. Sara, minha personagem fictícia, tem coisas muito mais importantes a fazer do que ficar esperando uma ligação de Charles.

— Olá, Sara, aqui é Charles da Naiman Sardy. — Meio hesitante.

— Ah, sim, que ótimo. Olá, Charles, em que posso ajudá-lo? — A voz é bem leve, meio distraída, e profissional. Mark me olha nos olhos e sorri. Ele gosta dessa personagem. Extremamente sexy.

Charles de novo tem uma leve hesitação, mas eu percebo. Uma pausa infinitesimal do outro lado da linha, até que ele solta:

— Sara, sinto muito. Infelizmente não vou poder ajudar. Eu adoraria, mas não vai mesmo ser possível.

Meu estômago se revira e meus olhos procuram Mark. Ele já percebeu a mudança na minha energia e discretamente perscruta os rostos no café. Fomos apanhados? Acabou tudo?

Eu fico calada por um tempo meio longo demais no celular. Volto a focar e continuo calmamente.

— Algum problema, Charles? — Consigo imprimir um tom ligeiramente passivo-agressivo. Sara não entende muito bem por que Charles andou desperdiçando a porra do seu tempo se não consegue vender diamantes.

Os olhos de Mark estão em mim de novo.

— Sinto muito mesmo, Sara. Só uma pequena questão de procedência, só isso. Tenho certeza de que vai entender. Na verdade, fico até constrangido de mencionar. Seus clientes certamente não sabem que estão de posse de... bem, nem preciso dizer que houve alguns sinais de risco sobre a procedência das pedras, o que poderia causar problemas no futuro. De modo que vou ter que abrir mão no momento. Sei que vai entender.

Charles deixa um silêncio para eu preencher.

Eu balanço a cabeça para Mark. Não vendemos. *Procedência*. Minha testa está franzida. E aí a ficha cai. Charles está dizendo que acha que se trata de diamantes de sangue. Que nossas pedras vêm de algum ou outro espaço antiético na África. Naturalmente, sem documentos, nenhum rastreamento, é o que devem parecer mesmo. E acho melhor Charles pensar que se trata de diamantes de sangue do que deduzir que a falta de certificação de procedência se deve ao fato de que simplesmente os roubamos. Ele certamente deve ter desconfiado que alguma coisa estava errada quando os entreguei. Mas aposto que deve estar menos preocupado com a ética do que com possíveis danos financeiros. Com certeza teria transferido as pedras literalmente a qualquer um nas últimas horas, se pudesse. E não é de estranhar que recue. Se eu fosse Charles, sairia correndo léguas, especialmente considerando que o ano não tem sido bom. Gente como Charles não dura muito na prisão.

— Entendo. Bem, obrigada, Charles, ajudou muito. Tenho certeza que meus clientes vão querer saber. Você tem razão quando diz que eles não estão informados de nenhuma complicação dessa natureza. Então, obrigada por sua discrição.

Estou tratando de azeitá-lo. Sei que ele não vai contar a ninguém, mas vale a pena gastar um pouquinho de vaselina, para facilitar a vida.

— Sem problema, Sara. — Eu sinto um sorriso de alívio na sua voz. — Mas eu poderia pedir a gentileza de informar aos seus clientes que gostaria muito de cuidar de outros ativos que queiram liquidar? Gostaria muito de ser útil se precisarem de algo mais. Você tem meus dados, certo?

Ele quer as benesses, mas sem sujar as mãos. Entra na fila, Charles, entra na fila.

— Sim, claro, e sei que eles vão apreciar sua discrição nesse caso — digo.

Mark balança a cabeça. Estou inflando o ego de um sujeito que acaba de dizer que nós somos criminosos, e está funcionando. As pessoas são mesmo muito estranhas, não são?

— Maravilha, muito obrigado. Ah, Sara... se importaria muito de vir buscá-los aqui agora? Vou mandar embrulhar logo. Provavelmente é melhor.

Eu desligo e desmorono na mesa. Meu Deus, ser uma criminosa é exaustivo. Mark passa a mão no meu cabelo e eu volto os olhos lentamente para ele.

— Nada feito. — Eu mantenho a voz baixa. — Ele acha que são diamantes de sangue. Mas tudo bem. Não vai dizer a ninguém. E agora vou ter que ir lá buscar.

— Droga! — Não era o que Mark queria ouvir. Ele se esforçou tanto para descolar essa transação. — E agora supostamente seria a parte fácil. Ele não sabe que somos nós que estamos vendendo, sabe?

— Não — eu logo respondo. — Não tem como saber. E mesmo que saiba, não é do tipo que vai dar com a língua nos dentes. Com certeza recebe ali todo tipo de coisa. Diamantes de sangue provavelmente são fichinha para ele. Se tem medo de tentar vender diamantes por nós, certamente não vai ter coragem de abrir a boca. Quem sabe quem poderiam ser os meus clientes? Quem sabe do que seriam capazes?

— Não estou minimamente preocupada com a hipótese de Charles nos dedurar.

A expressão de Mark se desanuvia e ele me manda um sorrisinho.

— Então que merda a gente vai fazer agora?

Ele fala com leveza, o absurdo da nossa situação evidente no tom de voz. Pois de fato: o que é que vamos fazer agora? Não conhecemos ninguém mais. Não sabemos como vender diamantes.

Eu dou uma risadinha nervosa. Ele devolve o sorriso, os olhos apertados nos cantos. Meu Deus, como ele é lindo.

— Estava realmente achando que Charles ia resolver; meio que esperava que ele fizesse uma oferta ali na hora — digo. — Meu Deus, por que não pode ser simples?

— Eu também estava achando. Mal-acostumados com a Suíça, acho eu; as coisas lá foram fáceis demais. Mas agora vamos ter que explorar outras saídas para isso. Ainda não acabou. Vou cuidar disso. Vai lá pegar as pedras de volta.

E faz um gesto da cabeça na direção da porta.

Deixo Mark lá queimando neurônios enquanto eu volto ao escritório de Charles para pegar os diamantes. E de repente parece tão divertido de novo! Poderia passar o resto da vida fazendo coisas assim com Mark, ele é como Gatsby e eu, a sua Daisy.

Ao voltar à galeria, Charles não está mais. Um guarda de segurança vem atender quando toco a campainha e me entrega a bolsa suspeita em troca do recibo de Charles. Parece que Charles quer se garantir, manter distância. Mark vai ter que fingir ignorância da história toda se voltar a se encontrar com Victoria. Parecer chocado e consternado porque seu contato tentou desovar diamantes de sangue. Como pode?! Perfeitamente plausível. Mark estava mesmo muito longe dos acontecimentos para alegar ignorância, e, além do mais, gente rica mal-intencionada é o que não falta. Exceto pelo fato de ser meu marido, Mark não tem qualquer ligação concreta com nada do que aconteceu. E por sinal, eu também não estava aqui. Sara é que estava.

Uma vozinha lá no fundo da minha mente me lembra que eu sou a pessoa mais próxima de tudo isso, se as coisas forem rastreadas, se tudo der errado. Sou eu que apareço nas câmeras de segurança na Suíça, eu que apareço nas câmeras em Pall Mall. Não o meu nome, mas meu rosto. Ao voltar ao encontro de Mark com as pedras, fico me perguntando: foi ideia minha chegar tão perto assim? Ou apenas caí nesse papel? Será que sou mais corajosa, mas safa que Mark? Ou mais burra? Por que sempre eu?

Mas o fato é que Mark é quem tem os contatos, de modo que não poderia fazer as transações, certo? Realmente faz sentido. E para ser sincera, eu não gosto de ficar por trás assistindo. Na verdade, somos mesmo uma dupla perfeita.

Mark não tem mais ideias para os diamantes quando eu volto, e então decidimos que chega de pensar nisso por hoje. O cérebro dele já está novamente focado nos negócios. Hoje à tarde ele vai encontrar outro velho amigo de trabalho para tratar de regulação financeira em consultorias privadas; a montagem do novo negócio significa que terá de pular um monte de obstáculos. E eu digo que ele pode ir. De qualquer maneira, precisamos mesmo de mais tempo para pensar no próximo passo em relação aos diamantes. Eu lhe dou um beijo de despedida e volto para casa, com os diamantes agasalhados na bolsinha de couro creme, bem segura na minha mão fria dentro do bolso.

É quando estou caminhando para o metrô que me vem a ideia.

Pois se o nosso lento Charles pode vender diamantes, por que nós não podemos? Charles é um intermediário, um sujeito que pega as coisas que os ricos não querem mais e encontra comprador. Negocia com dinheiro dos outros. Se Charles é capaz de entender os fundamentos da transação de ativos, com seu diploma de belas-artes, estou certa de que não deve ser nenhuma ciência astronáutica. Mais ou menos o que Mark fazia na City, só que Charles opera em escala muito menor. E, além do mais, já compramos diamantes antes; entendemos tudo de quilates, corte, cor e claridade, desde o noivado e a nossa longa busca de um anel. Sabemos quanto valem essas pedras aproximadamente, então basta encontrarmos alguém disposto a comprá-las. E olha só: existe em Londres uma rua inteira dedicada à compra e venda de diamantes. Só precisamos que alguém não tão preocupado com procedência demonstre interesse. Alguém um pouco mais, digamos, *proativo* que Charles. Podemos pelo menos dar uma sondada.

Eu entro por um beco ao lado de Piccadilly, agarro na palma um diamante mais gordo e guardo o resto.

Na estação Farringdon, passo por uma série de ruelas até chegar ao movimentado Hatton Garden. Está fazendo frio, com um vento cortante. A rua está cheia de judeus hassídicos, as mãos segurando os chapéus de aba larga contra o vento, e ricos negociantes cockney enterrados até o pescoço em casacos de caxemira, todo mundo com pressa de chegar a algum lugar.

Provavelmente é uma péssima ideia vir até aqui, mas o fato é que eu não pareço exatamente uma ladra de joias, certo? Por que diabos uma mulher bem-vestida na casa dos trinta chamaria a atenção por avaliar um diamante em Hatton Garden? Tem gente fazendo isso todo dia.

Eu olho para meu anel de noivado; é lindo. Mark realmente gastou muito com ele. Agora é fácil ver isso. Mas na época, lembro que pensei que ele me amava muito. Como devia ter se sacrificado para comprá-lo. Todas as horas de trabalho. E como é lindo! Como é brilhante!

Mas agora eu vejo um troféu. O trabalho duro de Mark enfiado no meu dedo. Se precisássemos de dinheiro, eu o teria vendido num piscar de olhos para nós. Para nossa casa. Para nosso filho. A estreita faixa de ouro por baixo significa mais que o brilho por cima. Mas depois da bolsa, nunca vou precisar vendê-lo. E imagino que se conseguir vender as pedras, nunca mais vou precisar vender nada.

Primeiro, então, me arrisco no mercado aberto de troca de diamantes. Um espaço cavernoso cheio de balcões, negociantes especializados em diferentes pedras e metais. Judeus ortodoxos debruçados nos balcões junto a comerciantes cockney em seus ternos alinhados, um banquete de negócios de família convivendo lado a lado.

Ainda nem andei muito e um deles já se aproxima de mim. Embora ninguém pareça estar olhando para mim, sei que sou uma raposa que acaba de entrar no terreno de uma caçada.

— Procurando o que, querida?

Ele é calvo, cockney, camisa, gravata, casaco de lã. Prático: um sujeito que se veste conforme o tempo. Com um sorriso suficientemente amigável. Serve.

— Na verdade estou vendendo. Uma pedra de dois quilates. Era de um anel de noivado.

Me parece uma história razoavelmente blindada. Ninguém vai perguntar de quem era o anel, certo? Pois claro que a dona só pode estar morta ou separada. Não propriamente o tipo de assunto para jogar conversa fora numa venda. Sem a menor utilidade para azeitar as engrenagens do comércio. E o fato de a pedra não estar mais montada num anel já é suficientemente sinistro para que fosse inadequado fazer alguma pergunta. Bem, não custa esperar. Inventei minha história no metrô. E acho que é bem boa.

— Dois quilates? Ótimo. Vamos dar uma olhada.

Ele está realmente interessado. Deve ser o tipo de trabalho em que nunca se sabe o que pode aparecer no dia a dia. Alguma coisa na sua expressão enquanto estico a mão para pegar a pedra no bolso me lembra daquele famoso episódio de *Only Fools and Horses*. Aquele em que Del e Rodney encontram o relógio e finalmente ficam milionários. Ele comprou minha história.

Eu a coloco na bandeja de feltro sobre o seu balcão. A pedra mal tocou o feltro e ele já a pegou. Lente na mão, analisando. Os olhos voltam a mim, avaliando. Sou apenas uma mulher, classe média, bem-vestida, 20 e tantos ou 30 e poucos anos. Qualquer preocupação que ele ainda tivesse é dissipada pela minha aparência; ele volta a apertar os olhos na direção da pedra.

E convoca um colega. Martin. Martin faz um gesto amistoso de oi. É mais jovem que o sujeito de casaco de lã, que agora lhe entrega a pedra. Filho, talvez? Sobrinho? Martin saca a sua lente e inspeciona o diamante de todos os ângulos. Também me lança um olhar. Me avaliando.

— Quanto está querendo?

Martin agora está mais frio que no oi inicial, bem profissional. Deduzo que isso significa que estão interessados. Expressões sérias de jogadores nos rostos, agora.

— Não sei muito bem, para ser franca. Só sei que são dois quilates. Corte e cores impecáveis. Imagino algo em torno de... cinco mil?

Joguei por baixo, bem por baixo mesmo. Sondando o terreno. Fingindo que não sei o que tenho nas mãos. Mas eu sei o que tenho. Charles confirmou o que tínhamos antes de tirar o corpo fora. Este diamante, como todos os outros na bolsa, é de cor D (incolor), claridade IF (*internally flawless*, internamente perfeita) ou VVS1: inclusão de impurezas bem leve, só detectáveis por um especialista munido de microscópio de ampliação máxima olhando pela base da pedra. Charles anotou as especificações com toda precisão no recibo que me entregou. Uma pedra redonda básica com essas especificações chegaria a oito mil no atacado, nove mil e quinhentos com impostos. Mas eles têm na mão um diamante de corte radiante, retangular e cortado de modo a realçar o brilho e a cintilação. São pedras mais raras e brilhantes. Valem no atacado algo em torno de dezoito a vinte mil libras sem impostos.

Esses caras nem acreditam no que estão vendo.

O do casaco de lã projeta o lábio inferior, como quem diz que cinco mil parecem ok. E olha para Martin.

— Que acha, Martin? É o suficiente? É uma bela pedra.

Ele está se saindo bem. Se eu não soubesse das coisas acharia que estavam me fazendo um favor.

Martin olha para a pedra de novo e solta um suspiro bem audível. Olha para mim, os lábios comprimidos, pesando bem a decisão.

— Sim, podemos. Por que não? Claro, vamos fechar. Vou preparar o recibo.

E olha para o sujeito felpudo.

Felpudo sorri para mim, rápido.

— Satisfeita, querida? — pergunta.

Estou satisfeita porque consegui o que queria. Essas pedras podem ser vendidas. Tem gente que não está nem aí para a procedência, desde que haja barganha. Mesmo que entregássemos todas elas por cinco mil cada, ainda estaríamos com um bom milhão. Poderíamos conseguir mais, sei que poderíamos, mas um milhão está bom. Não vamos ser gananciosos demais.

Eu faço que sim, parecendo pensar no assunto, e os deixo cozinhar por um momento.

— Parece ótimo, senhores. Fantástico. Vou conversar com meu marido hoje à noite e ver o que ele diz e devo dar uma passada aqui amanhã...

Dou aquele sorriso camarada (aqui todo mundo é amigo) e boto a pedra no bolso.

Claro que não tenho a menor intenção de voltar. Não tenho intenção de vender duzentos diamantes um por um em diferentes mercados. E, como já vimos, os melhores negociantes não querem nem saber de chegar perto deles. Então o que precisamos é encontrar alguém que faça vista grossa pela percentagem certa. Eu penso em todas as histórias que Mark me contava sobre as pessoas com quem trabalhava, para as quais trabalhava. As coisas que fazem, as coisas que fizeram. Com certeza vamos encontrar alguém.

Mark está na sala, com uma energia diferente, quando chego em casa. A reunião de negócios foi muito bem, ao que parece: felizmente, as regulações do setor tendem a estimular e apoiar novas empresas; estão sendo criadas mais empresas que nunca, e no atual ambiente econômico é grande a demanda por elas. Ele também está trabalhando em sua lista de possíveis clientes. Tudo parecendo bem saudável, diz ele, com um sorriso. Finalmente parece que sua sorte voltou. Sinto no ar um forte cheiro de café. Ele me entrega uma xícara, um presente de boas-vindas.

— Demos sorte com alguma coisa? — pergunta ele. Está recostado na lateral do sofá, os braços cruzados no peito, iluminado pelo sol poente. Logo teremos de acender as luzes.

Engraçado como nós dois estamos curtindo essa história toda. Virou um jogo; às vezes um jogo de habilidade, às vezes de sorte. E talvez estejamos gostando tanto porque até agora estamos ganhando.

— Tive uma ideia depois que nos separamos — arrisco. — Me acompanha só. Fui até Hatton Garden. Não se preocupe... não fiz nenhuma loucura. Só queria sondar o terreno. Queria ver se tem gente disposta a fazer vista grossa com a procedência. E tem, Mark! Definitivamente, tem.

Eu sorrio para ele, sentindo o rubor na face. Ele não retribui o sorriso. Eu vou em frente.

— A gente só precisa de alguém com um pé fora da legalidade para comprá-los de nós. Alguém que queira o dinheiro e não se preocupe muito em saber de onde vêm as pedras.

Eu esboço outro sorriso, mas ele continua me olhando impassível. Por que resolveu não entrar na brincadeira?

Ele se levanta e começa a andar pela sala, perdido em pensamentos. Alguma coisa não vai bem. Eu mordo o lábio e espero.

Passado um momento, ele se vira e olha para mim, a expressão indecifrável.

— Que foi, Mark? O que há com você?

A pergunta sai mais ríspida do que eu esperava. Ele desvia o olhar. E eu já achando que não vou poder aguentar muito tempo. São muitos segredos que guardo agora, muita pressão na minha cabeça. Temos que vender esses diamantes o mais rápido possível, para retomar nossa vida normal. Não entendo por que ele não vê. A gente se divertiu tanto hoje mais cedo. Não entendo essa súbita mudança.

Ele se vira para mim.

— Não entendo como é que você pôde ser tão id... Nada. Tudo bem. Não. Vai em frente, Erin.

Ele se cala e vai até sua mesa, começa a mexer em papéis de trabalho.

— Idiota por que, Mark? Que foi? Desculpe se não estou entendendo... Por favor, diga o que está querendo dizer. Foi um dia bem difícil, e acho que me saí muito bem, então se acha que tem alguma coisa errada com o que estou fazendo, pode fazer o favor de me dizer? Ou melhor ainda, por que não diz quais são *suas* ideias, Mark? — exijo.

Ele para o que está fazendo e olha para mim.

— Erin, achei o cartão do inspetor-chefe Foster no bolso do seu casaco. — A voz é suave; ele não está com raiva, apenas decepcionado, o que é pior. Não imaginava que agíssemos assim, escondendo coisas um do outro. — Eu estava só buscando moedas para troco, se quer saber. Quando é que ia me contar dele, Erin? Me deixou apavorado! Quando foi que parou de me contar as coisas? — Mark olha para mim, um olhar magoado. — Primeiro fiquei achando que você tinha ido à polícia falar da bolsa. Achei que tinha contado tudo. Fui procurar o sujeito no Google. Vi que era contraterrorismo e aí mesmo é que não entendi mais nada. E comecei a imaginar, será que ela está tendo um caso com esse cara ou algo do tipo? Por que ela tem esse cartão aqui? E aí, feito um imbecil patético, fui olhar os seus e-mails... e graças a Deus! Graças a Deus vi o seu e-mail para Phil sobre ontem. Sobre Holli. Bem, pelo menos agora já sei que você só está me escondendo coisas do trabalho. E tudo bem, Erin, mas não me deixa no escuro, ok? Tenho direito de saber o que está acontecendo. Guardar segredos, especialmente sobre a polícia, num momento como este, realmente... é aí que as coisas começam a dar errado. — Ele contrai o rosto, a expressão acusadora. — Eu não ia falar, ia deixar você resolver contar quando quisesse, mas agora temos que conversar sobre isso. Então me desculpe se não estou exultante com o que você fez o dia inteiro, mas acho que você entende o que estava acontecendo, certo? Sabe que está em todas as câmeras de segurança de Hatton Garden, não é? — Ele diz com calma, mas as palavras ficam latejando na minha mente. — Não vai ser nada bom se começarem a te investigar. E definitivamente não vai ser nada bom se o inspetor-chefe Foster encontrar imagens suas.

Claro que ele tem razão. Estou me comportando feito uma idiota. Estou mesmo ferrada se tudo der errado.

— Só quero ouvir você dizer que a gente está junto nisso, Erin. Não está escondendo mais nada de mim, está? Somos só nós dois, certo?

É uma pergunta muito séria que exige uma resposta séria. Eu sinto a importância do momento. Ele está se arriscando; eu tenho que aceitar ou deixá-lo, não há meias medidas.

Ainda não lhe contei sobre a gravidez, sobre o fato de Eddie saber onde moramos, saber tudo de nós, mas não posso fazer isso agora, certo? Já estou pisando em terreno movediço. Eu sou a irresponsável; sou eu quem anda por aí na cidade botando tudo em risco, mentindo. Nem quero imaginar se soubesse que estou fazendo tudo isso com nosso filho na barriga. Se disser agora, posso quebrar essa coisa tão frágil que levamos tanto tempo para construir.

Ele espera a resposta. Está realmente preocupado. Eu me sinto mal. Muito mal.

— Sinto muito, Mark. Sinto mesmo. Eu ia te contar depois que vendêssemos os diamantes. Não queria que você ficasse preocupado. E se realmente eu achasse que Andy... desculpe, o inspetor-chefe Foster... tinha mandado me seguir, não teria ido a Hatton Garden, juro. Mas o fato é que a gente precisa tirar esses diamantes de casa, você entende, não? Especialmente agora.

Ele está magoado. Dá para ver, embora não queira que eu veja. Mas depois de um momento ele assente. Sabe que a gente precisa se livrar deles.

Eu respondo com o mesmo gesto da cabeça.

— Então estamos de acordo. Temos que vender as pedras o mais rápido possível. Precisamos delas fora daqui, fora de casa, e precisamos do dinheiro no banco o mais breve possível?

É uma pergunta. Se ele quer que eu acabe com tudo isso logo, eu acabo. Eu o amo demais para ficar forçando a barra.

Ele faz uma breve pausa e volta a assentir.

— Concordo.

— Eu devia ter te contado sobre o inspetor-chefe. Me desculpa, Mark.

Eu esboço um meio sorriso, e ele retribui. Meu Deus, como o amo. Eu vou até ele e o envolvo num abraço.

— Mas não me repita uma história dessas, sra. Roberts. — Ele me puxa para mais perto. — Então vamos vender essas porcarias desses diamantes.

Eu me aperto contra ele, aliviada.

— Conhece alguém que possa nos ajudar com isso? — pergunto.

Ele baixa o olhar para mim.

— E você?

# 27

*Quarta-feira, 21 de setembro*

# ACOMPANHANDO A NOVA VIDA DE ALEXA

Eles depositam seus objetos no balcão. Lembranças de uma vida. Nós recuamos um pouco para deixar que ela os examine. Ela assina o recibo.

Focamos a câmera no balcão. Um Nokia 6100, um dos primeiros celulares com conexão à internet. Era o telefone mais desejado de 2002; Alexa foi uma das primeiras a comprar. Mas não tem carregador. Só Deus sabe onde ela ainda vai conseguir achar um pra ele.

Uma bolsa Mulberry de couro marrom. Ela abre. Cartões Amex vencidos, cédulas, moedas. Me pergunto se as notas também já não estariam obsoletas. As cédulas de cinco libras mudaram de novo em setembro; estão sempre mudando. Eu penso em todas as carteiras ali, no depósito da prisão, com notas de cinco libras que não têm mais ou logo deixarão de ter valor.

Um guarda-chuva dobrável preto. Meio pacote de chicletes Wrigley's Extra. Um cartão de metrô meio apagado das linhas 1 e 2. E só. A vida de Alexa.

— Muito obrigada.

Alexa oferece um caloroso sorriso ao guarda de Trinidad. Parece que os dois se entenderam bem.

— Não há de que, querida. E tenha um ótimo dia. E espero nunca mais vê-la de novo, se é que me entende.

Ele solta uma gargalhada e volta a sorrir para a linda mulher à sua frente.

Alexa junta seus pertences numa bolsa de lona creme e se encaminha para a saída.

Ela para na porta para cumprir a última formalidade com o último policial. Phil, Duncan e eu atrás dela. É a única soltura que, de fato, fomos autorizados a filmar. Alexa foi a única detenta que nos permitiu tanto acesso. Sentimos a intimidade do momento. Seguimos Alexa, na chuva, a câmera apontada para sua figura no portão no momento em que pisa do lado de fora, para o ar úmido do outono e a porta se fecha atrás dela.

Ela para do lado de fora.

Olha para o alto, a chuva molhando seu rosto, a brisa agitando o cabelo. Respira, o peito subindo e descendo levemente. O som meio abafado do trânsito descendo Camden Road. Vento nas árvores.

Quando finalmente baixa o olhar de novo, seus olhos estão marejados de lágrimas. Ela não diz nada. Ficamos todos em silêncio enquanto caminhamos de costas em direção à rua, filmando Alexa.

E, ao chegarmos à rua, um largo sorriso ilumina seu rosto e as lágrimas começam a descer livremente. Ela ergue a cabeça e ri.

E é contagioso. Agora todos nós estamos sorrindo.

No enorme abismo aberto da liberdade reconquistada de Alexa, nosso plano até deve parecer um bem-vindo parapeito. Seguimos para a estação Waterloo Leste, onde ela vai pegar o trem para Folkestone, em Kent. Sua nova casa. Sua casa de família. Vamos acompanhá-la e filmá-la em diferentes momentos nos próximos dois dias. Que alívio sair de Londres por uma noite! Parece que vivo esperando Andy aparecer de surpresa pela porta a qualquer momento. É muito exaustivo;

os diamantes parecem abrir um buraco a fogo no piso do sótão, como o coração revelador de Poe. Esta viagem vai tirar minha cabeça disso. Vai me ajudar a focar.

Aluguei um carro para nos levar à estação, mas primeiro Alexa quer caminhar um pouco. E assim a gente vai andando sob o chuvisco.

Ela para num café e pede um suco de laranja espremido na hora. Ficamos observando as meias-luas cor de laranja vivo girando na máquina de espremer e a saída do líquido. Ela beberica por um canudo. Faz sinal de aprovação com a cabeça.

— Muito bom. — E sorri.

Compra mais três, um para cada um de nós, usando seu dinheiro de quatorze anos atrás, e nós seguimos.

Paramos em Caledonian Park, onde ela encontra um banco molhado para se sentar e nós recuamos, saindo do seu campo de visão enquanto ela observa as árvores, o céu, gente passeando com cães, corredores. Absorvendo tudo.

Por fim, ela rompe o silêncio. Volta-se para nós.

— Podemos parar um minutinho, pessoal? Venham se sentar comigo. — E bate com a mão no assento escurecido pela chuva.

Uma turma meio estranha, nós quatro ali, sentados lado a lado no banco do parque: a esguia Alexa, o troncudo Duncan, nosso representante de Glasgow, cuidando do som, o operador de Steadicam, Phil, e eu. Os quatro passeando o olhar pelo parque molhado da garoa, Phil ainda filmando nossa vista, a câmera repousada no colo.

— Obrigada por estarem aqui — diz Alexa enquanto contemplamos nossa cinzenta Londres. — É o melhor dia da minha vida.

E, sim, capturamos o áudio.

Felizmente, nosso trem não está muito cheio. E na viagem vamos registrando todos os momentos possíveis: o primeiro jornal de Alexa, seu primeiro gim-tônica, sua primeira barra de chocolate.

E chegamos ao tranquilo vilarejo de Hawkinge, onde o pai de Alexa, David, espera na entrada de sua garagem. Ela se atrapalha com a maçaneta da porta do táxi, consegue abrir e salta para a paisagem verdejante de Kent. Pai e filha correm um para o outro. O setentão de rosto corado envolve a filha num abraço de urso. E os dois ficam assim.

— Em casa, agora — diz ele, como se fosse uma promessa. — Em casa e segura. — E a aperta muito.

Por fim, David se volta para nós, a cabeça de Alexa perfeitamente encaixada na curva do seu braço. Os dois radiantes.

— Entrem, vocês aí. Vamos preparar um chá bem quente para vocês.

Ele segue na direção da casa e nos guia para dentro, com Phil, sempre filmando, garantindo a retaguarda.

Deixamos os dois quando a luz do dia começa a baixar e nos encaminhamos para as glamorosas luzes de Folkestone e o Premier Inn, onde passaremos a noite.

Nada por aqui é Premier, exceto os preços. O sabonete é uma espuma antibacteriana que sai de uma saboneteira presa à parede. Eu ligo para Mark, quase com relutância. Me sinto terrível por tê-lo magoado ontem, mas ele vai ficar preocupado, então eu me forço a ligar. Mark diz que tem notícias excelentes sobre o negócio. Um possível cliente fez contato hoje; soube da nova empresa de Mark por um colega e disse que pretende se transferir para ele assim que a firma estiver funcionando. Além disso, Hector confirmou definitivamente que vai largar o emprego e mal pode esperar para se juntar a Mark. Será um novo começo para ambos. Estou tão feliz de ver que ele tenha decidido tomar as rédeas da própria situação. Ele não teve mais nenhuma ideia sobre os diamantes; estava muito ocupado. E eu digo que a gente vai dar um jeito, sempre damos. Só precisamos aguentar firme. Preciso apenas acabar aqui com Alexa e concluir as filmagens com Eddie no sábado. E, então, terei tempo para encontrar uma solução.

A nova empresa é mesmo uma tábua de salvação para Mark. O mercado de trabalho está completamente parado agora, e realmente não sei o que ele poderia ter feito sem isso. Eu lhe mando um beijo de boa-noite pelo telefone e vou dormir na minha cama de pedra, sorrindo feito uma idiota.

A consulta de Alexa na clínica de fertilidade é na manhã seguinte às 10h35, em Londres. Engraçado que tenhamos falado de gravidez da última vez que nos encontramos e, agora, eu esteja grávida. Meu passageiro secreto vai nos acompanhar em nossa visita.

Dessa vez, Alexa está calada, nervosa, mãos apertadas enquanto aguardamos na sala de espera do Hospital Lister. Fomos autorizados a filmar a consulta de hoje. Eu li um pouco sobre fertilidade, mas na verdade não tenho a menor ideia do que esperar.

Depois de alguns remanejamentos, conseguimos todos nos apertar com os equipamentos na pequena sala do consultório.

A dra. Prahani, uma médica inteirona na casa dos 40, com um sorriso tranquilizador e sério, convida Alexa a sentar.

Entrelaça as mãos de unhas bem-feitas e as repousa suavemente sobre a papelada de Alexa, que cobre sua mesa.

— Nosso principal objetivo hoje é verificar se você realmente precisa de um tratamento de FIV ou se podemos optar pelo método menos invasivo da inseminação intraiuterina, a IIU. A IIU é muito mais simples que a FIV; consiste em selecionar a melhor amostra de esperma do doador no laboratório e introduzi-la diretamente no seu útero por um cateter. Seria um procedimento mínimo, não invasivo, que pode ser feito em cerca de cinco minutos. Naturalmente, seria o nosso método preferido!

Alexa ergue as sobrancelhas, esperançosa, e faz com a cabeça um gesto de hipotética concordância.

Os testes são simples e surpreendentemente rápidos. Uma ampola de sangue é extraída. Em seguida, a cortina em torno da cama é puxada e Phil, Duncan e eu acompanhamos pelo monitor extra as granulosas imagens em preto e branco do útero de Alexa.

Engraçado como a gente sabe tão pouco de fertilidade, gravidez. É a questão mais importante para a humanidade, e, no entanto, parece que estou tentando ler um texto em urdu.

A contagem de óvulos é boa. O corpo de Alexa relaxa de alívio. Eles terão de ver amanhã os níveis de AMH nos resultados do exame de sangue para ter certeza, mas até agora parece tudo bem promissor.

Nós duas nos abraçamos fora da clínica. De alguma forma passei do plano profissional para o pessoal com ela. Foram dois dias bem carregados de emoções. Alexa brinca que gostaria de ficar com Duncan como animal de apoio emocional. Eu rio. Ela é divertida. E esses dias Duncan anda mesmo com uma barba bem fofa. Combinamos de nos falar pelo Skype amanhã à noite, extraoficialmente, quando ela estiver de volta a Kent. Para saber como ela está.

Estranho: tenho a sensação de que a conheço. De que a conheço de verdade. E parece que ela talvez também me conheça. Ela fica em algum ponto entre minha antiga vida e a nova, que estou criando agora. Alexa parece mais viva que qualquer pessoa que eu tenha conhecido. E, de repente, me dou conta de que me importo muito com o que vai acontecer com ela.

# 28

*Sexta-feira, 23 de setembro, de manhã*

## COISAS ESTRANHAS

Quando voltei para casa ontem, Mark estava trabalhando no escritório. Parou quando eu entrei e fomos conversar na cozinha. Tínhamos ganho saquinhos de chá e biscoitos da Fortnum & Mason de presente de casamento, e eu preparei um bule. Ele não foi além de alguns goles e uma mordida num biscoito de casca de laranja. Não sei por que, mas o fato de ter passado uma noite longe me deixou desesperada por ele. Então o levei para cima e fizemos amor ao cair da noite. Talvez sejam todos esses novos hormônios; isso e o fato de não termos dormido juntos desde Genebra, cinco dias atrás. Como já disse, por mais revoltante que seja, é muito tempo para nós. Eu estava precisando. Não sabia que estava, mas estava. Depois, ainda enroscados nos lençóis, eu pensei em lhe contar. Sobre o bebê. Mas parecia que as palavras não vinham. Eu não queria estragar aquele momento. Não queria que ele me impedisse de tentar fazer o que preciso fazer. E ainda está no começo. A gravidez pode não dar em nada. De qualquer maneira, fiz uma promessa a mim mesma: vou ao médico e vou contar tudo a Mark assim que os diamantes estiverem fora de casa, e nós, em segurança.

\*\*\*

Para preparar a entrevista de Eddie amanhã, fui chamada à Prisão de Pentonville hoje às 7h45. Tem sido mesmo uma semana de acordar cedo.

Por ser uma prisão masculina, fui informada de que preciso levar em conta algumas questões um tanto incomuns, como, a essa altura, já posso imaginar. Aconselharam, por exemplo, que eu usasse calça, esse tipo de coisa. Melhor não refletir muito sobre isso.

Depois de ouvir muito, concordar muito e assinar muito papel, eu finalmente saio pela última porta de segurança e me deparo com o vento gelado na Roman Road. Aperto bem o casaco no meu corpo, ajeito o cachecol e tento me lembrar aonde tenho que ir em seguida, quando ouço uma voz.

— Com licença! Oi?

Eu me viro para o portão e vejo um sujeito de terno e ar amistoso correndo na minha direção.

— Desculpe, só um segundo... não quero atrapalhá-la — bufa ele, o rosto avermelhado no frio, a mão estendida. — Patrick.

Eu aperto sua mão. Não creio já tê-lo visto.

— Erin Roberts — digo.

Patrick me manda um sorriso largo, um aperto firme, envolvendo na mão gelada a minha já bem quentinha.

— Sim, sim. srta. Roberts. Claro — diz ele, recobrando o fôlego. E faz um gesto na direção da prisão.

— Esqueci alguma coisa? — arrisco.

— Desculpe... sim. Só estava querendo saber o que veio fazer aqui hoje, Srta. Roberts. Vi o seu nome na agenda mas acho que houve alguma confusão na administração e eu não fui informado. — Ele parece constrangido.

— Ah, meu Deus, lamento. Sim, eu estava com o diretor, Alison Butler, a respeito da entrevista de amanhã com Eddie Bishop.

Um ar de compreensão brilha nos seus olhos.

— Sim, certo, claro! A entrevista. E você é jornalista, certo?

E olha desconfiado para mim.

Pronto. Só faltava essa. A última coisa que eu preciso agora é que cancelem a autorização da filmagem. Bem que me avisaram que Pentonville seria um pé no saco. E até agora estava tudo fluindo.

— Não, não. É para o documentário. O documentário sobre o preso. Tivemos autorização no fim do ano passado... Seria bom eu lhe mandar a informação por e-mail, Patrick? Alison já está com ela. Tenho certeza.

Parece que eu sinto uma ponta de descrença com a situação na minha própria voz. Quer dizer, não quero encher o saco de ninguém, mas eles deviam saber o que estão fazendo. Caramba, é uma prisão, pelo amor de Deus, eles tinham de saber quem está entrando e saindo. Fala sério. Penso em Holli, e de repente não parece tão implausível assim desrespeitar a condicional.

Ele percebe o meu tom mas não parece ofendido. Pelo contrário, parece até se desculpar.

— Ah, entendo. Muito bem, está certo. Temos tido problemas com o controle de visitantes, mas isso não vem ao caso. Sinto muito, Srta. Roberts. Pode ficar tranquila que semana que vem estaremos a par de tudo. Qual foi mesmo o dia que mencionou?

Ele aperta os olhos à fria luz de setembro.

— É amanhã. Não semana que vem. Sábado, 24. Eddie Bishop. — Estou falando devagar e bem claramente.

Patrick sorri e assente.

— Perfeito. Então nos vemos amanhã. Desculpe pela confusão, Erin.

Ele aperta de novo minha mão e volta para a prisão.

Eu me viro e começo a caminhar. Seria bom mandar um e-mail de confirmação quando chegar em casa? Só para garantir. Assim estaria definitivamente assegurada, certo? Haverá provas escritas. E aí me dou conta de que não sei o sobrenome dele. Dou meia-volta, mas ele não está mais lá, desapareceu de novo nas entranhas de Pentonville. Droga.

Patrick de quê? Eu fico repassando a conversa mentalmente. Ele não chegou a dizer o sobrenome, certo?

E, de repente, me vem à mente uma dúvida. Lembro que sua mão estava muito fria. A minha, quente, e a dele, fria. Ele não estava saindo da prisão! Se estivesse, suas mãos estariam como as minhas.

Mas por que fingir que estava saindo da prisão? E aí cai a ficha. Ele sabe meu nome e o que eu faço e onde vou estar amanhã. Quem diabos é ele?

Eu volto ao portão da prisão e toco a campainha. Ouço uma voz bem alta pelo interfone.

— Alô.

— Oi. Patrick por acaso acabou de voltar?

— Quem?

— Patrick?

— Patrick de quê?

— É... não sei, Patrick... é... não sei o sobrenome — gaguejo. Melhor não mentir.

— Hã, certo. Desculpe, quem é?

— Erin Roberts. Acabei de sair daí.

Eu tento não parecer muito desesperada, mas tenho plena consciência de que devo estar parecendo bem estranha a essa altura.

— Ah, sim, você acabou de sair por aqui. Desculpe. Qual o problema?

O guarda agora parece mais tranquilo. Lembra-se de mim, e um minuto atrás eu não parecia uma louca.

— Não, nada, problema nenhum. É que... Alguém saiu por aqui depois de mim?

Um segundo de silêncio. Provavelmente ele está decidindo se eu não sou mesmo nenhuma louca. Ou então pensando se deve mentir.

— Não, senhora, só a senhora mesmo. Devo mandar alguém aí para ajudá-la? — arrisca então. E se saiu com essa "senhora", droga. Está sendo cuidadoso. Preciso me mandar daqui antes que piore.

— Não, não, tudo bem. Obrigada.

E deixo por isso mesmo.

Patrick não trabalha na prisão. E se não trabalha na prisão, para quem diabos Patrick trabalha? Queria saber meu nome e descobrir por que eu estava ali. Uma ideia fria e horrível se forma na minha cabeça: será que Patrick quer sua bolsa de volta?

Ao chegar em casa, alguma coisa não parece muito certa. A casa está vazia, e quando entro na cozinha sinto uma brisa gelada vindo pela porta dos fundos entreaberta. Ela está aberta. Mark jamais deixaria a porta dos fundos aberta. Alguém a deixou aberta. Alguém entrou aqui. E pode ainda estar aqui dentro.

Fico ali, paralisada por um momento, sem acreditar, sem querer aceitar as consequências do que isso significa. Sinto alguma coisa se mexendo no canto atrás de mim. Me viro, mas, naturalmente, não tem ninguém, só a geladeira fazendo barulho no silêncio da minha casa vazia.

E vou verificar, cômodo por cômodo. Empurro as portas e entro de repente, o taco de críquete de Mark em mãos, como se o taco de críquete fosse ajudar em alguma coisa. Minha adrenalina está a mil, latejando no corpo todo. Vou passando por todos os cômodos em busca de alguém ou alguma coisa, um sinal de que alguém passou por aqui. Tento descobrir se falta alguma coisa, algo fora do lugar, mas nada que pareça óbvio.

Por fim, tendo checado que a casa está mesmo vazia, vou até o patamar e puxo a escada do sótão. Tenho que checar por baixo do isolamento.

Enquanto subo, uma frase se repete sem parar na minha cabeça. *Por favor, estejam aí. Por favor, estejam aí.* Mas ao me aproximar da parte solta onde os diamantes estão escondidos, o mantra muda, sem hesitação, para: *Por favor, não estejam aí. Por favor, não estejam aí.* Pois se os diamantes não estiverem mais lá, qualquer um que tenha entrado pela porta traseira não terá mais motivos para voltar. A não ser, claro, que eles também queiram o dinheiro de volta.

Tudo exatamente como antes por baixo do isolamento. Os diamantes brilhando na bolsinha quente, o celular e o pen drive devidamente guardados no estojo. Não fomos roubados. Quem invadiu a casa estava querendo nos vigiar, e não roubar.

Mas agora a semente da dúvida está firmemente plantada na minha mente. Talvez alguma coisa tenha me escapado. Volto a checar a casa inteira, cada cômodo. Dessa vez, olho melhor, buscando sinais de interferência, qualquer pista de quem possa ter estado aqui. E, então, eu vejo.

No nosso quarto, sobre o console da lareira georgiana, junto aos ingressos do show e ao nosso relógio antigo, tem um espaço vazio. Uma forma retangular vazia marcada na poeira do console. Nossa foto. Sumiu. Uma foto tirada no dia do nosso noivado, os dois sorrindo para a câmera, Mark e eu. Alguém roubou uma foto minha e de Mark. E só levaram isso.

Lá embaixo, na sala de estar, a luz vermelha de mensagens da secretária eletrônica está piscando. Cinco mensagens. Eu me sento para ouvir.

A mais recente é de Alexa. Resposta positiva sobre a IIU. Boa notícia. A consulta está marcada para a próxima semana.

A secretária eletrônica passa para a mensagem seguinte. Inicialmente acho que pode ser uma daquelas chamadas acidentais de alguém que esbarra no celular. Ouço ruídos ambientes. Barulhos de fundo abafados, um ou outro fragmento de uma conversa quase inaudível. O zum-zum baixo de um lugar grande e movimentado. Talvez uma estação? Um aeroporto. O celular está em movimento. Fico me perguntando se eu mesma não teria ligado sem querer no bolso em Waterloo Leste. A ligação foi feita na quarta-feira, quando estávamos indo para Folkestone. Me esforço para ouvir nossas vozes. Fantasmas do passado. Mas não consigo nos ouvir. Fico escutando a mensagem inteira. Dois minutos e meio de vida abafada, em algum lugar. Até que a linha finalmente cai. Eu olho para a secretária eletrônica. Nada tão estranho assim com uma ligação acidental, certo? Acontece o tempo todo. Não é? Mas ainda assim parece sinistro, mesmo em condições normais, como portões abertos para a vida pregressa. Ou talvez não, talvez esteja me assustando à toa.

Começa então a mensagem seguinte, e a coisa fica realmente estranha. A mesma coisa. Quer dizer, quase.

Já sei o que vocês estão pensando, é perfeitamente normal. Quem bateu por acidente no teclado da primeira vez apenas continuou pressionando o mesmo botão. Mas a segunda mensagem é do dia seguinte. Exatamente na mesma hora: 11h03.

Nessa hora eu estava na clínica com Alexa e a equipe. Meu celular, desligado. De modo que, definitivamente, não pode ter sido eu mesma.

Essa ligação é diferente; foi feita ao ar livre. Talvez um parque. Uma brisa suave batendo no fone. Eventuais gritos de crianças brincando. A pessoa que ligou está caminhando. Depois de um minuto, ouço um metrô de superfície passando. Ou talvez um trem mesmo; nada garante que a ligação tenha sido feita de Londres, só a minha própria mente. A pessoa chega a uma rua. Som de carros em movimento. E a linha cai de novo. Por que alguém ligaria dois dias seguidos exatamente às 11h03 sem falar nada? Por quê? Claro que podem mesmo ser chamadas acidentais, mas não são, certo? Alguém tentando checar se a gente está em casa.

Começa a mensagem seguinte. Deixada hoje de manhã, às 8h42, quando eu estava na reunião com Alison Butler, o diretor de Pentonville. Essa é mais silenciosa. Ambiente fechado. Talvez um café. Acho até que dá para distinguir o tilintar de talheres nos pratos, o murmúrio das conversas no fundo. O café da manhã de alguém. Eu tento ouvir mais, alguma pista do contexto, e então consigo. Uma voz, não da pessoa que ligou, mas de alguém falando com ela. Tão baixinho que eu não teria ouvido se não estivesse me esforçando tanto.

— *Ainda esperando? Volto daqui a pouco?*

O portador do celular murmura algo baixinho, e o resto é apenas ruído de fundo. Consigo deduzir, então, que quem quer que tenha me ligado hoje de manhã estava esperando alguém. Por volta de 8h45, num restaurante. Em algum bairro de Londres, a julgar pelo sotaque do garçom.

Mas é a última mensagem, às 9h45 de hoje, que me assusta mais.

Lugar fechado, novamente. O zumbido baixo de algum aparelho elétrico. Um congelador industrial, ou frigorífico, algo do gênero. Conversa abafada ao fundo de novo. Um bip elétrico irregular. Ruído de passos. E aí, de repente, um barulho que eu reconheço. Um barulho que conheço muito, muito bem. Se distingue de todos os outros ruídos de fundo: as duas tonalidades do *bip-blip* automático da porta do nosso jornaleiro quando é aberta. A ligação foi dada de dentro da loja. Bem aqui na esquina de casa. Eu sinto um arrepio na espinha e tenho que cair sentada na cadeira do escritório.

Cheguei em casa cerca de quinze minutos depois da ligação. Quem deixou a mensagem estava *aqui*. Eu penso em ligar para Mark. Talvez para a polícia? Mas que diabos haveria de dizer? Tudo? Teria que ser. Não, não posso fazer isso.

Tenho certeza de que Mark nem tem ideia da existência dessas mensagens; ele nunca usa o telefone fixo, nem dá o número para ninguém. É basicamente meu telefone de trabalho.

Penso na mão fria de Patrick na minha. Número desconhecido. Patrick poderia ter vindo aqui depois de se despedir de mim? Ou veio antes de ir a Pentonville? Será que foi assim que ficou sabendo como eu era? Mas por que voltaria aqui depois de me encontrar? Ou talvez ele apenas estivesse me retendo enquanto alguém fazia o serviço aqui em casa. Sentada na luz da tarde que se esvai, eu ouço de novo as mensagens. Tentando perceber alguma coisa que talvez tenha escapado.

Tento me lembrar do rosto de Patrick. O cabelo, as roupas. Meu Deus. Engraçado como a gente quase não presta atenção, não é? Nada em que eu possa me basear. Meia-idade, terno, aperto de mão firme. Sotaque britânico, com uma leve sugestão de alguma outra coisa. Francês? Algo europeu? Me dá vontade de chorar. Que idiota eu sou. Por que não prestei mais atenção? A situação era meio distrativa; eu queria facilitar o negócio, então não olhei direito.

O que é que ele queria? Se mostrar? Me assustar? Ou, quem sabe, descobrir minha ligação com a prisão? Se eu estava visitando alguém? Teria a ver com Eddie? Talvez seja isso. Talvez não tenha nada a ver com a bolsa. Talvez tenha a ver com Holli... Holli e o SO15?

Quando Mark chega em casa, sei que preciso contar tudo.

## 29

*Sexta-feira, 23 de setembro, à tarde*

# PESSOAS ESTRANHAS

Eu conto a Mark *quase* tudo. Ele ouve tudo calmamente, fazendo que sim com a cabeça. Eu falo de Patrick, das ligações. Ele checa o seu celular, para ver se ele mesmo não teria ligado sem querer. Eu falo da porta aberta, da foto que desapareceu. Mas me seguro nas suspeitas em relação a Eddie, pois sei que ele vai me impedir de fazer a entrevista amanhã se eu contar que Eddie sabia onde estávamos, lá do outro lado do mundo. Que pode estar acompanhando cada movimento meu. Não quero que Mark me impeça de fazer essa entrevista.

Também não conto sobre a gravidez. Assim que eu contar, vou ter que parar tudo: o documentário, os diamantes, tudo. Ele vai querer que eu pare com tudo.

Quando termino, ele recosta no sofá, braços cruzados. Faz uma longa pausa antes de falar.

— Ok, o que eu acho é o seguinte: para começo de conversa, essa foto está no escritório. Eu escaneei outro dia para mamãe. Então isso está explicado.

— Ai, meu Deus, Mark! Ninguém levou a foto?!

Ele abre um sorriso irônico e eu sinto as bochechas esquentando. Meu Deus, que vergonha. Enfio a cabeça entre as mãos. Que idiota paranoica. E de repente parece que nem sei mais direito se esta situação é real, até que ponto não seria puro resultado da adrenalina.

Mark solta uma risada e continua:

— É, a foto está segura! Além disso, não sei se devemos ficar tão preocupados assim pelo fato de termos esquecido de trancar a porta dos fundos. Sabe como é, a cabeça faz coisas estranhas quando estamos estressados. *Mas*, dito isso, acho que o sujeito que você encontrou hoje realmente pode ser um problema. Acho que tem razão de ficar preocupada. Quer dizer, a primeira ideia que me ocorre, obviamente, é a de que Patrick tem a ver com o inspetor-chefe Foster e a investigação do SO15 sobre Holli. Não acha? Quer dizer, é a única explicação lógica. Ele estava seguindo você e te viu na Prisão de Pentonville na véspera do dia em que você deveria estar lá para sua grande entrevista, e então decidiu intervir e fazer algumas perguntas. Faz todo o sentido. Ele não podia saber que Pentonville tinha chamado você um dia antes para a tal reunião; você mesma só soube ontem à noite. Eu diria que é isso.

Realmente faz sentido o que ele está dizendo. Mas, ainda assim, fico com a sensação de que se trata de algo completamente diferente.

— Mas por que, então, ele não se apresentou como policial, Mark? E as mensagens na secretária eletrônica? A polícia por acaso deixa mensagens estranhas assim?

— Olha só, eu sei que você acha que é o pessoal do avião, mas vamos ser lógicos, Erin: se fossem eles, se soubessem onde você está, você acha que a gente ainda estaria aqui? Acha por acaso que o negócio ainda estaria lá no sótão?

Ele deixa a pergunta suspensa no ar.

Eu balanço a cabeça.

— Não, não estaria — respondo lentamente, me dando conta da verdade nisso ao ouvir minha própria voz.

Ele prossegue, energicamente.

— Não sei por que ele não se identificou. Provavelmente esperava que você acreditasse que trabalhava para a prisão, como ele mesmo disse. Quer dizer, ele estava à paisana, não estava? E as mensagens podem ser apenas trote. Sei lá, chamadas acidentais mesmo. E além disso, pensa bem, você não tem como saber se é mesmo o nosso jornaleiro, né? Quase todas as lojinhas de esquina em Londres têm esse barulho na porta. Realmente não acho que tenha alguém querendo nos ameaçar com barulhos de porta. Talvez tenha a ver com algum dos seus entrevistados...? Quer dizer, não é uma possibilidade?

Volto a pensar em Eddie e no champanhe. Sim, certamente é uma possibilidade. Talvez Eddie esteja querendo falar comigo. Mas como é que ele poderia ligar de um telefone desconhecido de dentro da prisão? Eles não iam autorizá-lo a ter um celular na prisão. E aí caiu a ficha. Eddie é um criminoso. Claro que ele tem algum jeito de ligar para mim. Eu me lembro de ter lido sobre os métodos que esses membros de gangues usam para conseguir telefones descartáveis dentro da prisão. Com certeza não é nada confortável para o contrabandista, mas a pessoa é generosamente remunerada pelo incômodo, ou pelo menos não é assassinada enquanto dorme. Com certeza pode ser o Eddie me deixando essas mensagens.

— Erin, a gente tem que focar na situação concreta aqui. O sujeito que falou com você hoje, Patrick. Digamos que o SO15 esteja de olho em você. Esquece a foto e a porta dos fundos. A foto está segura, e, às vezes, a gente esquece mesmo de trancar as portas...

— Mark, eu não. Eu não me esqueço de trancar — interrompo, mas sinto minha convicção enfraquecer.

— Ah, tá... Esquece sim, Erin. — Ele fica me estudando por um segundo, cenho franzido, surpreso. — Sinto muito, amor, mas você com certeza já fez isso antes. Você sabe que essa porta fica escancarada se não for trancada direito. Acredite... você já se esqueceu de trancá-la antes.

Esqueci mesmo? A porta realmente abre quando não é trancada, ele tem razão. E como é que eu saberia disso se não tivesse visto acontecer? É possível que eu tenha deixado destrancada em algum momento. E tem a questão da foto. Provavelmente não está no nosso quarto há dias; e eu nem reparei que tinha desaparecido, até agora. Também não havia checado a secretária eletrônica até hoje. Merda. Provavelmente não sou assim tão observadora quanto imagino, e, além do mais, tenho estado bem preocupada ultimamente. Ai, meu Deus, espero não ter andado aí pela cidade cometendo erros demais.

— Não se preocupe, Erin, está tudo bem. Vamos nos concentrar apenas na *pessoa* que você encontrou hoje. Nos fatos. Esse Patrick provavelmente é do SO15. Sei lá, talvez eles achem que existe a possibilidade de você estar passando informações de uma prisão a outra ou coisa do tipo. Afinal, o seu pai de fato vive na Arábia Saudita, certo?

Eu olho séria para ele. A gente não fala da minha família. Estranho ele abordar o assunto agora.

— Erin, a polícia tem que investigar possibilidades assim, mesmo que não suspeitem de você. Precisam no mínimo checar. Seria absurdo a polícia não investigar você. Por isso, amor, acho seriamente que você precisa esquecer essa história da Holli. Deixa pra lá. As atenções estão muito voltadas para ela no momento. Esse inspetor-chefe vai precisar se esforçar muito pouco para aparecer com perguntas bem incômodas a nosso respeito. Na melhor das hipóteses.

Ele sustenta o meu olhar, cheio de expectativa, sobrancelhas erguidas.

É claro que ele tem razão. Vão querer saber por que viajamos para a Suíça semana passada. E quem é que começou a, de repente, me pagar uma comissão mensal.

— Ok. — Eu faço que sim com a cabeça, relutante.

— Ótimo. Esquece essa história da Holli, tira isso do documentário, suspende completamente a pesquisa, toma distância, deixa a gente tomar certa distância.

Faz sentido mesmo. Ele deixa bem claro que essa é a solução. A última notícia que tive foi de que Andy e o SO15 agora estavam com imagens de câmeras de segurança em que Holli e Ash deixam o aeroporto de Istambul e entram num ônibus para Gaziantep, aldeia turca perto da fronteira com a Síria. A coisa ficou mesmo muito séria.

— Considere esquecido.

Eu caio no sofá ao lado dele. Meu cérebro está zunindo. Voltarei ao assunto Holli quando nossa situação estiver resolvida. Mas na minha cabeça algo não se encaixa bem. Não concordo que Patrick tenha a ver com o inspetor-chefe Foster. Não creio que o sujeito que encontrei hoje tenha alguma coisa a ver com a polícia. Não consigo me livrar da sensação de que o que aconteceu hoje foi por causa da bolsa. De que alguém realmente entrou aqui em casa. Mesmo que não tenham levado a foto, acho que estiveram aqui. Não importa o que Mark diga. Ok, tenho perfeita consciência do quão paranoico isso parece ser. Talvez o pessoal do avião saiba que não estamos mortos. E agora talvez já saibam que ainda estamos com os diamantes e o celular em casa. É verdade que ainda estamos vivos, mas talvez eles só estejam ganhando tempo. Decidindo qual a melhor maneira de resolver o assunto. Eu penso nos Sharpe; eles também levaram um tempo com os Sharpe. Descobriram uma forma segura de se livrar deles. Pois tinham que fazer as mortes parecerem acidente. Mas, também, o que aconteceu com os Sharpe talvez tenha sido mesmo um acidente. Mark parece convencido de que foi.

Mais tarde nessa mesma noite, antes de ir para a cama, Mark se senta na borda da banheira me observando enquanto eu escovo os dentes, com um pé de meia em sua mão. Dá para ver que ele quer dizer alguma coisa, mas ainda não encontrou as palavras. Ele respira fundo.

— Amor, estou preocupado agora. E, por favor, não me entenda mal, você sabe que te amo, mas acho que talvez você esteja ficando um pouco sobrecarregada demais com tudo isso. Essa história da foto hoje, e a secretária eletrônica. Erin, você não acha mesmo que tem alguém atrás da gente, acha, amor? Não tem ninguém nos vigiando, só a polícia. E você parece que não quer reconhecer como isso é perigoso. Esse cara de hoje, Patrick. Você precisa parar de fazer coisas que chamem a atenção para nós de agora em diante, meu bem. Promete, Erin? Preciso que você pare de fazer coisas que chamem a atenção da polícia. Já estamos nos arriscando o suficiente.

Ele me olha com ternura. Eu me sinto uma boba, terrivelmente culpada por tudo que ainda não lhe contei.

Ele está preocupado comigo. Preocupado conosco. E prossegue:

— Você me perguntou antes o que eu acho que a gente deve fazer com os diamantes, e tenho pensado muito nisso. Você não vai gostar da ideia, eu sei, mas acho que a gente deve se livrar deles. Jogar fora mesmo. Está virando uma loucura. Temos que diminuir os riscos enquanto é tempo, parar de tentar vendê-los, simplesmente jogar fora em algum lugar. Acho que não vale a pena o risco que estamos correndo. Já temos aquele dinheiro todo, Erin. Estamos bem. Temos o suficiente. É melhor parar.

Alguma coisa borbulha dentro de mim quando ele diz isso. Não sei por que, mas eu fico irritada com ele. Pela primeira vez fico realmente frustrada com algo que Mark diz ou faz. Jogar fora os diamantes? Por que faríamos uma coisa dessas? Já chegamos até aqui. E a empresa dele, seus planos, nossos planos? Antes ele estava tão preocupado com nossas finanças, por que não está mais agora? O que a gente tem na Suíça não vai durar para sempre; também vamos precisar do dinheiro dos diamantes, para montar a empresa dele, manter e tocar tudo isso. Dava para simplesmente guardar os diamantes em algum lugar, certo? Por que jogar fora? Mas em termos realistas, também sei que nunca vai chegar o momento em que encontraremos magicamente uma forma mais fácil de vendê-los. E quando tivermos um filho, não vamos poder assumir riscos. Ou tentamos vendê-los agora, ou será tarde demais.

Eu olho para ele, de cueca, a meia ainda pendurada na mão. Eu o amo tanto. Ele tem razão, é perigoso, mas não quero desistir assim. Não depois de tudo o que ele tem passado nos últimos meses. E se a nova empresa, Deus nos livre, não der certo, exatamente como todas aquelas ofertas de emprego que nunca se concretizaram? Não, a gente tem que ir em frente. Mas... com cautela.

— Tudo bem, certo, entendo seu ponto de vista, Mark. Entendo mesmo, mas podemos, por favor, fazer uma última tentativa? Eu vou tentar achar algum jeito, ok? Um jeito seguro. Só me dê mais alguns dias. Realmente acho que posso conseguir algo. Mesmo. E não será melhor assim, se a gente ficar com o dinheiro das pedras também?

Eu tento falar suavemente, com calma, mas não estou calma. Desistir agora não faria o menor sentido.

Ele sustenta meu olhar por um instante, e o desvia. Está decepcionado, de novo. Tenta esconder, mas vejo nos seus olhos. Mais uma vez o decepcionei.

— Tudo bem — ele concede. — Mas só mais uma vez, ok? Se não der certo, Erin, você para? Por favor, amor, não leve isso mais adiante. Não force a barra.

Ele não olha mais para mim, apenas se levanta e caminha na direção da porta do banheiro. Distante. Sozinho. Sinto que é o mais próximo de uma conversa sincera que tivemos em um bom tempo, mas nem assim serviu para nos aproximar mais. Surgiu uma brecha entre nós. Quanto mais eu lhe disser, maior ela ficará. Agora ele sabe de Andy, sabe de Holli, sabe do sujeito em frente à prisão, Patrick. Não posso simplesmente deixar ele ir embora. A gente precisa se reaproximar; eu tenho que me abrir um pouco mais.

— Mark, você realmente acha que eles não estão atrás da gente? — eu solto. Ele se vira, surpreso.

— Eles quem, amor? — Ele parece confuso.

Não sei por que fui escolher logo aquela gente do avião para me aproximar dele. Mas é que eles estão na minha cabeça.

— Aquela gente do avião. Talvez você tenha razão, talvez eu esteja pirando, mas tenho a sensação de que alguma coisa está chegando perto de mim, Mark, de nós. E não só a polícia. Talvez algo que nem me ocorreu ainda. Sei lá. Sei que parece idiota e paranoico, e não tenho nenhuma prova para justificar essa sensação, mas o fato é que sinto o tempo todo ao meu redor. Como se estivesse só esperando alguma coisa. Ainda não dá para saber bem o que, mas eu sinto que algo vai acontecer...

Eu hesito, vendo sua expressão de preocupação. Devo estar parecendo totalmente louca. E sei que, se tenho essa sensação, realmente devia parar com tudo: diamantes, entrevistas; tudo, como ele disse. Mas, em vez de parar, estou na verdade mergulhando cada vez mais e mais fundo.

Mark entra de novo no banheiro e me envolve nos seus braços; deixo a cabeça repousar suavemente no seu peito nu, ouvindo as batidas do coração. Ele sabe que preciso dele.

— Não estão atrás da gente, Erin. Quem quer que sejam, jamais seriam capazes de nos encontrar. E mesmo que pudessem, estão pensando que já estamos mortos. Amor, não é com eles que a gente tem que se preocupar. Temos que nos preocupar é com a investigação do SO15. E esse tal de Patrick quase certamente está na equipe do inspetor-chefe Foster. Assim, pensa só. Se ele tivesse alguma coisa a ver com a bolsa, com certeza a polícia a essa altura já o teria visto rondando por aí, certo?

Eu faço que sim com a cabeça, calada, contra seu ombro. Ele tem razão; de certa forma, Foster pode estar cuidando da nossa segurança. Mark beija minha testa com ternura e me leva para a cama. Magicamente, estamos juntos de novo. Parece que consegui consertar a rachadura. Por enquanto.

Mas na cama, deitada ao lado dele, eu fico me perguntando. Será que a polícia perceberia se alguém estivesse me seguindo? Não foram capazes de perceber uma jovem vulnerável caindo nas malhas de radicais bem debaixo do nariz deles. Não perceberam Eddie fuçando a minha vida. Não perceberam muita coisa.

# 30

*Sábado, 24 de setembro*

# ENTREVISTA 3

Meu café está fumegando no frio cortante da sala de entrevistas. Este setembro tem sido ártico. O guarda que está aqui na sala comigo, em Pentonville, parece um figurante da série de TV *T. J. Hooker*. Seu físico parece dez por cento chapéu e noventa por cento tórax protuberante. Será que estou sendo injusta? Nesta manhã ele definitivamente está mais focado que eu. Eu me sinto sonolenta, presa num *jet lag* que não acaba mais. Eu me lembro do céu em Bora Bora, o calor no corpo, os dias claros e brilhantes.

Espero acordar logo.

E se o resto da minha vida não passar de um sonho acordado, presa nisto para sempre? Eu penso em Mark, lá fora no frio, em algum lugar das ruas agitadas de Londres. Hoje de manhã, ele está à procura de um escritório para a nova empresa. Parece que agora as coisas vão realmente se tornar realidade. Mais tarde, vai se encontrar com Hector num cartório para assinar a papelada. A coisa está ficando bem empolgante.

Meu celular vibra no bolso. Eu recuso a chamada. É Phil de novo. Está furioso por tirarmos Holli do documentário; mandei um e-mail para ele logo cedo de manhã, e ele já me ligou três vezes. Não está nada satisfeito. Tem uma chamada perdida de Fred também. Quer ver o que já filmei até agora. Está interessado. Também vai querer dissecar o casamento, com certeza. É muito raro um diretor ganhador do BAFTA e indicado ao Oscar manifestar qualquer interesse por um primeiro filme como o meu, mas nepotismo é assim mesmo. Ou talvez não. Nós nem somos parentes; ele apenas me deu meu primeiro emprego, eu dei um jeito de não estragar tudo e desde então ele não tira os olhos de mim. E ainda me levou ao altar. Adoraria mostrar-lhe algumas das imagens, mas o fato é que o SO15 está com boa parte delas, e explicar isso a Fred vai levar mais tempo do que eu poderia agora.

A cigarra eletrônica zune no corredor. Ao contrário do que acontecia em Holloway, aqui a sala não tem porta, apenas uma arcada levando ao corredor. Eu sinto um baque ante o branco sujo das paredes da prisão, e digo a mim mesma para me animar. A vida definitivamente poderia ser pior. Sempre pode ser pior.

A cigarra toca de novo.

Eu levanto os olhos na direção do arco e vejo Eddie Bishop, 69 anos, bonitão, vindo pelo barulhento piso de linóleo do corredor, conduzido por outro guarda.

Embora Eddie esteja usando o mesmo uniforme cinza mesclado de todos os detentos, o caimento nele não é igual. Poderia perfeitamente estar vestindo os mesmos ternos com colete que o vi usar em tantas fotos nas minhas pesquisas. Ele tem uma certa compostura. Mas talvez eu esteja pensando isso porque conheço seus crimes, sua história.

Ele parece um Cary Grant cockney; só Deus sabe como mantém esse bronzeado na prisão.

Ele me vê, abre um sorriso. Por que será que os *bad boys* sempre são tão atraentes?

Suponho que, no fim das contas, quem não tem boa aparência não se dá bem como *bad boy*. Acaba sendo chamado só de bandido mesmo.

Ele puxa a cadeira e se senta. Finalmente aqui estamos. Eu e Eddie Bishop.

Sorrisos para todo lado. E aí T. J. Hooker abre a boca.
— Está tudo bem, Eddie? Precisando de algo? Água?
O tom é amistoso, de camaradagem. Todo mundo aqui é amigo.
Eddie se volta, devagar, suave.
— Nada não, Jimmy. Tudo certo. Muito obrigado.
Sua voz é animada. Está num bom dia.
— Sem problema. Só falar se precisar de alguma coisa. — Jimmy então olha para o outro guarda, o que trouxe Eddie, e faz um sinal positivo com a cabeça. Os dois passam pelo arco e se afastam pelo corredor. — Estaremos no fim do corredor, na sala de repouso.

Jimmy está falando com Eddie, não comigo. E com isso os dois desaparecem do campo de visão, os sapatos cantando no linóleo, e eu de olhos arregalados para eles.

Por que saíram? Eu nem liguei a câmera ainda! Definitivamente, não é normal. Ninguém mencionou isso na entrevista de ontem. Eles me deixaram sozinha numa sala com Eddie Bishop.

Fico me perguntando se deveria estar com medo. Penso nas mensagens da secretária eletrônica. Eddie matou muita gente, ou mandou matar muita gente. Tem histórias — livros inteiros cheios de histórias — sobre casos de tortura, sequestros, assaltos e tudo mais que a Gangue Richardson tenha feito, assim como Eddie na casa dos 40. Lendas urbanas. Nada que possa ser provado, claro, nenhuma prova concreta, nem testemunhas.

Acho que provavelmente eu deveria estar com medo, mas não estou. E, de repente, a ficha cai: eu nunca entendi direito por que Eddie concordou em participar do meu documentário. Deve ter recebido um milhão de ofertas para contar sua história, mas nunca aceitou. Ele não precisa disso, nem tem interesse, pelo que posso imaginar. Mas agora, sentada aqui diante dele, sem os guardas, a câmera atrás de mim ainda desligada, eu me dou conta de que devo ter perdido algo importante. Alguma coisa ele deve estar esperando desse encontro. Eddie está precisando de alguma coisa. E parece que eu também preciso, certo? Meu coração para um instante. E pronto. Medo.

Eu ligo a câmera. Ele sorri.

— Luzes, câmera, ação, hein?

Ele estende a mão por cima da mesa, devagar. Está tomando cuidado para não me assustar. Deve saber o efeito que tem nas pessoas. Seu tipo muito especial de magia.

— É um prazer finalmente conhecer você, Erin, meu bem.

*Meu bem.* Eu sou uma millennial, li Adichie, Greer, Wollstonecraft, mas de alguma forma tudo bem ele me chamar de "meu bem". Partindo dele, parece estranhamente inocente, de uma outra época.

— É um prazer finalmente encontrá-lo, sr. Bishop — respondo. Eu também estendo a mão por cima da mesa de fórmica; ele gira minha mão para cima, seu polegar no dorso dela: é um aperto, não é um cumprimento, um aperto delicado. Eu sou uma dama, ele é um homem, e está deixando isso bem claro.

— Me chame de Eddie. — Toda a exibição é tão antiquada que dá vontade de rir, mas funciona.

Eu sorrio meio contra a vontade. Fico corada.

— Prazer em conhecê-lo, Eddie — digo, quase soltando uma risadinha. Excelente. Sou mesmo uma idiota. Retiro a mão.

*Foco, Erin. Vamos ao que interessa.* Eu acerto o tom. Recoloco a cara profissional.

— Bom, acho melhor dizer logo, não é? Obrigada pelo champanhe. Foi muito bem-vindo.

Eu sustento o olhar dele; quero que saiba que não me sinto intimidada.

Ele manda um sorriso malicioso. Faz que sim com a cabeça. *De nada.* Depois de uma pausa, responde, para a câmera:

— Não sei do que você está falando, meu bem. Se não vendem aqui na cantina da prisão, não veio de mim. Mas parece um presente bem legal. Qual foi o motivo?

Ele ergue as sobrancelhas inocentemente.

Estou entendendo. A câmera está ligada, então é assim que a gente vai agir, atuando. Então também não vamos falar das mensagens na secretária eletrônica? Muito bem. Eu assinto. Estou entendendo.

E volto ao script.

— Alguma coisa que queira perguntar antes de começarmos?

Agora estou ansiosa por seguir adiante; não temos tanto tempo quanto eu gostaria.

Ele se endireita na cadeira, se prepara, arregaça as mangas.

— Nenhuma pergunta. Estou pronto quando você estiver, meu bem.

— Ok, então. Pode nos dar seu nome, condenação e pena por favor, Eddie?

— Eddie Bishop. Condenado por lavagem de dinheiro. Sete anos. Soltura agora antes do Natal. O que vai ser ótimo. Minha época favorita do ano.

E lá vamos nós. Ele parece relaxado, à vontade.

Levanta as sobrancelhas, *E agora?*

— Qual sua opinião sobre seu julgamento, Eddie? A sentença?

Ele não vai se incriminar diante de uma câmera, isso eu sei, mas vai dar tudo que puder; ele gosta de provocar autoridades: eu li as transcrições do julgamento.

— Qual minha opinião sobre a sentença? Pois bem, Erin, interessante que você pergunte. — O sorriso agora é sarcástico. Ele está se divertindo, brincando. — Vou ser sincero com você: não muito boa. Não acho a sentença muito boa. Há trinta anos eles tentavam me pegar por alguma coisa, tentaram de tudo e eu sempre era absolvido ao longo dos anos, como você deve bem saber. A mim parece que eles não conseguiam aceitar um sujeito de Lambeth ganhando muito bem a vida honestamente. Não é para ser assim, certo? E até agora não tinham conseguido acertar uma; qualquer um teria ficado ligeiramente ofendido, se me entende. Mas era só uma questão de tempo para conseguirem. Quando se quer muito encontrar alguma coisa, sempre acaba aparecendo. De uma forma ou de outra, se é que você está me entendendo.

E ele deixa a frase no ar. Acho que todo mundo conhece o suficiente das décadas de 1960 e 1970 para deduzir que a polícia na época podia ser meio suspeita. Ele está sugerindo que plantaram provas para comprometê-lo. E eu não discordo.

— Mas o que é que eu posso dizer? Minha contabilidade não é o que deveria ser, para falar a verdade. Isso aí, nunca fui muito bom com números. Discalcúlico. Não prestava muita atenção na escola — prossegue ele, obviamente zombando. — Claro que não era diagnosticado na época, né? Discalculia? Eles achavam que a pessoa estava só querendo passar a perna, ou que era retardada. E eu era um garoto safo, sabe, em outras coisas, então achavam mesmo que eu tava de sacanagem. Enrolando todos eles. Mas agora a história é diferente nas escolas, né? Tenho dois netos. Não fiquei muito tempo na escola, não era para mim. Então provavelmente era só uma questão de tempo até eu errar feio nas contas, não é?

Ele abre um amplo sorriso caloroso.

Eu tenho absoluta certeza de que ele tem um contador. E tenho absoluta certeza de que o contador estava no julgamento.

Incrível mesmo que ele seja capaz de apontar o dedo na cara de todo mundo do jeito que vem fazendo há décadas, enganar o sistema e se safar. Mas não só ele consegue se safar como *eu quero* que se safe. Estou torcendo por ele. Todo mundo torce. Pela sua inconfundível e elegante psicopatia cockney. É *divertido*. Não tem nada a ver com essa criminalidade moderna nua e crua, bruta; parece mais uma coisa da velha Inglaterra profunda das classes populares. A boa e velha criminalidade britânica à moda antiga. Coisa nossa, criminalidade Brexit. Bob Hoskins, Danny Dyer, Barbara Windsor, *Um golpe à italiana*, criminalidade gênero machadinha-na-mala-do-carro.

— Ok. — Eu me inclino para a frente. Quero que ele saiba que vou entrar no jogo dele. — Não vai me contar nada sobre os Richardson nem nada disso, né, Eddie? — Só preciso saber que jogo estamos jogando.

— Erin, meu bem, vou contar qualquer coisa que perguntar, querida. Sou um livro aberto. Talvez não saiba as respostas a todas as suas perguntas, mas com certeza vou tentar. E aí, então, que tal um sorriso?

E faz um meneio malandro da cabeça.

Realmente não consigo evitar; é absurdo, mas estou adorando. Eu sorrio, com todos os meus dentes.

— Muito obrigada, Eddie. Neste caso, pode nos contar sobre Charlie Richardson, o chefe da Gangue Richardson, como ele era?

Acho que agora estou entendendo as regras. Perguntar no entorno das coisas, pedir opiniões, nada de fatos.

— Ele era um ser humano de merda... mas da melhor maneira possível. Às vezes os seres humanos de merda são assim. — Ele dá um suspiro. — Já foi dito tudo o que se tinha para dizer sobre os Richardson. E, de qualquer maneira, todo mundo que estava metido naquelas histórias do velho East End já morreu mesmo. Não dá para entregar os mortos à polícia, e não sou eu quem vai falar mal dos mortos... mas Charlie era mesmo um cara nojento. Nunca o vi pessoalmente torturando ninguém. Mas ele contava. Usava o gerador de um bombardeiro desmontado da Segunda Guerra para eletrocutar. Torturava, retalhava e apavorava até que dissessem o que ele queria ouvir. Uma vez eu perguntei: "Como você sabe se não estão mentindo, se são torturados?" E ele respondeu: "Eles mentem até chegar ao ponto em que viram criancinhas, e aí só conseguem dizer a verdade." Mas, veja bem, não era o que eu estava perguntando. O que eu queria dizer era: e se eles estivessem dizendo a verdade desde o início, e você continuasse torturando até eles inventarem alguma merda? Isso nunca ocorreu ao Charlie. E eu nunca mais perguntei. Era de outra geração, o Charlie. Achava que sabia das coisas. Mas tortura nunca funcionou. A gente tem que respeitar as pessoas, não é, Erin? Se você quer ser respeitado, tem que respeitar os outros. Deixar as pessoas morrerem com alguma dignidade. Já se elas viveram com dignidade é da conta delas. Ninguém pode dizer que você fez mal aos outros nesta vida se você tratou as pessoas com respeito.

Não estou muito certa se isso é verdade, mas continuo pressionando.

— Você tratava as pessoas com respeito, Eddie? — pergunto. Parece importante perguntar.

Ele me olha, os olhos semicerrados.

— Claro. Sempre tratei, sempre vou tratar. Mas você não entra em certas jogadas sem conhecer as regras, Erin. E se entrou na brincadeira, não pode reclamar se perder. Perder com dignidade é tudo; um bom jogador sempre deixa os outros perderem com dignidade.

Ele faz uma pausa, me estudando. Está me avaliando. Quer dizer alguma coisa. Eu lhe dou um momento, mas ele desvia o olhar, muda de ideia.

Silêncio. Ele parece distraído, a cabeça em algum lugar. Estamos chegando perto de território perigoso. Dá para sentir.

Eu desvio a conversa para um assunto mais leve.

— O que acha que vai fazer primeiro? Quando sair daqui. Tem alguma coisa em especial que gostaria de fazer? — insisto. Tenho que manter a energia fluindo.

— Desliga.

Ele me olha muito sério, de um jeito agressivo. O charme de repente desapareceu. Imediatamente eu sinto o suor brotando na nuca.

O silêncio pesa entre nós. Meu coração aos pulos. Não consigo mais interpretar a situação. Nenhuma pista social para ler; não tenho mais referências.

— Desliga a câmera. Agora. — Ele está imóvel. Sólido, estático. Perigoso.

E eu desligo, meio atrapalhada. Não sei por que, mas faço o que ele manda. A pior ideia possível nessa situação, mas não há alternativa. Eu poderia chamar os guardas, mas não é assim. Não é esse tipo de situação. Alguma outra coisa está acontecendo. E eu quero saber o que é. Faço então o que ele diz.

A luz vermelha se apaga.

— Tudo bem, Eddie? — Nem sei por que faço esta pergunta. É óbvio que ele está bem. As minhas mãos é que estão tremendo.

— Tudo bem com você, meu bem. Pode se acalmar.

A expressão agora se abrandou. O tom é gentil. Meus ombros, aos poucos, relaxam. Nem tinha notado que estavam contraídos.

— Desculpe se assustei você, amor. Mas olha só... Eu, hã? Certo, então... — Parece que está ocorrendo uma batalha interna.

E então a coisa sai.

— Quero lhe pedir um negócio. Queria pedir antes, no telefone, mas não dava para falar do assunto naquele momento e não quero isso na câmera. Vou lhe pedir um favor. Para ser totalmente honesto, meu bem, é o único motivo de eu estar fazendo essa entrevista. Você me dá o que eu quero, eu lhe dou o que você quer. E aqui estamos. Agora ouça bem; não vou repetir.

Eu não acredito que isso esteja acontecendo. Embora, para ser sincera, não tenha a menor ideia do que está acontecendo. Me pergunto se será esse o motivo de ele estar me deixando todas aquelas mensagens. Se é que *ele* está me deixando mensagens...

— Não costumo pedir favores, então peço que tenha paciência. — Ele pigarreia. — É uma coisa pessoal. Acho esse tipo de coisa muito... estressante. Na minha idade tento evitar qualquer estresse, sabe como é. Preciso que faça uma coisa para mim. Você faria algo pra mim, meu bem?

Ele me observa. Eu engulo em seco. E aí lembro que ele provavelmente quer uma resposta. Minha mente rapidamente muda de marcha. Que é que eu vou ter que fazer? Meu Deus do céu. Por favor, que não seja nada sexual.

*Cala a boca, Erin. Claro que não vai ser sexual.*

— É... eu... Que tipo de coisa? — Eu tento manter o tom mais firme possível.

— Eu cometi alguns erros na vida, sabe. Com a família. Talvez. Com minha mulher, sem dúvida, mas sei que esse assunto já deu o que tinha que dar, já passou. Tudo bem. Estou bem com isso. — E deixa essa parte de lado. — Mas tenho uma filha. A minha Charlotte. Lottie. Ela... tem 28. Parece um pouco com você. Cabelo escuro, bonita, o mundo a seus pés. Linda menina. E a gente não está se falando agora, Lottie e eu. Ela não me quer na sua vida, perto da família dela. Acho que você entende. Não vou dizer que ela está errada; é uma garota inteligente. A gente a criou assim. Está com um cara muito legal agora; ele é bom com ela, e agora ela também tem duas meninas. Olha só... eu não fui o melhor pai do mundo, óbvio. Acho que isso você já entendeu. Enfim, para resumir, quero que você converse com ela.

Ele faz que sim com a cabeça, concordando consigo mesmo. Conseguiu chegar lá.

Quer que eu converse com a filha que não quer saber dele. Excelente. Mais drama de família. Não exatamente o que eu estou precisando agora. Já tenho o suficiente em casa.

Mas isso com certeza não é tão ruim quanto poderia ser. Eu posso conversar com a filha dele. De qualquer maneira, já pretendia mesmo entrevistá-la. A não ser que ele esteja na verdade usando um eufemismo para falar o que quer. É um eufemismo? Será que vou ter que matá-la? Ele quer que eu mate a filha? Meu Deus. Espero que não! Ele teria sido mais claro se fosse isso, certo? *Certo?* Que sinistro esse negócio.

— Eddie, vou precisar que você seja um pouco mais claro. Sobre o que quer que eu *converse* com Charlotte? Conversar com ela para o documentário? Ou sobre alguma outra coisa?

Estou escolhendo cuidadosamente as palavras.

É evidente que a conversa está sendo difícil para ele, ter que pedir educadamente por algo de caráter pessoal. Não imagino que ele tenha precisado fazer isso muitas vezes. E não quero que ele fique puto da vida.

— Não, não tem a ver com o documentário. Lamento, meu bem, não estou nem aí para o documentário. Fui saber de você depois que eles falaram do assunto, mandei ficarem de olho em você; parece uma garota bem legal, do tipo que podia ser amiga da minha filha. Ela vai confiar em você, talvez. Essa porra não é o meu forte; só quero que ela veja que eu estou tentando. Que saiba que estou junto, sou um cara legal, tenho tudo sob controle. Erin, vai deixar o velho aqui muito feliz se fizer isso pra mim. Não tenho mais ninguém para pedir, entende? Não tenho lá tantas amigas assim, e mesmo que tivesse, Lottie ia querer quilômetros de distância. Ela precisa saber que vou ser uma pessoa melhor no futuro, quando sair. Que vou estar do lado dela. Que quero fazer parte da vida dela de novo. Ajudar com as coisas. Ver as crianças. Minhas netas. Tudo isso. Preciso só que você coloque algum juízo na cabeça dela. Conseguir que ela me dê outra chance. Ela vai ouvir. Eu a conheço. Diga que estou diferente, que mudei.

Ele para de falar. Silêncio na sala.

Por que diabos a filha dele me ouviria? Por que ele acha isso? Será que não é tão equilibrado quanto eu pensava? Neste momento, eu vejo meu reflexo num espelho de acrílico parafusado na parede da prisão. Terninho, blusa, saltos altos, cabelo arrumado, raio de sol refletido na aliança. Eu vejo o que ele está vendo. Pareço equilibrada. Uma jovem perfeitamente no controle da própria vida, no auge de alguma coisa. Profissional, mas ainda aberta, durona, mas ainda maleável, naquele período mágico depois da juventude e antes da meia-idade. Talvez ele tenha razão. Talvez sua filha me dê ouvidos.

Por aqui nem sinal de vida dos guardas. Onde será que estão? Será que dão a mínima para o que está acontecendo aqui? Será que Eddie deu um jeito de não estarem aqui, pediu que não interrompessem? Ele ainda tem poder fora da prisão, não tem? Eu olho para ele. Claro que tem. Provavelmente eles têm de tomar cuidado com ele; estará solto de novo daqui a dois meses e meio. Intocável. E acabou de me pedir um favor.

— Vou falar com ela. — Que se dane. A sorte favorece os fortes.

— Essa é a minha garota. — Ele sorri.

Meu estômago se revira quando me dou conta de que há aqui uma oportunidade para Mark e eu. Eu posso pedir um favor em troca. Mas será que devo? Seria uma boa ideia?

— Eddie. — Eu baixo a voz, me inclino para a frente. Sei lá se alguém está ouvindo? Só por precaução. — Se eu ajudar, você me ajuda? Não conheço mais ninguém que possa me ajudar nessa história. Minha voz soa diferente aos meus ouvidos, mais séria, porém mais fina que o normal. Carente.

Ele aperta os olhos. Fica me estudando. Eu sou perfeitamente legível. Que ameaça eu poderia representar? Ele sabe disso, e então mostra o brilho de um sorriso.

— O que é?

— Bom, muito bem, resumindo... tem umas pedras preciosas que eu... achei. Certo, isso parece... não tenho como vender. São ilegais. É isso. E preciso vendê-las... por baixo do pano. Você conhece alguém?... Talvez que pudesse...

Meu sussurro vai morrendo. No fim das contas, parece que não são só os gângsteres aposentados que têm dificuldade de pedir um favor.

Agora ele está mostrando os dentes para mim.

— Garota levada! São sempre as mais quietinhas, hein?! Vou dizer uma coisa, amor, não é qualquer um que me pega de surpresa, mas por essa eu não esperava. Parece mesmo um problemão que você tem aí, Erin, meu bem. Quantas pedras e de que tipo são?

Eddie está se divertindo. De volta ao jogo.

— Uns duzentos diamantes, todos cortados, impecáveis, tudo de dois quilates.

Mantenho a voz baixa, mas sei pela atitude dele que não tem ninguém ouvindo.

— Puta merda! Onde é que você arrumou isso?

Sua voz ecoa pelo arco e pelo corredor. Realmente espero que não tenha ninguém lá, senão estou fodida.

Agora ele olha para mim de um jeito diferente. Está impressionado. Um milhão é um milhão. Embora, claro, não seja mais o que costumava ser.

— Há — solta ele, numa risada. — Não costumo me enganar sobre as pessoas. Mas a vida é uma escola, não é? Muito bem. Sim, Erin, meu bem, posso ajudar com o seu probleminha. Tem conta numerada?

Eu faço que sim.

Ele volta a rir, se deleitando.

— Claro, porra, como não teria? Brilhante. Você é um achado, Erin, meu bem, um baita achado. Certo, vão te ligar na semana que vem. Faça o que ele disser. Ele vai resolver; vou dar uma palavrinha. Tudo bem?

Ele está mandando aquele sorriso radiante. Fico feliz que tenha sido assim, mas parece tudo meio desconcertante. E tão fácil! Nem sei direito como foi que aconteceu.

E agora tenho que cumprir minha parte do trato.

— Eu posso aparecer para uma visita à sua filha na semana que vem. Ligo para Charlotte hoje à tarde, marco um encontro.

Eu sei que ela vai aceitar. Não disse a Eddie, mas já falamos brevemente uma vez. Parece uma boa pessoa.

— Tem o número dela? Endereço?

A bravata toda agora se foi. Ele parece de novo um velho, assustado e esperançoso.

— Sim, peguei no seu dossiê. Vou conversar direito com ela.

De repente me ocorre um outro pensamento. Bem simples, mas acho que vai funcionar.

— Eddie, olha o que eu pensei. Por que não ligamos a câmera para você gravar uma mensagem para Lottie? Eu separo do resto da entrevista e ela pode ver quando eu a encontrar. Acho que faria uma enorme diferença. Ouvir diretamente de você. Para mim, faria. Se fosse meu pai, entende?

Vale a pena tentar. Ele certamente vai falar melhor do que eu.

Ele pensa, tamborilando na mesa. E concorda.

— É, você tem razão, vamos lá.

Agora está nervoso. Bendito seja, ele está nervoso mesmo.

— Ok. Agora vou ligar de novo a câmera, Eddie. Tudo bem?

Ele assente, ajeita a roupa, se endireita na cadeira, tronco inclinado para a frente.

Eu paro, o dedo sobre o botão de gravar.

— Eddie, gostaria só de checar uma última coisa. Você por acaso não tem deixado mensagens na minha secretária eletrônica de casa não, né?

— Não, amor. Eu não.

Bom, então está resolvido.

— Ah, ok. Tudo bem, então. Certo, quando estiver pronto, Eddie.

E eu ligo a câmera.

Ao chegar em casa, conto a Mark o que aconteceu. O trato que fiz para resolver nosso problema. Já sei o que vou encontrar pela frente, e me preparei. Sei que o que fiz é uma loucura, sei que é perigoso, mas confio em Eddie, simplesmente confio. E agora que sei que não é ele que tem ligado e deixado mensagens, ele não parece assim tão ameaçador.

Mas não encontro o que esperava pela frente. Mark não grita, embora dê para ver que quer. Ele fica calmo. Analisa.

— Sei que você estava decidindo ali na hora, e aproveitou a chance quando ela se apresentou, mas é exatamente assim que as pessoas cometem erros, Erin. Se alguém tomar conhecimento desse trato... Se essa história da Holli der em alguma coisa, os serviços de inteligência não vão tentar encontrar o máximo de imagens de câmeras de segurança em que você apareça? A gente precisa tomar mais cuidado. Claro que será fantástico se esse contato do Eddie funcionar. Mas se não, não teremos como recorrer se nos roubarem. Não teremos saída se Foster estiver de olho e vir algo acontecendo.

Ele não está dizendo nada em que eu já não tivesse pensado.

— Mas se o contato de Eddie nos roubar, não vai ser tão pior assim, certo? Se você quer que a gente se livre dos diamantes, simplesmente jogando fora, pelo menos assim temos uma chance de ganhar algo com eles. Certo?

Ele fica calado. Quando volta a falar, o tom é sombrio.

— Erin, o contato de Eddie pode matar você.

— Eu sei, Mark, mas você acha que eu faria um trato assim com alguém que na minha opinião fosse realmente capaz de me matar? Pelo amor de Deus, me dê algum crédito!

Ele suspira.

— Você não é propriamente a melhor analista de caráter, amor. Você tende a ver o melhor das pessoas, o que nem sempre é bom. Só estou dizendo que precisamos tomar bem mais cuidado do que você tem tomado. Se a polícia foi capaz de encontrar imagens de Holli numa minúscula aldeia da Turquia, certamente pode conseguir uma em Londres. Precisa tomar mais cuidado, querida. Eles vão ver os depósitos na sua conta procedentes da conta suíça depois do desaparecimento de Holli, vão vê-la em Hatton Garden tentando vender diamantes. E aí uma semana depois você está de novo conversando com mais criminosos? Podem imaginar que está fazendo contatos, talvez pagando a alguém para recrutar, quem sabe? Não vai parecer nada bom.

Ele fala como se eu já tivesse sido apanhada e condenada. Como se fosse um caso perdido. Nem parece mais interessado no dinheiro. Eu preciso explicar para ele; porque ele simplesmente não está entendendo.

— Eu sei, Mark. Sei de tudo isso. E acredite em mim, estou tomando todo o cuidado possível. Sei que é terrivelmente arriscado. Sei que é uma aposta, mas estou fazendo por nós. Por nós dois. E estou fazendo por... — Eu quase digo "nosso bebê", quase. Mas me contenho. Não posso lhe contar agora sobre o bebê, posso? Ele já me considera imprudente. Não posso dizer que também estou pondo em risco o filho dele ainda por nascer.

E estou? Pela primeira vez penso nisso sob esse ângulo. Cacete, talvez esteja. Estava convencida de estar fazendo tudo isso por nós, mas agora fico me perguntando. Será que é só por mim mesma? Essa ideia me tira o ar. Eu me levanto e olho para ele. Vazio. Sinto meus olhos marejarem. Uma expressão mais suave aparece no rosto dele.

O que ele está vendo são lágrimas de arrependimento, lágrimas de remorso. Mas não são realmente isso. São lágrimas de confusão. Minhas quentes lágrimas de confusão porque não sei mais por que estou fazendo tudo isso.

# 31

*Quarta-feira, 28 de setembro*

# LOTTIE

Acho que dessa vez estou do lado errado da mesa. Sentada diante de Charlotte McInroy, na acolhedora cozinha de sua casa, eu me pergunto quem sou eu agora. Há menos de um mês eu era uma pessoa como outra qualquer, uma civil, sem nada errado. Estava do lado certo da mesa, e do outro lado estavam as pessoas más. Se eram más de nascença ou apenas pelas escolhas que fizeram, era uma discussão teórica. Mas, de qualquer maneira, eram diferentes de mim, radicalmente diferentes. Eu era uma pessoa normal. Agora é Lottie quem está do lado certo da mesa.

Mas será que alguma vez fui mesmo uma pessoa normal? Pois bem no fundo não mudei tanto assim, mudei? Ainda penso da mesma maneira. Ajo da mesma maneira. Quero o que quero. Só tenho feito as coisas do jeito que sempre levei a vida. E estava tudo errado? Será que estou toda errada? Já desrespeitei um monte de leis, nada sério, espero, mas leis pelas quais eu definitivamente devia estar na prisão. Eddie pegou sete anos só por lavagem de dinheiro; só de pensar, estremeço.

Lottie é agradável e radiante — e tão inteligente quanto se poderia esperar da filha de Eddie Bishop.

De fato, nos parecemos.

Ela trabalha como médica assistente na emergência do hospital de Lewisham. Carga pesada de trabalho, mas com o maior prazer acha lugar para mim na agenda. Não sei muito bem se eu seria tão generosa no seu lugar, mas ela quer ajudar. É uma boa pessoa. Gosta de fazer as coisas do jeito certo. Não como o pai.

De repente eu me pergunto que maneiras inventivas Mark e eu vamos encontrar para estragar nossos filhos. Se é que Mark vai querer ter filhos comigo quando eu finalmente contar. Minha mão desce para a barriga e eu a deixo lá, uma barreira a mais de pele, carne e osso para proteger meu filho do mundo exterior.

Falei com Alexa ontem à noite depois da consulta da IIU. A essa altura, ela já pode estar grávida. Vai fazer um teste daqui a duas semanas, e aí saberemos. Eu sei que não devia, mas contei a ela sobre o meu bebê. Acho que me deixei contagiar pelo entusiasmo dela, e foi quando contei meu segredo. Precisava compartilhar com alguém. Já estou com oito semanas. Ela me disse que preciso procurar um médico, tomar ácido fólico, não comer requeijão.

Venho tomando ácido fólico desde que voltamos de Genebra. Está escondido por trás do armário do banheiro. Mas ela tem razão, preciso procurar um médico. É importante, insiste Alexa. Eu digo a ela que, no momento, estou muito ocupada. Surgiram coisas. Também quero contar o que foi que surgiu, mas claro que não conto. Não posso.

A brecha entre Mark e eu está aumentando. Muita pressão minha. Não quero que os diamantes acabem com nosso casamento.

— Estamos juntos nessa? — ele sussurrou para mim ontem à noite, quando estávamos na cama.

E eu fiz que sim, claro, mas ele balançou a cabeça.

— Então vamos jogar fora os diamantes. — Sua voz estava tensa. — Ainda podemos pular fora desse trato. Pode ser que a polícia já esteja nos vigiando, Erin. E quem sabe até você tenha razão, o pessoal do avião também pode estar de olho na gente. E agora você quer que um sindicato do crime do East End também se meta com a gente. É uma burrice obstinada, Erin. Você está colocando a gente em risco. Cumpra sua parte do acordo com Eddie, claro, faça o favor para ele, mas diga que não precisa mais de ajuda com os diamantes.

Numa coisa ele tem razão. Com certeza tem alguém nos vigiando, agora estou convencida. Já recebemos mais duas mensagens na secretária em que ninguém disse nada só esta semana, e não é Eddie. Não sei se tem alguma coisa a ver com esse povo do avião ou com o SO15. Não sei. Mas alguém está de olho. Alguém está mandando uma mensagem.

Agora é tarde para recuar do meu acordo com Eddie, não dá para tirar o corpo fora desse tipo de trato, não é assim que funciona, e Mark depois vai me agradecer, sei que vai. Então aqui estou. Cumprindo minha parte do trato. E isso *vai* funcionar.

A filha de Eddie beberica o chá pensativa enquanto eu armo o tripé e a câmera.

No enquadramento, Lottie recebe lateralmente a luz das portas-janelas que dão para seu úmido jardim outonal. Uma límpida luz difusa. Forte, mas delicada como um bordado.

Pelo visor da câmera, ela parece tranquila. Em casa. Um contraste com a energia tensa das minhas entrevistas nas prisões.

Eu ligo a câmera.

— Lottie, estive com seu pai semana passada em Pentonville. Ele falou de você com muito carinho. Vocês eram próximos, quando você era mais nova?

Eu resolvi ir devagar. Ganhá-la aos poucos. Afinal, não tenho a menor ideia de como ela se sente em relação a ele.

Ela suspira levemente.

Sabia que haveria perguntas, mas agora, diante delas, finalmente cai sua ficha sobre a realidade dessa entrevista. Perguntas sérias exigem respostas sérias. Uma subida penosa em direção ao passado.

— Nós éramos próximos, Erin. Difícil dizer se mais próximos que outras famílias. Não tenho muito parâmetro para comparar. As pessoas meio que mantinham distância de mim na escola. Hoje eu entendo. Tenho duas filhas e de jeito nenhum permitiria que chegassem perto de gente como meu pai. Mas, na época, eu achava que o problema era eu, que havia algo de errado comigo. Que todos nós tínhamos, minha família inteira tinha algo de errado. E isso definitivamente nos aproximou, papai e eu. Eu era mais próxima dele que da minha mãe. Mamãe era... difícil. Sempre foi. Mas acho que por isso é que papai a amava. Ele gostava do desafio. Da recompensa. Costumava dizer que muita manutenção gera alto desempenho. Sabe, como um carro. Enfim, de qualquer maneira mamãe era mesmo complicada. Especialmente comigo. Mas eu era o anjinho do papai. Ele era um bom pai. Era sim. Me contava histórias. Me botava na cama. Era muito bom comigo. Então, sim, éramos próximos.

Ela me observa com expectativa, esperando a pergunta seguinte.

— O que você sabia do trabalho dele? Da vida que levava quando não estava com você?

Os entrevistados, em geral, precisam de um tempo para juntar as ideias, pensar no que querem dizer. Mas Lottie sabe o que quer dizer; só estava esperando a oportunidade para fazê-lo.

Olha para o jardim por um microssegundo e volta de novo o olhar para mim.

— Nada, até os 13 anos, talvez. Eu mudei de escola. Eles me puseram numa escola particular. Papai estava bem de vida. Acho que antes eu achava que ele era empresário. Todo mundo o respeitava, ouvia sua opinião. Ele parecia o chefe de todo mundo. Havia sempre gente pela casa. Gente bem-vestida. Aconteciam reuniões na sala de estar dele. Mamãe e papai tinham salas separadas. Era assim, entende?

Ela olha para mim, sobrancelhas erguidas.

Eu assinto. Estou entendendo. Um casamento turbulento.

A mãe se casou de novo enquanto Eddie estava na prisão. A família se dividiu depois do julgamento, cada um para o seu lado.

— Então, se eu sabia do meu pai? — Ela foca de novo. — Eu me lembro da noite em que finalmente me dei conta. Como eu disse, tinha uns

13 anos; tinha acabado de entrar na nova escola. Era um fim semana; tinha gente em casa, os de sempre e alguns novos. Tinham ido para a sala de papai juntos e eu estava na de mamãe, vendo um filme. E fui à cozinha pegar mais pipoca. A casa era grande, sabe? Ouvi um barulho estranho, parecendo choro, mas um choro meio assustador, vindo do corredor. Achei que as visitas tinham ido embora e papai estava vendo *O resgate do soldado Ryan*, ou algo assim com o som alto, sei lá. Ele via muito esse filme. Adora Tom Hanks. Eu, então, peguei a pipoca e fui até a sala dele. Papai estava lá, recostado na mesa. E também três dos seus colegas de trabalho. A TV não estava ligada. Tinha um outro homem no chão na frente dele. O sujeito estava ajoelhado. Estava ajoelhado num forro de plástico e pingava sangue da sua boca. Ele soluçava. Os outros ficaram me encarando, paralisados na entrada, mas o cara não parava de chorar, como se não conseguisse. Papai não pareceu surpreso ao me ver. Só com a expressão vazia. E ele ainda estava de sobretudo. Nunca me esqueci disso. Papai não tinha tirado, como se pudesse ter que sair a qualquer momento. Como se não fosse ficar. Nesse momento, mamãe passou por ali, viu que eu tinha surpreendido alguma coisa e me agarrou. Me levou para cima. E tratou a coisa toda com delicadeza... quer dizer, para ela. Disse que o homem que eu tinha visto era um sujeito mau, que papai estava cuidando de tudo. Papai subiu uns dez minutos depois. Perguntou se eu estava bem. Eu o abracei muito forte. Não largava mais. Como se estivesse querendo botar alguma coisa nele de novo. Ou tirar. Mas foi quando eu descobri. Que *ele* era um homem mau. Que pessoas boas não fazem coisas assim. Mesmo que alguém seja mau. Simplesmente não fazem. Depois disso, passei a ser diferente com ele. Desconfiada, acho. Mas gosto de pensar que não permiti que ele sequer notasse a diferença em mim. Eu não queria que ele percebesse. Entende? Eu ainda o amava. Jamais ia querer magoá-lo.

Ela para, traz de novo o foco do passado para mim.

— Espera aí... Não tenho certeza se vai poder usar isso. Não quero acabar num tribunal ou coisa do gênero. Não sei realmente o que foi que eu vi. Apenas... foi o suficiente para eu saber.

E ela me dirige um sorriso trêmulo.

— Tudo bem. Terei mesmo que mostrar muita coisa aos advogados antes de lançar o documentário. E vou levantar essa questão para eles. Se não puder ser usado por motivos jurídicos, podemos tranquilamente deixar de lado. Está preocupada em chatear Eddie? — arrisco.

Ela solta um risinho de surpresa.

— Não, com certeza não estou preocupada em chatear papai. Essas coisas aconteceram; se ele não gosta, problema dele. Apenas, não vou oferecer provas contra ele. Eu vou até um limite. Daí não passo.

Ela diz isso com toda calma. Percebo que não tem muita coisa na vida capaz de perturbar Lottie. A maçã não cai longe da árvore. Talvez ela e Eddie tenham mais em comum do que ela gostaria de crer.

Acho que o momento é agora.

— Lottie. Agora eu gostaria, se você estiver de acordo, de lhe mostrar um vídeo. Uma mensagem que o seu pai gravou para você durante nossa entrevista no sábado. Sei que foi uma escolha sua não vê-lo nos últimos sete anos, e se não estiver à vontade com isso, tudo bem. Simplesmente não mostro.

Eu vou devagar. De fato, quero a ajuda de Eddie, mas não vou ser uma babaca completa só para consegui-la. Se ela não quiser vê-lo de novo, problema dele, não meu.

Ela assente, primeiro meio hesitante, depois com firmeza. Ela quer. Quer ver o vídeo.

— Muito bem, se está certa disso... — Eu pego meu laptop e o apoio na mesa. — Vou carregar o vídeo e apenas deixar a câmera filmando, tudo bem?

Eu quero as imagens dela vendo Eddie. Sua reação. Quero que as pessoas vejam.

Quero o favor dele, e quero as imagens.

Eu empurro o laptop para ela, e ela aperta o *play*. E leva as mãos à boca.

Será porque ele envelheceu? Talvez pareça triste? Ou talvez seja o uniforme, ou a sala vazia de um branco encardido. Talvez ele esteja mais magro, mais debilitado que na lembrança dela. Não sei. Mas sete anos são muita coisa. Procuro ver nos olhos dela. Petrificada. E ouço o que ele disse semana passada.

*Ele viu fotos de Ben, o casamento dos dois.*

Ela enruga os olhos. Um sorriso por trás das mãos.

*Ben é um bom sujeito, ela acertou.*

*Ele tem orgulho do trabalho dela.*

Ela franze as sobrancelhas.

*Tem orgulho das escolhas dela.*

Ela baixa as mãos, agora acomodadas imóveis na mesa à sua frente. Extasiada.

E vem o principal da mensagem.

*Ele se arrepende de certas coisas que fez. Vai mudar.*

Seus olhos se enchem de lágrimas. Está paralisada. Hipnotizada. As lágrimas pingam dos cílios na mesa.

Ela nem nota mais minha presença. Só existem os dois, pai e filha.

*Ele não deixará esse mundo se aproximar dela. Ela estará em segurança.* Separada.

Ela enxuga as lágrimas. Se endireita na cadeira. Solene. Inspira.

*Ele será um excelente avô.*

Nada.

*Doces para todo lado.*

Uma risada, que desaparece com a rapidez de fogo-fátuo.

*Ele a ama.*

Silêncio. Nada.

Ela baixa a tela do laptop até fechar com um clique.

Abre um sorriso forçado.

— Vou só pegar uns lenços. Um segundo.

E sai do enquadramento.

Seus olhos ainda estão vermelhos quando ela retorna, mas ela voltou a ser a Lottie de sempre. Meio constrangida por ter deixado transparecer as emoções. Eu ligo a câmera de novo.

— Então, como se sente com isso, Lottie? Você acha que pode dar uma nova chance ao seu pai? Deixar que ele entre de novo na sua vida quando sair de lá?

Agora eu mesma também quero saber.

Não sei o que eu faria se fosse ela. Poderia especular, mas a realidade nunca é igual, certo? Pelo menos não nas coisas importantes.

Ela sorri. Dá uma risada autodepreciativa.

— Desculpe... é muita coisa para processar. Meu Deus, achava que já tinha superado tudo isso! Achava mesmo. É... qual foi mesmo a pergunta? Deixá-lo voltar à minha vida? Ah, não. Não, realmente não acho que seja uma boa ideia. Sei muito bem que as pessoas vendo isso vão torcer pelo meu pai. Torcer pelo pobre coitado. Ele é um sedutor, eu sei muito bem. Mas não; não, não vou. E digo por quê. Porque ele matou gente, matou pessoas de verdade. Quer dizer, supostamente, supostamente! Não use isso, por favor. Merda. Olha só, ele é um criminoso condenado. Não é confiável, é manipulador, perigoso, e eu tenho filhas. Duas meninas, e um marido que eu amo. E meu marido tem sua família, que também não quer vê-lo. Eu amo a minha vida. Gosto dela exatamente como é. Fui eu que a construí, do zero. Então não me entenda mal, Erin, sou grata pela minha educação, pelas oportunidades que tive, mas eu dei muito duro. Me virava a cada dia, apesar da minha família, e não por causa dela.

Ela olha direto para a lente.

— Pai, sei que você vai ver isso. Então aqui vai. Eu te amo. Te amo demais, mas não posso ser responsável por você. Você fez as suas escolhas. Fico feliz de saber que se orgulha de mim. Vou continuar te deixando orgulhoso, mas não quero você na minha vida. Saiba disso e respeite a minha decisão.

Ela terminou. Faz um sinal para mim; é tudo que tem a dizer. Eu desligo a câmera.

— Sei que você está pensando que ele é um cara legal, mas não o conhece realmente, Erin. Acredite. Acho muito legal que você queira um final feliz para todos nós, mas as coisas não são assim. *Ele* não é assim. Ele não está nem aí. Não está nem aí para as pessoas. As pessoas simplesmente desaparecem do mapa, e para ele, tudo bem. Pois eu não acho que tudo bem. Então, prefiro não fazer isso. Mas fico grata pelo esforço. Realmente fico. Quando voltar a vê-lo, diga que ele está com boa aparência. Ele vai gostar.

Ainda jogamos um pouco de conversa fora enquanto eu arrumo minhas coisas. E eu guardo minhas imagens, como se fossem ouro em pó.

Fiz tudo que podia fazer. Ela não é nenhuma idiota, e se eu forçasse mais a barra em favor dele, ela ia perceber que tinha alguma coisa por trás. Eu passei a informação, passei o pedido dele, e a deixei escolher. Era o que eu podia fazer. Só espero que seja o suficiente para Eddie.

# 32

*Quarta-feira, 28 de setembro*

# UM HOMEM NA PORTA DE CASA

O telefone fixo começa a tocar no momento em que eu destranco a porta da frente. Mark saiu esta tarde para procurar mais possíveis escritórios para alugar. Deve estar de volta daqui a uma hora mais ou menos; pedi que ele voltasse por volta das três para o caso de dar tudo errado com Lottie.

O telefone toca duas vezes antes de eu alcançá-lo, correndo pela sala de entrada. Poderia ser o interlocutor mudo de novo. Poderia ser Patrick. Quem sabe eu o pego dessa vez.

— Alô, é a Erin? — Uma voz rouca, faixa dos 40, sotaque cockney. Só pode ter a ver com Eddie, eu sei imediatamente.

— É... Sim, sim, eu mesma.

Eu tento parecer profissional, como se fosse uma ligação normal de trabalho. Realmente espero que Andy Foster não esteja monitorando minhas ligações, pois se estiver, poderia me incriminar muito facilmente.

— Olá, Erin. Meu nome é Simon. Parece que tenho uma encomenda para pegar com você, certo? — Um segundo de silêncio na linha. — Sei que deve estar ocupada, mas é que estou aqui na área no momento; agora seria conveniente para você?

Ele também deve desconfiar de algum grampo, pois está rodeando o assunto; e se comporta mesmo como um mensageiro. Ou pelo menos é o que poderemos argumentar no tribunal, se for preciso.

— Sim, seria... agora seria ótimo. Cinco, dez minutos?

Eu tento disfarçar meu alívio, a alegria toda ante a perspectiva de finalmente me livrar dos diamantes.

Estarão fora daqui de casa em menos de uma hora. Tudo acabado. A bolsa, o avião. Como provas apenas o pen drive e o celular alojados debaixo do isolamento do sótão.

Segurando o telefone com o ombro, eu rapidamente rabisco o número da conta no banco suíço num pedaço de papel. A essa altura, já o decorei. Ele não está anotado em lugar nenhum. Queimei a papelada toda há uma semana, no nosso braseiro do jardim. Todas as informações relevantes foram memorizadas. O número e a senha. Do outro lado da linha, ouço um motor de carro sendo ligado.

— Tudo certo, então. Dez minutos. Até logo.

E a ligação é encerrada.

Ele parecia bem amistoso, tranquilo. Suponho que saiba da situação. O meu favor. O favor de Eddie. Nossa troca de favores.

Que inferno, a quem eu penso que estou enganando? Simon provavelmente passou o dia me seguindo, certo? Daqui até a casa de Lottie e de volta para cá. Me pergunto quem mais estará me seguindo ao longo do dia. SO15, Patrick e agora Simon. Essa gente toda não pode estar atrás de mim. Se um deles descobrisse sobre os outros, o castelo de cartas todo estaria desmoronando em volta de mim. Mas Simon devia estar mesmo na minha cola hoje; caso contrário, como poderia saber que acabei de chegar em casa? Por isso é que ele *está na área*.

Eu faço uma careta. Talvez seja mesmo a criminosa mais ingênua do mundo. Completamente avoada. Tenho sorte de não estar morta ainda.

Tenho menos de dez minutos para me preparar até ele chegar. Meto o pedaço de papel com o número da conta no bolso da calça.

As pedras estão no sótão, onde as deixei depois de pegá-las de volta com Charles. Eu subo a escada, de dois em dois degraus. Preciso estar com tudo pronto antes que Simon chegue. Não quero ter que deixá-lo sozinho em algum lugar da casa enquanto subo até o sótão sozinha. Não quero ele andando por aí. Não dá para confiar.

De repente me ocorre uma coisa. E se esse cara não tiver nada a ver com Eddie?

Ou então, se tiver sido mandado mesmo por ele, mas eu estiver completamente equivocada sobre a personalidade de Eddie e essa situação toda não acabar bem para mim? Talvez isso não seja nada seguro.

Eu imagino Mark chegando em casa e dando com meu cadáver no chão do corredor, desengonçada que nem uma boneca de pano cheinha, um tiro na cabeça, ao modo execução. Serviço feito.

Mas isso não vai acontecer. Meus instintos me dizem. E se não der para confiar nos meus instintos, vou confiar em quê? Não, está tudo certo. Tenho certeza. Tenho certeza de que estou certa.

Mesmo assim, eu desço a escada correndo e pego meu celular. Digito o número de Mark.

Três toques, e ele atende. Parece distante, distraído, os ruídos ao fundo, meio abafados.

— Mark?

— Eu. O que foi? Tudo bem? Como foi lá?

Está se referindo a Charlotte.

— É, sim, foi ótimo. Olha só, rapidinho, uma pessoa ligou... Ligou para falar do...

Merda. Me dou conta de repente de que não posso dizer isso no telefone, certo? Não posso falar dos diamantes nem de Eddie. Se Andy grampeou meu telefone, estamos fodidos. *Ok, pensa. Pensa rápido. Disfarça.*

— Uma pessoa... é... que vem pegar as lembranças da lua de mel.

Tudo bem falar isso? Claro, tudo bem... a gente comprou lembranças para os colegas do Mark; se eu mandar à tarde pelo FedEx para East Riding, essa ligação poderá perfeitamente ser explicada. Meu

Deus! Que coisa mais complicada! Ser uma criminosa é mentalmente exaustivo.

Do outro lado da linha, Mark fica calado. Imagino que está tentando pensar também no que pode ou não dizer pelo telefone. Que bom que casei com um sujeito inteligente.

— Tudo bem, legal. Você resolve isso, amor, ou é melhor eu ir dar uma mão?

Ele mantém um tom neutro, mas sinto que está preocupado. Ele deixou bem claros seus sentimentos em relação a Eddie. Não confia nele nem um pouquinho.

— Não, tudo bem. Está tudo ótimo, Mark. Só queria que você soubesse o que está acontecendo. Mas tudo bem, eu dou um jeito. Mas agora tenho que correr, pois ele vai chegar logo. Tudo bem?

Eu queria dar a Mark uma chance de me impedir, se eu estivesse fazendo alguma burrice. Estou sendo burra? Entregando um milhão em diamantes a um homem que não conheço? Na minha própria casa, na nossa casa?

— Ótimo. Claro, tranquilo. Parece que você dá conta, amor. Nos vemos mais tarde um pouco então, está bem? Te amo? — É uma pergunta. Às vezes é mesmo uma pergunta, não? Nessa pergunta tem muita coisa.

— Te amo também — respondo. Na resposta tem muita coisa. E ele desliga.

Merda, não perguntei como ele está. Nem perguntei onde estava. Parecia ao ar livre, movimentado, muita gente, talvez uma estação, mas...

Realmente não tenho tempo para isso. Subo correndo ao patamar da escada, prendo a escada do sótão no gancho do teto e puxo.

E os encontro lá, exatamente onde os havia deixado, debaixo de uma folha solta do isolamento amarelo-claro, dentro da bolsinha. Reluzindo no couro creme, levemente quente pela tubulação de aquecimento. Eu os apanho e coloco de novo o isolamento no lugar.

Quando estou descendo, a campainha toca. Eu congelo no meio da escada.

Um flash de terror, como uma injeção no meu organismo todo.

De repente eu queria que a gente ainda tivesse aquele revólver, o que atiramos no mar em Bora Bora. Será que foi uma burrice jogá-lo fora? Será que vou precisar dele?

Mas também que diabos eu faria com um revólver? Nem sei usar. Nem seria capaz de saber se estava carregado ou como ativar a trava de segurança nem nada.

Não, não preciso de nenhum revólver. Vai dar tudo certo. Estou sendo paranoica. Em plena luz do dia. Continuo a descer a escada, pulando os três últimos degraus, e estou de volta no vestíbulo.

Com o rosto em brasa, abro a porta, sentindo com prazer o vento de setembro. E lá está Simon.

Simon parece inofensivo. Terno, gravata, sorriso. E não é um sorriso de predador, apenas o sorriso de um amigo meio duvidoso do seu pai, talvez. Talvez um sorriso meio espertalhão demais, mas no fim das contas inofensivo.

Não preciso de nenhum revólver, percebo de repente, me sentindo segura.

O jeito dele dá a entender que estamos juntos nisso; agora eu faço parte da gangue.

— Simon? — Eu tenho que dizer alguma coisa; já estamos aqui em silêncio há um tempinho.

— Sim, culpado. — Ele abre um sorriso. Tenho certeza de que já usou essa antes. Mas o humor inofensivo me acalma.

— Ótimo. — Eu faço um sinal positivo com a cabeça. Mas agora não sei mais o que fazer. — Quer entrar? — arrisco. Pelo meu tom, acho que fica perfeitamente claro para Simon que não tenho a menor ideia de como agir nesse tipo de situação. Espero que logo, logo, ele tome a iniciativa.

— Que nada, tenho que correr. Mas valeu, amor. Vou só pegar o negócio e te deixar em paz, beleza?

Ele está me tratando maravilhosamente. Fico grata por ele lidar de forma tão delicada com a minha evidente inaptidão; de certa maneira, é bem tranquilizador. Eu entrego a bolsinha. Aliviada por me livrar dela. Meio caminho andado. Ele a pega.

Mas e o dinheiro? Devo dizer algo? Seria grosseiro? Mas ele sai na frente.

— Você tem um número para me passar?

Está um passo à frente de mim. É evidente que já fez isso antes.

— Sim, sim, aqui está. — Eu pesco a tirinha de papel no bolso e a aliso contra a coxa. — Desculpe, está amassada. Mas ainda dá para ver os números, não dá? — E a entrego.

Nós dois olhamos para o pedaço de papel na mão dele, perfeitamente legível apesar dos leves amassados. Eu sou mesmo uma idiota.

— Hmm, sim, sim, acho que tudo bem — murmura ele, fingindo exagerado interesse pelo papel amarrotado. — Bem, acho que vou indo então. — Ele compara as duas mãos: uma anotação numa delas, uma bolsinha valendo um milhão de libras na outra. Abre um sorriso e se volta para ir embora, mas se detém.

— Só uma perguntinha, amor. Como é que foi hoje? Eddie quer saber.

— Hmm, acho que não vai dar certo.

Estou falando gentilmente, como se eu estivesse pessoalmente de coração partido com a cruel reviravolta do destino. Eddie, o herói regenerado, não consegue uma segunda chance com a filha.

Simon parece confuso com minha resposta.

— Por que, o que foi que ela fez? — E fica olhando para mim, inquisidor.

— Bom, ela assistiu ao vídeo. Chorou. Ficou muito emocionada, mas estava preocupada com as filhas e...

— Ah, as filhas — ele interrompe. — Ah, sim, justo.

E parece satisfeito. Eu me pergunto se era uma pergunta oficial sobre Lottie ou se me adiantei.

— Não se preocupe com as crianças. — Simon está sorrindo de novo. Restabelecida a ordem. — Ele pode dar um jeito nisso. Mas bom trabalho, meu bem. Ela chorou, hein? Bom. Ótimo sinal. Eddie vai gostar muito de saber. Vai ficar todo animado. Se ela chorou, já é meio caminho andado.

Ele manda aquele sorriso radiante. Hoje o negócio está bom para ele.

— Certo, querida, vou dar no pé. Se cuida.

E com um jovial aperto de mão, ele se vai.

— Hmm, obrigada, Simon! — eu ainda exclamo. Não sei por quê. Eu tinha que dizer alguma coisa, não é? Não posso simplesmente ficar aqui calada enquanto ele volta na direção do seu Mercedes preto com meus diamantes na palma da mão.

## 33

*Quinta-feira, 29 de setembro*

# PENDÊNCIAS

Um buquê de flores excepcionalmente grande chega pela manhã. *Obrigado pela ajuda. Não esquecerei. E.* E não é que ele tem estilo? Tenho que reconhecer. Mas Mark não tem lá tanta certeza assim.

— Não exatamente uma operação encoberta, hein? — diz ele, no café da manhã. Está preocupado com a vigilância policial.

— São só flores, Mark. Podiam ser pela entrevista, até onde se sabe. Através de um advogado ou coisa assim... Tenho certeza de que a essa altura da carreira Eddie já sabe encobrir as pistas. Quer dizer, menos na contabilidade, claro.

Eu sorrio. Afinal, a gente conseguiu. Não conseguimos? O pagamento total pelos diamantes entrou na conta numerada à meia-noite. Muito mais do que esperávamos. Com certeza muito mais do que jamais conseguiríamos sozinhos. Dois milhões. Dois. Libras esterlinas. Eu não consigo tirar o sorriso do rosto. Dez mil por pedra. Eddie praticamente não levou nada. O pagamento veio de outra conta numerada. Onde o dinheiro dele é malocado, suponho. Mentes privilegiadas pensam do mesmo jeito.

Mark está preocupado.

— Com certeza o rastro desse presente vai estar coberto do lado dele, Erin. É o nosso lado que me preocupa. Se o SO15 estiver de olho em você, vai querer saber... — Ele aponta para o enorme buquê. — Não é muito discreto, né?

Ele tem lá sua razão, creio eu. As flores são de uma ostentação ridícula.

— Mas será que a polícia realmente está me vigiando vinte e quatro horas por dia, Mark? Sério? Por quê? E como é que o Eddie não saberia?

— Sim. Podem perfeitamente, Erin, se acharem que a Holli vai entrar em contato com você. Se notarem algo estranho. Podem estar de olho em você para ver se ela liga, ou então... Deus me livre... se aparece aqui na porta.

— Mas por que diabos ela faria isso, Mark? Nós não éramos exatamente próximas, né? Nos vimos uma vez. Eu a entrevistei durante meia hora, *uma vez*. Duvido muito que a polícia pense nessa possibilidade, e não acho que estejamos sendo vigiados por eles. Pelo menos não tanto assim quanto você pensa. Talvez estejam grampeando nosso telefone fixo, mas tenho a impressão de que Eddie teria verificado antes de nos ajudar, teria mencionado. Ele não é nenhum idiota. Se o SO15 estivesse nos vigiando, acho que já saberíamos a essa altura. Aliás, tenho até a sensação de que a presença de Eddie está nos protegendo de muita coisa.

Mark olha meio distraído pela janela, contemplando a chuva, os pensamentos voando longe, calado.

Por que Mark não está feliz?

Eu toco hesitante seu braço por cima da mesa.

— Está feito. Estamos com todo o dinheiro da bolsa. Tudo seguro. Somando o dinheiro e os diamantes, temos quase três milhões de libras. Irrastreáveis. Completamente seguro. A gente conseguiu, Mark. Conseguimos!

Eu olho para ele, na expectativa.

Ele abre um sorriso. Pequeno.

Eu aperto seu braço.

O sorriso se alarga.

Ele faz que sim com a cabeça, estendendo a mão para pegar a xícara de chá.

— Estou feliz por ter funcionado, mesmo. Claro que estou! Mas, Erin, você não pode mais fazer coisas assim. Simplesmente não pode. Funcionou dessa vez, mas acabou, está bem? Nada mais de riscos. Agora chega, né?

Claro que ele está feliz, mas eu o deixo preocupado e não posso culpá-lo por não confiar em mim, na verdade. Eu venho guardando segredos. E realmente houve uma ou duas vezes em que achei que ele talvez tivesse razão, que talvez eu tivesse ido longe demais. Mas agora o dinheiro está no banco.

— Sim. Sim, agora chega. Prometo. Não há mais riscos a correr.

Eu me debruço sobre a mesa e planto um beijo nos seus lábios quentes. Dá para sentir que ele não está totalmente convencido, mas ele sorri e me beija também. Ele quer que as coisas voltem a ser como eram. E espero conseguir isso agora. Finalmente.

Mas assim que essa ideia se acomoda, eu me lembro. Aquelas pendências no sótão. Um rastro de provas levando até o fundo do Pacífico Sul.

Ainda não acabou totalmente, na verdade.

— Mas... o que a gente vai fazer com o celular, Mark? E o pen drive? Jogar fora? São a única coisa que ainda aponta para nós. Temos que encerrar tudo direito, certo? Nada de pendências.

Ele vai apertando os olhos enquanto a ficha cai; não encerramos realmente. Ele tinha se esquecido.

— Droga. Ok, vamos pensar.

Ele para por um momento, olhando pela vidraça respingada de chuva na direção do jardim.

— Talvez devêssemos ficar com o celular, para um caso de necessidade. Não tem problema nenhum ficar com ele. E se alguma coisa acontecer, ele serve de prova de quem era aquela gente. Nosso trunfo contra eles. Não que a gente vá realmente precisar, mas quem sabe, só para garantir. — Ele faz uma pausa e balança a cabeça. — E sabe o que mais? Não. Vamos jogá-lo fora também. Vamos jogar tudo fora: o pen drive e o celular; temos que tirá-los daqui de casa. Para o caso de a polícia querer fazer uma busca, por qualquer motivo. Precisamos tirar tudo isso da nossa vida.

Seu tom é firme. Não tem mais discussão quanto a isso. E, para mim, tudo bem. Para mim acabou. Tudo. Acabou em três milhões.

— A gente pode, por exemplo, pegar o carro agora para Norfolk, juntos, passar a noite lá, pegar um barco de manhã e jogar no mar. Aproveitar o dia com as últimas pendências? — sugiro.

A expressão dele não muda. Eu sinto uma pontada de medo. Continuo.

— Temos que jogar fora em algum lugar, certo? Podemos passar uns dias lá. Seria ótimo espairecer um pouco. Ficar juntos por um tempo. A gente precisa. Estou sentindo falta de você. De nós.

Ele se levanta, dá a volta na mesa e pega meu rosto. Me beija na boca, com extrema delicadeza.

— Adorei a ideia. Parece que faz muito tempo, só você e eu, a lua de mel.

Eu entendo o que ele quer dizer. Está se referindo à nossa lua de mel de verdade, antes de aparecer a bolsa, antes de virar algo diferente. A única coisa que quero agora é ficar perto dele. Sinto falta da minha pele na dele. Da nossa proximidade.

— Se formos para Norfolk hoje, acabou tudo. O celular e o pen drive são as últimas coisas, e depois que a gente se livrar deles, pronto. Acabou — prometo. — Voltamos a ser do jeito que éramos. Só que melhor, pois nunca mais precisaremos nos preocupar com dinheiro de novo.

Mark nunca mais precisará se preocupar em perder tudo de novo. Nem em trabalhar num bar ou cuidar de prateleiras. Em Norfolk, finalmente vou poder contar a ele sobre o nosso bebê.

Ele olha para mim, estudando meu rosto; tem uma certa tristeza nos seus olhos. Acho que ele não se convenceu de que eu realmente decidi parar de ser tão imprudente. Ou talvez a gente não possa voltar para onde estava... Preciso provar que agora estou focada em nós, e então insisto:

— A gente precisa desse tempo juntos, Mark. Vamos?

Seus olhos ficam marejados de lágrimas quase imperceptivelmente, e, de repente, me dou conta de como o tenho afastado nas últimas semanas. Quase estraguei a nossa relação. Esse laço tem que ser tratado com cuidado, para recuperar a força. Ele se inclina de novo e beija minha testa.

— Eu sei. Mas por mais que goste da ideia, amor, não posso ir hoje. Você sabe. Lembra?

Meu Deus, esqueci completamente. Ele me contou semana passada. Falou, sim. Me sinto terrível. Como se já não estivesse me sentindo péssima. Ele vai para Nova York hoje à tarde, para passar a noite lá. Eu não estava prestando muita atenção quando ele disse, claro. Me pergunto o que mais foi que deixei passar completamente. Sou a pior mulher do mundo. Ele vai passar o dia inteiro amanhã encontrando novos clientes e pegar o voo de volta à noite. Vai literalmente ir e voltar voando.

E eu vou ficar aqui, sozinha. De repente, não consigo deixar de me sentir assustada com a eventualidade de Mark seguir em frente com sua vida sem mim. Culpa minha, é claro. Devia ter mostrado mais interesse pelo seu novo negócio, em vez de passar o tempo todo pensando no documentário, no dinheiro, nos diamantes. Devia ter estado mais presente; devia ter ficado com ele. E sou tomada por uma onda avassaladora de autorrecriminação. Vou ter que agir melhor. Vou ter que ser uma pessoa melhor. Vai dar tudo certo. A gente pode viajar juntos no fim de semana seguinte. Não é tão importante assim; só parece ser agora.

Deitada na cama, fico observando enquanto ele faz as malas. Ele me conta tudo sobre o novo escritório que está pensando em alugar. Seus grandes planos.

— Quer ir ver comigo semana que vem? — pergunta, empolgado.

— Claro! Estou louca para ver — garanto. Fico grata por ele se abrir comigo de novo. Fico grata por vê-lo feliz outra vez. Talvez a rachadura finalmente esteja começando a se fechar.

— Desculpe, Mark, se eu tenho estado ausente. Se não estive ao seu lado... Sinto muito.

Eu olho para ele.

— Tudo bem, Erin — diz ele, o rosto animado com o futuro e tudo que temos pela frente. — Você tem estado muito assoberbada mesmo. Está tudo certo. Eu te amo.

Ele sustenta o meu olhar, e eu me sinto perdoada. Sou mesmo uma sortuda. Penso de novo em contar tudo. Sobre a gravidez. Mas não quero influenciar nada agora. Vou contar quando ele voltar. Quando estivermos sozinhos na próxima semana.

— Eu te amo, Mark — digo então, rolando da cama e me enroscando nele. E é o que eu sinto mesmo, com todo o meu ser. Meus hormônios devem estar fazendo alguma loucura dentro de mim agora, pois sinto uma dor física mais tarde quando o táxi sai do meio-fio em frente a nossa casa para o aeroporto. Meu corpo inteiro sente necessidade dele. O fantasma dos seus braços em torno de mim, o cheiro da sua colônia ainda na minha pele.

Quando ele se vai, subo até o sótão. Para inspecionar as últimas provas concretas.

Está quente no sótão. Debaixo do isolamento, o celular está agradavelmente quente. O envelope separado com o pen drive está bem ao lado dele. Será que o calor aqui não é ruim para a memória do celular ou do pen drive? Eu tateio o pen drive por cima do plástico do envelope.

Sinto o calor nos dedos.

Olho para a tela inerte do celular e me lembro da mensagem de duas semanas atrás. A sensação que me deu no estômago. Aqueles três pontinhos cinza pulsando.

## QUEM É VOCÊ?

Volto a me perguntar quem são *eles*. Os mortos do avião, a pessoa do outro lado do telefone, essa gente do avião. Tenho procurado ignorar essa história, seguir o conselho de Mark, mas aqui sozinha, nesse calor poeirento, o pensamento vem de novo. Quem são eles? Já pesquisei em sites russos, sites de notícias... nada. Será que Patrick é um deles? Ou Mark tem razão? Será que é um policial do SO15 disfarçado? Será ele quem fica ligando e deixando mensagens em silêncio? Outro dia passou pela minha cabeça a ideia horrorosa de que as ligações podem ser de Holli. Mensagens telefônicas silenciosas, desesperadas, de algum lugar por aí; talvez ela tenha voltado para a Inglaterra. Mas aí eu me lembro da resposta murmurada baixinho para o garçom na mensagem. E, além do mais, Holli nunca nem pegou o número do meu telefone, então não pode ser ela.

Minha mente volta para o pessoal do avião. Seriam eles? Mark tem certeza de que não eram. Mas talvez eles tenham encontrado o endereço de IP do hotel. Talvez tenham ido até lá. Talvez tenham matado os Sharpe... mas será que depois disso pararam de procurar?

Por quanto tempo teriam procurado? Qual a importância da bolsa e do seu conteúdo para eles? E aí algo me ocorre com fulgurante clareza. Eles *ainda* estão procurando. E agora eu estou sozinha. Penso na expressão de Mark quando se afastou no táxi. Eles ainda podem estar por aí, atrás de nós. Talvez tenham descoberto que mataram o casal errado. E agora aqui estou, sozinha na casa. Fiquei tão preocupada o tempo todo em passar a perna na polícia, em transformar o que encontramos em dinheiro concreto, que me esqueci completamente da realidade de ser encontrada pelas pessoas que roubamos. A realidade de alguém batendo à porta, de um tiro na cabeça.

Penso na porta dos fundos aberta, seis dias atrás. E agora eu aqui, sozinha. E não quero morrer. Preciso descobrir com o que estou lidando. Preciso descobrir quem pode estar atrás de mim. E, nesse momento, desço com o celular deles, visto o casaco e saio de casa.

Hora de entrar em ação de novo. Em um lugar seguro. Um lugar movimentado.

Ao chegar a Leicester Square, vou me desviando da multidão e me dirijo bem para o centro do jardim. Me deparo com um grupo de estudantes estrangeiros de intercâmbio, conversando e mexendo nos celulares enquanto almoçam sentados na grama. Fico de pé a uma distância aceitável deles e, só então, ligo o celular. E ele vai recuperando a vida, lentamente. A luz branca ilumina a tela. O símbolo da Apple. Depois, a tela inicial. Eu nem tento ativar o modo avião. Deixo que ele encontre sinal. E ele encontra. Cinco barrinhas.

Minha ideia é a seguinte: Leicester Square é a passagem de pedestres mais movimentada da Europa. Pesquisei no Google no meu celular antes de desligá-lo, do lado de fora da estação de metrô perto de casa. Passa mais gente pela Leicester Square num dia do que em qualquer outro lugar da Europa. Uma média de 250 mil pessoas por dia. Quando me aproximo da área do jardim, está cheia de pessoas falando no celular, passando umas pelas outras mergulhadas em conversa ou de cabeça baixa, digitando e navegando. Existem, no local, 109 câmeras de vigilância, mas desafio qualquer um a adivinhar quem está em qual telefone. É uma porrada de gente. Estou escondida debaixo do nariz de todo mundo. Que eles encontrem o sinal; não vai adiantar de nada.

A tela se acende. Mensagens pipocam. Duas mensagens.

OFERTA AINDA DE PÉ

ENTRE EM CONTATO

Do mesmo número anterior. O número sabe que alguém está com a bolsa.

Mas eu não entendo a mensagem. Que oferta? Vou rolando a tela para cima em busca de mais mensagens, mas só encontro as que já li em Bora Bora. Até que noto um pequeno círculo vermelho por cima do ícone de chamada. E vou verificar a chamada não atendida. Foram duas chamadas perdidas do mesmo número desde que estamos com a bolsa, desde que mandei aquela ridícula mensagem de texto em Bora Bora. Duas chamadas perdidas... e uma mensagem de voz.

Eu me sento num banco, aperto o ícone de mensagem de voz e levo o celular ao ouvido.

A primeira voz que ouço é a voz do sistema de caixa postal. Uma voz de mulher, mas numa língua que não entendo. Do Leste Europeu? Russo. Depois, silêncio, seguido de um longo bip.

A mensagem gravada entra. Ouço o silêncio de um ambiente fechado, alguém esperando perto do fone para falar.

E então a voz se faz ouvir, pesada e calma. Voz masculina. Falando inglês, mas com um sotaque difícil de distinguir.

— *Você recebeu a mensagem anterior. A oferta está de pé. Entre em contato.*

Fim da mensagem. Não tenho a menor ideia do que está dizendo. Que mensagem anterior? Que oferta? A voz do sistema de caixa postal volta a tagarelar em russo. E aí a voz do sujeito volta. Uma mensagem salva. A mensagem anterior.

— Você está com algo que nos pertence. Gostaríamos que devolvesse.

Minha respiração fica presa na garganta.

— *Não sei como entrou em contato com o objeto. Isso agora não importa mais, mas é do seu interesse devolvê-lo a nós* — diz ele.

De repente me ocorre que alguém já ouviu essa mensagem de voz; por isso não está aparecendo como nova. Alguém a ouviu. Penso na nossa porta dos fundos aberta, penso na mão fria de Patrick na minha mão, penso no SO15, penso em Simon e Eddie. Será que alguém esteve no nosso sótão? Quem? Mas aí eu me dou conta de que apenas uma outra pessoa poderia ter ouvido isso. Afinal, por que esse homem do telefone, se realmente estivesse no nosso encalço, invadiria nossa casa e ouviria a própria mensagem? E se fossem o inspetor-chefe Foster e o SO15, por que não teriam imediatamente apreendido tudo como prova? E se fosse alguém ligado a Eddie que ouviu, por que Eddie ainda assim nos teria pago dois milhões de libras, se poderia simplesmente ter levado tudo? A verdade... a verdade é que ninguém mais esteve no nosso sótão. O que significa que não sou a única que tem guardado segredos. Mark já ouviu essa mensagem de voz.

— *Nós vamos reembolsá-lo. Uma recompensa pelo incômodo.*

Olho ao redor na praça, o coração batendo forte no peito. Parece muito doido, eu sei, mas imediatamente tenho certeza de que tem alguém me observando de novo. Vou examinando os rostos na multidão, mas ninguém parece interessado em mim, ninguém está olhando. De repente, me sinto absolutamente sozinha, sozinha num mar de estranhos. E volto à voz.

— *Se estiver com o pen drive, entre em contato. Neste número. A oferta é de dois milhões de euros.*

Euros. Significa que está na Europa, certo? Ou sabe que nós estamos. Por acaso sabe que estamos no Reino Unido? Deve ter rastreado o sinal desse celular quando Mark o acessou pela última vez. A essa altura já sabe que estamos em Londres.

— *O valor não é negociável. Se puder nos devolver, faremos a troca. Não queremos persegui-lo; queremos apenas o pen drive. Mas cabe a você decidir se vai nos ajudar a recuperá-lo ou não. Entre em contato comigo.*

Fim da mensagem.

O pen drive? Eu tinha me esquecido completamente dele. E nenhuma referência à bolsa de dinheiro? Nada sobre os diamantes. Eles só querem o pen drive? Mais que os diamantes, mais que o dinheiro. Que porra é essa que tem nesse pen drive? Eu não consigo recuperar o fôlego. Nem sei se quero saber mesmo. Puta merda.

Desligo o celular. Só para garantir. Nunca se sabe.

Por que Mark não me contou sobre isso? E por que foi que ligou o celular, para começo de conversa? E onde pode tê-lo ligado? Naturalmente, ele é muito mais cuidadoso que eu. Também deve ter ido a uma área cheia de gente. É um cara inteligente. Mas por quê? Por que espiar? E aí a ficha cai. Ele também estava preocupado com alguém à nossa procura. Claro que estava. Depois do acidente com os Sharpe, se sentia de certa maneira responsável pelo que aconteceu a eles. Sabia que fora algo proposital, e ficou assustado. E por isso fingiu, para me preservar. Mark sabe ser muito convincente quando quer. E foi checar o celular. Para ver se ainda estavam atrás de nós. E estavam, e ele guardou para si mesmo. Para me proteger. Para que eu não ficasse apavorada. Meu peito dói de tanta culpa. Não consigo acreditar que Mark esteja passando por tudo isso sozinho. E eu andando por aí de forma tão imprudente.

Mas então me dou conta de que, provavelmente, é por isso mesmo que ele não me contou, certo? Não queria que eu descobrisse sobre a oferta. Sabia que eu ia querer aceitar, fazer a troca, e agora, pensando no caso, sim, sim, eu quero mesmo. Pois se fizermos tudo certinho, se resolvermos direito esta última situação, estaremos feitos. E, de qualquer maneira, não temos como parar agora; não seria seguro parar. Se não devolvermos o que eles querem, nunca mais vão parar de nos perseguir.

E eu sei que Mark não me falou da mensagem de voz porque evidentemente é uma péssima ideia. E sei que é uma péssima ideia porque na realidade eles não sabem onde estamos; caso contrário, simplesmente já teriam levado o pen drive. E é uma péssima ideia porque a gente não precisa de mais dinheiro. E eu sou uma idiota porque estou tocando essa coisa toda desde o início, e, agora que ouvi essa mensagem, a única coisa que quero no mundo é fechar esse acordo. Eles podem não saber onde estamos agora, mas vão continuar procurando e eu quero que parem. E quero mais esses dois milhões de euros.

Mark me conhece muito bem, melhor do que eu mesma, e por isso é que não me contou. Porque sabe que, definitivamente, vou cometer alguma imprudência.

O que foi mesmo que dizia a mensagem? *"Não queremos persegui--lo; queremos apenas o pen drive. Mas cabe a você decidir se vai nos ajudar a recuperá-lo ou não."* Seria uma ameaça? Não exatamente. Uma advertência: não somos *nós* que eles querem; querem apenas o pen drive. Mas se dificultarmos as coisas para eles, talvez se torne mesmo uma ameaça.

Espera aí. Espera aí. Espera. Dois milhões de euros? Mas que porra é essa que tem nesse pen drive? É a pergunta que me propulsiona quando me mando de Leicester Square de volta ao nosso sótão no norte de Londres.

## 34

*Quinta-feira, 29 de setembro*

# UMA DONZELA EM APUROS

Eu levanto o isolamento, pego o envelope aquecido e o abro. E nada de pen drive. Não está lá. O objeto curto e grosso que senti antes por baixo do plástico é apenas o estojo vazio. O pen drive propriamente se foi. Sumiu.

Eu fico olhando, perplexa. O que isso quer dizer? Aqui estou eu no sótão, sem fôlego por causa da corrida desde a estação do metrô, suor correndo pela pele, tentando me recompor. Onde é que foi parar? Então já vieram buscar? Não, não pode ter sido. Também teriam levado o celular. Teriam feito alguma coisa com a gente. Eu lembro a mim mesma que ninguém mais entrou na casa, além de Mark e eu. Só pode ter sido Mark. Que foi que ele fez? Será que jogou fora? Escondeu em outro lugar? Para o caso de eu ouvir a mensagem e tentar encontrá-lo? Que fim deu a ele? Eu pego meu próprio celular e vejo a hora. Agora ele já deve estar voando. Não posso falar com ele. Eu sinto outra onda de náusea e desmorono numa das vigas do sótão. É melhor pegar leve. Correr menos.

Olho de novo para a tela do meu celular. Vou mandar uma mensagem para ele.

> Ouvi as mensagens de voz!
> Por que não me contou?
> Onde ele está?

Eu fico olhando para a mensagem, o polegar em cima de enviar. Não... assim não. Furioso demais. Em pânico demais. Ele deve ter um motivo muito sério para não ter me contado... e eu também não lhe contei muitas coisas. Apago a mensagem. E digito:

> Mark me liga quando pousar.
> Te amo. Bjs

Aperto enviar. Melhor assim. Ele pode explicar depois. Deve ter escondido o pen drive para o caso de eu tentar fazer alguma bobagem. Tento imaginar onde poderia estar. Me pergunto se ele sabe o que tem dentro. Quero descobrir o que tem. E deve estar em algum lugar da casa. Só pode estar.

Eu começo pelo quarto. Procuro em todos os esconderijos habituais dele. Já vivemos juntos há quatro anos, e tenho certeza de que conheço todos eles. Olhei na gaveta da mesa de cabeceira, no pequeno cofre lá dentro. A senha é sua data de aniversário, mas não tem nada dentro, só algumas moedas estrangeiras. Espio por baixo do colchão no lado dele, onde uma vez ele escondeu ingressos de um show de Patti Smith para o meu aniversário: nada. Verifico nos bolsos do sobretudo do seu avô no guarda-roupa, nas caixas de sapato no alto do armário.

Sigo então para o banheiro, um kit pós-barba na parte de trás do armário, sua escrivaninha, sua pasta antiga: nada, nada, nada. Escondeu muito bem. Ou talvez o tenha levado. Talvez não confie mesmo em mim. Mas eu sei que ele não levaria o pen drive; não ia querer assumir o risco de perdê-lo. Se a ideia era escondê-lo de mim, só pode estar aqui: em algum lugar da casa.

E é aí que eu fico com raiva. Viro a casa de cabeça para baixo. Reviro cada centímetro quadrado. Mexo em tudo. Esvazio sacos de arroz, arranco a roupa de cama, checo forros de cortinas e bolsas.

Nada.

E aqui estou suada e descabelada numa casa de pernas para o ar. Tonta e enjoada. Essa sou eu não pegando nada leve. Preciso aumentar a glicose no sangue, agora mesmo, senão por mim, pelo que está tentando crescer dentro de mim. Desmorono ali mesmo onde estou, no meio da sala, e puxo na minha direção uma bolsa Liberty of London cheia de presentes de casamento. Meto a mão no fundo e pego uma lata de trufas. Trufas rosa-champanhe. Servem. Abro a tampa e enfio a mão. E encontro. Isso mesmo. No compartimento de baixo da caixa de trufas. *Cacete, Mark. Que brincadeira é essa?*

Exausta, eu como as trufas em vitorioso silêncio. Na companhia do pen drive. A luz do dia se esvaindo ao meu redor.

A certa altura, meu celular começa a gritar no escuro. Eu consigo encontrá-lo por baixo dos detritos da minha busca. É Mark. Deve ter chegado.

— Alô?

— Oi, amor. Tudo certo por aí? — Ele parece preocupado. Será que sabe que eu encontrei?

— Mark. Por que você escondeu? — Bobagem ficar enrolando. Estou esgotada. Magoada.

— Escondi o quê? Como assim? — Ele parece estar achando graça. Eu ouço uma certa agitação por trás dele. Ele está do outro lado do mundo.

— Mark, eu achei o pen drive. Por que você mentiu? Por que escondeu? Por que não me falou das mensagens?

Sinto meus olhos se enchendo de lágrimas. Mas não vou chorar.

— Ah, sim... Estava esperando mesmo que isso acontecesse. Você encontrou? Já viu o que tem dentro?

— Sim. Não. Acabei de encontrar.

Estou olhando para o objeto a meia-luz, inocentemente acomodado na palma da minha mão: um mistério.

— Desculpe, Erin, amor, mas te conheço muito bem. Eu ouvi a mensagem. Não podia deixar de ouvir, depois do que aconteceu com os Sharpe. Na mensagem de voz, ele dizia que queria apenas o pen drive, nada mais. Eu tinha que ver qual era o conteúdo, por que era tão importante para ele. Então fui olhar, Erin, e o que encontrei me deixou bem preocupado. De apavorar mesmo. Eu só queria te proteger. Mas sabia que mais cedo ou mais tarde você também ia olhar, e se visse a mensagem de voz com certeza ia querer ver o pen drive. Então o escondi. — Ele me dá um segundo para processar o que acaba de dizer. — Mas parece que não escondi tão bem — zomba, rindo. Está se esforçando para melhorar um pouco o clima. — Erin, desculpe, mas promete que não vai olhar o que tem dentro, amor? Por favor. Deixa isso quieto até eu chegar. Dá para me prometer isso? — Eu nunca ouvi sua voz tão séria, tão preocupada. — Promete. Só bota de novo onde o encontrou, amor. E quando eu voltar a gente joga no fogo, juntos. Não faça nada. Vamos tacar o celular e o pen drive no braseiro e ficamos vendo queimar, juntos. Ok? — sugere ele, suavemente.

Meu Deus, ele realmente me conhece muito bem.

— Tudo bem — sussurro. Estou sentindo uma tristeza, mas sem saber muito bem por quê. Talvez porque não sou confiável. — Te amo, Mark.

— Ótimo. Olha só, Erin... sinto muito. Não sabia mais o que fazer. Talvez devesse ter te contado.

Não, ele estava certo. Eu teria mesmo feito essas coisas todas.

— Não, você fez a coisa certa, e eu te amo — repito.

— Eu te amo também, amor. Ligue se precisar de alguma coisa.

— Te amo.

E ele se foi.

Eu estou arrasada, confusa e com uma sede inacreditável. Pego água gelada na porta da geladeira e encho um copo grande. E admiro nossa linda cozinha. As bancadas artesanais, a geladeira de vinho embutida, o piso de ardósia, irradiando o aquecimento subterrâneo automático que sobe e atravessa minhas meias. Observo nossa cozinha dizimada pela minha procura insana, panelas e frigideiras, sacos de comida e produtos de limpeza espalhados por todo o lado. E no meio de tudo isso, meu laptop. Eu nem paro para pensar: vou abrindo caminho até ele e levanto a tampa do computador, tiro o pen drive da embalagem e o enfio na entrada USB.

Um novo ícone aparece na tela. Eu clico duas vezes. Abre-se uma janela. Arquivos. Eu clico no primeiro. Ele se abre. Texto.

Criptografado. Páginas e páginas de texto criptografado. Arquivos sobre arquivos de texto criptografado. Um total absurdo olhando para mim. Não sei o que diz. Não sei nem o que *é*.

Não entendo nada, não sei fazer funcionar e fico apavorada. Será que Mark sabe o que significa isso? Talvez coisa de finanças? Alguma coisa numérica? Mas por que então tentar me convencer a não acessar? Não tenho a menor ideia do que tenho à minha frente. Mas estou com a respiração curta porque até eu entendo que é importante. Até eu consigo perceber. Não devíamos estar com esse pen drive. Não é para gente como nós. E não posso dizer a Mark que olhei. Agora tenho absoluta clareza de que isso aqui não é para o meu bico.

Quem são eles? E o que é isso? Terá sido por causa dessa coisa que mataram os Sharpe? Por que é tão importante para eles? Por que não estão nem aí para o dinheiro e os diamantes? Por que isso vale dois milhões de euros?

Será que vamos morrer por causa desse troço?

Preciso pensar. Retiro o pen drive e o coloco de novo cuidadosamente no plástico. *Respire, Erin. Pense.*

Ok. O que devo fazer?

Primeiro de tudo, preciso realmente saber o que há neste pen drive. Se descobrir, saberei com que tipo de gente estou lidando. Eu me lembro dos e-mails que vi em Bora Bora. As empresas de fachada. Os papéis boiando na água. Quem é essa gente? Do que são capazes? Em que perigo nos metemos? Se, de algum jeito, eu conseguir descriptografar esses arquivos, vou descobrir. Se for algo terrível, será que devo procurar a polícia? Deveria procurá-la logo? Mas eu quero saber. Preciso saber o que é isso.

Não tenho a menor ideia de como descriptografar arquivos. Mas talvez conheça alguém que saiba. Boto o pen drive no bolso, pego meu casaco. O número do celular de Eddie está rabiscado no verso do cartão que veio com seu buquê esta manhã. Eu, Erin Roberts, tenho acesso direto ao celular descartável ilegal de Eddie Bishop na prisão. E para que ter contatos, senão para usá-los? Arranco o cartão das flores ao passar por elas na entrada da sala e saio correndo de casa.

Tem uma cabine telefônica toda quebrada em Lordship Road. Já passei por ela suficientes vezes de carro para ficar me perguntando (a) por que ninguém nunca varre nem conserta os vidros quebrados e (b) quem diabos é capaz de usar essa coisa apavorante. Pois a resposta vem agora que me encaminho para ela por um longo trecho de via suburbana, hoje essa pessoa sortuda sou eu.

Sinceramente não lembro quando foi a última vez que usei um telefone público. Talvez na escola? Ligando para casa com minhas moedas de dez pence enfileiradas na prateleira da cabine.

Ao chegar à cabine, ela é ainda pior do que eu me lembrava. Uma gaiola de plástico oca com um tapete de cacos esbranquiçados de vidro, e tufos de ervas daninhas brotando nas rachaduras do asfalto. Há aranhas penduradas dos espaços agora sem vidro, lentas e confusas no ar úmido. Pelo menos o ar circulante abranda o fedor de mijo.

Eu busco algum troco no bolso do casaco. Dou com a palma da mão numa gorda moeda de duas libras. Perfeito. Disco o número de Eddie.

Ao atender, ele está mastigando alguma coisa. Eu olho para o relógio: 13h18, hora do almoço. Foi mal.

— Oi, Eddie, desculpe incomodá-lo. É Erin. Peguei o seu número nas flores; estou num telefone público e... — Acho que isto significa que podemos falar em segurança, mas vai saber! Ele é quem dirá.

— Ah, sim. Olá, querida. Como vai, meu bem? Problemas?

Ele parou de mastigar. Em algum ponto de Pentonville, eu ouço Eddie limpar a boca com um guardanapo de papel. Será que os guardas sabem do telefone descartável de Eddie? Não ficaria surpresa se soubessem e simplesmente fizessem vista grossa.

— É, não, nenhum problema, não. Mas queria fazer uma pergunta. Não sei se você sabe... ou se conhece alguém que possa saber... mas...

— Eu paro. — Posso falar por aqui?

Eu não quero me incriminar. Não quero piorar ainda mais as coisas.

— Hmm, sim, acho que não tem problema, meu bem. Tem alguém perto de você? Te vigiando? Câmeras de segurança?

Eu passo os olhos pelo alto dos postes na rua residencial, a respiração presa na garganta. Escolhi essa rua porque é a menos movimentada perto de nós, praticamente nenhum transeunte, mas agora já estou em dúvida: será que todas as ruas de Londres têm algum tipo de câmera de segurança? No entanto, não vejo por aqui nem aquelas câmeras compridas nem as semicirculares.

Acho que estamos seguros.

— Ninguém, nenhuma câmera — respondo no fone.

— Então tudo bem. — Eu percebo o sorriso na voz dele. Despertei seu interesse.

— Desculpe incomodá-lo de novo, é só que estou com um pequeno... quer dizer, uma situação aqui. É... você sabe alguma coisa de criptografia de arquivos, Eddie? Conhece alguém com quem eu pudesse conversar sobre isso? É importante.

Preciso disfarçar a sensação de urgência na minha voz. Não quero espantá-lo. Também não quero parecer íntima demais. No fim das contas, estou pedindo mais um favor, e dessa vez não tenho nada para dar em troca.

— Coisa de computador, né? Claro, temos um cara aí. Olha só, me conta qual é, eu telefono para o cara, e a gente vê o que faz. Aliás, meu bem, gostou das flores? Mandei escolherem um buquê bem legal de bom gosto, mas a gente nunca sabe, esses lugares, né?

Eddie é um homem adorável. Eu penso no meu monstruoso buquê na sala de casa. Em outras circunstâncias, acho que Eddie e eu teríamos nos dado muito bem.

— Desculpe, Eddie. Sim, sim, gostei. Maravilhosas, extremo bom gosto, muito obrigada. Fiquei feliz de poder ajudar.

— Ajudou sim, meu bem, ajudou. Minha filha é tudo para mim. Mas então, qual é o problema?

— Ok... Então... Tenho um pen drive criptografado. Resumindo, não sei realmente com o que estou lidando. Preciso saber o que tem nesse negócio.

Bom, está explicado. Passei a bola para ele...

Eddie pigarreia.

— E onde foi que conseguiu?

O tom agora é sério.

— Não sei dizer. Não tenho certeza de quem pode estar metido nisso. Preciso saber o que tem no pen drive para saber o que preciso fazer.

— Olha só, Erin, vou mandar você parar por aí, meu bem. Você *não* precisa saber nada. Então faça um favor pra todo mundo e esqueça esse negócio. Se o troço tem dono e eles se deram ao trabalho de criptografar, é melhor você não saber o que tem lá dentro. Porque é coisa ruim, alguma coisa ruim que eles não querem que ninguém leia.

Será que Mark leu? É o que eu me pergunto. Penso nas páginas e mais páginas de texto confuso. Será que Mark descobriu o que elas significam? Será que já sabe demais?

Eddie continua:

— Meu instinto diz para copiar o que você tem aí. Suponho que está com o original? Alguma troca?

— Hmmm... sim. Sim, é isso.

Eu não tinha chegado lá ainda. Por um segundo, fico tão aliviada que vem uma tonteira. Foi bom mesmo ligar para Eddie. Ele sabe lidar com esse tipo de gente.

— Certo, bem... Toma lá, dá cá, pessoalmente. Você se garante fazendo a cópia para o caso de não jogarem limpo. Faz *exatamente* o que eles disserem. E não entregue nada enquanto não receber o dinheiro. Você cometeu esse erro outro dia com o Simon; fiquei sabendo de tudo. Uma gracinha, meu bem, mas não é assim que se faz. Você entrega *depois* que o dinheiro entrou na conta, e não antes. Entendeu?

A pergunta fica suspensa na linha, entre nós dois.

— Sim, sim. Obrigada, Eddie — digo.

Parece estranho ser sincera assim com um criminoso. Sou capaz de dizer a ele mais do que jamais diria a Mark. Sei que ele está certo. Melhor aceitar a oferta. Garantir minha cobertura e ir em frente. É o que Eddie faria.

— Precisa de alguém para ajudar na entrega? Posso mandar o Simon — sugere ele, agora com uma voz branda. Eu sinto como um envolvimento pessoal mesmo. Eddie está preocupado comigo.

— Hmm... acho que está tudo bem, Eddie. Mas qualquer coisa eu falo, pode ser?

Eu sei que pareço frágil. Uma donzela em apuros. Gostaria de pensar que se trata de uma manipulação deliberada para conseguir ajuda, mas não é. Como disse, essa história toda está além das minhas possibilidades. Mas não posso permitir que Simon e Eddie me ajudem. Não posso investir em mais de uma frente ao mesmo tempo. Não sei se posso confiar em Eddie e sua gangue para isso. Afinal, ele é um criminoso. Entendo a ironia dessa colocação, mas vocês me entenderam. Primeiro preciso resolver isso sozinha.

— Tudo bem, meu bem. Então, sabe onde eu estou, se precisar de alguma coisa.

— Ah, Eddie, sabe como eu posso conseguir... é, sabe como é, proteção?

Esse deve ter sido o pedido menos convincente de uma arma de fogo já feito, mas acho que agora posso realmente precisar.

Ele fica calado por um segundo.

— E você sabe usar? — pergunta, profissional.

— Sim — minto. — Sim, sei.

— Ora, ora, eu disse que você era mesmo cheia de surpresas. Sem problema, meu bem. Simon vai entregar hoje à noite o que você precisa.

Se cuida, meu bem. Toma cuidado. Se precisar falar de novo, da próxima vez use outra cabine, em outro lugar. Não mais Lordship Road. Melhor variar.

Como é que ele sabe de onde estou ligando? Por um instante, sinto um certo enjoo.

— Farei isso. Obrigada, Eddie. Fico realmente grata.

— Tudo bem, amor. Bye-bye.

E a linha fica muda.

Eu vou acabar com esse problema. Vou acabar com isso por nós dois, por Mark e por mim. Não dá para se esconder do que está vindo por aí. Mark não sabe o que está fazendo. Não podemos simplesmente jogar o pen drive fora em caixas de chocolate e esperar que dê tudo certo. Temos que concluir o que começamos, e fazer isso direito, pois agora estou totalmente convencida de que eles não vão se contentar enquanto não tiverem o pen drive nas mãos. Já ligamos o celular duas vezes, eles devem saber que estamos em Londres. Agora é apenas uma questão de saber quando e onde nos encontramos. E em que termos.

Eu penso nos Sharpe, no destino que tiveram. Aquelas últimas tentativas desesperadas de respirar, engolindo água do mar, e depois... nada. Mas a diferença entre os Sharpe e eu é que os Sharpe não esperavam o que lhes aconteceu, não estavam preparados, entraram em pânico. Não tinham a menor chance. Mas eu tenho.

Vou para St. Pancras Station e ligo o celular no meio da multidão debaixo do relógio gigante. Passageiros saem do Eurostar pela porta de vidro à minha frente. Eu clico nas mensagens, na conversa mais recente, e escrevo:

ESTOU COM O PEN DRIVE.

TROCO COM PRAZER.

AGUARDO INSTRUÇÕES PARA O ENCONTRO.

Aperto enviar, desligo o telefone e o enfio no bolso do casaco. Agora preciso apenas de um lugar para encontrá-los.

Em casa, eu passo a noite vendo vídeos no YouTube para me preparar. Se tem uma coisa em que eu sou boa, é fazer pesquisa, e não me canso de me admirar com o que se pode aprender na internet. Vejo vídeos de montagem de arma, especificamente montagem e desmontagem de uma Glock 22.

Simon entregou uma Glock 22 com duas caixas de balas há duas horas; eu lhe ofereci uma xícara de chá, e ele se foi com a xícara.

E desde então estou vendo os vídeos: limpeza da Glock, como manusear uma arma, características de segurança da Glock, como disparar, como guardar uma arma em segurança antes e depois de usar. E duas horas depois, posso garantir que é tão difícil desmontar uma arma e voltar a montá-la quanto trocar um filtro de água Brita, se você quer saber.

Parece que o WD-40 é um substituto aceitável do lubrificante de armas se a lubrificação e limpeza forem feitas depois de um período de três a quatro dias. Minha arma só precisa funcionar por um dia, e na verdade espero que nem precise funcionar. Não posso me expor a entrar numa loja Holland & Holland em Piccadilly amanhã de manhã e comprar lubrificante de armas. Pensa só. Se o SO15 estiver de olho. Ou Patrick. Ou qualquer outra pessoa.

Ignoro mais uma chamada de Phil. Ele já ligou duas vezes hoje para discutir comigo, perguntando por que vou desistir de Holli. Está furioso desde que eu contei, e tenho as mensagens de voz para provar. Ainda não liguei de volta. Ele pode esperar. Todo mundo pode esperar.

As Glock 22 são absurdamente fáceis de usar. Nada de muitos botões. Não tem muito o que errar. O problema com a Glock é não ter trava de segurança. A gente sabe disso por causa dos filmes em que a heroína finalmente precisa usar a arma, aponta para o bandido que se aproxima, puxa o gatilho e... *clique*. Nada? Trava de segurança ativada. Bem, isso não acontece com a Glock. Com a Glock, a cabeça dele explode. Se o pente estiver na arma e engatilhado, pronto. Apontar e atirar. E só vai disparar se o gatilho for puxado por um dedo. O sujeito pode deixar cair, esbarrar no gatilho, enfiar a arma na cintura, o que for: ela não atira. Com o sistema de duplo gatilho, ele tem que ser puxado até o fim. Só assim uma Glock dispara. Mas também, se você pegar a arma na cintura e acidentalmente puxar o gatilho, com quase toda certeza nunca vai ter filhos. Não ter trava de segurança significa não ter mesmo.

Meu celular recobra a vida de novo. Dessa vez é Nancy, a mulher de Fred. Droga. Eu me esqueci de agradecer por ter cuidado da casa enquanto estávamos em lua de mel, e pela comida que deixou para nós. Também não dei retorno a Fred sobre o vídeo. Provavelmente eles estão preocupados. Mark tem razão: sou mesmo uma esquecida. Deixo cair na caixa postal.

Se um dia você der de cara com uma Glock, vai saber que é uma Glock por causa do logotipo na parte inferior direita da coronha. Um grande "G" com um pequeno "lock" escrito no interior. Pois se encontrar, vai fazer o seguinte: Primeiro, mantendo a mão distante do gatilho, pegue a arma. Deve haver um pequeno botão bem junto ao seu polegar na coronha. É o carregador. Ponha a outra mão por baixo da coronha e pressione o botão com o polegar. O pente será ejetado da coronha na sua mão. Se o carregador estiver cheio, você verá uma bala no alto. Agora deixe o carregador em algum lugar seguro. Terá então de checar/esvaziar a agulha. Em outras palavras, verificar se há alguma bala lá dentro, e se houver, retirá-la. Isso se faz puxando a parte superior do cano para trás, afastando-a da ponta da arma. Com esse movimento, a janelinha terá de se abrir no alto da arma. Se houver uma bala, vai saltar fora de forma segura. Repita a operação para se certificar de que a agulha está vazia. Agora sua arma está segura. Em seguida, para carregá-la, coloque a bala no alto do carregador que deixou de lado. Insira-o de novo na coronha até ouvir o clique, engatilhe de novo, aponte e atire. Pratique toda essa operação cerca de vinte vezes, e poderá se mostrar tão convincente quanto qualquer ator de *Nascido para matar*. Além do mais, estará impedindo que seus pensamentos fiquem girando em torno dos motivos pelos quais pode precisar de uma arma, para começo de conversa.

Mark liga antes de se deitar para ver como estou. A única chamada que eu atendo.

— Sim, estou bem. Vendo aqui umas coisas no computador. — Tecnicamente verdade.

— Como está se sentindo? — insiste ele. Não quer forçar muito, mas ainda não está completamente tranquilo, dá para sentir.

— Estou bem, amor, sério. Não se preocupe comigo. Estou perfeitamente bem.

Eu digo que o amo e ele diz que também me ama.

Quando já estou me sentindo bem confiante com a arma, volto a limpá-la toda e coloco *silver tape* — que encontrei na caixa de ferramentas de Mark — na coronha. As partes frisadas das coronhas não retêm digitais, mas as áreas lisas na frente e atrás, sim. Fico sabendo na internet que é mais fácil retirar a fita adesiva depois de disparar do que seria limpar a arma depois de uma altercação. E eu me conheço o suficiente para saber que não estarei com as ideias em ordem depois que isso acontecer. Se acontecer. A fita vai ajudar.

Deixo um bilhete para Mark na escada do saguão. Ele volta de Nova York amanhã à noite e eu não estarei aqui. Digo no bilhete que o amo de todo coração, que sinto muito pela bagunça, que não queria ficar sozinha na casa, e vou dormir na casa da Caro esta noite. Não se preocupe. Logo nos veremos.

Começo então a juntar o que vou precisar no pandemônio em que se transformou nossa casa. Baixo no meu celular um aplicativo de localização por GPS; vou precisar para encontrar as coordenadas do local do encontro. Boto numa mochila a arma, as balas, o celular e o pen drive. Coloco uma muda de roupa. Itens de higiene. Um velho despertador amarelo de viagem que tenho desde a infância, minhas roupas e botas de caminhada e uma lanterna. Enquanto ando pela casa recolhendo esses itens, eu me pergunto em que ponto foi que tudo isso começou. Se pudesse rebobinar, até onde precisaria ir? Até antes de ter ligado o celular? Antes de abrirmos a bolsa? Até o círculo de papéis flutuantes? Até o casamento? Até o dia em que Mark ligou para mim do banheiro masculino? Estaria voltando o suficiente?

## 35

*Sexta-feira, 30 de setembro*

# APONTAR E PUXAR

À s sete da manhã, eu boto tudo no carro e vou embora. A estrada para Norfolk está quase vazia, e o carro, preenchido pelo leve murmúrio da Rádio 4, enquanto vou processando as coisas na cabeça. Norfolk, imagino, é a opção mais segura. É isolada. Sem presença da polícia. Eu conheço bem o caminho por esses bosques. E não há câmeras de segurança. Ninguém para ficar me vigiando. Se alguém me seguir, com certeza vou perceber. Paro o carro no acostamento e mando de novo uma mensagem com o número. Especifico apenas uma hora amanhã e uma localização mais ou menos vaga. Mandarei coordenadas mais específicas de GPS na manhã do encontro.

Mark só sairá de Nova York à noite e só estará em casa depois da meia-noite. Tento não visualizar seu rosto, seus olhos, quando me vir amanhã de manhã, quando eu finalmente voltar para casa, depois que tudo isso estiver encerrado. Ele vai saber que andei mentindo. Vai sacar que eu não estava na casa de Caro; ele não é nenhum idiota. E terei que contar tudo. Prometo a mim mesma que, quando essa história tiver acabado, não esconderei mais nada; nunca mais vou mentir. Serei a melhor esposa do mundo. Prometo.

Reservei um quarto de hotel. Não é o mesmo hotel onde ficamos antes; nunca estive neste. Pretendo ficar apenas uma noite. Marquei o encontro para as seis da manhã, e eles confirmaram. Recebi ainda uma nova mensagem. A mesma voz masculina de antes. Ele quer que eu também entregue as coordenadas do avião que caiu. Agora isso também faz parte do trato. Felizmente eu tenho as informações.

Eles vão conseguir estar aqui na hora do encontro, onde quer que estejam agora. Um voo de jatinho particular partindo da maioria dos lugares no mundo levaria apenas algumas horas, não dias. Da Rússia, são quatro horas de voo. Tempo mais que suficiente para chegarem, de onde quer que venham.

Escolhi para o encontro uma área isolada no bosque, e optei por seis da manhã porque, quanto mais cedo, melhor. Não quero interrupções; já tenho motivos suficientes para me preocupar. Minha mochila está no banco traseiro do carro, encoberta pelo meu pesado casaco. Dentro, um saquinho com comida, em caso de emergência, e uma garrafa de água. Está frio lá fora e o dia vai ser cheio. O pen drive está no bolso dianteiro da mochila, seguro, fácil de alcançar. No compartimento interno para computadores, a arma aguarda dentro do seu estojo, junto às balas e ao celular. Tudo de que preciso para amanhã.

Chego ao hotel às dez da manhã. Nenhuma mensagem de voz nova. O check-in corre tranquilo. A recepcionista é simpática, mas evidentemente está aqui apenas para ganhar uns trocados depois de acabar a faculdade e antes de conseguir um emprego de verdade. Seu desinteresse não poderia ser maior, o que vem a calhar para mim.

Meu quarto é pequeno e aconchegante. A cama é um ninho profundo de lençóis cheirosos de algodão sobre plumas macias. No banheiro, uma reluzente banheira de cobre. Muito bom. Perfeito.

Verifico de novo se estou com o pen drive e a arma, visto meu pesado casaco, pego a mochila e me mando. Vou percorrer o caminho até o local do encontro de amanhã.

Segundo o GPS do meu celular, posso chegar ao bosque sem usar nenhuma estrada. É a opção mais segura, passar apenas pelos campos e bosques.

Eu levo uma hora num passo apertado de caminhada para chegar à área que procuro. Terei que anotar duas séries de coordenadas de GPS no celular para a troca. Mandarei a primeira, referente ao ponto de encontro, na hora que eu sair do hotel amanhã. Seria burrice dar tempo para eles sondarem o terreno antes de nos encontrarmos. A segunda série de coordenadas diz respeito à localização exata do pen drive, que eu vou enterrar hoje, perto do local do encontro. Quando me entregarem o dinheiro, e ele entrar na nossa conta na Suíça, eu envio o segundo conjunto de coordenadas, exatamente como Eddie disse. Assim, evito um confronto frente a frente. Depois disso, finalmente mando por mensagem as coordenadas do avião, e pronto.

Escolhi essa área porque sei que é isolada. Mark e eu caminhamos por esse bosque várias vezes. A gente pode andar quase o dia todo sem cruzar com uma vivalma. A essa distância da aldeia, os únicos ruídos são os sons de coisas se mexendo na vegetação rasteira e o estalo distante de tiros de espingarda carregados pelo vento. Por aqui ninguém pensa duas vezes antes de atirar com armas. Faz parte da vida cotidiana. Outro motivo pelo qual escolhi esse lugar.

Já estou na mata fechada, a cerca de vinte minutos de caminhada da estrada vicinal mais próxima. Tiro a mochila das costas e cuidadosamente retiro o estojo da arma. Apanho no compartimento posterior uma folha de papel A4, a carta de boas-vindas do hotel, e uma tachinha que peguei no quadro de avisos turísticos do saguão. Prendo a folha de papel na maior árvore da clareira.

Preciso praticar. Preciso pelo menos disparar a porra do negócio antes de apontar para uma pessoa.

Eddie falou em garantia. *Não faça nada sem garantia.* Pois bem, essa é a minha garantia.

Tenho um pente carregado com quinze balas e outro sobressalente numa caixinha de papelão. No total, vinte e sete balas. Graças a Deus, Simon não economizou. Talvez tenha imaginado que eu precisaria praticar.

Vou precisar de um pente inteiro para o encontro. Caso, de fato, eu precise usar a arma.

E aqui vai então um probleminha de matemática: se Erin quiser guardar um pente inteiro de munição para amanhã, quanta munição ela pode usar hoje?

Erin pode usar doze balas hoje. Doze tiros para praticar. Retiro cuidadosamente três balas do carregador e as guardo junto às sobressalentes no bolso da mochila.

Espero não precisar fazer uso dessa sessão de treino, mas é melhor estar mais preparada que o necessário do que o contrário.

Introduzo de novo o carregador, seguro a arma à minha frente, braços estendidos, a arma na altura do meu olho dominante. Alinho o ponto branco e o quadro que formam a pontaria da Glock com o alvo de papel na árvore à frente.

Os vídeos na internet alertam sobre o coice que a Glock dá, mas a posição que deve ser adotada para neutralizá-lo não é a que se poderia esperar. Nada a ver com o que se vê na televisão. Nem no cinema. Você fica em pé ereto, e não virado, como se fosse um cadete do FBI pisando de lado, com a lanterna na mão. Os pés têm que estar afastados na largura do quadril, joelhos frouxos. Minha mão direita na coronha, o dedo que puxa o gatilho ao longo do cano, bem distante do gatilho, a mão esquerda erguida, firmando a direita na coronha, ombros projetados para a frente, cotovelos estendidos. Pode não ficar parecendo tão maneiro, mas com certeza vai acertar no que está mirando. Pelo menos é essa a ideia...

Eu respiro. Inspiro devagar. Expiro devagar. Vai fazer barulho. Muito mais do que se espera. Vai dar coice, pinotear para trás como se fosse um soco. Mas você tem que ficar firme, ceder ligeiramente, mas se manter no chão.

Inspiro profundamente. Levo o dedo ao espaço do gatilho. Expiro e puxo.

O estalo ecoa pelo bosque ao meu redor. A arma escoiceia como se um homem me desse uma porrada. Meu coração explode de adrenalina, eu tenho os olhos ofuscados. Incrivelmente, consigo me manter na posição. Estou bem. À minha frente, vejo a extremidade do papel rasgada, um enorme pedaço de casca de árvore lascado para o alto num ângulo grotesco. Consegui. Se ali estivesse um homem, eu o teria acertado. Uma estranha sensação de alegria. Eu trato de descartá-la e focar. Me realinho.

E, então, puxo o gatilho mais onze vezes.

No fim da tarde, não tem mais papel na árvore, e ela própria está bem ferrada. Acho que talvez seja melhor caminhar um pouco mais antes de registrar a localização do GPS. Definitivamente não quero que eles vejam essa árvore. Encontro um bom local cinco minutos adiante, uma pequena clareira lamacenta. Eu anoto as coordenadas do GPS nas minhas notas do iPhone. E tento encontrar outro lugar para enterrar o pen drive, dentro de um saco plástico. Escolho um carvalho que se destaca, distante da clareira, perto de uma vala. Vou poder me esconder ali em segurança amanhã, sem ser vista. Me agacho junto ao carvalho e cavo um pequeno buraco superficial na terra, com as mãos; coloco o saquinho com o pen drive no chão e cubro com terra e folhas, bem disfarçado no solo da floresta. Anoto no iPhone as coordenadas do local onde enterrei o pen drive. E volto para o hotel.

No quarto do hotel, planejo tudo para o encontro. Testo meu velho despertador de viagem algumas vezes e, milagrosamente, ele ainda funciona. Boto para despertar às 4h30 e o coloco ao lado do estiloso abajur sobre a mesa de cabeceira. Guardo a arma e o resto da munição no cofre.

Depois de pedir o serviço de quarto, ligo para o celular de Mark, mas cai direto na caixa postal.

— Oi, Mark, sou eu. Provavelmente você já está voando, mas é só para avisar que está tudo bem. Eu estou bem. Estou com saudade. Eu te amo. É... olha só, a casa está um pandemônio, só avisando. Vou arrumar tudo manhã. Boa viagem. Te amo. Até logo. Estou ansiosa pra te ver.

E desligo. Ao chegar em casa, ele verá meu bilhete na escada dizendo que vou passar a noite na casa de Caro. Espero que tudo isso dê certo. Realmente espero.

A refeição chega e eu como em silêncio. Nem TV nem música de companhia. Penso em Eddie e Lottie, em Holli e seu amigo Ash em algum lugar por aí, quem sabe onde. Penso em Mark no avião, sobrevoando o Atlântico, naquela gente dentro do avião no fundo do Pacífico Sul. Penso em Alexa e sua possível gravidez. Como deve estar feliz. Penso no que carrego dentro de mim. Estou meio atordoada, mas me obrigo a comer, pelo que está crescendo em mim. Preciso cuidar melhor de nós dois. Com isso em mente, depois do jantar, preparo um banho quente de espuma na banheira e entro lentamente no calor aconchegante. Deixo o calor me envolver e a minha mente vagar, contemplando distraidamente os desenhos embaçados na parte de vidro da porta do banheiro: flores que sobem entrelaçadas e pássaros selvagens, uma cena silvestre. Bonito. O hotel é encantador. Mark gostaria de estar aqui. Ou talvez não. Afinal de contas, nesse exato momento, estou fazendo justamente o que lhe prometi que não faria. E, pensando nisso, me levanto da água de nariz vermelho, me envolvo na toalha e me preparo para dormir.

# 36

*Sábado, 1º de outubro*

# ALGUMA COISA NO ESCURO

Meus olhos se abrem no escuro. Não enxergo nada na escuridão, exceto o brilho mortiço dos ponteiros luminosos do despertador. Não sei o que me despertou, mas foi de repente. Agora estou completamente acordada. Tem alguma coisa errada no escuro. Há algo aqui no quarto, comigo; eu sinto. Não sei por quanto tempo dormi, mas não tem mais luz passando pelas frestas da cortina. A arma está onde a deixei, no cofre, dentro do guarda-roupa. Eu jamais conseguiria chegar a ela a tempo. Devia tê-la deixado do lado de fora. Devia, teria, podia. Não estou ouvindo nada. Nenhum movimento. Nenhum som, só o tique-taque abafado do relógio de plástico. E, de repente, um farfalhar, um roçar de tecido no canto direito. *Ai merda, merda, merda.* Tem *mesmo* alguém aqui. Alguém no meu quarto.

A adrenalina instantaneamente bomba no meu organismo, no outro minúsculo coração dentro de mim. Medo absoluto. Preciso mobilizar cada fibra do meu ser para me impedir de pular. Fico paralisada. Eu me dou conta de que a pessoa, quem quer que seja, acha que estou dormindo. O que me dá tempo para pensar. Planejar. Talvez, se eu não me mexer, ela vá embora. Pode simplesmente pegar o que quer e ir embora. Só que eu não estou dormindo. Impossível que não perceba a mudança no ar agora, de repente carregado de terror. Ouço de novo o leve ruído de farfalhar.

O que é que a pessoa está fazendo?

E o que *eu* devo fazer? Será que vou morrer aqui, num hotel de escapulidas de fim de semana, sozinha? *É desse jeito que você quer partir, Erin?*

Pense.

Eu mantenho a respiração lenta, profunda, como se ainda estivesse dormindo.

É ele, o sujeito que falou comigo no telefone, só pode ser. Eles me encontraram.

Será que foi a última mensagem que mandei? A que falava do local do encontro? Tento desesperadamente pensar em como isso pode ter acontecido, mas não sei como, minha mente não foca. E, por acaso, tem alguma importância? Ele deu um jeito de me rastrear. Meu Deus. Como eu sou idiota.

Não há a menor hipótese de ele simplesmente pegar o que quer e me deixar aqui dormindo. Eu sei disso. E sei porque o que ele quer não está aqui. Está enterrado no bosque. Ele não vai simplesmente me deixar em paz. No final das contas, vai ter que me acordar. Vai me obrigar a dizer onde está.

Eu vou morrer.

E ele vai fazer isso em silêncio, talvez me sufocar com um travesseiro ou me segurar embaixo de água na banheira. Algo que pareça acidental. Que não levante suspeitas. Como se ele nem tivesse estado aqui.

Meu peito dói com a tensão de controlar e desacelerar a respiração. Meus dedos loucos de vontade de rastejar no escuro até o celular carregando na mesa de cabeceira. Minha camiseta está encharcada de suor por baixo do pesado edredom de penas. Preciso pensar.

Não quero morrer.

Um som de zíper. Não posso ignorá-lo. Não posso ignorar esse som: foi alto demais. Eu solto um suspiro pesado e me reviro na cama. Perturbada, mas não acordada. Ele para.

Que porra é essa que ele está abrindo? *Pense, pense, pense. Pense!*

Preciso me valer do elemento surpresa; é tudo que tenho. Se eu conseguir surpreendê-lo. Bater nele com alguma coisa, alguma coisa dura, de uma vez, e aí eu posso levar a melhor. Uma tacada só.

Mas o quê? Uma porra de um travesseiro?

Tem um copo de água do lado do abajur. Será que eu atiro?

Para que, Erin? Deixá-lo meio molhado?

Tudo bem, talvez não. O abajur?

Eu lembro que é um troço barroco, de metal e base de mármore. Sim! Se eu agarrar e puxar com toda força, o fio pode soltar da tomada.

Os ruídos agora vêm da direção da porta do banheiro. Perto da minha mochila. De repente o meu celular, inocentemente repousando na mesa de cabeceira, se ilumina na escuridão do quarto. O farfalhar cessa e ambos olhamos para a luz. Eu vejo de relance a mensagem nessa fração de segundo. É o Mark.

Sei onde você está. Vou —

Mas não tenho tempo de ler o resto. O homem dentro do quarto sabe que estou acordada. É agora ou nunca. Eu aperto os olhos, firmo as palmas contra o colchão e me projeto sobre a mesa de cabeceira.

Um súbito movimento na minha direção. Ele está vindo para mim. Eu agarro o abajur e o sacudo cegamente na direção do intruso com toda a força, projetando todo o meu peso em cima dele.

Sinto o puxão do conector sendo arrancado da tomada, seguido do baque surdo da base de mármore na carne.

Um grito gutural. Ele cambaleia para trás, se afastando de mim. Xinga.

— Sua filha da puta.

A voz é grave, cheia de ódio. Mas tem algo familiar nela. Ele vem até mim de novo. No escuro, não dá para ver a distância, nem se está armado. A única coisa que me resta é mais uma tacada. Com todas as minhas forças. E dá certo. Mármore em osso, um som horrível.

Ele tropeça. Ouço sua respiração difícil, agora na altura do piso; ele está de joelhos.

Preciso de luz. Preciso ver o que está acontecendo, vê-lo, descobrir se tem alguma arma. Saio correndo na direção da porta do banheiro e vou tateando até encontrar o interruptor.

O quarto é invadido pela luz fria do banheiro.

Lá está ele. Agachado ao pé da cama, a mão na cabeça. Cabelo escuro, casaco preto. É branco, alto, forte. Não dá para ver o rosto. Tem alguma barba?

O abajur ainda está na minha mão, pronto. Uma mancha brilhante de sangue ao longo na base. Agora ele está se virando. Levanta o rosto devagar na direção da luz. Eu vacilo. É Patrick. O sujeito do lado de fora da prisão. Não era paranoia minha. Ele vinha mesmo me seguindo. E agora sei que definitivamente ele não é do SO15. Definitivamente não é da polícia. O sangue escorre do ferimento recém-aberto acima do olho, descendo pelo rosto, sujando o cabelo; ele passa o dorso da mão para limpar os olhos e olha para mim, sério, frio. Isso aqui só vai acabar de um jeito.

Não acredito que eu tenha sido tão burra. Penso em todos os erros que cometi. Devia ter imaginado que isso fosse acontecer. Sou tomada por uma onda avassaladora de náusea. Eu vou morrer. Meu coração troveja nos ouvidos, meus joelhos cedem.

E enquanto eu caio, ele vem na minha direção.

E eu desmaio.

## 37

*Sábado, 1º de outubro*

# MARK ESTÁ CHEGANDO

Ao abrir os olhos, vejo tudo branco. Estou esparramada no piso do banheiro, a luz forte do teto me ofuscando, a bochecha pressionada contra o ladrilho branco gelado. Dou uma guinada para me erguer, mas estou sozinha. A porta do banheiro está fechada; só escuridão do outro lado do vidro decorado da sua metade superior. Minha cabeça gira, com o movimento súbito. Ao lado da pia junto a mim: sangue, uma feia mancha comprida, a marca de metade de uma mão. Sinto uma dor do lado da cabeça, e, ao tocar a testa, minha mão volta tingida de vermelho-escuro e pegajosa. Ele deve ter batido com a minha cabeça na pia de porcelana. Uma pancada na cabeça. Ferimentos na cabeça sangram muito, já ouvi dizer, ou talvez tenha visto num filme. Não lembro. Mas significa que muitas vezes não são tão sérios quanto parecem, certo? Mas eu bem que posso ter tido uma concussão. Tento avaliar os danos, a dor. A sensação é de estar bêbada e de ressaca ao mesmo tempo. Eu penso no bebê e levo a mão à barriga. E logo, rapidamente, entre as pernas. Desta vez os dedos voltam sem sangue. Sem sangue, nem aborto. Graças a Deus. *Esteja bem aí, meu pequeno. Por favor, esteja bem.*

Eu me arrasto até a porta, cabeça latejando, ondas de náusea. Não ouço nada no quarto ao lado. Limpo cuidadosamente o suor e o sangue dos olhos com minha camiseta, encosto o ouvido na porta e espero. Nada. Acho que ele se foi. Rezo para que tenha ido embora. Não sei quanto tempo fiquei inconsciente, mas deve ter sido um bom tempo. O sangue nos ladrilhos criou crosta e secou. Eu me ergo ligeiramente para ajoelhar e espiar pelo vidro escuro da porta. Nenhum movimento no quarto.

Experimento a maçaneta da porta, mas já sei que está trancada antes mesmo de puxar. A chave que costuma ficar por dentro não está mais lá. Ele me trancou aqui.

Tento abrir a maçaneta de novo. Sólida. Estou presa. Ele quer que eu fique aqui. Se foi, mas quer que eu fique. Para o caso de eles não encontrarem o pen drive. O único motivo pelo qual ainda estou viva. Ele vai voltar, depois de conseguir o que quer.

Quem é Patrick? Será o homem da voz no telefone? Quem quer que seja, agora eu sei que trabalha para o dono da bolsa. Eu perdi. Agora eles têm tudo. Meu celular com as coordenadas de localização estava ao lado da cama. Eles não iam deixar de procurar algo tão óbvio quanto meu celular. Com algum tempo, vão encontrar nele as coordenadas de GPS para localizar o pen drive, e vão checar as duas áreas da clareira até achá-lo. Eu os conduzi direitinho até lá.

Preciso sair daqui antes que voltem. Tenho que fugir disso aqui. Largar tudo, voltar para casa. Correr. E aí Mark e eu podemos chamar a polícia. Vamos explicar tudo. A essa altura dos acontecimentos, nem me importo mais com as consequências. Isso a gente vê depois; talvez possamos barganhar com as informações que temos. Seja como for, agora precisamos de proteção da polícia. Não quero acabar como os Sharpe.

Mas aí eu me lembro da mensagem de Mark. Ele está a caminho. A caminho de onde? Daqui? Mas como pode saber onde estou? Como poderia saber que estou em Norfolk? Eu imaginava mesmo que ele poderia sacar, ao chegar em casa, o que eu estava armando, mas como pode saber que é *aqui*? Eu reviro o cérebro e então me lembro. Muito simples. Há uns três anos, perdi o celular quando saímos uma noite, e quando comprei um novo Mark instalou um aplicativo de localização para mim, para que pudesse achar o novo aparelho se viesse a perdê-lo. Ele teria apenas de abrir o meu laptop em casa e clicar no aplicativo. E pronto: lá estou eu.

E agora ele está vindo para cá ao meu encontro. Graças a Deus.

A gente liga para a polícia assim que ele chegar, e ele deve estar chegando logo, logo. Mas então cai a ficha. Ele não vem para cá. Ele vai para onde está o meu celular. Ai, meu Deus. Ele vai direto ao encontro deles.

Preciso impedi-lo. Tenho que chegar aonde eles estão antes de Mark. Preciso avisá-lo, caso contrário vai cair na armadilha. Tenho que salvá--lo. É tudo minha culpa.

Sacudo a porta do banheiro, dessa vez bem forte. Estou presa, e ouço minha própria voz numa lamúria abafada de frustração. Espio pelo buraco da fechadura. A chave também não está do lado de fora. Não posso empurrar a chave pela fechadura para cair no chão e eu puxar por baixo da porta, como fazem nos filmes. Patrick a jogou longe ou a levou. Eu olho para a vidraça na parte superior da porta. O rebuscado desenho dos pássaros do paraíso com seu canto congelado acima da minha cabeça.

Consigo me pôr de pé com muito esforço, o banheiro girando horrivelmente ao meu redor. Espero a tonteira passar.

Pego uma grossa toalha do hotel que estava pendurada e enrolo a saboneteira de cerâmica. Na esperança de não acordar ninguém com o barulho. Abro o chuveiro para abafar o som, só por garantia.

Uma chuva de vidro se espalha pelos ladrilhos do banheiro e o espesso tapete do quarto. Alguns estilhaços batem no meu rosto e cabelo. Fecho o chuveiro e prendo a respiração, ouvindo. Nada. Nada de portas se abrindo no corredor, nem de vozes. Arrasto a lixeira do banheiro até a porta e subo com cuidado nela, envolvendo a moldura da janela estilhaçada numa outra toalha para não me cortar. E passo pela abertura o mais rápido possível, caindo no quarto. Como esperava, meu celular se foi. Ignorando o corte que acabou de se abrir no meu braço, corro até o telefone na mesinha de cabeceira para chamar Mark e avisá-lo. Mas então me detenho. Não posso ligar para Mark. Seu número está no meu celular. Não sei de cor. Tecnologia moderna. Eu nem sei o número de telefone do meu marido! Como queria tê-lo decorado! Mas não decorei. Então não posso ligar para ele. Não posso avisá-lo. A única maneira de falar com Mark agora seria ir até as coordenadas do pen drive enterrado. Preciso ir até lá, encontrar Mark e avisá-lo antes que seja tarde. Preciso impedi-lo de ir atrás do meu celular e dar de cara com tudo isso, direto no perigo.

Passo os olhos pelo quarto. Minha mochila também se foi. Droga. Mas o que me fez parar foi outra coisa. A porta do cofre está aberta, e ele está vazio. O que me deixa estatelada. É onde estava a Glock. Foi-se também. Como é que Patrick sabia a senha? Mas é claro: eu sempre uso a mesma senha. Uso a senha que temos em casa, tão fácil de descobrir que chega a ser ridículo. O aniversário de Mark. Talvez Patrick tenha mesmo ido à nossa casa naquele dia. Seja como for, de alguma maneira ele sabia a data de nascimento de Mark; deve ter feito aquelas tentativas óbvias até acertar. E agora estou sem a arma. Sem arma, sem celular, sem um plano.

Tem cacos de vidro espalhados pelo tapete. Sangue na colcha da cama. A gente realmente fez uma bagunça aqui; vou ter que arrumar e limpar tudo em algum momento, mas agora não tenho tempo. O relógio na mesa de cabeceira informa: 4h18. Vai disparar o alarme dentro de doze minutos. Eu o desligo e jogo na cama. Terei que levá-lo comigo; agora é a única maneira de saber as horas.

No espelho, a parte superior esquerda da minha testa, junto à raiz dos cabelos, está vermelha, inchada, com uma crosta preta. Por um segundo, me sentindo arrasada, penso em chamar a polícia. Mandá-los para o bosque. Mas primeiro tenho que impedir que Mark vá para lá. Não quero que ele acabe no meio de um tiroteio.

Então eu me visto rapidamente, calço os sapatos e enfio o gorro que vai cobrir o resto da bagunça que Patrick fez na minha cabeça.

Doze minutos depois, abro silenciosamente a tranca da entrada principal do hotel. A placa de Não Perturbe que deixei pendurada na porta do meu quarto altamente comprometedor é a única coisa que me separa de uma interferência policial. Levarei uma hora para chegar àquele local no bosque, e não tenho um celular para ligar para Mark, nem Eddie, nem ninguém que pudesse ajudar, nenhum GPS para me orientar, nem plano algum do que vou fazer quando, e se, chegar lá. Só uma ideia: *salvar Mark*.

Ainda está escuro lá fora. Minha respiração faz fumacinha no ar. Cinco da manhã ainda é uma hora que nos leva a questionar nossas escolhas de vida. Nessa manhã, esse sentimento é especialmente apropriado. Realmente fiz péssimas escolhas na minha vida, mas pelo menos agora eu já sei, estou em condições de corrigir.

Sem celular nem relógio, só posso me orientar pelo despertador de plástico. Se correr, posso levar metade do tempo. E, então, eu corro. Corro durante muito tempo.

Às 5h43 eu começo a entrar em pânico. Consegui chegar ao minúsculo acostamento da estrada secundária. Devo ter passado pelo local sem perceber. Volto então na direção da floresta.

Às 5h57, ouço vozes. Vêm da direita, a cerca de cem metros na direção de uma área em declive. Eu caio de joelhos e me arrasto para chegar ao alto da rampa e olhar por cima. Na clareira, duas figuras estão conversando. Sem conflito. Nenhuma arma à vista.

Com pouca luz, não dá para distinguir as figuras ainda, mas eu ouço. Eu me aproximo uns centímetros, tentando desesperadamente me manter oculta, embora as folhas e detritos estalem debaixo de mim. Agora as vozes estão mais nítidas, mas alguma coisa me detém.

Essa voz. Eu a conheço. E a amo. É Mark. Mark já está aqui. Me dá vontade de dar um salto, correr na direção da clareira e me jogar nos seus braços. Se ele estiver em perigo, vamos enfrentá-lo juntos.

Mas alguma coisa me detém.

O tom dele.

A voz é cautelosa, profissional. É evidente que ele está obedecendo. Cheguei tarde demais. Merda. Ele deve ter dado de cara com eles quando tentava me encontrar. Estão obrigando-o a ajudá-los a encontrar o pen drive. Eu me arrasto um pouco mais à frente. À luz fraca, vejo que Mark e um outro homem agora estão ajoelhados, cavando com luvas de couro, arrancando folhas, raspando o solo. O outro sujeito leu as anotações no meu celular, sabe que enterrei o pen drive e agora está obrigando Mark a ajudá-lo a procurar. Ele tem as duas séries de coordenadas; vão acabar encontrando em questão de minutos. Merda. Preciso pensar num jeito de tirar Mark dessa.

Até que finalmente consigo distinguir o rosto do homem que segura meu celular. E me seguro para não soltar nenhum som. Não é Patrick. Não é o homem que me atacou no quarto do hotel. Eu entro em pânico. Tem mais gente. Será que Mark sabe? *Onde* está Patrick? Eu olho para trás mas o bosque está em silêncio mortal. Será que Patrick se foi? Terá feito sua parte e foi embora ou está por aí no escuro, vigiando? Mark e o sujeito se levantam e caminham na direção de outra parte da clareira. O outro homem é mais alto que Mark, cabelos escuros grisalhos; por baixo do sobretudo dá para ver que está de terno e gravata. Roupa cara, mas ainda assim se ajoelha perto de Mark e continua a buscar na terra, em meio às folhas. Ele me lembra Eddie, mas com um certo jeito europeu continental. Deve ser o sujeito daquela ligação, tenho certeza. Patrick lhe entregara meu celular e desde então eles estão procurando o pen drive. O aplicativo do meu celular deve ter levado Mark direto a eles, e agora ele está sendo obrigado a participar da busca também.

Agora estou vendo os traços de Mark, zangado e determinado, raspando na terra. Será que está se perguntando onde estou? Está com medo? Está conseguindo esconder bem, mas ainda assim vejo o medo passando pelo seu rosto. Eu o conheço tão bem: sei que está se valendo de toda a força de vontade para segurar as pontas. Talvez tenha algum plano. Eu me lembro do jeito como ludibriou a recepcionista do Four Seasons há poucas semanas, como se saiu bem desempenhando o papel. Ele é inteligente; deve ter um plano. Meu Deus, espero que ele tenha algum plano.

Eu passo os olhos pela clareira, desesperada para encontrar um plano também, mas que posso fazer? Não tenho nenhuma arma. Não posso simplesmente me meter ali. Acabaríamos os dois mortos. Preciso pensar em alguma coisa. Parar tudo isso antes que eles encontrem o pen drive e Mark se torne dispensável. Antes que Patrick volte, se é que está mesmo por aí. Podemos fazer isso juntos, Mark e eu, se eu conseguir pensar.

Decido me arrastar até mais perto do pen drive. Até agora tenho conseguido me manter escondida no escuro, mas o dia já começou a clarear e logo estarei exposta. Vou me contorcendo meio desajeitada declive abaixo na direção do segundo ponto de GPS, da árvore que escolhi como referência, onde está enterrado o pen drive. As vozes se afastam e eu rezo para que o sujeito alto realmente não faça nada com Mark pelo menos até acharem o pen drive. Encontro um lugar fora do raio de visão deles, na concavidade funda por trás da minha árvore. Uma visão perfeita do ponto do GPS.

Agora há movimento ao redor, estalos de galhos, passos se aproximando. Eu deito imóvel no chão duro e frio; mal dá para vê-los por cima da borda da vala. Eles desistiram do primeiro ponto e estão se deslocando para a segunda série de coordenadas. Vêm direto na minha direção e se abaixam para continuar sua busca no solo. Começam a cavar em silêncio. Mark está tão perto de mim agora. Eu queria gritar "Corre, Mark, por favor, corre!", mas sei que nossa vida depende de eu não fazer nenhuma burrice agora. Qual será o plano dele? Eu não sei o que fazer. Tudo isso é culpa minha. Meu Deus, ele deve estar tão preocupado comigo! Onde será que pensa que estou? Será que acha que eles me pegaram? Que me mataram? Quase dá para tocar nele, de tão perto. Eu podia simplesmente estender a mão, mostrar que estou aqui...

E é quando Mark encontra o pen drive. Eu vejo como se estivesse acontecendo em câmera lenta.

Ele o apanha e olha para trás na direção do outro homem, que continua procurando, distraído. *Bom trabalho, amor,* penso. *Vamos lá, bota isso no bolso, vamos ganhar tempo. Dá uma cacetada nele quando não estiver olhando.*

Mas ele não faz nada disso. Mark não faz essas coisas. E o que ele faz em seguida me deixa perplexa.

Em vez de botar o pen drive no bolso, ele ri. Dá uma risada e o levanta! Uma criança com um tesouro. Um sorriso autêntico e franco. Satisfeito, ele levanta, limpando as folhas e o humo dos joelhos. Mas o que está acontecendo? O sujeito alto faz que sim com a cabeça. Abrindo um sorriso contido, ele atira o meu iPhone nas folhas perto dos pés de Mark. Não precisa mais dele; já conseguiu o que queria. Mark se abaixa para pegá-lo.

O sujeito alto mete a mão no bolso e eu fico nervosa, rezando para não ver o brilho conhecido do metal de uma arma.

— Não tem cópias dos arquivos? — pergunta ele a Mark.

Noto que estou tremendo; um leve farfalhar das folhas ao redor do meu braço.

Mark balança a cabeça.

— Não tem cópias — responde, enfiando meu celular no bolso.

Mark está fingindo? Não estou entendendo. Não entendo o que está acontecendo.

O sujeito alto faz um gesto de concordância com a cabeça, satisfeito.

Alguma coisa no tom de voz de Mark. Sua postura. Aquilo não está certo. Ele não parece assustado. Nem sequer preocupado. Mas o que é que está fazendo? Será que não sabe que vão matá-lo?

Ai, meu Deus. Acho que o plano de Mark é tentar fazer o acordo. Como é que ele conseguiu? O que foi que aconteceu antes de eu chegar aqui? O que foi que eu perdi? Por que fariam o trato quando já tinham todas as cartas?

Agora o outro sujeito está no celular, falando numa língua que não entendo, em tom ríspido. Quando parece satisfeito, desliga.

— Feito. Veja na sua conta — diz ele a Mark.

Agora Mark pega outro celular, bem devagar, ostensivamente, para mostrar que não é uma arma. Parece calmo, em total controle. O perfeito homem de negócios. Nem uma partezinha dele assustada ou em pânico. Me passa pela cabeça este pensamento desconcertante. Os dois homens se parecem, o sujeito alto e Mark. Da mesma raça.

O homem olha para longe na direção da copa das árvores.

— Onde ela está? Sua mulher? — pergunta, despretensiosamente.

Eu prendo a respiração. *Cuidado, Mark. Não se engane.* Esse sujeito sabe exatamente onde eu estou, onde Patrick me deixou. Mark nem tem ideia do que fizeram comigo. Não tem a menor ideia de que Patrick me atacou e levou tudo. Mas sabe que eles estavam com meu celular. Sabe que foi assim que ele veio parar aqui, no rastro do celular. Vai entender que é uma pergunta capciosa. *Não deixe eles te enganarem.*

Mark percorre a tela do celular, digita. Levanta os olhos por um breve instante.

— Ela não sabe de nada. Já cuidei dela. Pode ficar tranquilo. Não vai causar mais nenhum problema.

A voz é de tédio. Seus olhos voltam preguiçosamente ao celular. *Perfeito, Mark. Muito bom.* Meu Deus, como ele é bom nisso! Eu observo enquanto ele vai rolando a tela do celular, esperando a confirmação do pagamento. Tão calmo, tão equilibrado.

Mas espera aí. Tem alguma coisa errada. Por que estão pagando a ele? Por que haveriam de me atacar e roubar as coordenadas para depois nos pagar? Eles já têm tudo que querem. Por que pagar a Mark? Ele não está apontando nenhuma arma para eles nem nada; por que haveriam de lhe dar o dinheiro?

Uma bomba de tristeza explode dentro de mim, deixando no seu rastro um vazio como nunca vi. E, de repente, tudo começa a fazer sentido.

Mark não veio aqui para me salvar. Veio para me impedir de fazer o trato. Para tomar a frente. Não está nem aí para o que fizeram comigo. Pouco se lixando se me machucaram. Pouco se lixando para mim. E agora está fazendo o acerto com eles pelas minhas costas. Meu Deus. Mark fez o acerto só para si mesmo.

Me dá vontade de chorar, de gritar; eu tapo a boca com a mão enluvada. Pois este homem, de pé aqui no bosque, é Mark, mas não é o meu Mark. Este homem é um estranho.

Todos os fatos passam rápido pela minha mente. Quem é este homem com quem me casei? Há quanto tempo mente para mim? Como é que fez isso? Minha mente resgata tudo que aconteceu no último mês. Quando foi que isso começou? Mark foi o único que viu dentro do avião. O que foi que viu nos destroços? Foi Mark quem deixou a pista que levou aos Sharpe. Por causa dele é que eles morreram. Foi Mark quem me mandou abrir a conta bancária, me mandou ao encontro de Charles. Insistia que ninguém estava atrás da gente nem da bolsa. Queria jogar fora os diamantes. Para vendê-los e ficar com o dinheiro? Manteve em segredo as mensagens de voz sobre o pen drive. Escondeu o pen drive de mim. Queria ficar com ele. Vem despistando os próprios rastros desde que saímos de Bora Bora, dando um jeito para eu ficar sempre à frente de tudo, mas ainda assim poder botar a mão no dinheiro todo sem mim.

Estou em estado de choque. Não acredito em como fui burra. Nunca nem sequer notei. Não percebi nada. Mas eu o amava, confiava nele, ele é meu marido, e era para estarmos juntos nessa história. Mas o fato é que eu nunca fui muito boa em ler as pessoas, certo? E ele sempre foi, *sempre*. Que burra. A burra da Erin. Sinto o coração quase saindo pela boca ao me dar conta. Eu não sei nada desse homem. O homem que achava que conhecia, o homem por quem me apaixonei, com quem me casei: ele nunca existiu.

— Chegou — diz Mark, balançando a cabeça, e bota o celular no bolso.

O dinheiro entrou na nossa conta na Suíça.

— Pen drive — acrescenta, estendendo o braço para entregá-lo ao sujeito alto.

— Se importa se eu verificar também? — pergunta o outro, apontando para o pen drive. Quer se certificar de que está funcionando. Não confia em Mark. E por que deveria? Eu agora não confio em Mark, e estou casada com ele.

O sujeito se afasta de Mark, tomando cuidado para não lhe dar as costas. Eu vejo que agora ele se dirige a uma bolsa preta deixada na entrada da clareira. Ele se abaixa. Pega um fino laptop prateado.

Com o laptop aberto na dobra do braço, ele insere o pen drive. Os dois estão calados no bosque enquanto o sol vai nascendo e eles esperam que o pen drive carregue.

O sujeito alto finalmente levanta o rosto.

— Estou vendo que o abriu? Mas não o descriptografou. Bem pensado. Assim as coisas ficam mais fáceis, certo?

O sujeito sorri para Mark, um sorriso sem humor.

Mark dá um sorriso forçado. Quer dizer que também mentiu para mim sobre isso. Também não descriptografou. Só imaginou. Ignora tanto quanto eu o que tem no pen drive. Sabe apenas que vale dois milhões de euros.

— Não é problema meu. Prefiro nem saber — responde Mark.

O outro parece momentaneamente distraído, a atenção voltada para o computador. Me pergunto o que estará vendo naquela tela. Me pergunto como deve parecer um segredo que vale dois milhões de euros. Acho que nunca vou saber.

— Satisfeito? — pergunta Mark. Parece que a transação está chegando ao fim.

— Sim, satisfeito. — O sujeito bota de novo o laptop e o pen drive na sua bolsa.

E é quando eu me dou conta de que nunca mais voltarei a ver Mark. Nunca mais vou tocá-lo, beijá-lo; nunca mais dormirei ao seu lado de novo. Não veremos nossos filhos crescendo; não vamos nos mudar para o interior e adotar um cachorro grande; nunca mais vamos ver um filme juntos ou sair para beber. E não vamos envelhecer juntos. Todas as coisas boas que eu senti eram uma mentira. E agora não tem como voltar atrás. Ele roubou de mim toda a nossa vida juntos. E agora vai levar o resto também. Não que tenha mais alguma importância, mas ele também tem acesso à conta na Suíça. Há dias eu não checo a conta. Ele já pode ter tirado todo o dinheiro, mandado para alguma outra conta em qualquer lugar. Talvez para onde acaba de mandar os dois milhões de euros.

E o que estava fazendo em Nova York ontem? Não podia estar planejando uma troca com os russos, pois não levou o pen drive. Será que foi apenas em busca de algum lugar para morar? Será que pretende ter uma nova vida lá? Eu me pergunto até o que ele realmente vinha fazendo nas três últimas semanas.

Perguntas para as quais não tenho respostas. Eu devia ter prestado mais atenção. Devia ter confiado menos. Agora é tarde demais.

Mark vai desaparecer e eu vou ficar sozinha, numa casa vazia pela qual não posso pagar.

Ou talvez ele me procure. Talvez queira resolver as pendências.

Há quanto tempo estaria planejando isso?

— Agora só preciso das outras coordenadas.

Um silêncio incômodo.

Um pássaro pia à distância.

— Que coordenadas? — Mark franze as sobrancelhas.

Rá. Mark não tem a menor ideia do que o outro está falando. Me dá vontade de rir. Vingança imediata. Ele não sabe que o cara alto também precisa das coordenadas do avião. A última mensagem de voz, a que recebi ontem de manhã: só eu a ouvi. Mark só sabe da troca do pen drive. Não tem a menor ideia de quais coordenadas são essas.

— As coordenadas do acidente — responde o mais velho, observando Mark com expectativa.

Mark não tem as coordenadas. Foi ele quem as anotou inicialmente, mas só eu as memorizei, para o caso de precisarmos um dia voltar lá. Na época pareceu importante, pois alguém podia se importar com aquelas pessoas. Queimei a informação no dia em que queimei tudo que estivesse ligado à conta na Suíça, no nosso braseiro. Sou a única pessoa no mundo que sabe onde o avião está, onde estão os passageiros mortos.

Mark cometeu um erro. Agora não sabe o que dizer e vai fingir, vai blefar, eu sei. Eu o conheço.

O silêncio começa a ficar pesado. O sujeito alto começa a se dar conta de que algo não está muito certo. Mark criou um problema.

Eu prendo a respiração. Mesmo agora, depois de tudo, meu coração quer que eu saia gritando para ajudar, mas minha cabeça grita: *Cala essa boca*.

— As coordenadas do avião. Eu lhe pedi as coordenadas do avião. Onde encontrou este pen drive? Onde está a fuselagem do avião? Queremos a localização, entende?

A situação evoluiu ainda mais. Paira no ar a sensação de que as coisas estão a ponto de desandar. E muito.

Mark não tem mais nenhuma carta para jogar. Não sabe onde está o avião. Vai ter que blefar ou entregar os pontos.

E ele tenta os dois.

— Não tenho as coordenadas. Não estão mais comigo. Mas posso lhe dar uma boa ideia da...

— Para — berra o sujeito. — Para de falar.

Mark obedece.

— Na mensagem você disse que tinha as coordenadas, e agora não tem mais. Pode me explicar por quê? A não ser que queira vendê-las para algum outro interessado. Espero que tenha entendido que esse dinheiro é pelo pen drive *e* a localização do avião. Sinto muito, mas não dá para escolher. Ou me dá a localização ou teremos um problema muito sério.

Ele sustenta o olhar de Mark. Parou de atuar.

Os dois ficam calados, a tensão aumentando em direção a algo inevitável.

Num piscar de olhos, a mão do mais velho mergulha no bolso e puxa uma arma. O que não é uma surpresa; acho que todos nós sabíamos que ela estava lá. A surpresa é a rapidez com que as coisas escalaram. Ele aponta direto para Mark. Mark fica paralisado, perplexo com o rumo tomado pelos acontecimentos.

De todo coração, eu queria ter aqui a minha arma. Mas não tenho. Ela está com Patrick. E eu sei lá onde Patrick está.

Instintivamente eu olho para trás, mas não tem ninguém. Ao me voltar de novo para a cena, Mark se mexeu. Ele se virou de lado, e na sua mão agora tem uma arma. A minha arma. Eu vejo a fita adesiva prateada. De alguma forma a minha Glock que estava com Patrick foi parar nas mãos dele. Ai, meu Deus. Foi *Mark* quem mandou Patrick.

Foi assim que ele *cuidou de mim*. Por isso eu não *causaria mais nenhum problema*: ele mandou Patrick cuidar de mim. Um pequeno pombo de repente levanta voo por trás deles. E aí acontece um monte de coisas ao mesmo tempo.

Mark se sacode com o movimento inesperado. Seu dedo deve ter batido no gatilho, pois com sua reação de surpresa a arma se descarrega, e um estalo estrondoso ecoa pelo mato. Eu bem que disse: as Glocks não têm trava de segurança.

O sujeito alto dispara quase instantaneamente. O que mais tarde certamente alegará como legítima defesa. Do seu ponto de vista, a bala de Mark quase o atingiu e ele disparou para se defender.

Uma flor vermelha se abre no peito de Mark. Foi muito rápido, e eu fico tentando me convencer de que não vi. Mark cambaleia, um dos braços se agitando, se agarrando numa árvore. Ele joga todo o seu peso nela, mas os joelhos cedem. Num piscar de olhos, Mark está no chão. Os dois tiros ainda ecoando nos meus ouvidos.

O sujeito alto passa os olhos pelas árvores ao redor antes de se aproximar da mão de Mark, agora estendida na lama da clareira. Ele se agacha. Mark está gemendo, a respiração arfante, congelando no ar frio.

O sujeito bota a Glock no bolso. A minha Glock. Eu preciso trancar cada músculo do meu corpo com toda força para não gritar.

Ele para um momento para olhar para Mark. E dispara mais uma vez, no corpo de Mark. Que se contorce horrivelmente contra as folhas.

Eu parei de respirar. Não me lembro mais há quanto tempo parei de respirar. Junto de mim gotas de sangue pingam do meu punho fechado. Minhas unhas foram tão fundo que perfuraram a pele. Eu me mantenho o mais imóvel possível. Não vou chorar. Não vou gritar. Não vou morrer por Mark.

Ele não teria morrido por mim.

Eu me afundo ainda mais nas folhas, aperto bem os olhos e rezo para tudo isso acabar.

Ouço ruídos na clareira, é o sujeito recolhendo suas coisas. Eu pressiono o rosto contra a terra. E então ouço seus passos se afastando lentamente pela mata, passando por folhas mortas e galhos quebrados. E depois, silêncio.

Fico ali deitada e imóvel durante minutos que se arrastam como décadas, mas não aparece ninguém. Passado algum tempo, eu me levanto lentamente. E lá está ele, no meio da lama e das folhas amassadas, com seu melhor terno e sobretudo. O meu Mark. Junto ao seu corpo inerte está a minha mochila. A mochila levada por Patrick. Eu ainda não tinha notado. Mark com certeza estava com ela o tempo todo. Eu vou tropeçando até ele.

É um sentimento estranho. Não sei se consigo descrever. O amor que eu sinto por ele ainda está aqui. Eu daria qualquer coisa para poder voltar no tempo, mas não posso. Me aproximo com cuidado, timidamente. Se ainda estiver vivo, ele pode tentar me matar. Acabar com o que começou. Mas à medida que eu me aproximo, ele não se mexe. O que de certa forma é pior ainda.

Eu me agacho a seu lado, olhando para ele. O mesmo rosto bonito, os mesmos cabelos, lábios, olhos. A mesma pele quente.

Toco levemente seu braço. Ele não reage. Eu ganho coragem, abaixando a cabeça na direção da sua. Meu rosto na direção da sua boca, o contrário de um gesto que fizemos mil vezes. Mas agora, em vez de ser beijada por ele, estou tentando sentir o calor da sua respiração na minha bochecha; tentando ouvi-la. Inclino a cabeça para o seu peito, com o cuidado de evitar a poça quente de sangue. Ouço uma leve pulsação abafada. Ele ainda está aqui. Ainda está vivo.

Afasto seu cabelo da testa com ternura.

— Mark? Mark, está me ouvindo? — sussurro. Nada.

Me aproximo mais.

— Mark. Mark? Sou eu, Erin. Você consegue... — e seus olhos se abrem. Ele olha para mim, lentamente, confuso. Tosse forte e se contrai de dor. Ele vai morrer. Temos apenas um momento.

Seus olhos encontram os meus e por um instante, como num flash de reconhecimento de um paciente de Alzheimer, ali está o meu Mark. E aí acaba. Passa pelos seus olhos um outro olhar, como uma nuvem.

Ele olha para mim de um jeito que jamais esquecerei. Agora eu entendo. Como ele realmente se sente em relação a mim. Passageiro, mas irrefutável. E ele se foi.

Um pássaro solta um guincho profundo na floresta e eu me encolho. Olho para as árvores novamente; ninguém ao redor. Consigo me levantar e fico de pé. Perdida, acabada, imóvel.

E então pego minha mochila e saio correndo.

De início, não sei para onde estou correndo, mas à medida que vou em frente se forma o plano. Cai a ficha da autopreservação. Preciso encontrar um telefone público. Um telefone que não possa ser rastreado. A meio caminho da estrada, quase tropeço no corpo de Patrick. Está contorcido no chão, braços estendidos. A garganta cortada. Eu continuo correndo.

Acabo chegando à estrada, exausta, trêmula. Trato de me ajeitar um pouco. Enfio bem o gorro de lã para cobrir o ferimento na testa. Limpo o sangue de Mark do rosto e caminho na direção do telefone público do vilarejo.

São agora 6h53. Ele atende depois de oito toques.

— Eddie? Sou eu, Erin. Estou num telefone público. É... deu tudo errado. O... a... deu errado.

O tremor na minha voz faz meus olhos se encherem de lágrimas. Pareço alguém que está no noticiário, uma refugiada, uma vítima de bombardeio. Provavelmente estou em estado de choque. Trêmula, esganiçada, arfante. Tentando desesperadamente me agarrar a alguma aparência de normalidade mesmo com a vida completamente desmoronada. Percebo minha mão vibrando sobre a fenda, inserindo a próxima moeda e o papel amassado com o telefone de Eddie entre os dedos trêmulos. Que porra foi essa que aconteceu?

— Tudo bem, amor. Se acalme. Está tudo bem agora, não está? Você não está bem? Não está segura? — Ele está do meu lado. O tom de preocupação, de apoio. *Agora vai ficar tudo bem. Eddie está aqui.*

— É... sim. Eu estou bem. Minha cabeça... mas tudo bem. Não sei o que fazer, Eddie...

Estou com dificuldade de saber em que focar. O que é importante. O que dizer e o que não dizer.

— Fazer com o que, amor? Com o quê? O dinheiro?

Ele demonstra paciência, mas eu sei que não estou juntando lé com cré. E ele não sabe ler pensamentos.

— Ele... ele está...hã, e outro cara também. Não sei o que eu devo fazer. Não quero ir para a prisão, Eddie.

Pronto. Era isso. O motivo de eu ter ligado para ele, e não para a polícia.

— Está tudo certo. Não precisa dizer. Não diga mais nada. Primeiro de tudo, Erin, você precisa se acalmar, está bem? Você consegue, meu bem?

Parece que o estou ouvindo levantar da cama, o ranger das molas. Em algum lugar de Pentonville dois pés descalços batem no piso.

— Sim. Tudo bem. Já entendi. Calma.

Eu me esforço para me concentrar na respiração, acalmá-la. Começo a prestar atenção nas cercas da estrada, no movimento do início da manhã. Ouço o murmúrio de um bocejo do outro lado da linha e o ruído de um eco metálico em torno da cela dele. Visualizo Eddie sentado, o peito cabeludo nu, no coração de Pentonville, falando no celular descartável contrabandeado.

— Muito bom. Agora, onde ele está? Eles? Onde você está?

Ele vai resolver. Eu sei.

— Norfolk. No bosque — consigo dizer.

Silêncio. Provavelmente não é o que ele esperava.

— Ok. Perfeitamente. E é só você?

— Só eu. E ele. E tem mais um.

Pelo meu tom, fica claro que estou falando de *corpos*. Não de pessoas.

— Dois. Tiro?

— Sim. Não, um tiro. O outro é... faca. Ferimento a faca.

Eu sei perfeitamente que não estou me saindo muito bem na conversa. Respiro de novo, expiro.

— Ok. Está sozinha?

— Sim.
— Lugar isolado?
— Muito.
— Perfeito. Muito bem, Erin, você vai fazer o seguinte, meu bem. Vai ter que enterrá-los. Está entendendo? Volte lá para enterrá-los. Vai levar um tempo, tá bom?

Eu ainda não consigo focar. Não consigo pensar. Já fico feliz de receber uma ordem. Farei o que for preciso.

— Está perto de alguma casa agora, amor?

Eu olho ao redor. Em frente à cabine telefônica tem uma igreja. Mais adiante, uma outra construção. Um chalé meio decrépito, deteriorado e com mato crescendo.

— Uma casa. Sim — digo.

— Ok. Dá uma olhada nos fundos e vê se tem uma pá ou algo assim. E pode pegar. Mas preste atenção: tenha cuidado, meu bem. Você precisa enterrá-los direito. Não vai ser fácil, mas você consegue. E me telefona de novo quando acabar. De outra cabine, não se esqueça. A gente vai resolver tudo isso, não se preocupe.

Ele parece confiante. Fico tão inacreditavelmente tranquilizada que me dá vontade de chorar. Neste exato momento eu faria qualquer coisa por Eddie.

— Ok. Ok. Eu te ligo depois. Tchau.

Desligo e vou na direção do jardim do chalé.

E o que acontece depois vocês sabem.

# 38

*Sábado, 1º de outubro*

# DANDO UM JEITO NAS COISAS

Estou com o rosto avermelhado e coberta de lama ao voltar para o hotel, mas meu ferimento está bem escondido por baixo do gorro e minha aparência não tem nada que não possa ser explicada por uma longa e árdua caminhada. E o suor pode provar.

Tenho na mochila água sanitária e outros produtos de limpeza que comprei num posto de gasolina na longa caminhada de volta da floresta. Se um dia você tiver que comprar alguma coisa suspeita, é bom comprar junto uma caixa de Tampax Super Plus. As caixas ficam tão constrangidas com eles que raramente prestam atenção ao resto das compras. Elas vão querer enfiar a caixa numa sacola para você o mais rápido possível. Experimente só.

Felizmente, meu quarto não foi nem um pouco perturbado, como pedia o aviso pendurado na porta. Bagunça total. Sangue, cacos de vidro espalhados, sinais de luta corporal. Eu encontro a chave do banheiro na lixeira. Patrick deve tê-la jogado ao sair ontem à noite. Espiei no celular descartável de Patrick antes de arrastá-lo para a cova com Mark. Patrick não estava trabalhando para aquela gente do avião. Ele tinha sido pago por Mark para me seguir. Patrick me atacou ontem à noite por ordem de Mark. Mark queria que eu fosse neutralizada: não morta, reconheço, mas machucada o suficiente para ficar bem longe. Será que pretendia ele próprio me matar depois? Vou deixar para resolver essa questão numa outra hora.

As mensagens que encontrei nos celulares descartáveis dos dois remontam ao segundo dia de volta da nossa lua de mel. Mas o tom de Mark muda depois que mandei avaliar os diamantes em Hatton Garden e ele ficou sabendo do inspetor-chefe Foster e da investigação do SO15 sobre Holli. Fica mais sombrio e irritado ao dizer a Patrick o que fazer, para ficar de olho em mim, me assustar. Eu me lembro de Mark tentando me convencer de que eu estava correndo perigo, me convencer de que Patrick estava envolvido com a investigação da SO15 sobre Holli. Era Patrick que ligava para nosso telefone fixo, deixando aquelas mensagens na secretária eletrônica. Era Mark que Patrick esperava naquele restaurante na mensagem da caixa postal. Mark estava tentando me assustar, realmente me apavorar. Foi ele que deixou a porta dos fundos aberta. Que levou a nossa foto. Que tentou me convencer de que eu estava enlouquecendo. Queria que eu descartasse os diamantes. Queria que jogássemos fora. Para poder voltar lá sozinho e recuperá-los para vender, sem que eu desconfiasse. Deve ter ficado com medo que eu acabasse com seus planos se a investigação sobre o desaparecimento de Holli acabasse chegando a mim, e, portanto, a ele também. Abriu uma conta na Suíça só para ele; deve tê-lo feito quando eu saí do hotel para depositar o dinheiro e abrir a nossa conta. Eu tinha descoberto isso no seu celular descartável. Mark pretendia depositar nela o dinheiro dos diamantes, e depois começar a tirar dinheiro da nossa conta conjunta na Suíça ao longo dos próximos meses, para finalmente negociar sozinho o pen drive. Mas, por mais distraída que eu fosse, eu estava o tempo todo encontrando novas maneiras de nos manter juntos na brincadeira. Vendi os diamantes com a ajuda de Eddie. E aí encontrei o pen drive e comecei a planejar vendê-lo também. Devo tê-lo deixado furioso. Interferi nos seus planos, e ele tinha que fazer alguma coisa.

Antes de enterrá-lo, vasculhei os seus bolsos. Em busca de uma pista, acho eu, alguma coisa, qualquer coisa que provasse que era tudo um grande equívoco. Que ele realmente me amava. Esperava encontrar alguma coisa que acabasse mostrando que Mark na verdade fizera tudo por mim, por nós. Claro que não encontrei. Mas Mark tinha dois celulares com ele. O seu iPhone e o novo pré-pago que usava para entrar em contato com Patrick, o mesmo que usou para checar nossa conta na Suíça enquanto fazia o acerto no bosque. Muito esperto. O seu celular habitual estava em modo avião; deve ter feito isso depois de me mandar a mensagem naquela noite. Com certeza botou no modo avião em Londres, antes de vir ao meu encontro, para que as torres de sinal não pudessem saber onde ele estava. E a última mensagem que me mandou também era convenientemente vaga, tudo bem circunstancial em qualquer tribunal. *Eu sei onde você está. Vou chegar logo, amor, bjs.* Se eu, por acaso, tivesse desaparecido por algum motivo na minha incursão a Norfolk, Mark poderia alegar que não sabia de nada. Já estava coberto.

Uma breve olhada nos seus e-mails, no pré-pago, revelou que vinha procurando apartamentos em Manhattan nos dois últimos dias. Uma casa nova. Para sua nova vida. Sem mim.

Eu me pergunto o que foi que eu fiz. Quando foi exatamente que acabei o afastando. Me pergunto como pude me equivocar tanto a nosso respeito. A respeito dele. Acreditava de verdade que ele me amava. Mais que isso, eu via. Juro que via. Eu sabia que ele me amava. Não sabia?

Mas agora não é o momento. Tenho que resolver essa história, pois as coisas podem ficar muito, muito piores se eu não tomar cuidado e agir com rapidez. Preciso dar um jeito nas coisas. Os erros se resumem a três coisas: (1) falta de tempo, (2) falta de iniciativa, (3) falta de cuidado.

Eu tiro a roupa de cama e lavo os lençóis sujos de sangue na pia. Deixo-os secando no aquecedor e começo a limpar a pia e os ladrilhos com água sanitária. Esfrego a base do abajur e o boto de novo na mesa de cabeceira, o pesado mármore ainda intacto depois do contato com a cabeça de Patrick. Limpo tudo, deixo tudo em ordem, faço a cama e tiro a roupa para tomar banho.

Deixo a água escorrer longamente pela testa. O corte lateja. Meus músculos todos pulsam e cantam debaixo do chuveiro quente, mas eu ainda não consigo relaxar. No espelho, abro a crosta do corte na testa até espremer uma gota de sangue. Me certifico de que tem água no piso e quebro o último caco de vidro grande da porta do banheiro. Um barulho satisfatório.

Ligo para a recepção. Voz trêmula. Estou precisando de ajuda.

A recepcionista corre para me atender. Não é a mesma garota de ontem; é mais velha, mais simpática. E eu lá trêmula, envolta na minha toalha. Explico que acabei de sair do chuveiro e escorreguei no piso molhado, batendo no vidro da porta. Da minha testa, sangue pinga na minha bochecha e no contorno dos cabelos.

Ela fica indignada por mim:

— Esses pisos não deviam ser escorregadios assim!

E pede mil desculpas. Oferece reembolso.

Eu digo que tudo bem. Eu estou bem. Só meio abalada.

Ela chama o gerente, que me oferece estadia gratuita. Eu recuso. Eles me oferecem um jantar sem despesa. Trêmula na minha toalha, eu aceito. A glicose no sangue está baixa; realmente preciso comer. Já comi todos os biscoitos do minibar há cerca de uma hora. Me visto e desço para comer no restaurante/pub.

O problema da porta quebrada é resolvido. O problema da comida é resolvido. Eu ganho um curativo para a ferida. A recepcionista insiste em me ajudar a fazê-lo.

Só quando já estou na estrada de volta para casa é que paro num posto e volto a ligar para Eddie de um telefone público.

— Resolvido. Muito obrigada. Obrigada por me ajudar. Eu realmente fico grata.

Eu me sinto muito próxima de Eddie. Passamos por isso juntos.

— Que bom, meu bem. Fico feliz em ajudar. Mas, sabe como é, melhor não se acostumar. — Ele pigarreia levemente do outro lado.

Eu sorrio, calada. Certamente não quero me acostumar a fazer isso.

— Pode deixar — prometo, gentilmente.

E, realmente, nem dá para dizer o quanto ele me ajudou. O quanto lhe devo. Mas parece que no fim das contas ele percebe.

— Olha só, amor, eu não disse nada que você não conseguisse pensar sozinha. É que você estava em choque. Eu me lembro da primeira vez que aconteceu comigo. Essa sensação. O choque faz... é, faz coisas engraçadas com o cérebro. Mas agora você está bem, certo?

E ele volta ao tom duro de sempre, de volta à realidade. Chega de sentimentalismo.

— Sim, estou melhor. Só preciso perguntar uma última coisa, Eddie. Quanto tempo a gente espera para dar queixa de que alguém desapareceu?

Silêncio do outro lado da linha. Quase dá para ouvi-lo piscar.

— Não dê — diz ele, simplesmente.

— Mas e se for necessário? — insisto.

Mais um momento de silêncio na linha e eu vejo que ele está juntando as pontas. A ficha cai. Uma pessoa próxima a mim não vai mais voltar.

— Sim. Entendo. Sim. — E começa a me explicar tudo.

Assim que chego em casa, eu ligo para o iPhone de Mark. Cai direto na caixa de mensagens, claro. Enterrado a sete palmos debaixo da terra no bosque de Norfolk. Eu pigarreio.

— Oi, amor, acabei de chegar em casa. Por onde você anda? Espero que tenha dado tudo certo em Nova York. Acabei de voltar de Norfolk. Onde é que você está? Avisa se quiser que eu deixe o jantar preparado. Até mais. Te amo.

Faço um som de beijo e desligo.

Fase um: encerrada.

Fase dois: botar a casa em ordem. Eu queimo na lareira o bilhete que deixei na escada. Nem passei pela casa de Caro. Vou dizer à polícia que estava em Norfolk. Uma espairecida durante a viagem de trabalho de Mark. Eu arrumo a casa toda. Ajeito a bagunça que criei procurando o pen drive antes de sair.

    Finalmente, quando está tudo resolvido, eu desmorono exausta no sofá da minha casa vazia e fico olhando para as paredes pintadas de gelo, a cor que escolhemos juntos.

# 39

*Domingo, 2 de outubro*

## PESSOA DESAPARECIDA

Na manhã seguinte, acordo cedo. Dormi profundamente e agora cada músculo do meu corpo dói, estressado e mortificado por tantas horas de estresse e esforço. Levanto e preparo um chocolate quente. Preciso do açúcar. Preciso do calor.

Às sete e cinco volto a ligar para o celular de Mark.

— Mark, sou eu, Erin. Não sei direito o que está acontecendo. Agora estou ficando meio preocupada, pode fazer o favor de me ligar? — E desligo.

Vou até a sala e acendo a lareira. Hoje vou ficar em casa. O dia inteiro.

Dou uma olhada na conta suíça. Entraram dois milhões de euros ontem de manhã. Ele devia ter planejado transferir tudo para sua nova conta depois da entrega. Mas eu vejo que estão faltando cerca de oitocentas mil libras. Não as encontro na poupança de Mark. Nem na sua conta corrente. Já devem estar na conta pessoal na Suíça, em algum lugar por aí, sabe Deus onde. Agora não tenho mais como descobrir. Mas tanto melhor para as minhas necessidades do momento.

Pensando bem, agora, tudo se encaixa perfeitamente. A história de Mark vai se enquadrar direitinho.

Mark tem procurado se informar sobre algum cliente que quisesse fazer uma troca com diamantes, precisando de ajuda com certos bens. Vai parecer suspeito. Com certeza vai. O que é ideal. Meu marido se meteu com algo que não devia e fugiu. Ou então aconteceu algo pior ainda. Talvez tenha se envolvido com quem não devia. Nunca saberemos. Eles vão procurar, a polícia, mas nunca vão encontrar nada.

Existem três etapas na realização de documentários, que são as seguintes: pesquisa e preparação, paciência enquanto a narrativa se desenrola e, finalmente, talvez o mais importante, editar as imagens de maneira a criar uma narrativa clara e cativante. Eu sei que a vida não é um documentário, mas se o processo funciona, por que não usá-lo? E podem acreditar, essa não é uma história que eu algum dia quisesse contar, mas aqui estou eu; é com isto que tenho que lidar, e é esta a narrativa que escolhi. E é uma narrativa que tenho certeza que a polícia vai engolir.

No extrato on-line, vejo que Mark sacou trezentas libras no caixa eletrônico perto da nossa casa ao voltar de Nova York. É o maior saque possível. O que eu deduzo é que ele pegou um táxi para levá-lo até Norfolk, pois sabia onde eu estava, por causa do meu celular, ou graças a Patrick. Patrick estava me seguindo; me seguiu até Norfolk. Mandou mensagem a Mark avisando, mas ele devia estar voando naquele momento. Mark tinha como saber que eu estava lá mesmo sem acionar o aplicativo de localização do celular.

Mas o que eu não entendo é o que houve com Patrick. Não sei direito quem pode tê-lo matado e o largado no bosque. Mark ou o sujeito alto? Talvez Mark tenha se encontrado com Patrick depois que ele me atacou no hotel, e talvez tenha sido aí que Mark pegou minha mochila, meu celular e a arma. Terá sido então que Mark cortou sua garganta? Eu encontrei a faca no meio das folhas perto do corpo e a enterrei com eles. Será que Mark não queria correr o risco de ter que dividir os ganhos? Ou será que foi o sujeito alto que matou Patrick? Talvez Patrick tenha ouvido os tiros, foi investigar e deu com o sujeito quando estava fugindo. Como estavam perto demais da estrada para disparar a arma de fogo, talvez o cara alto tenha cortado a garganta de Patrick, deixando-o se esvair em sangue no meio das folhas.

Seja como for, Patrick é uma prova concreta do tipo de homem com quem me casei. Mal consigo acreditar que Mark tenha feito o que fez: mandar me seguir, me aterrorizar, me levar a duvidar de mim mesma. Contratar Patrick para me agredir e me roubar. E agora os dois estão mortos.

Venho tentando identificar o exato momento em que tudo mudou entre mim e Mark. Mas talvez ele nunca tenha confiado em mim. Engraçado: quanto mais eu tento encontrar seus motivos para me trair, mais clara se torna sua história. De tal maneira que fico chocada de não ter percebido essa história toda se formando. Como é que eu não me dei conta? Mas eu estava tão feliz; o amava tanto.

Enquanto arrumava a casa, eu ficava repassando mentalmente uma discussão que tivemos dois meses atrás, depois da prova do cardápio do casamento. A pior discussão que já tivemos. Eu tinha tentado esquecer aquilo, o que ele disse naquele dia. E quase conseguira. Na época, botei a culpa no estresse, no medo por ter perdido o emprego. Mas agora me pergunto se foi aí então que tudo isso começou.

Lembro que não sabia o que fazer para absorver a fúria dele comigo. Estava tudo dando errado naquele dia. E eu não podia fazer nada para consertar.

Lembro que ele gritava comigo, meu coração quase parando. Lembro que pensei *Mark não está mais aqui*, se foi, e tem uma outra pessoa aqui na minha sala. Minha respiração era curta, e eu me lembro de uma sensação muito forte de estar sozinha. Completamente sozinha. Eu me dizia para não chorar, para ser forte. Que a culpa não era dele.

Que provavelmente era minha. Mas lembro também que sentia as lágrimas brotando por trás dos olhos. Ele olhou para mim como um estranho e se virou.

— Não acredito que você disse isso, Mark — eu disse.

Mas claro que agora faz todo sentido.

Mark não tinha nenhuma ligação com Norfolk. Desejo sorte à polícia quando tentar rastrear o táxi que o levou até lá, especialmente porque eles nem sabem que ele pegou um táxi para ir a algum lugar. Até onde eles podem saber, Mark desceu do avião em Heathrow, foi de táxi para casa, sacou dinheiro no caixa eletrônico e desapareceu. Em momento nenhum ligou para mim; nem esteve comigo. Sua última mensagem dizia simplesmente que sabia onde eu estava e que mais tarde nos veríamos, e depois desapareceu.

E enquanto tudo isso acontecia, eu estava em Norfolk. Tenho recibos de cartão de crédito. Testemunhas. E a recepcionista do hotel pode confirmar meu corte na cabeça, escorreguei no banheiro. Estou segura.

Faço uma cópia de segurança num disco rígido de todos os arquivos do meu laptop que quero guardar. Depois do almoço, Eddie vai mandar alguém para limpar meus computadores e reinstalar tudo.

Suspendo a transferência programada da conta na Suíça para a minha conta. Vou deixar isso em pausa até tudo se resolver.

Uma hora e meia depois da primeira ligação do dia, volto a ligar para Mark.

— Mark. Onde você está? Por favor, me liga. Chequei os seus voos e não houve nenhum atraso. Perdeu o voo, amor? Estou ficando preocupada de verdade, você pode me ligar? Vou ligar para a companhia aérea e checar agora.

E desligo. Ligo para a British Airways. Eles, naturalmente, confirmam que ele estava no voo.

Onde está Mark, então?

Eu ligo para seus pais. Da primeira vez, sou obrigada a desligar quando sua mãe atende e sair correndo para o banheiro para vomitar no vaso sanitário. Da segunda vez, consigo me aguentar.

— Oi, Susan. Sim, sim, sou eu. Oi, oi. É... uma pergunta estranha, Susan, mas você tem notícias de Mark?

Eu explico a viagem de negócios a Nova York e que ele com certeza estava no voo de volta, mas não apareceu em casa hoje. Ela parece ligeiramente preocupada, mas me garante que ele vai chegar. Provavelmente perdeu o celular ou está envolvido com alguma coisa do trabalho. O que me dá uma ideia.

Eu ligo para Hector. Ele via Mark com tanta frequência que faz sentido agora conferir com ele.

Hector também não tem notícias dele.

— A última vez que o viu então foi no fim de semana? — pergunto.

Silêncio no outro lado da linha. E aí Hector diz algo que eu realmente não esperava.

— Erin, não vejo Mark desde o casamento de vocês.

Ele parece perplexo. E pela primeira vez desde o que aconteceu em Norfolk, eu estou verdadeiramente surpresa.

Onde diabos Mark estava metido todos aqueles dias em que dizia que ia encontrar Hector? Acertando as coisas com Patrick? Acertando sua nova vida em Nova York?

— Ele não ligou para falar de coisas do trabalho? — pergunto.

— Hã... não, não. Ele conseguiu alguma coisa? — pergunta ele, animado com a aparente mudança de assunto. Talvez desconfie que Mark estivesse me traindo e usando-o como desculpa. Quem sabe? Mas agora está claro que Mark não estava montando nenhum negócio com ele. Ótimo. Vou poder usar isso. E sigo em frente.

Uma última ligação.

— Mark. Não sei se você está ouvindo essas mensagens, mas ninguém sabe onde você está. Acabei de falar com Hector e ele disse que não esteve mais com você desde o nosso casamento. Não sabe nada de nenhuma empresa nova sendo aberta. Que porra é essa? Preciso que você me ligue, por favor. Já estou começando a pirar. Ligue para mim. E desligo. O rastro foi deixado. Meu marido fugiu.

Amanhã de manhã, vou ligar para a polícia.

## 40

*Segunda-feira, 3 de outubro*

# VAZIA

Depois da ligação, fico sentada em silêncio, a casa como uma concha vazia ao meu redor. A polícia vai chegar em uma hora, disseram. Não tenho mais nada a fazer, só esperar.

Sinto falta dele. Engraçado como o cérebro funciona, não? Sinto tanta falta que dói.

Está doendo, e eu realmente não entendo. Não entendo o que aconteceu. Acho que a gente nunca conhece ninguém de verdade, não é?

Quando foi que mudou? Será que mudou no dia em que ele perdeu o emprego? Ou sempre foi assim?

Impossível saber se nós dois tínhamos uma coisa boa que de alguma forma se quebrou ou uma coisa ruim que uma hora acabou aparecendo. Mas seja como for, se agora eu pudesse simplesmente voltar ao que éramos, eu voltaria. Sem um instante de hesitação. Se eu pudesse ficar nos seus braços uma última vez, poderia passar o resto da vida com uma ilusão. Se pudesse, eu faria isso.

Não sei por que, mas eu pego o telefone. Não é parte do plano. Quero apenas falar com ele. Uma última vez. E não pode fazer mal. Eu digito o número do celular de Mark e por um instante, quando a chamada se completa, fico com a respiração presa na garganta, achando que ele atendeu, que está vivo no fim das contas e que tudo o que aconteceu não passou de uma pegadinha. Ele vai explicar tudo, vai estar a caminho de casa e eu vou poder abraçá-lo de novo. Mas claro que não é ele, ele não está vivo, não foi uma pegadinha e ele não está voltando para casa: é apenas sua mensagem de voz na caixa postal. Sua voz firme e segura, meu som favorito no mundo inteiro. E quando vem o bipe no fim, eu mal consigo falar.

— Mark? — Minha voz sai rouca e pesada. — Estou sentindo *muita* saudade de você. Só queria que você voltasse para casa. Por favor, volte para casa, Mark. Por favor, por favor. Não sei por que isso aconteceu, por que você fugiu de mim. Mas eu sinto muito... sinto muito se não fui boa para você, se não fiz as coisas direito... se não disse o que devia dizer. Sinto muito. Mas eu te amo mais do que você pode imaginar, muito mesmo. E sempre vou te amar.

Eu deixo telefone de lado e choro na minha casa vazia.

Ontem à noite, na cama, eu barganhei muita coisa com um Deus no qual não acredito. Devolveria o dinheiro todo para que tudo voltasse a ser como era antes. Tudo igualzinho ao que era.

Antes da chegada da polícia, eu passo os olhos pelo nosso álbum de fotos. A gente o organizou no Natal, depois do noivado. Para nossos futuros filhos: papai e mamãe quando eram jovens.

Tantas lembranças. O rosto dele à luz da lareira, as luzes de Natal fora de foco por trás. Cheiro de fumaça. Quentão de vinho. Pinheiro. Meus dedos passando pelo seu grosso suéter. Seus cabelos no meu rosto. O cheiro dele, bem perto. Seu peso. Seus beijos. Seu amor.

Não era real? Nada daquilo? Parecia real. Parecia tão real!

Foram os melhores dias da minha vida. Cada dia passado com ele.

De coração eu acredito que foi real. Ele tinha medo de fracassar. Não era perfeito. Eu sei. Eu também não sou. Gostaria de ter podido salvá-lo. De nos ter salvado. Ele perdeu o emprego. Foi só isso que aconteceu, na verdade. Mas sei o que isso significa para muitos homens. Teve gente que morreu depois da grande crise econômica. Alguns pularam da janela, outros tomaram pílulas ou álcool. Mark sobreviveu. Sobreviveu oito anos mais que alguns dos seus amigos.

Ele sabia que não poderia voltar a fazer o que fazia antes e não queria começar tudo de novo. Não queria ser menos do que tinha sido. Estava apavorado, agora eu entendo, de voltar atrás, voltar para casa em East Riding, de baixo, onde tinha começado. E o medo corrói a alma.

Gostaria de ter visto tudo isso. Gostaria de ter dado um jeito.

Mas agora já era. Ele se foi. E eu estou sozinha. Acho que nunca mais vou tentar de novo. Não creio que seja capaz. Vou amar Mark até meu último dia. Fôssemos reais ou não, eu o amava.

Caralho, que saudade que eu sinto dele.

Quando a polícia chega, eu estou um caco.

## 41

*Sábado, 24 de dezembro*

# O QUE ACONTECEU DEPOIS

Já se passaram dois meses desde que eu fiz aquela ligação sobre uma pessoa desaparecida. A equipe de desaparecidos queria tudo. Telefones e endereços dos amigos dele, família, contatos de trabalho. Eu entreguei seu computador, seus dados bancários, contei todos os lugares que ele frequentava. Falei da demissão no banco. Das discussões que tivemos sobre o assunto e da minha convicção de que tínhamos superado. Falei dos seus novos planos de negócios. Falei de Hector. Do que Hector me disse ao telefone naquele dia. Disse tudo que eles queriam saber. Levaram até sua escova de dentes, para o DNA.

Três dias depois, o detetive inspetor-chefe Foster também apareceu na minha porta. Minha ligação a uma outra investigação tinha sido assinalada pelo seu departamento. O desaparecimento de Mark não estava sendo investigado pelo SO15, claro, mas tinha despertado o interesse deles. Andy não estava em missão oficial, segundo me explicou, mas tinha algumas perguntas a me fazer. Eu respondi, lembrando que não tinha atendido às suas ligações, com as bochechas vermelhas de culpa. Provavelmente é difícil de acreditar que uma pessoa esteja ligada a dois casos de desaparecimento sem estar envolvida. Mas se tem uma coisa que eu aprendi recentemente, é que a vida às vezes é estranhamente aleatória.

Convencer Andy de que não havia nada a ser procurado foi difícil. Mas no fim das contas eu posso ser muita coisa, mas não faço parte de nenhuma organização terrorista. Nunca tive nada a ver com Holli nem com sua fuga para a Síria. E Mark também era muita coisa, mas com certeza não fugiu para a Síria como Holli. Mas levei algum tempo para convencer Andy disso, e se até então a polícia não estava me grampeando, com certeza passou a fazer isso depois.

Fico de olho no noticiário para ver se aparece alguma coisa sobre um avião desaparecido, mas nada veio à tona nos dois últimos meses. Aquela gente do avião parece ter desaparecido sem deixar rastro. Muitas vezes penso naquele pessoal no fundo da água; fico me perguntando se ainda estão lá no escuro, presos aos assentos. Tento não pensar, mas penso.

Não posso deixar de me perguntar o que havia naquele pen drive, por que era tão importante para o sujeito lá no bosque e, presumo, para quem quer que o tivesse contratado. Pensei muito nisso. Aqueles arquivos intermináveis cheios de textos criptografados: seriam contas, detalhes de empresas, nomes de pessoas, endereços? Eu me lembro dos e-mails que encontrei na conta russa lá em Bora Bora. Empresas de fachada. Unidades militares. Dados hackeados. Sei lá. Talvez. Mas que bom que não consegui descriptografar; sou grata pelos conselhos de Eddie, pois tenho certeza de que viriam atrás de mim se tivéssemos decifrado ou copiado o que havia no pen drive. E de qualquer maneira, o que eu teria feito com essas informações?

Evitei ligar para Eddie depois que a polícia veio. Felizmente, a continuação das minhas entrevistas com ele estava marcada para o início deste mês. Phil e eu fomos à sua casa. A casa de Eddie Bishop mesmo. Simon também estava lá. E Lottie. Acho que Eddie e a filha se entenderam, sabe Deus como. Simon devia estar certo: o choro de Lottie deve ter sido um bom começo. Acho que Eddie é um cara bem convincente, e Lottie parecia bem feliz.

Depois da filmagem, Phil nos deixou sozinhos alguns minutos para ir ao banheiro. Lottie via desenhos animados com as filhas na sala de TV. Eddie me agradeceu de novo pelo favor, por falar com a filha. E me puxou para um abraço.

E, ao fazê-lo, sussurrou no meu ouvido:

— Tudo resolvido, meu bem?

— Tudo resolvido, Eddie, tudo resolvido — sussurrei de volta.

— Que bom. Olha só, vou precisar que me faça outro favor, meu bem. Em algum momento. Nada de mais. Nada que não esteja ao seu alcance — disse ele, me liberando do abraço com um sorriso maroto.

Simon abriu um sorriso forçado na nossa direção.

— Melhor se cuidar, Erin. Ele é má companhia, sabe.

*E eu também*, pensei. Foi bem legal lá. Me senti bem recebida. Aceita. Acho que agora faço parte do grupo. Mais um favor. Eu devia saber que isso ia acontecer. Mas ele me protege. Eu sei. E afinal, esta eu lhe devo, certo?

No momento, estou na casa de Alexa. Pelo menos esta semana. Fugitiva da minha própria vida, acho eu. Só não quero ficar sozinha na nossa casa na manhã de Natal. Nem por todo o dinheiro do mundo.

Alexa e o pai me convidaram. Dá para ouvi-los lá embaixo na cozinha. Esta noite vamos comer presunto. Parece que é uma tradição da véspera de Natal. Novas tradições. Novos começos. Os dois têm sido de grande apoio desde que aconteceu tudo. Desde que Mark desapareceu.

Eu sei o que vocês estão pensando. Estou começando a acreditar nas minhas próprias mentiras. E tudo bem, vocês têm razão. Mas prefiro acreditar nas minhas mentiras do que na verdade nos olhos de Mark naquela clareira.

Às vezes acho que o estou ouvindo à noite andando no escuro do nosso quarto. Agora durmo com a luz do corredor acesa. Sempre com alguma coisa pesada ao lado da cama.

Vou ter a filha de Mark. Nossa filha. Vinte e uma semanas de gravidez. Segundo trimestre. Com barriga. Segundo meu aplicativo, o bebê agora está do tamanho de uma toranja. O coraçãozinho já está formado e bate a uma velocidade três vezes superior à do meu. Ela está mais viva do que eu jamais estarei de novo. Não sei como, mas sei que é uma menina. Apenas sei.

A IIU de Alexa funcionou. Duas semanas depois da visita da polícia à minha casa, Phil, Duncan e eu voltamos ao consultório da dra. Prahani para filmar Alexa recebendo a notícia. Foi um ótimo dia. Sua gravidez não está muito atrás da minha. Engraçado como as coisas acontecem. Vai ser bom passar por tudo junto com alguém, e não tive mais notícias de Caro desde que tudo aconteceu. Quer dizer, algumas ligações, um café, mas nada muito relevante realmente. Não que eu me importe: Caro me lembra de quem eu era, e eu nem sei se ainda entendo essa pessoa.

Acho que nunca vou contar a Alexa sobre tudo o que aconteceu, embora agora sejamos boas amigas. Ela disse que eu não devo deixar me abalar muito por isso; naturalmente, ela acha que Mark simplesmente fugiu, meu marido desaparecido. Mas ainda assim, o conselho funcionou para mim: ela disse que eu não devo guardar ressentimento, nem deixar que isso me abata, mas lembrar que todo mundo perde as coisas que mais ama, e que devemos lembrar que tivemos sorte de tê-las um dia na vida. Às vezes você é o poste; outras vezes, o cachorro. Definitivamente acho que tenho o que aprender com Alexa. Ela me faz rir, e me dou conta de que é uma coisa que não faço há um bom tempo. Às vezes as pessoas certas entram na nossa vida na hora certa. Mas aí eu me lembro de Mark, e claro que as erradas também entram, não é? Às vezes fica difícil distinguir. Talvez um dia eu compartilhe com Alexa tudo o que aconteceu. Veremos. Afinal, ela me contou sua história.

Vou deixar o dinheiro de lado até o bebê nascer. Até lá, posso ir levando a hipoteca. Poderei vender a casa assim que receber a tutela das finanças de Mark em alguns meses. Embora sejam necessários sete anos para ele ser oficialmente declarado morto.

Mas eu posso esperar. Sou paciente. Vou continuar trabalhando, filmando. Farei mais um favor a Eddie. Vou usar o dinheiro da Suíça para reforçar as contas quando ela nascer, e, quando minha filha tiver 7 anos, estarei legalmente livre; talvez deixemos a Inglaterra então. Quem sabe pegamos o dinheiro e desaparecemos? Ainda não sei. Veremos. Mas estou empolgada com o futuro. O nosso futuro.

São 19h39 quando Alexa me chama da cozinha; eu estou no andar de cima, tirando uma soneca no quarto de hóspedes, o meu quarto. Ela me chama pelo nome só uma vez. Claramente. Alto. E me vem no peito um sentimento que não tenho há dois meses. Medo. Forte, apertado e súbito. Eu sei pelo tom dela. Alguma coisa está acontecendo. Os sons de cozinha na véspera de Natal agora pararam. Uma estranha quietude na casa. Vou seguindo o som da televisão lá embaixo até chegar à acolhedora cozinha. Do forno fechado, vem o cheiro do presunto temperado com xarope de *maple*. Alexa e o pai estão paralisados, de costas para mim, olhando mudos para a televisão na parede. Não se viram quando eu chego. Eu diminuo o passo até parar perto deles, e cai a ficha do que estou vendo. Na tela, a BBC News 24, transmissão ao vivo de uma rua cheia de lojas: uma rua deserta de Londres, talvez Oxford Street. Só que abandonada. Então não pode ser Oxford Street, certo? Oxford Street não pareceria abandonada na véspera de Natal. E eu vejo o cordão de isolamento da polícia. Passando por toda a rua. Algo está se desenrolando. Do tipo *breaking news*.

Nós vemos, horrorizados, uma figura agachada se afastar de repente da segurança de uma fachada de loja toda iluminada com luzes de Natal. Tropeçando às cegas do refúgio protegido em direção à rua aberta. A sombra corre baixo e rápido, aterrorizada, em direção ao cordão de isolamento. Se distanciando de algo que não vemos, de alguma coisa terrível.

As legendas passam na parte inferior da tela. INCIDENTE EM CURSO... MORTES. DOIS AGRESSORES. PRESENÇA DE POLICIAIS ARMADOS.

Se tem algum repórter falando, não dá para ouvir. Tudo ao meu redor mergulha em silêncio quando duas fotos aparecem no canto da tela. As identidades dos agressores. Imediatamente eu reconheço um dos rostos.

Alexa agora se vira para olhar para mim. Para se certificar de que estou vendo também. A foto é de Holli. A minha Holli. Eu volto a olhar para a tela. Para o jovem rosto pálido de Holli. Eles não usaram uma três por quatro convencional tirada na polícia; é a primeira coisa que me ocorre: não sei por que, mas é a primeira coisa que penso. Usaram uma foto de algum passeio. De antes da prisão. Antes do incêndio do ônibus. Antes de tudo isso. E me vem aquela sensação tão forte que eu paro de respirar. Aconteceu alguma coisa terrível. Desta vez ela fez algo terrível. Alguma coisa realmente terrível.

E me voltam as palavras dela. Naquele dia na prisão quando perguntei o que ela pretendia fazer. "Vai ter que esperar para ver. Mas você pode esperar... grandes coisas, Erin. Grandes coisas."

Ela me disse. Ela disse que faria isso, não disse? Eu sabia. De certa maneira, eu sempre soube. Não que fosse algo assim, claro, mas eu sabia.

Mas o que eu poderia ter feito? O que se pode fazer? Não dá para salvar todo mundo. Às vezes a gente precisa só se salvar.

# AGRADECIMENTOS

A Ross, obrigada por ser meu exemplo e me inspirar a enveredar por esse caminho. Obrigada por sua energia, seu conhecimento e seus conselhos.

À minha mãe, minha primeira leitora, obrigada por conferir se não estava horrível! Obrigada por me encorajar, por dar força ao meu hábito de leitura quando era mais jovem e por me inspirar a correr atrás das coisas.

Um agradecimento especial a Camilla Wray, minha assessora maravilhosa. Muito obrigada por responder àquele primeiro resumo por e-mail que eu enviei a você, por ler os primeiros três capítulos e então, no dia seguinte, todo o manuscrito. Obrigada por todas as suas brilhantes ideias, opiniões e orientações, e por ser uma grande torcedora de Erin. Não posso agradecer o suficiente por ter me introduzido num universo completamente novo e empolgante.

À brilhante Kate Miciak, minha editora em Ballantine, obrigada por ler o manuscrito tão rapidamente, obrigada por acreditar em mim e no seu entusiasmo desde a nossa primeira conversa e por todo o processo. Obrigada por sua genial edição, seu olho de águia, e seu amor por uma boa história — é um prazer enorme trabalhar com você. Obrigada por deixar o brilho deste livro ainda maior.

À excelente Anne Perry, minha editora britânica, obrigada por se apaixonar por este livro e pela alegria enorme de trabalhar com você. Estou tão feliz que *Um mar de segredos* tenha um lar tão fantástico no Reino Unido com a Simon & Schuster.

Obrigada a todos que fizeram este livro que você tem agora em mãos acontecer! Trabalhar com todos vocês tem sido um sonho de areia morna banhada pelo sol.

Este livro foi composto na tipografia Palatino
LT Std, em corpo 11/16, e impresso em
papel off-white no Sistema Cameron da
Divisão Gráfica da Distribuidora Record.